Julie Garwood

Wie ein Feuer in dunkler Nacht

Julie Garwood

Wie ein Feuer in dunkler Nacht

Aus dem Englischen
von Kerstin Winter

Bechtermünz

Titel der amerikanischen Originalausgabe:
Gentle Warrior

Lizenzausgabe mit Genehmigung der
Verlagsgruppe Lübbe GmbH & Co. KG, Bergisch Gladbach
für Weltbild Verlag GmbH, Augsburg 2000

Übersetzung: Kerstin Winter
Umschlaggestaltung: Studio Hoepfner-Thoma, München
Umschlagmotiv: Agentur Thomas Schlück, Garbsen
Gesamtherstellung: Ebner, Ulm
Printed in Germany
ISBN 3-8289-0258-8

Für Jerry in Liebe. Er hat mich unterstützt, ermutigt und vor allem niemals an mir gezweifelt!

PROLOG

»Die edlen Ritter sind zum Kämpfen geboren, und der Krieg erhöht all jene, die sich ohne Furcht oder Feigheit in den Kampf stürzen.«

Jean Froissart, französischer Chronist

England, 1086

Schweigend bereitete sich der Krieger auf den Kampf vor. Er saß auf einem hölzernen Schemel, hatte seine langen, muskulösen Beine ausgestreckt und wies seinen Diener an, ihm die gepanzerten Beinkleider überzustreifen. Dann stand er auf und ließ sich von einem zweiten Diener den schweren Kettenpanzer über das gesteppte Baumwollhemd legen. Schließlich hob er seine gebräunten Arme, damit man ihm sein Schwert, ein Geschenk von William persönlich, umgürten konnte.

Seine Gedanken weilten weder beim Ankleiden noch bei den Dienern, die um ihn herumwieselten, sondern bei der Schlacht, die bevorstand. Erneut ging er in allen Einzelheiten die Strategie durch, die ihn und seine Männer zum Sieg führen würde. Ein Donnerschlag störte seine Konzentration. Mit zusammengezogenen Brauen schlug der Krieger die Zeltplane, die als Eingang diente, zurück und hob den Kopf, um die finsteren Wolken zu betrachten, die sich am Himmel zusammenballten. Während er eine Weile in den Himmel starrte, strich er sich das dunkle Haar aus dem Kragen, ohne sich dessen bewußt zu sein.

Hinter ihm kümmerten sich die beiden Diener unbeirrt um ihre Aufgaben. Der eine nahm ein geöltes Tuch und machte sich daran, den Schild des Kriegers zum letzten Mal zu polieren. Der zweite kletterte mit dem offenen Helm des Ritters in den Händen auf den Hocker und hielt ihn abwartend mit ausgestreckten Armen vor seinem Körper. Er mußte eine ganze Weile warten, bis der Ritter sich endlich wieder umdrehte und den Diener mit dem Helm wahrnahm. Der Ritter schüttelte abwehrend den Kopf. Lieber würde er das Risiko einer Verletzung eingehen, als die enorme Behinderung durch den Helm in Kauf zu nehmen. Der Diener reagierte mit einem Stirnrunzeln auf die Weigerung seines Herrn, den zusätzlichen Schutz anzulegen, war aber klug genug, die Entscheidung des Ritters nicht in Frage zu stellen.

Endlich fertig gerüstet, verließ der Ritter das Zelt und ging mit raschen, ausgreifenden Schritten zu seinem Reittier. Er stieg auf und trieb das Pferd aus dem Lager hinaus, ohne auch nur einen Blick zurückzuwerfen.

Wie immer vor einer Schlacht suchte der Ritter Stille und Einsamkeit, und so ritt er in raschem Tempo in den dichten Wald hinein, ohne sich um die tiefhängenden Äste zu kümmern, die ihm und seinem Pferd tiefe Schrammen beibrachten. Erst als er oben auf einer kleinen Erhebung angekommen war, zügelte er das schnaubende Tier und blickte auf das unter ihm liegende Anwesen hinab.

Ein heilloser Zorn stieg in ihm auf, als er an all die Untreuen dachte, die sich in der Burg eingenistet hatten, doch er zwang diese Gefühlsregung nieder. Er würde seine Rache bekommen, wenn die Festung erst einmal wieder in seinen Händen war. Erst dann würde er seiner Wut nachgeben. Erst dann.

Der Ritter wandte seine Aufmerksamkeit dem Grundriß der Festung zu und war einmal mehr beeindruckt von der Schlichtheit der Konstruktion. Die dicken, unregelmäßigen Mauern, die fast zwanzig Fuß hoch waren, umgaben die verschiedenartigen Gebäude, die zur Burg gehörten, gänzlich. Die Festung grenzte an drei Seiten ans Ufer des gewundenen Flußes, und dies war einer der Vorzüge, die diese Burg so außergewöhnlich machten, denn ein Zugang vom Wasser aus war so gut wie unmöglich. Das Hauptgebäude bestand hauptsächlich aus Stein und wurde an beiden Seiten von einer Ansammlung kleiner Hütten flankiert, deren Fronten alle zum grasbewachsenen, ausgedehnten Vorplatz der Festung ausgerichtet waren. Wenn all dies wieder sein war, dann würde er die Festung uneinnehmbar machen, schwor er sich feierlich. So etwas durfte niemals wieder geschehen!

Immer noch türmten sich die dunklen, unheilvollen Wolken am Himmel auf und schoben sich langsam vor die aufgehende Sonne. Die ersten Strahlen drangen durch das Bleigrau der Wolkenfetzen und tauchten die Landschaft in ein unheimliches Licht. Der Wind unterstrich die unwirkliche Atmosphäre mit leisem Seufzen und klagendem Heulen, das wie das Flehen verlorener Seelen klang. Das pechschwarze Pferd des Ritters begann unruhig zu stampfen und zu tänzeln, doch er beruhigte es rasch und drückte ihm warnend seine Fersen in die Flanken.

Wieder blickte er zum Himmel, entdeckte, daß die drohenden Wolken jetzt direkt über ihm waren, und hatte das unbehagliche Gefühl, als würde es erneut

Nacht, bevor die Sonne überhaupt aufgegangen war. Er konnte die Unruhe, die nun auch ihn überkam, nicht unterdrücken. War dies ein böses Omen? Auch er war nicht gänzlich frei von Aberglaube, obwohl er die verachtete, die sich davon beherrschen ließen. Er gehörte wenigstens nicht zu jenen, die vor jeder Schlacht fast panisch nach Zeichen suchten, die ihnen den Ausgang des Kampfes vorhersagten.

Noch einmal ging der Ritter seine geplante Strategie durch, um eventuelle Schwächen darin zu entdecken, doch obwohl er keine finden konnte, war er noch immer nicht vollkommen beruhigt. Beinahe resigniert nahm er die Zügel auf und wendete seinen Hengst. Er wollte im Lager sein, bevor das drohende Unwetter losbrach.

In diesem Moment explodierte der Himmel. Und als ein Blitz den Wald in grelles Licht tauchte, sah er sie.

Sie stand nicht weit von ihm entfernt auf dem Kamm eines Hügels, der den seinen überragte. Sie schien direkt auf ihn herabzublicken, aber dann erkannte er, daß dies nicht der Fall war. Nein, sie starrte auf die Festung, die unter ihm lag.

Sie saß aufrecht auf einem Schecken, flankiert von zwei gewaltigen Kreaturen, die entfernt Hunden ähnelten. Doch was für eine Rasse das hätte sein sollen, konnte er nicht sagen, denn sie ähnelten mehr Wölfen als den zahmen Haustieren, die er im allgemeinen kannte. Bewundernd, fast genießerisch nahm der Ritter den Anblick, den sie bot, in sich auf. Sie war von schlanker Gestalt, ihr helles Haar flatterte frei im Wind, und selbst aus dieser Entfernung konnte er die vollen Brüste erkennen, die sich unter dem weißen Stoff ihres Kleides, das der Wind an ihren Körper preßte, abzeichneten.

So herrlich der Anblick auch war, der Ritter war vor allem verwirrt. Was hatte sie hier zu suchen? Er konnte keine Erklärung finden, wußte aber, daß sie schöner war als jede Frau, die er je gesehen hatte. Das Licht schwand, doch kurz darauf jagte ein zweiter, noch hellerer Blitz über den Himmel, und die anfängliche Überraschung des Ritters verwandelte sich in ungläubiges Staunen. Er sah, wie ein Falke auf das Mädchen zuflog und sie ohne eine Spur von Furcht die Hand hob, als wollte sie den Raubvogel, der über ihr kreiste, begrüßen.

Der Ritter schloß für einen kurzen Moment die Augen, und als er sie wieder aufschlug, war sie fort. In einem plötzlichen Impuls gab er seinem Pferd die Sporen und stürmte auf die Stelle zu, an der sie ihm erschienen war. Reiter und Pferd stoben geschickt um Bäume und über dicke Wurzeln, aber als sie ihr Ziel erreicht hatten, war keine Spur von dem Mädchen zu sehen.

Nach einer Weile gab der Ritter die Suche auf. Seine Vernunft sagte ihm, daß das, was er gesehen hatte, wirklich gewesen war, doch sein Herz behauptete beharrlich, daß es sich um eine Vision – ein Omen! – gehandelt hatte.

Und was für eine Vision! Er war in Hochstimmung, als er im vollen Galopp in das Lager einritt. Seine Männer waren bereits aufgesessen und bereit. Der Ritter nickte zufrieden und winkte nach seiner Lanze und dem Schild, auf dem sein Wappen prangte.

Zwei Diener, die den schweren, rautenförmigen Schild zwischen sich trugen, hasteten herbei und blieben schweigend neben dem wartenden Ritter stehen, damit er ihn zu sich aufs Pferd heben sollte. Zu ihrer Verwirrung zögerte der Ritter jedoch, während ein kleines Lächeln über seine Lippen huschte. Seine nächste Geste verblüffte nicht nur seine Diener, sondern auch seine Männer, die ihn abwartend beobachteten, denn der Ritter beugte sich langsam vom Pferd, streckte die Hand aus und zeichnete bedächtig die Umrisse des Falken nach, der in das Wappen eingearbeitet war.

Dann warf er den Kopf zurück und stieß ein lautes, tiefes Gelächter aus, bevor er mühelos erst den schweren Schild auf sein Pferd hob und dann mit der Rechten die Lanze ergriff.

Sein wilder Schlachtruf übertönte sogar das Grollen des Donners.

KAPITEL 1

Die ersten langen, dünnen Finger aus Licht drangen durch das Dunkel der Nacht und tauchten den Horizont im Osten langsam aber stetig in ein dunkles Rot, vor dessen Hintergrund die Wolken blaß und kraftlos wirkten. Elizabeth lehnte an dem rauhen, ungehobelten Türrahmen der Hütte und beobachtete eine Weile, wie die Sonne sich am Himmel erhob. Schließlich streckte sie sich und trat hinaus ins Freie. Ein Falke kreiste in scheinbarer Schwerelosigkeit über den Wipfeln der Bäume. Als er die schlanke Gestalt aus der Hütte treten sah, beschleunigte er sein Tempo, schoß auf sie zu und ließ sich schließlich auf einen mit verkrustetem Schlamm bedeckten Felsbrocken neben dem Mädchen nieder. Wildes Flügelschlagen und ein schrilles Kreischen begleiteten seine Landung.

»Da bist du ja, mein Stolzer«, sagte Elizabeth freundlich. »Du bist früh heute morgen. Hast du auch keinen Schlaf finden können?« Sie lächelte ihren Falken an und hob dann langsam einen Arm, bis er auf Taillenhöhe ausgestreckt war. »Komm«, befahl sie mit zärtlicher Stimme.

Der Falke bewegte den Kopf hin und her, ohne daß seine durchdringenden Augen ein einziges Mal von ihrem Gesicht abließen. Gurgelnde Laute kamen aus seiner Kehle. Seine goldenen Augen hatten ihre Wildheit nicht verloren, doch Elizabeth hatte keine Angst. Sie begegnete seinem Blick vertrauensvoll und wiederholte ihren Befehl sanft. Und endlich flatterte der Falke von seinem Felsen auf und landete auf ihrem bloßen Arm. Obwohl seine Krallen scharf wie Dolche waren, zuckte sie nicht einmal zusammen, denn der Falke würde ihr nicht einmal einen kleinen Kratzer beibringen. Ihre makellose Haut zeugte von seiner Vorsicht.

»Was soll ich nur mit dir machen?« fragte Elizabeth. Ihre blauen Augen funkelten vergnügt, als sie ihren zahmen Falken betrachtete. »Du wirst immer fetter und fauler, mein Freund, und obwohl ich dir deine Freiheit geschenkt habe, kommst du immer wieder zu mir zurück. Ach, mein Lieber, wenn die Menschen doch auch nur so treu wären wie du.« Die Fröhlichkeit war aus ihren Augen verschwunden, und an ihre Stelle war eine umfassende Traurigkeit getreten.

In diesem Moment erklang das Trappeln von Pferdehufen, die auf sie zukamen. Elizabeth erstarrte. »Geh«, befahl sie, und der Falke schwang sich augenblicklich in die Luft. Furcht lag in ihrer Stimme, als sie nach ihren beiden Wolfshunden rief und auf den Schutz der dichten Bäume zuhastete. Die Hunde kamen herangestürmt und drängten sich an ihre Seite, als sie sich hinter den dicken Stamm eines Baumes preßte. Elizabeth bedeutete den Hunden mit einer Handbewegung, keinen Laut von sich zu geben, während sie sich innerlich verfluchte, weil sie ihren Dolch in der Hütte gelassen hatte. Sie bebte am ganzen Körper und hielt unwillkürlich den Atem an.

Diebe und Plünderer, ganze Banden gesetzloser, vogelfreier Männer durchstreiften das Land, und jeder, der sich nicht innerhalb der schützenden Festungsmauern befand, war leichte Beute für ihre Gier und ihre Grausamkeiten.

»Mylady?«

Die Erleichterung überspülte Elizabeth wie eine Woge,

als sie die Stimme ihres treuen Dieners hörte. Sie ließ sich kraftlos an den Baumstamm sinken und versuchte, ihr wild pochendes Herz zu beruhigen.

»Mylady? Ich bin's, Joseph. Wo seid Ihr?«

Die wachsende Furcht in seiner Stimme veranlaßte Elizabeth, endlich ihr Versteck zu verlassen. Sie huschte durch die Bäume, umrundete lautlos einen dicken Stamm und tippte dem Diener von hinten auf die Schulter.

Der alte Mann gab ein erschrecktes Quieken von sich und machte einen Satz nach hinten, wobei er seine junge Herrin beinahe zu Boden stieß. »Bei Gott, müßt Ihr mich so erschrecken?« schimpfte er, aber als er die Zerknirschung in ihrem Gesicht sah, zwang er sich zu einem Lächeln, wobei er sein lückenhaftes Gebiß entblößte. »Und wenn Ihr Eure Stirn noch so sehr in Falten legt, der Anblick Eures reizenden Gesichts wird mich stets erfreuen.«

»Du sollst mir nicht immer schmeicheln, Joseph«, erwiderte Elizabeth mit einem Grinsen, und der Dienstbote war einmal mehr wie verhext von ihrer rauchigen, doch musikalischen Stimme. Bewundernd sah er ihr hinterher, als sie langsam auf die Hütte zuging und an der Tür anhielt. Es war erstaunlich, daß es ihm beim Anblick ihrer Schönheit immer noch die Sprache verschlug. Er kannte sie immerhin schon seit ihrer Kindheit.

»Komm, trink etwas mit mir und erzähl mir, was dich hergeführt hat«, forderte Elizabeth ihn auf. Ihre eben noch so schelmische Miene drückte plötzlich Besorgnis aus. »Ich habe mich doch nicht im Tag geirrt, nicht wahr? Du bist doch nicht gekommen, um mir wie üblich Nahrungsmittel zu bringen? Oder habe ich jetzt wirklich jedes Zeitgefühl verloren?«

Joseph spürte, daß sie über diese Möglichkeit ernsthaft beunruhigt war. Am liebsten hätte er sie in die Arme genommen und sie getröstet, doch das war natürlich nicht möglich. Sie war die Herrin, er nur der bescheidene Diener.

»Es ist fast einen Monat her, seit meine Familie –«

»Laßt uns nicht davon sprechen, Mylady«, unterbrach Joseph sie. »Und macht Euch keine Sorgen. Ihr habt Euch nicht geirrt, ich war erst vor zwei Tagen hier. Ich bin gekommen, um Euch eine wichtige Nachricht zu überbringen, und ich habe außerdem einen Plan, den ich Euch darlegen möchte.«

»Joseph, wenn du mir wieder vorschlagen willst, daß ich zu meinem Großvater gehen soll, dann bist du umsonst hergekommen. Meine Antwort lautet wie immer nein. Niemals! Ich werde in der Nähe meiner Festung bleiben, bis ich mich an den Mördern meiner Familie gerächt habe! Das habe ich geschworen, und du wirst mich nicht davon abbringen!« Während sie sprach, schob sie trotzig das Kinn ein wenig vor und verschränkte die Arme vor der Brust. Joseph blickte rasch auf seine Stiefel, um ihrem eisigen Blick zu entgehen.

Schweigend wartete sie eine Weile ab. »Nun?« fragte sie schließlich. Als er noch immer keine Antwort gab, stieß Elizabeth einen resignierten Seufzer aus und fuhr etwas freundlicher fort: »Hör auf, dich zu grämen, Joseph. Ich habe den kleinen Thomas fortgeschickt, damit er in Sicherheit ist. Das ist doch das wichtigste, oder?«

Doch anstatt ihr zuzustimmen, sackten die Schultern des alten Mannes noch ein Stück weiter herab. Aber dann straffte er seinen gebeugten Rücken so gut es ging, rieb sich den kahlen Kopf und räusperte sich. »Die Schufte sind fort.«

»Was? Fort? Was soll das heißen, fort? Wie ist das

möglich?« Ihre Stimme wurde mit jeder Frage lauter. Ohne sich dessen bewußt zu sein, hatte sie den Mann an seinem Umhang gepackt und schüttelte ihn nun heftig.

Joseph löste sanft ihre Hände von seinem Umhang. »Bitte, Mylady, beruhigt Euch! Gehen wir hinein, dann erzähle ich Euch alles, was ich weiß.«

Elizabeth nickte, drehte sich um und betrat rasch die Hütte. Sie versuchte, ihre Würde zu wahren, wie es ihre Erziehung von ihr verlangte, doch die aufwallenden Gefühle in ihrem Inneren machten es ihr unendlich schwer. Hunderte von Fragen wirbelten in ihrem Kopf herum.

Die Hütte, die aus einem einzigen Raum bestand, war nur spärlich ausgestattet. Elizabeth setzte sich auf einen der beiden Schemel, faltete die Hände im Schoß und gab sich alle Mühe, geduldig zu wirken, während Joseph ein Feuer im Herd entzündete. Obwohl es schon später Frühling war, war es in der Hütte kalt und feucht.

Es kam ihr wie eine Ewigkeit vor, bis Joseph sich endlich ihr gegenüber auf dem anderen Hocker niederließ. »Es geschah kurz nachdem ich Euch das letzte Mal besucht habe, Mylady. An dem Tag, als das füchterliche Gewitter tobte«, begann er. »Ich war gerade auf dem einen Hügelkamm oberhalb der Festung angekommen, als ich sie sah. Oder besser: Ich sah eine gewaltige Staubwolke, als sie über die Straße zogen. Obwohl es nur etwa zweihundert Mann gewesen sein konnten, wirkten sie dennoch wie eine gewaltige, tödliche Streitmacht. Ja, der Boden zitterte unter den stampfenden Hufen ihrer Pferde, und ich war wie gebannt von dem Anblick. Dann sah ich ihren Anführer, der ganz an der Spitze der Krieger ritt. Er als einziger trug keinen Helm.«

Er machte eine Pause, und Elizabeth hätte ihn vor

Ungeduld am liebsten noch einmal geschüttelt. »Mir war klar, daß das Überraschungselement nicht zu ihrer Strategie gehörte, denn sie rissen einfach die Tore nieder und drangen in die Festung ein. Meine Neugier war so groß, daß ich alle Vorsicht vergaß und näher heranritt. Als ich einen günstigeren Aussichtspunkt gefunden hatte, sah ich, daß die Krieger sich in einem Halbkreis aufgestellt hatten und, die Schilde vor sich, langsam vorrückten. Es war eine unglaubliche Szene, die sich dort vor meinen Augen abspielte, glaubt mir. Immer wieder mußte ich zu ihrem Anführer blicken, dessen Größe allein schon außergewöhnlich war. Er schwang sein Schwert mühelos, obwohl es mir so gewaltig vorkam, als könnten es kaum zwei Männer gemeinsam hochheben. Links und rechts fiel der Feind zu Boden und –«

»Waren es Krieger von Lord Geoffrey?« Sie hatte die Frage geflüstert, doch Joseph hatte sie durchaus gehört.

»Aye, es waren Lord Geoffreys Männer. Ihr wußtet doch, daß er Krieger aussenden würde.«

»Natürlich wußte ich es, Joseph«, sagte sie seufzend. »Mein Vater war sein Vasall, und es stand außer Zweifel, daß Lord Geoffrey zurückfordern würde, was er als sein betrachtet. Dennoch, wir haben ihm keine Nachricht geschickt. Wie konnte er so rasch hier eintreffen?«

»Das weiß ich auch nicht.«

»Belwain!« Elizabeth' zorniger Aufschrei ließ Joseph zusammenzucken. Das Mädchen sprang auf und begann, unruhig hin und her zu laufen.

»Euer Onkel?« fragte Joseph. »Aber wieso sollte er –?«

»Natürlich«, unterbrach Elizabeth ihn. »Wir wissen beide, daß er hinter dem Mord an meiner Familie steckt. *Er* ist zu Geoffrey gegangen. Mein Gott, er hat seine eigenen Männer verraten, um Geoffreys Gunst zu gewinnen. Dieser Schuft! Was muß er ihm für Lügen aufgetischt haben!«

Joseph schüttelte ungläubig den Kopf. »Ich wußte schon immer, daß er das Böse in sich hat, aber daß er so weit gehen würde, das hätte ich doch nicht gedacht!«

»Das bedeutet, daß wir keine Chance mehr haben, Joseph«, flüsterte Elizabeth gequält. »Lord Geoffrey wird auf die Lügen meines Onkels hören. Thomas und ich werden in Belwains Obhut gegeben werden, und er wird Thomas umbringen. Er *muß* ihn umbringen, denn nur wenn Thomas tot ist, kann Belwain Herr der Festung werden. Nur dann.«

»Vielleicht durchschaut Lord Geoffrey Euren Onkel«, sagte Joseph zaghaft.

»Ich habe Lord Geoffrey zwar noch nicht persönlich kennengelernt, aber ich habe genug über ihn gehört«, sagte Elizabeth. »Es heißt, daß er überaus reizbar ist und die meiste Zeit schlechte Laune hat. Nein, ich glaube nicht, daß er sich die Mühe macht, die Lügen aufzudecken.«

»Mylady«, sagte Joseph flehentlich. »Vielleicht –«

»Joseph, wenn es nur mich allein betreffen würde, dann würde ich zu diesem Lord Geoffrey gehen und ihn anflehen, mir zuzuhören, denn Belwains Verbrechen müssen bekannt gemacht werden. Aber ich muß Thomas beschützen. Zum Glück glaubt Belwain, daß mein Bruder und ich ebenfalls umgekommen sind.«

Elizabeth nahm ihre Wanderung durch die kleine Hütte wieder auf. »Also gut, Joseph. Ich habe mich entschieden. Morgen früh reiten wir nach London, um im Haus meines Großvaters Schutz zu suchen.«

»Und Belwain?« fragte Joseph zögernd. Er fürchtete sich vor der Antwort seiner Lady, denn er ahnte, was kommen würde. Er kannte seine Herrin gut genug. Niemals würde sie zulassen, daß Belwain mit seiner scheußlichen Tat ungeschoren davonkam.

»Ich werde ihn umbringen!«

Ein Holzscheit knackte in der Stille, die Elizabeth' zornig hervorgestoßenem Schwur folgte. Der alte Diener spürte, wie sich ein eiskalter Klumpen in seiner Magengrube bildete. Er zweifelte nicht daran, daß seine Herrin tun würde, was sie gesagt hatte. Und leider hatte er ihr auch noch nicht alles berichtet, was er wußte. Er stemmte seine Hände auf die zitternden Knie und holte tief Luft. »Geoffreys Krieger haben Thomas.«

Elizabeth blieb wie angewurzelt stehen. »Das kann nicht sein! Er ist doch bei Großvater in Sicherheit! Du hast doch selbst gesehen, wie er mit Roland davongeritten ist! Joseph, du mußt dich irren!«

»Nay, Mylady. Ich habe ihn mit eigenen Augen in der Festung gesehen. Ich weiß es ganz sicher. Er schlief neben einem Feuer, aber es war ganz zweifellos Thomas. Als ich mich vorsichtig erkundigte, erfuhr ich, daß er für stumm gehalten wird.« Joseph hob die Hand, als er sah, daß seine Herrin ihn unterbrechen wollte, und fuhr rasch fort: »Wie es geschehen konnte, daß er dort ist, weiß ich auch nicht. Geoffreys Männer haben nichts darüber gesagt. Aber eines ist ganz sicher: Sie haben keine Ahnung, wer der Junge ist, und sie behandeln ihn gut. Ja, es heißt sogar, daß der, der nun im Sterben liegt, ihm das Leben gerettet hat.«

»Joseph, sprich nicht in Rätseln! Wer liegt im Sterben?« Ungeduldig strich Elizabeth sich eine widerspenstige Locke, die ihr über die Augen fiel, zurück. Joseph stieß einen Seufzer aus und kratzte sich den kahlen Schädel.

»Ihr Anführer hat während der Schlacht einen Schlag auf den Kopf erhalten. Es heißt, daß er im Sterben liegt!«

»Wieso hast du das Risiko auf dich genommen, die Festung zu betreten?«

»Maynard, der Stallmeister, hat mir eine Nachricht zukommen lassen, daß Thomas sich innerhalb der Mauern aufhält. Ich wollte mich vergewissern, daß es stimmt«, erklärte Joseph. »Als ich hörte, daß der Anführer von Geoffreys Kriegern schwer verletzt ist, verlangte ich nach dem nächsten Befehlshaber. Rasch legte ich mir einen Plan zurecht und . . .« Joseph räusperte sich wieder, bevor er fortfuhr. »Ich sagte ihnen, daß ich jemanden wüßte, der sich in der Heilkunst gut auskennt. Ich schlug vor, daß ich diesen Heiler unter der Bedingung herbeischaffen würde, daß er die Festung unbehelligt wieder verlassen dürfte, wenn der Anführer erst einmal wieder genesen war. Der Vasall des Lords fing gewaltig an zu zetern und sagte, daß er es nicht nötig habe, Versprechungen zu machen. Ich ließ mich aber nicht davon abbringen, und am Ende willigte er ein.«

Elizabeth hatte aufmerksam zugehört, als Joseph sein Vorhaben erklärte, doch nun begann sie wieder, umherzuwandern. »Und was, wenn er nicht wieder gesund wird?« fuhr sie ihn zornig an. »Was dann?«

»Mylady, ich dachte, das wichtigste sei, Euch mit Thomas zusammenzubringen. Vielleicht könnt Ihr ihn befreien, wenn Ihr innerhalb der Mauern seid. Nun schaut nicht wieder so wütend.« Der Diener sah sie flehend an. »Eure Mutter konnte Kranke heilen, und oft genug sah ich, wie Ihr ihr zur Hand gegangen seid. Bestimmt habt Ihr viel von ihr gelernt.«

Elizabeth starrte ins Leere, während sie über Josephs Vorschlag nachdachte. Alles in ihr schien sich zusammenzuziehen, als sie eine Entscheidung zu treffen versuchte. Das wichtigste war natürlich Thomas: Sie mußte ihn in Sicherheit bringen, da gab es nichts zu grübeln.

Wenn die Krieger herausfanden, um wen es sich bei dem Jungen handelte, würden sie ihn sofort zu Lord Geoffrey bringen. Nach dem Gesetz war Thomas der nächste in der Erbfolge – er würde die Festung bekommen. Doch bis er das Alter erreicht hatte, würde man ihn der Obhut seines Onkels übergeben, und genau das durfte nicht geschehen. Belwain würde gewiß nicht zögern, das einzige Hindernis auf seinem Weg zu Macht und Reichtum zu beseitigen. Nach Thomas' Tod würde die Festung dann in seine Hände fallen ...

Nein, Elizabeth hatte keine Wahl. »Dein Plan ist vernünftig, Joseph. So Gott will, wird ihr Anführer genesen. Wenn nicht, dann haben wir wenigstens alles getan, was in unserer Macht steht.« Elizabeth schlug hastig das Zeichen des Kreuzes, und Joseph tat es ihr ebenso hastig nach.

»So Gott will«, murmelte er wie in einem Gebet. »So Gott will.«

»Joseph, während du meine Stute sattelst, mache ich mich bereit für die Reise.« Sie milderte den Befehl mit einem Lächeln ab, und Joseph verließ augenblicklich die Hütte. Er schloß die Tür hinter sich, umrundete das Häuschen und beeilte sich, das Reittier seiner Herrin zu satteln und aufzuzäumen. Als er kurz darauf wieder zur Tür kam, wartete Elizabeth schon auf ihn. Sie hatte sich umgezogen und trug nun ein blaues Kleid, das zwar schlicht, aber aus edlem Stoff war, und dessen Farbe genau zu ihren Augen paßte.

Er nahm Elizabeth den Beutel mit Kräutern ab, den sie ihm hinhielt, und half ihr aufs Pferd. Zweifel an der Durchführbarkeit seines Plans überkamen ihn, und offenbar war ihm seine plötzliche Besorgnis anzusehen, denn Elizabeth beuge sich über den Pferdehals und tätschelte zärtlich seine faltige Hand. »Mach dir keine Sorgen, Joseph. Es wird langsam Zeit, daß wir etwas unternehmen. Alles wird gut, glaub mir.«

Als wollte er sicherstellen, daß die Worte seiner Herrin wahr würden, bekreuzigte Joseph sich noch einmal. Dann stieg er auf den Wallach, den er von Herman dem Kahlen, dem Hilfsburschen des Stallmeisters ausgeliehen hatte, und ritt voraus in den Wald. Er hielt seinen Dolch in der Hand, bereit, sofort zuzustechen, sollte jemand es wagen, seine Herrin anzugreifen.

In weniger als einer Stunde hatten Elizabeth und Joseph die zerborstenen Tore erreicht, durch die die gewundene Straße zur Burg hinaufführte. Zwei grobschlächtige Wachen traten beiseite, um sie einzulassen, wobei beide einen respektvollen Abstand zu den zwei Wolfshunden einhielten, die Elizabeth' Pferd flankierten. Erstaunen zeichnete sich auf den Gesichtern der Wachen ab, als Joseph und Elizabeth durch das Tor an ihnen vorbeiritten, doch sie sagten nichts, sondern grinsten einander nur mit hochgezogenen Augenbrauen an, als das Grüppchen aus Tier und Mensch in sicherer Entfernung war.

Als sie den Burghof erreicht hatten, stieg Joseph ab und beeilte sich, seiner Herrin vom Pferd zu helfen. Er spürte ihr Zittern, als sie ihre Hand in seine legte, und wußte, daß sie sich fürchtete. Doch als er ihr ins Gesicht sah, konnte er darin nur Gelassenheit und Würde entdecken, und er empfand Stolz auf dieses tapfere Mädchen, dem er schon so lange diente. »Ihr macht Eurem Vater alle Ehre, Mylady«, flüsterte er, als er sie aus dem Sattel hob. Ja, sie hatte die Tapferkeit von ihrem Vater geerbt, und er wünschte sich sehnlichst, daß Thomas sie nun hätte sehen können. Obwohl doch eigentlich er für ihren Schutz zu sorgen hatte, war sie es, die ihm mit der Ruhe, die sie ausstrahlte, Mut machte. Kopfschüttelnd gestand er sich ein, daß er ohne sie wahrscheinlich in diesem Moment davongelaufen wäre.

Als sie in den Hof eingeritten waren, hatte ein enormer Lärm geherrscht, denn die Männer waren noch immer dabei, Trümmer wegzuräumen und die lädierten Gebäude wieder instandzusetzen. Doch nun legte sich plötzlich eine seltsame Stille über das geschäftige Treiben, und als Elizabeth aufblickte, sah sie ein Meer von fremden Gesichtern, die sich alle ihr zugewandt hatten. Elizabeth blieb einen Augenblick neben ihrem Pferd stehen, dann nahm sie allen Mut zusammen, hob den Kopf und ging aufrecht auf die Menge der gaffenden Männer zu.

Hatte Joseph nicht behauptet, es wären nur zweihundert Mann gewesen? Er muß sich geirrt haben, dachte Elizabeth, denn ihr kam es so vor, als wären es mindestens tausend, die sie nun, teils mit offenen Mündern, teils mit amüsiertem Grinsen, anstarrten. Ihr ungehobeltes Benehmen konnte Elizabeth jedoch nicht einschüchtern. Stolz straffte sie die Schultern, tat, als würde sie nichts bemerken, und trat durch die Gasse, die die zurückweichenden Männer bildeten. Ein Windstoß riß ihr die Kapuze vom Kopf und befreite ihr goldenes Haar, das sich nun wie ein Wasserfall über ihre Schultern ergoß.

Würdevoll wie eine Königin ging Elizabeth durch die Doppeltür, die direkt in die Große Halle führte. Am Eingang hielt sie kurz inne, um ihren Umhang abzulegen, den ihr Joseph abnahm. Nun bemerkte sie, wie nervös er war, denn er hielt ihren Beutel mit Kräutern so fest umklammert, daß die Adern auf seinem Handrücken hervortraten. Um ihn zu beruhigen, schenkte sie ihm ein kleines, zuversichtliches Lächeln.

Die Männer, die sich in der Großen Halle befanden,

starrten sie genauso verblüfft an, wie die draußen es getan hatten. Elizabeth nickte Joseph noch einmal zu, wandte sich dann um und ging, gefolgt von ihren Wolfshunden, quer durch den Saal auf den Kamin zu, ohne auch nur einem der Gaffer einen Blick zuzuwerfen. Das Schweigen lastete schwer über dem Raum, als sie ihre Hände am Feuer wärmte. Ihr war nicht wirklich kalt, aber sie brauchte Zeit, sich zu sammeln, bevor sie sich ihrem Publikum stellte. Als sie es nicht länger hinauszögern konnte, drehte sie sich um und begegneten den Blicken der Fremden, während ihre Hunde sich links und rechts von ihr abwartend setzten.

Langsam ließ sie ihren Blick durch den Raum gleiten. Was bis vor kurzem noch ihr Heim gewesen war, bot nun einen trostlosen Anblick. Die Gobelins und die Banner hingen in Fetzen von den feuchten Steinwänden herab und riefen ihr in aller Schärfe in Erinnerung, was für eine Tragödie sich hier abgespielt hatte. Sie versuchte, an das Lachen zu denken, das so oft durch den Saal gehallt war, hörte jedoch nur die Schreie der Verwundeten und der Sterbenden. Die Halle war einfach nur noch eine Halle – sie konnte sich nicht einmal mehr ihre Eltern vorstellen, wie sie nebeneinander an dem langen Eichentisch gesessen hatten. Sie sah nur wieder und wieder das Schwert, das auf den Hals ihrer Mutter zusauste ...

Ein Hüsteln riß sie aus den Gedanken und zerstörte das drückende Schweigen. Elizabeth löste ihren Blick von den zerfetzten Bannern an den Wänden und sah die wartenden Männer an. Ein schelmisch aussehender Rothaariger, der an dem großen Tisch gesessen hatte, sprang auf, schlenderte heran und blieb direkt vor ihr stehen, so daß er ihr die Sicht auf die anderen versperrte. Es mußte sich um einen Knappen handeln, denn er war zu alt, um ein Page zu sein, doch noch zu jung, um bereits zum Ritter geschlagen zu werden. Sein dümmliches Grinsen hätte ihr fast ein Lächeln entlockt, aber sie riß sich zusammen. Es war besser, keinerlei Gefühlsregung zu zeigen.

Der Knappe musterte sie unverhohlen und sagte laut genug, daß es jeder hören konnte: »Du bist aber ein hübsches Ding. Was genau gedenkst du denn für unseren Herrn zu tun?«

Als sie nicht gleich auf seine Frechheit antwortete, brüllte er über die Schulter: »Sie hat Haar wie aus Sonnenstrahlen gesponnen. Ich wette, es fühlt sich an wie feine Seide.« Er hob eine Hand, um nach einer Locke zu grabschen, erstarrte aber mitten in der Bewegung, als ihre Stimme, sanft und doch drohend, erklang.

»Ich nehme doch an, daß du an deinem Leben hängst!«

Das tiefe Grollen der Hunde unterstrich ihre Worte, und das Lächeln auf den Lippen des Knappen schwand. Vorsichtig nahm er die Hand herunter und warf beiden Hunden einen Blick zu. Sie waren aufgesprungen, hatten die Nackenhaare aufgestellt und die Lefzen hochgezogen, so daß ihre dolchspitzen Zähne zu sehen waren.

Bleich und sichtlich verärgert sah der junge Mann wieder Elizabeth an. »Ich tue dir nichts, denn du stehst unter dem Schutz des Falken«, flüsterte er. »Du brauchst keine Angst vor mir zu haben.«

»Dann brauchst auch du keine Angst vor mir zu haben«, erwiderte Elizabeth ebenfalls flüsternd, so daß nur er es hören konnte. Sie lächelte ihn an, und der Zorn des Knappen verpuffte. Niemand hatte ihre Worte mitbekommen, und somit war seine Ehre gerettet. Mit einer Geste bedeutete Elizabeth ihren Hunden, sich wieder zu setzen, und die beiden riesigen Tiere gehorchten schwanzwedelnd.

»Wo ist dein Anführer?« fragte sie.

»Folge mir, dann bringe ich dich zu ihm«, antwortete der Knappe.

Elizabeth nickte und ließ den Jungen vorgehen. Joseph wartete am Fuß der Treppe, und sie nahm ihm mit einem Lächeln den Beutel mit den Kräutern ab. Dann eilte sie hinter dem Jungen die gewundene Treppe hinauf.

Während sie über die ausgetretenen Stufen lief, kamen die Erinnerungen wieder. Sie dachte daran, wie sie, ihre Schwestern und ihr kleiner Bruder sich auf der Treppe hinterhergejagt waren, wie sie Fangen gespielt hatten, wie sie hinabgehüpft waren ... Nein! Sie durfte jetzt nicht daran denken. Später war noch genug Zeit zum Weinen und zum Trauern. Thomas' Zukunft hing von ihrem Handeln ab!

Als sie das erste Stockwerk erreicht hatten, kam ihnen ein älterer Ritter entgegen. Sein Stirnrunzeln war bedrohlich, und Elizabeth wappnete sich gegen die nächste Konfrontation.

»Du bist eine Frau! Wenn das eine Falle ist ...«

»Es ist keine Falle«, erwiderte Elizabeth. »Ich verstehe etwas von der Heilkunst und kann Eurem Herrn helfen. Ich werde alles tun, was in meiner Macht steht, um ihn zu heilen.«

»Und warum solltest du uns so freigebig deine Hilfe anbieten?« verlangte er barsch zu wissen.

»Braucht Ihr für alles eine Erklärung?« erwiderte sie. Zorn und unendliche Müdigkeit überkamen sie, aber sie würde sich nichts anmerken lassen. »Wollt Ihr meine Hilfe nun oder nicht?«

Der Ritter starrte sie einen Moment lang nur schweigend an. Es war nicht zu verkennen, daß er ihr nicht über den Weg traute, aber sie dachte nicht daran, sein

Mißtrauen zu zerstreuen. Statt dessen begegnete sie nur trotzig und schweigend seinem Blick.

»Komm mit. Die Hunde warten hier!« befahl er ihr schließlich barsch.

»Nay«, erwiderte Elizabeth prompt. »Sie kommen mit mir. Sie werden nichts anstellen, es sei denn, jemand will mir etwas tun!«

Zu ihrer maßlosen Überraschung protestierte er nicht mehr. Statt dessen fuhr er sich mit einer Hand durch sein braunes, mit grauen Strähnen durchzogenes Haar, und Elizabeth hätte schwören können, daß sie einen resignierten Seufzer vernahm.

Noch überraschter war sie, als er sie nicht in den Gang führte, in dem sich die drei größeren Schlafkammern befanden, sondern sich nach rechts wandte, eine Fackel aus der Halterung an der Wand nahm und durch den schmalen Korridor ging, der ausgerechnet zu ihrem ehemaligen Zimmer führte. Zwei Wachposten standen vor der Tür. Sie blickten verdutzt auf, als sie Elizabeth sahen.

Beklommen betrat Elizabeth hinter dem Ritter das Zimmer. Rasch blickte sie sich um und stellte zu ihrem Erstaunen fest, daß alles noch genauso war, wie sie es verlassen hatte. Die Kammer war kleiner als die anderen im Haus, doch Elizabeth hatte nie eine andere haben wollen. Zum einen gefiel es ihr, daß das Zimmer so weit von den anderen entfernt lag, und zum anderen bot das Fenster einen atemberaubenden Blick über den Wald, der jenseits des Flusses begann.

Der Kamin nahm den größten Teil der gegenüberliegenden Wand ein. Links und rechts davon standen zwei hölzerne Stühle mit königsblauen Kissen, die ihre Schwester Margaret für sie genäht hatte.

Ihr Blick wanderte zu dem Teppich, der über der Feuerstelle hing. Das Blau, das die Farbe der Kissen wieder aufnahm, war mit zartgelben Fäden durchwirkt, die die Umrisse ihrer beiden Wolfshunde darstellten. Am oberen Rand des Gobelins konnte man einen Falken erkennen, der in Burgunderrot gehalten war. Während sie auf den Wandteppich starrte, überflutete sie die Erinnerung. Sie und ihre Mutter, die stundenlang über dem Teppich gesessen und gearbeitet hatten ...

Nein! Nicht jetzt! Elizabeth schüttelte den Kopf, um die qualvollen Gedanken loszuwerden. Dem Ritter, der sie aufmerksam beobachtet hatte, entging die Geste nicht. Nachdenklich blickte er von ihr zu dem Gobelin und wieder zurück zu ihrem Gesicht, in dem er den flüchtigen Ausdruck von Schmerz und Trauer wahrnahm. Neugier glomm in seinen Augen auf, doch Elizabeth achtete kaum auf ihn. Sie hatte sich zum Bett umgedreht, dessen blaugelbe Vorhänge zurückgebundenen waren und den Blick auf den Anführer von Geoffreys Männern freigaben. Das erste, was Elizabeth auffiel, war die enorme Größe des Mannes. Wenn er stand, mußte er sogar ihren Großvater überragen!

Sein Haar war rabenschwarz und berührte das Kopfende des Bettes, während seine Füße beinahe über das Fußende hinaushingen. Aus irgendeinem unerfindlichen Grund machte ihr sein Anblick angst, doch sofort schalt sie sich innerlich, daß dies Unsinn war. Er war krank, er lag im Sterben. Sie brauchte sich gewiß nicht vor ihm zu fürchten. Eingehend musterte sie seine harten, wettergegerbten Züge. Er war attraktiv, das war nicht zu übersehen. Attraktiv und ... hart wie Stein.

Während sie ihn noch ansah, begann der Krieger, sich unruhig im Bett hin und her zu werfen. Er stöhnte, murmelte mit schwacher, aber tiefer Stimme unverständliche Wörter, und seine Qual löste ihre Erstarrung.

Sie trat zum Bett, legte ihm die Hand auf die feuchte Stirn, wobei sie die schweißverklebten Haare sanft zur Seite strich. Ihre milchigweiße zarte Hand bildete einen starken Kontrast zu der gebräunten Haut seines Gesichts.

»Er hat hohes Fieber«, bemerkte sie. »Wie lange ist er schon in diesem Zustand?« Noch während sie sprach, entdeckte sie die Schwellung über seiner rechten Schläfe und betastete sie mit äußerster Vorsicht. Der alte Krieger hatte sich am Fußende des Bettes aufgestellt und beobachtete sie mit gerunzelter Stirn.

»Ich habe gesehen, wie ihn die Keule traf. Er stürzte zu Boden, und seitdem geht es ihm schlecht.«

Elizabeth zog konzentriert die Brauen zusammen. »Das ergibt keinen Sinn«, murmelte sie. »Ein Schlag auf den Kopf erzeugt kein Fieber.« Dann richtete sie sich auf und wandte sich mit einem Ausdruck der Entschlossenheit dem Ritter zu. »Helft mir, ihn auszuziehen.«

Elizabeth ließ ihm keine Zeit zum Protest, sondern begann augenblicklich, die Bänder im Nacken des Kriegers zu lösen. Der alte Ritter zögerte noch einen Moment, schien sich dann aber ein Herz zu fassen und kam ihr zur Hilfe, indem er seinem Anführer die enganliegenden Hosen abstreifte.

Obwohl sie sich anstrengte, gelang es Elizabeth nicht, das gesteppte Hemd, das inzwischen mit dem Schweiß des Fieberndem vollgesogen war, über dessen Schultern zu ziehen. Mit einem ärgerlichen Seufzen griff sie nach ihrem Dolch an ihrer Taille, um den dicken Stoff damit durchzuschneiden.

Der Ritter sah nur das Aufblitzen von Metall. Ohne zu zögern holte er aus, und schlug Elizabeth den Dolch aus der Hand. Sofort sprangen die Hunde knurrend auf, doch Elizabeth brachte sie mit einer raschen Geste zum Schweigen. Dann wandte sie sich dem grauhaarigen Mann zu und sagte freundlich: »Ich weiß, daß Ihr keinen Grund habt, mir zu trauen. Doch ich will Eurem Anführer nichts Böses. Ich wollte nur sein Hemd aufschneiden.«

»Und wozu?« verlangte der Mann zu wissen.

Elizabeth ignorierte die Frage und bückte sich, um den Dolch vom Boden aufzuheben. Sie schlitzte das Hemd am Hals ein Stück auf und riß es dann mit beiden Händen auseinander. Ohne ihren wütenden Helfer anzublicken, bat sie ihn freundlich, kaltes Wasser zu holen, damit sie seinem Herrn den Schweiß abwaschen und seinen heißen Körper kühlen konnte.

Zähneknirschend gab der Ritter den Befehl an die Wachposten draußen weiter. Währenddessen untersuchte Elizabeth Arme und Hals des Kranken nach möglichen Verletzungen ab. Mit einiger Überwindung ließ sie ihren Blick abwärts gleiten und spürte, wie ihr das Blut in die Wangen schoß. Sie hatte noch nie im Leben einen nackten Mann gesehen. Obwohl es Sitte war, daß die Töchter des Hauses den adeligen Gästen beim Baden halfen, hatte ihr Vater es nie erlaubt, sondern stets die Dienerschaft angewiesen, diese Aufgabe zu erledigen. Er hatte seinen Freunden in dieser Hinsicht mißtraut und wollte sie nicht erst in Versuchung führen.

Doch die Neugier siegte über ihr Schamgefühl, und Elizabeth wagte einen raschen Blick auf den Unterkörper des Mannes. Sie war ein wenig überrascht, daß dieser Mann hier nicht mit der furchteinflößenden gewaltigen Waffe ausgestattet war, die, wie sie gehört hatte, alle Männer besaßen. Vielleicht hatten die Dienerinnen, die sie bei solchen Gesprächen belauscht hatte, ja übertrieben, und Männer sahen halt so aus wie dieser hier. Oder aber ihr Patient war schlicht und ergreifend von der Natur benachteiligt.

Aber im Augenblick war diese Frage auch nicht so bedeutend. Elizabeth bekreuzigte sich rasch und konzentrierte sich auf ihre Aufgabe. Sie griff nach sauberen Leinentüchern und riß sie in Streifen. Als das Wasser gebracht wurde, tauchte sie den Stoff hinein und machte sich daran, das Gesicht des Kriegers abzuwischen.

Der Krieger regte sich inzwischen kaum noch, und sein Atem kam stoßweise und viel zu flach. Eine häßliche rote Narbe, gut versteckt durch sein leicht lockiges schwarzes Haar, zog sich vom linken Augenwinkel halbkreisförmig hinter sein Ohr. Seinem attraktiven Äußeren schadet sie allerdings nicht, dachte Elizabeth, während sie mit dem feuchten Tuch vorsichtig den roten Wulst entlangfuhr.

Als sie sich Schultern und Brust widmete, entdeckte sie noch weitere Narben. *Zu viele für meinen Geschmack,* dachte sie. Schließlich gelangte sie bei seiner Taille an und hielt mit dem Wischen inne. »Helft mir, ihn umzudrehen«, befahl sie dem älteren Ritter.

Dieser war am Ende seiner Geduld angelangt. »Bei allen Heiligen, Frau! Er braucht ein Heilmittel, kein Bad!« brüllte er seine Verärgerung heraus.

»Ich muß wissen, ob der Schlag auf dem Kopf alles ist, was er abbekommen hat«, erwiderte Elizabeth in gleicher Lautstärke. »Ihr habt Euch ja nicht einmal die Zeit genommen, ihm seine Rüstung auszuziehen!«

Der grauhaarige Krieger schnappte nach Luft, kreuzte die Arme trotzig vor der Brust und funkelte sie wütend an. Elizabeth kam zu dem Schluß, daß sie nicht auf seine Hilfe zählen durfte. Sie warf ihm einen Blick zu, der, wie sie hoffte, mörderisch war, und wandte sich dann wieder dem Kranken zu. Seufzend griff sie quer über das Bett, packte seine schlaffe Hand mit ihren beiden und zog. Sie zog so fest sie konnte, legte all ihre Kraft hinein und stöhnte vor Anstrengung ... doch es half nichts. Der große, schwere Mann bewegte sich nicht. Elizabeth dachte nicht daran, aufzugeben. Ohne zu bemerken, daß sie sich auf die Unterlippe biß, zerrte sie weiter und glaubte schon, endlich Erfolg zu haben, als die Hand des Kranken plötzlich zurückschnellte. Elizabeth wurde mitgerissen und landete quer über der breiten Brust des Mannes. Panisch versuchte sie, ihre Hand aus dem Griff des Kriegers zu lösen, doch dieser hielt eisern fest. Elizabeth wollte lieber nicht wissen, was in seinem fiebrigen Kopf gerade vorging.

Der Vasall beobachtete eine Weile kopfschüttelnd Elizabeth' vergeblichen Versuche, sich selbst zu befreien. Endlich entschloß er sich zum Handeln. »Aus dem Weg, Weib!« brüllte er, trat ans Bett, riß ihre Hand aus der des Anführers und zerrte sie grob auf die Füße. Mit einer einzigen, scheinbar mühelosen Bewegung hievte er den Kranken herum, so daß er nun auf seinem Bauch lag. Die Verärgerung wandelte sich in Entsetzen, als der Vasall den blutdurchtränkten Stoff sah, der seinem Anführer am Rücken klebte. Schockiert trat er einen Schritt zurück.

Elizabeth überkam pure Erleichterung, als sie die bösartige Wunde sah. Dies war etwas, mit dem sie umgehen konnte. Sie setzte sich auf die Bettkante und löste den Stoff behutsam von der eiternden Verletzung. Als der Vasall den klaffenden diagonalen Schnitt im Rücken seines Herrn deutlich erkennen konnte, führte er fassungslos eine Hand an seine Stirn. Ohne sich der Tränen zu schämen, die in seine Augen traten, stammelte er flüsternd: »Ich ... ich habe nicht einen Moment daran gedacht ...«

»Macht Euch keine Vorwürfe«, unterbrach Elizabeth ihn. Sie lächelte ihn mitfühlend an, bevor sie fortfuhr:

»Jetzt weiß ich wenigstens, was das Fieber erzeugt hat. Wir brauchen mehr Wasser, doch dieses Mal muß es heiß sein. Fast kochend, bitte.«

Der Vasall nickte und stürzte aus der Kammer. Innerhalb kürzester Zeit wurde ein Kessel mit dampfendem Wasser hereingebracht. Obwohl Elizabeth sich äußerlich ruhig gab, fürchtete sie sich entsetzlich vor dem, was sie nun tun mußte und wobei sie ihre Mutter schon unzählige Male beobachtet hatte. Sie schickte im stillen ein Gebet zum Himmel, dann tauchte sie einen frischen Leinenstreifen in das heiße Wasser und verzog das Gesicht. Den Schmerz ignorierend, wrang sie den Lappen aus und holte tief Luft. Zögernd wandte sie sich an den Vasallen. »Ihr werdet ihn festhalten müssen«, flüsterte sie. »Ich fürchte, es wird ihm schreckliche Schmerzen bereiten . . .«

Der Vasall nickte und legte seinem Herrn beide Hände auf die breiten Schultern.

Elizabeth zögerte immer noch. »Ich muß das Gift aus seinem Körper holen, denn sonst wird er sterben.« Sie war sich nicht sicher, wen sie davon überzeugen wollte, daß es absolut notwendig war, dem Kranken zusätzliche Schmerzen zuzufügen – den Vasallen oder sich selbst.

»Aye«, erwiderte der ältere Ritter nur knapp. Hätte Elizabeth in diesem Moment aufgeschaut, so wäre ihr gewiß nicht entgangen, daß er ihr einen mitfühlenden Blick zuwarf, doch sie starrte nur voller Furcht auf die Wunde des Kriegers, die sie nun säubern mußte.

Dann holte sie tief Atem und legte das heiße, nasse Tuch auf die klaffende Verletzung. Der Krieger reagierte augenblicklich und heftig. Er bäumte sich auf, griff nach hinten und versuchte, den Lappen von seinem Rücken zu reißen, doch der Vasall drückte ihn mit aller

Kraft nieder. Der gequälte Aufschrei verschlug Elizabeth den Atem, und sie schloß entsetzt die Augen.

In diesem Moment wurde die Tür zu der Kammer aufgestoßen, und die zwei Wachposten stürmten mit gezogenen Schwertern herein. Verwirrung und Angst malte sich auf ihren Gesichtern. Der Vasall, der noch immer seinen Herrn aufs Bett niederdrückte, schüttelte den Kopf und befahl ihnen, ihre Waffen zu senken.

»Es muß getan werden«, sagte Elizabeth ruhig. Mit einem letzten verunsicherten Blick auf ihren Herrn wandten sich die Wachen um und verließen die Kammer wieder.

»Er würde niemals einen Laut von sich geben, wenn er wach wäre«, murmelte der Vasall. »Er weiß nicht, was er tut.«

Elizabeth zog eine Augenbraue hoch, während sie einen zweiten Lappen auf die Wunde legte. »Glaubt Ihr, es schadet seiner Männlichkeit, wenn er auf die Schmerzen reagiert?«

»Er ist ein mutiger, furchtloser Krieger«, antwortete der Vasall mit einer Spur Entrüstung in seiner Stimme.

»Im Augenblick beherrscht das Fieber sein Tun«, sagte Elizabeth, um ihn zu besänftigen.

Es funktionierte: Der Vasall nickte fast zufrieden. Elizabeth verkniff sich ein Lächeln und wandte sich wieder ihrer Aufgabe zu. Sie zog die Lappen, an denen rotgelber Eiter klebte, von der Wunde, und wiederholte diese Prozedur so lange, bis nur noch hellrotes Blut aus dem klaffenden Schnitt sickerte. Als sie den letzten Stoffstreifen abhob, waren ihre Hände von dem heißen Wasser genau so rot wie die Wunde. Sie rieb sie eine Weile aneinander, um das Brennen zu vertreiben, dann griff sie nach ihrem Beutel. Mehr zu sich selbst als zu dem Vasallen sagte sie: »Ich glaube nicht, daß wir die Verletzung mit einem glühenden Messer schließen müssen. Das Blut scheint mir nun sauber, und es ist nicht so viel, als daß er daran sterben könnte.«

Der Anführer war nun wieder bewußtlos, und Elizabeth dankte Gott dafür, denn sie wußte, daß die Arznei, die sie nun auftragen würde, keinesfalls schmerzlindernd war. Sorgfältig schmierte sie eine dicke Schicht einer übelriechenden Salbe auf die Ränder des Schnittes und legte einen Verband an. Als sie damit fertig war, bat sie den Vasallen, den Kranken wieder umzudrehen und seinen Kopf anzuheben, damit sie ihm eine Mischung aus Wasser, Salbei, Malve und Nachtschatten einflößen konnte.

Mehr konnte sie nicht tun. Elizabeth' ganzer Körper schmerzte von der Anstrengung, und sie stand auf und trat zum Fenster. Dort schob sie das Fell zur Seite, das den Wind abhielt, und entdeckte überrascht, daß die Nacht bereits hereingebrochen war. Müde lehnte sie sich an die steinerne Mauer und genoß die kühle Brise, die ihre Sinne wiederbelebte und ihren Körper erfrischte. Schließlich drehte sie sich wieder zu dem Vasallen um, der, wie sie jetzt erst bemerkte, erschöpft und ausgezehrt wirkte. »Geht ruhig und schlaft ein wenig. Ich werde über Euren Anführer wachen.«

»Nay«, sagte er. »Ich kann erst wieder schlafen, wenn ich weiß, daß der Falke sich erholt.« Während er sprach, legte er einen weiteren Scheit auf das Feuer.

»Wie heißt Ihr?« fragte Elizabeth.

»Roger.«

»Roger, warum nennt Ihr Euren Anführer den ›Falken‹?«

Der Vasall, der vor dem Feuer hockte, warf ihr einen kurzen Blick zu, und antwortete dann barsch: »Jeder, der mit ihm in den Kampf zieht, nennt ihn so. Das ist einfach so.«

Elizabeth fand seine nichtssagende Antwort seltsam, aber sie wollte ihn nicht durch weitere Fragen verärgern. Statt dessen wagte sie einen Vorstoß. »Ich habe gehört, daß Ihr einen Jungen bei Euch habt, der nicht spricht. Der Falke soll ihm das Leben gerettet haben. Ist das wahr?«

»Aye.« Das Mißtrauen kehrte in die Augen des Vasallen zurück, und Elizabeth erkannte, daß sie überaus behutsam vorgehen mußte, wenn sie etwas erreichen wollte.

»Wenn es der Junge ist, für den ich ihn halte, dann weiß ich, wer seine Familie ist und wäre bereit, ihn mit mir zu nehmen, wenn ich gehe.«

Roger betrachtete sie nachdenklich. Sein Schweigen steigerte Elizabeth' Anspannung ins Unerträgliche, aber sie zwang sich, nach außen hin ruhig zu bleiben. »Nun, was sagt Ihr, Roger?«

»Ich werde sehen, was ich tun kann. Allerdings ist nur der Baron berechtigt, eine Entscheidung zu treffen.«

»Aber Baron Geoffrey wird sich doch niemals herbequemen«, entfuhr es ihr. »Es würde mindestens einen Monat dauern, bis ich eine Antwort erhalte, ob ich den Jungen mitnehmen kann oder nicht! Er will doch gewiß auch, daß das Kind wieder zu seinen Eltern kommt! Könnt Ihr nicht an seiner Statt einen Entschluß fassen? Ich bin überzeugt, daß der Baron froh sein wird, sich nicht um solche Kleinigkeiten zu kümmern. Schließlich ist Montwright doch nur ein kleines Anwesen verglichen mit anderen.« Fast hätte Elizabeth hinzugefügt, daß dies ihr Vater zu vielen Gelegenheiten gesagt hatte. Und es mußte wahr sein, denn Baron Geoffrey hatte sie niemals auf dieser Burg besucht. Nein, wenn es irgendwelche Geschäfte zu erledigen gab, war Lord Thomas stets zum Hauptsitz des Barons gereist, um dort mit ihm zu sprechen.

Der Vasall war sichtlich überrascht von ihrem Ausbruch. »Einen Monat? Unsinn. Du brauchst doch nur darauf zu warten, daß das Fieber zurückgeht und er erwacht. Dann kannst du ihn fragen«, sagte er. »Und im übrigen irrst du dich, Kind. Keine Burg ist so unbedeutend, daß Baron Geoffrey sich nicht darum kümmern würde. Er beschützt alle, die ihm Treue geschworen haben, ob sie nun reich oder arm, hochrangig oder niedriggestellt sind.«

»Wollt Ihr mir damit sagen, daß der Falke mir die Erlaubnis geben kann? Er darf Entscheidungen für den Baron treffen?« fragte Elizabeth hoffnungsvoll. »Oh, dann wird er mir sicher meinen Wunsch erfüllen«, setzte sie freudig hinzu. »Ich habe mich schließlich um ihn gekümmert! Er kann ja gar nicht anders!« Erleichtert klatschte sie in die Hände.

»Du weißt nicht, wen du da gerade behandelt hast, nicht wahr?« fragte Roger, dessen Mund sich zu einem breiten Grinsen verzog.

Elizabeth sah ihn stirnrunzelnd an.

»Der Falke *ist* Baron Geoffrey, Overlord von Montwright.« Roger setzte sich in einen der Stühle, legte seine Füße auf den anderen und wartete triumphiernd auf eine Reaktion.

»*Er* ist Baron Geoffrey?« fragte sie ungläubig.

»Aye«, bestätigte Roger ihr. Er legte die Füße übereinander und grinste noch breiter. »Warum überrascht dich das denn so? Sag nicht, du hättest noch nie von ihm gehört.« Mit einem Hauch Arroganz setzte er hinzu: »Sein Ruf ist in ganz England bekannt.«

»Ja, schon, aber ich dachte, er wäre alt . . . älter als . . .« Sie brach ab und wies mit der Hand in Richtung Bett. Sie musterte den Kranken, den sie eben behandelt hatte, während ihre Gedanken sich überschlugen. Ihr Vater hatte niemals erwähnt, in welchem Alter sein Herr war. Sie hatte einfach angenommen, daß er ein alter Mann war – genau wie die anderen Barone, die sie kennengelernt hatte. Sie lehnte sich wieder an die kühle Mauer und sah Roger stumm an. Er schien sich über ihre Unwissenheit köstlich zu amüsieren.

»Er ist der jüngste Baron Williams«, sagte Roger stolz. »Und der mächtigste!«

»*Wenn* der Baron wieder gesund wird, dann steht er doch in meiner Schuld, oder nicht?« fragte Elizabeth zögernd. Sie schickte ein hastiges Gebet zum Himmel, daß sie recht behalten würde und Geoffrey ein Mann von Ehre war. Denn dann würde er ihr vielleicht zuhören, würde sie ihn vielleicht überzeugen können, daß ihr Onkel ein gemeiner Schuft war, daß er ihr helfen mußte! Ja, *falls* er wieder gesund würde . . .

Ein Klopfen an der Tür unterbrach ihre Gedanken. Roger bedeutete ihr, dort zu bleiben, wo sie war, und ging zur Tür, um sie zu öffnen. Flüsternd sprach er ein paar Worte mit den Wachposten, dann wandte er sich zu Elizabeth um. »Dein Diener will mit dir sprechen.«

Elizabeth nickte und folgte einer der Wachen hinaus und den langen Flur entlang, an dessen Ende Joseph auf sie wartete. Seine Miene war sorgenvoll. »Joseph, es ist der Baron selbst, um den ich mich gekümmert habe.«

»Aye«, antwortete Joseph. Er wartete, bis die Wache außer Hörweite war, bevor er fortfuhr. »Wird er genesen?«

»Vielleicht«, erwiderte Elizabeth. Nach einem kurzen Moment des Zögerns setzte sie hinzu: »Jetzt hilft nur noch beten. Es ist Thomas' einzige Chance.«

Josephs Sorgenfalten vertieften sich, aber Elizabeth schüttelte den Kopf. »Sieh es als glückliche Wendung des Schicksals an, Joseph. Verstehst du nicht? Wenn der

Baron gesund wird, steht er in meiner Schuld, ob ich nun eine Frau bin oder nicht, ob ich mich nun als Bäuerin ausgebe oder nicht. Er wird mich anhören müssen . . .«

»Aber der Mann, der im Augenblick Befehlshaber ist«, begann Joseph mit einer Geste zu ihrer Schlafkammer hinüber. »Dieser Vasall . . .«

»Sein Name ist Roger«, klärte Elizabeth ihn auf.

»Er hat nach Belwain geschickt!«

»Was?« entfuhr es Elizabeth. Sie senkte rasch wieder die Stimme. »Warum? Und woher weißt du das?«

»Herman der Kahle hat es gehört. Der Bote ist vor einer Stunde aufgebrochen. Es ist wahr«, sagte er, als Elizabeth ungläubig den Kopf schüttelte. »Belwain wird spätestens in einer Woche hier eintreffen.«

»Lieber Gott«, flüsterte Elizabeth. »Ich muß um jeden Preis mit Geoffrey sprechen, bevor Belwain hier ankommt.« Voller Furcht packte sie den Ärmel des alten Dienstboten und zerrte, ohne es zu bemerken, an dem groben Stoff. »Wir müssen Thomas verstecken. Wir müssen ihn von hier fortbringen, bis ich sicher sein kann, daß der Baron auf mich hört! Belwain darf auf *keinen Fall* erfahren, daß wir noch am Leben sind!«

»Das wird uns nicht gelingen, Mylady. Belwain wird Bescheid wissen, sobald er durch diese Tore reitet. Zu viele haben Eure Rückkehr mitangesehen. Er wird es erfahren. Und es ist ohnehin nur eine Frage der Zeit, bis auch dieser Roger die Wahrheit herausbekommt.«

»Ich muß nachdenken«, flüsterte Elizabeth. Erst jetzt bemerkte sie, daß sie an Josephs Ärmel zerrte. Sie ließ los und senkte die Hand. »Rede mit Herman. Er ist ein treuer Diener und wird schweigen. Außerdem ist er ein Freisasse, Joseph. Ihr beide müßt Thomas von hier fortbringen. Versteckt ihn. Irgendwo, wo ihn niemand finden kann. Wirst du das tun, Joseph?«

»Aye«, antwortete der alte Mann und streckte den Rücken. »Verlaßt Euch auf mich und Herman. Wir werden einen sicheren Ort für den Jungen finden!«

Elizabeth nickte, während sie spürte, wie ihr ein Stein vom Herzen fiel. Joseph würde sie nicht verraten und nicht enttäuschen. Sie konnte sich auf ihn verlassen. »Es ist ja nur für eine kurze Zeit. Bis Baron Geoffrey wieder erwacht«, sagte sie.

»Aber was wird aus Euch? Wenn der Baron nicht gesund wird oder wenn das Fieber ihn in den Klauen hält, bis Belwain eintrifft . . . Oder wenn der Baron sogar stirbt?«

»Ich werde fliehen müssen«, sagte Elizabeth mehr zu sich selbst als zu Joseph. »Wenn Belwain kommt, werde ich nicht mehr hier sein. Hoffen wir, daß der Baron bald erwacht, damit ich mit ihm reden kann, bevor Belwain eine Chance bekommt, sein Lügengespinst zu weben.« Sie erschauerte und fuhr dann fort: »Und wenn nicht, wenn er stirbt, dann mußt du Thomas zu mir bringen. Irgendwie werde ich es schon zu Großvater schaffen. Er wird wissen, was zu tun ist.«

»Und Ihr werdet zum Wasserfall zurückkehren?« fragte Joseph ängstlich. Er würde nicht hier sein, um seine Herrin zu begleiten, nun, da sie ihm den Auftrag gegeben hatte, Thomas zu verstecken. Es war gefährlich, alleine zu reisen, und sie wußte das genausogut wie er.

»Ich werde nicht in diesen Mauern bleiben. Belwain hat dieses Haus vergewaltigt«, brachte sie gepreßt hervor. »Ganz sicher werde ich nicht hier abwarten, um ihn zurückkehren zu sehen. Oh, nein, das werde ich bestimmt nicht tun!«

»Aye, Mylady, beruhigt Euch«, sagte Joseph besänftigend. »Bestimmt wird der Krieger vor Belwains Ankunft erwachen. Und er wird Euch anhören, glaubt mir!« Joseph wußte, daß er redete, als würde er ein Kind mit einem verschrammten Knie zu trösten versuchen, aber es schien zu helfen. Seine Herrin beruhigte sich, ihr Atem wurde wieder ein wenig regelmäßiger und sie straffte die Schultern.

Die Veränderung in Elizabeth' Verhalten, sobald der Name ihres Onkel erwähnt wurde, erschreckte den alten Diener mehr, als er sich selbst eingestehen wollte. Er wußte, daß das Mädchen hatte zusehen müssen, wie ihre Familie niedergemetzelt wurde, konnte verstehen, daß das Entsetzen und die furchtbaren Bilder ihre Seele quälten, und er glaubte genau wie sie, daß Belwain hinter der Greueltat steckte. Dennoch wünschte er sich innig, daß sie darüber hätte reden können, daß sie ihren Schmerz und ihre Ängste durch Worte hätte herauslassen können, aber sie machte nicht einmal den Versuch. Sie war so ganz anders als ihre beiden Halbschwestern Margaret und Catherine. Vielleicht lag es daran, daß sie zur Hälfte sächsischer Abstammung war.

Master Thomas war ein harter und unglücklicher Mann gewesen, als er mit seinen zwei kleinen Töchtern nach Montwright gekommen war. Doch dann war die blonde, sächsische Schönheit in sein Leben getreten, und der Mann hatte sich auf wundersame Weise verändert. Diese Frau war ein Wildfang gewesen, doch er hatte um sie gebuhlt wie ein junger Bursche, hatte schließlich ihr Herz gewonnen und sie gebeten, ihn zu heiraten. Ein Jahr später war die kleine Elizabeth geboren worden. Thomas war zu dem Schluß gekommen, daß das Schicksal keinen Sohn für ihn vorgesehen hatte, und hatte dem kleinen blauäugigen Säugling alle Liebe, die er zu geben hatte, geschenkt. Zwischen Vater und Tochter hatte sich ein ganz besonderes Band entwickelt, das auch zehn Jahre später, als der kleine Thomas geboren wurde, bestehen geblieben war.

Obwohl Elizabeth nichts von den männlichen Wesenszügen ihres Vaters geerbt hatte, so hatte sie sich doch seine Reserviertheit, seine Angewohnheit, Gefühle zu verbergen, angeeignet. In Margarets und Catherines Gesichtern hatte man immer lesen können wie in einem Buch: Jedermann konnte sehen, was sie dachten und fühlten. Nicht jedoch bei Elizabeth. Joseph hatte immer geglaubt, daß Elizabeth diejenige war, die die Familie zusammengehalten hatte. Ihre Loyalität kannte keine Grenzen, und die Familie bedeutete ihr mehr als alles andere auf der Welt. Sie war Friedensstifterin und Aufrührerin; der Stolz ihres Vaters, wenn sie an seiner Seite mit auf die Jagd ritt, und die Verzweiflung ihrer Mutter, wenn diese versuchte, dem Mädchen das Sticken beizubringen. Aye, es war eine glückliche, zufriedene Familie gewesen, bis . . .

»Habe ich Euch schon gesagt, daß Herman drei Männer zu Belwains Wohnsitz geschickt hat? Vielleicht finden sie den Beweis, den wir benötigen, um ihn anzuklagen, wenn sie sich mit Belwains Dienerschaft unterhalten –«

»Herman ist ein braver Mann«, unterbrach Elizabeth ihn. Ihre Stimme klang nun entspannt, und der alte Mann stieß einen Seufzer der Erleichterung aus. »Aber ich kann mir nicht vorstellen, das Belwains Diener die Wahrheit sagen. Sie fürchten ihren Herrn, Joseph, das weißt du. Bitte sag Herman, daß ich ihm sehr dankbar dafür bin, daß er es versuchen will.« Die letzten Worte waren geflüstert.

»Mylady, auch Herman liebte Eure Familie. Thomas hat ihm vor langer Zeit seine Freiheit gegeben. Ihr wart damals noch ein Baby und werdet Euch nicht erinnern können, aber Herman wird niemals vergessen, was er den Montwrights zu verdanken hat.«

»Ja«, erwiderte Elizabeth. »Ich kenne die Geschichte.« Plötzlich lächelte sie und setzte hinzu: »Ich habe nie verstanden, warum alle ihn Herman den Kahlen nannten, da sein Kopf mit dichtem schwarzen Haar bedeckt war, und immer wenn ich meinen Vater danach fragte, wich er mir peinlich berührt aus.«

Joseph war ziemlich sicher, daß sie den Grund für Hermans Spitznamen noch immer nicht kannte, und spürte, wie ihm das Blut in die Wangen stieg. Er konnte nur hoffen, daß sie ihn nicht fragen würde. Es handelte sich um einen dummen Männerscherz, und er wollte die zarten Ohren seiner Herrin bestimmt nicht durch die anstößige Wahrheit beleidigen.

Aber Elizabeth war ganz in die schönen Erinnerungen an ihren Vater versunken. Doch nach einer Weile schwand das glückliche Lächeln und wich einer tiefen Trauer. »Wir werden es schaffen, Joseph«, flüsterte sie. »Aber nun muß ich zurück zu dem Baron. Bete, Joseph! Bete, daß er gesund wird. Bete, daß er mir zuhört. Und glaubt!«

Sie tätschelte die dick gepolsterte Schulter des Dieners, wandte sich um und ging langsam auf die Tür ihrer ehemaligen Schlafkammer zu. Ihr Magen zog sich erneut zusammen, und sie hoffte inständig, daß sie sich nicht würde übergeben müssen. Der Gedanke daran, daß Belwain nach Montwright zurückkehrte, war ihr unerträglich. Wäre nicht noch der kleine Thomas dagewesen, der von ihr abhing, so hätte Elizabeth die Nachricht mit Freude zur Kenntnis genommen. Dann hätte sie ihn mit einer überschwenglichen Umarmung willkommen geheißen – den gezückten Dolch in ihrer Hand!

Sie mußte abwarten. Sie würde ihre Rache bekommen, wie lange es auch dauern und was auch immer es kosten mochte. Ihre Entschlossenheit, ihr Durst nach Rache gaben ihr Kraft und verliehen ihren Schritten Sicherheit. Und er verhinderte, daß sie in dieser Zeit des Wahnsinns ihren Verstand verlor. Rache und das Wissen, daß ihr Bruder nur noch sie allein hatte. Erst wenn Thomas außer Gefahr war, wenn seine Ansprüche auf Land und Besitz gesichert waren, erst wenn Belwain für seine Sünden mit seinem Leben bezahlt hatte, erst dann würde sie sich der Verzweiflung und der Trauer hingeben, die sie seit der schrecklichen Tat verdrängt hatte. Erst dann, und nicht eher.

Als Elizabeth die Tür zu ihrer Kammer öffnete, sah sie auf den ersten Blick, daß ihre beiden Wolfshunde an beiden Seiten des Bettes Stellung bezogen hatten, um über den Bewußtlosen zu wachen. Aus ihrer aufmerksamen Haltung entnahm Elizabeth, daß sie den Krieger aus irgendeinem Grund in ihr Herz geschlossen hatten. Sie ließ sich auf dem Schemel neben dem Bett nieder und griff nach einem Lappen, um dem großen Mann erneut die Stirn zu kühlen.

Zwei Tage und zwei Nächte blieb Elizabeth an der Seite des Barons. Unzählige Male wechselte sie seine Kleider, und immer, wenn sie neue Salbe auf seinen Rücken strich, sprach sie zwölf Vaterunser, um die Wirkung der Kräuter zu verstärken.

Sie nahm ihre Mahlzeiten in der Kammer ein und verließ den Baron nur dann, wenn es absolut notwendig war. Bei einer dieser Gelegenheiten entdeckte sie Thomas in der Großen Halle. Er schaute auf und sah sie flüchtig an, und Elizabeth begriff, daß er nicht wußte, wer sie war. Obwohl es ihr einen Schock versetzte, erlaubte sie sich nicht, sich ernsthafte Sorgen über seinen Zustand zu machen. Die Zeit würde kommen, in der auch er wieder genesen würde, und sie würde ihm dabei helfen. Und vielleicht war es sogar ein Glück, daß Thomas sich im Augenblick an nichts zu erinnern schien. Auch er hatte mitansehen müssen, wie seine ganze Familie grausam abgeschlachtet worden war, und wenn Gott wirklich gnädig war, dann würde sich der kleine Junge vielleicht niemals an die entsetzlichen Bilder erinnern müssen.

Elizabeth wandte ihre Aufmerksamkeit Joseph zu, der neben ihrem Bruder stand. Der Diener blickte den Jungen erst intensiv an, dann wandte er den Kopf und nickte Elizabeth zu. Elizabeth gab ihm mit einem leichten Neigen des Kopfes zu verstehen, daß sie verstanden hatte: Sie konnte sich auf ihn verlassen. Joseph würde tun, was sie ihm aufgetragen hatte. Derart beruhigt, setzte sie sich wieder in Bewegung.

Sie war zu dem Schluß gekommen, daß sie nur noch einen weiteren Tag warten konnte. Dann mußte sie fort. Und in dieser Nacht, wenn die Soldaten schliefen, würde Joseph Thomas aus der Burg bringen. Oh, wenn der Baron ihr doch endlich den Gefallen tun und aufwachen würde! Wenn er ihr doch endlich zuhören würde! Alles hing nur davon ab, daß er sie anhörte und ihr glaubte! Mit diesem innigen Wunsch im Kopf kehrte sie nach oben zu ihrer Kammer und dem Baron zurück.

Roger hatte sich der Hunde angenommen, fütterte sie und brachte sie gelegentlich hinaus – eine Aufgabe, die ihm, wenn man nach seinem Grummeln urteilen wollte, ganz und gar mißfiel. Der Grund dafür lag wohl an dem Verhalten der Hunde, wann immer sich Roger dem Bett mit dem Kranken näherte. »Sie tun gerade so, als würde ich meinem Herrn etwas antun wollen«, murmelte er grießgrämig.

»Sie wollen ihn beschützen«, erwiderte Elizabeth lächelnd. Auch sie war überrascht, daß die Hunde sich offenbar instinktiv zu dem großen Krieger auf dem Bett hingezogen fühlten. So oft sie auch darüber nachgrübelte, sie konnte keine Erklärung dafür finden.

Am zweiten Tag ließ Roger sie mehrmals allein mit seinem Herrn, woraus Elizabeth schloß, daß sie endlich sein Vertrauen gewonnen hatte.

Es geschah in der dritten Nacht, als Elizabeth, die neben der schlafenden Gestalt wachte, einmal mehr nach dem feuchten Lappen griff und dem Krieger die Stirn abwischte.

Der Ritter lag inzwischen in einem tiefen, offenbar ruhigen und damit heilsamem Schlaf. Sein Atem war längst nicht mehr flach, sondern regelmäßig und normal. Elizabeth freute sich über die sichtlichen Fortschritte, die er machte, war aber überzeugt, daß das Fieber ihn noch immer in den Klauen hatte.

»Was für ein Mann seid Ihr nur«, flüsterte sie, »daß Euch so viele so treu ergeben sind?« Sie schloß die Augen für einen Moment, um die tröstende Stille um sich herum besser auskosten zu können. Als sie sie wieder aufschlug, erstarrte sie. Die dunkelbraunen Augen des Kriegers betrachteten sie intensiv. Elizabeth reagierte prompt. Sie streckte den Arm aus und wollte seine Stirn befühlen. Doch seine Linke schoß vor, griff nach ihrem Arm, und der Mann zog sie mühelos zu sich. Als sie auf seiner nackten Brust lag und ihre Lippen nur noch ein winziges Stück voneinander entfernt waren, öffnete er den Mund, und sie hörte seine heisere, tiefe Stimme. »Laß mich nicht im Stich, schöne Nymphe!«

Elizabeth lächelte, denn sie war sicher, daß er im Delirium gesprochen hatte.

Sie starrten sich eine Weile an, die Elizabeth wie eine Ewigkeit vorkam, dann wanderte die andere Hand des Lords zu ihrem Nacken. Mit sanfter Gewalt drückte er ihren Kopf zu sich herab, bis ihre Lippen sich berührten. Sein Mund war warm und weich, und Elizabeth fand das Gefühl nicht unangenehm. Der züchtige Kuß war rasch vorbei, dann sahen sie einander wieder in die Augen.

Seine Augen waren dunkel und samtig, und Elizabeth stellte fest, daß sie sich nicht davon lösen konnte. Es war, als hätte er einen Bann über sie gesprochen, der sie in seiner Gewalt hielt.

Wie ein Kind, das genau wußte, daß man es nicht ertappen würde, ergab sich Elizabeth ihrer unschuldigen Neugier und ließ ihre Hände vorsichtig in den Nacken des Kriegers gleiten, um das lockige Haar dort zu berühren. Der Kontrast der weichen Locken zu den harten Muskeln überraschte und faszinierte sie, und sie begann, ihn erst sanft zu streicheln, dann seinen Nakken zu massieren. Ihre Blicke hatten sich noch kein einziges Mal voneinander gelöst. Wäre Elizabeth von den langen Nachtwachen nicht so erschöpft gewesen, wäre ihr vermutlich aufgefallen, daß die Augen des Kriegers nicht länger glasig, nicht mehr fiebrig waren.

Es war zu schön, zu faszinierend, zu neu. Diesmal war es Elizabeth, die ihn zu sich zog und seine Lippen ganz sanft und zögernd mit den ihren liebkoste. Sie war sich nicht sicher, wie sie weitermachen sollte, denn sie hatte nicht die geringste Erfahrung, was die körperliche Liebe betraf. Sie kam sich selbst vor wie ein Kleinkind, das seine ersten Schritte wagte, aber es war wundervoll, es ausprobieren zu dürfen, ohne sich damit in Schwierigkeiten zu bringen. Und als sie über seine Lippen strich, ihn küßte und liebkoste, spürte sie ein angenehmes Ziehen in ihrem Inneren, das sie nicht recht einzuordnen wußte.

Als sie entschied, daß es nun genug war, versuchte sie, sich von ihm loszumachen, aber der Baron hielt sie fest. Er zog sie wieder zu sich herab, doch diesmal war sein Mund hart und verlangend. Als er seine Zunge zwischen ihre Lippen zwang, reagierte Elizabeth' Körper heftig, und sie berührte zögernd seine Zunge mit ihrer eigenen. Fremdartige, herrliche und doch beunruhigende Empfindungen setzten ihren ganzen Körper in Flammen, und bevor sie sich selbst daran hindern konnte, erwiderte sie seinen Kuß leidenschaftlich. Dann, plötzlich, bemerkte sie, was sie da tat. Mit einem Ruck riß sie sich aus seinem nun rasch schwächer werdenden Griff. Sie mühte sich, das Beben ihres Körpers unter Kontrolle zu zwingen, während sie sich die geschwollenen Lippen mit dem Handrücken rieb. Ihr Blick wanderte unstet hierhin und dorthin – überall hin, nur nicht zu seinem Gesicht, denn sie wußte, daß ihre Wangen glühen mußten.

Schließlich überwand sie sich, ihn anzusehen, und seufzte vor Erleichterung. Der Krieger war dabei einzuschlafen, seine Lider flatterten und schlossen sich endlich fest.

Elizabeth stieß ein leises nervöses Lachen aus. »Das Fieber beherrscht Euch, Mylord. Wenn Ihr erwacht, werdet Ihr Euch an nichts erinnern können.«

Zu ihrem maßlosen Entsetzen verzog sich der Mund des Kriegers zu einem genüßlichen Grinsen.

KAPITEL 2

Am sechsten Tag erwachte der Krieger.
Die Benommenheit des langen Schlafes, der durch Arzneien vertieft worden war, wich nur langsam, und als der Ritter endlich bei vollem Bewußtsein war, verspürte er vor allem Desorientierung und Verwirrung. Er öffnete die Augen, blinzelte im hellen Sonnenlicht und starrte auf den Teil der Kammer, den er aus seiner Seitenlage sehen konnte, während er sich angestrengt bemühte, sich zu erinnern, wo er sich befand. Alles wirkte in gewisser Hinsicht vertraut und war ihm doch fremd und neu. Seine Stirn legte sich in tiefe Falten, als Szenen der Schlacht vor seinem inneren Auge aufblitzten. Ja, daran konnte er sich erinnern. Aber was war danach geschehen?

Mit einem leisen Fluch rollte sich der Krieger auf den Rücken. Ein greller Schmerz, ähnlich wie der verdammte Hieb, den er in der Schlacht von einem feindlichen Krieger erhalten hatte, durchzuckte ihn. Es brannte wie Feuer unterhalb seiner Schulterblätter, und er holte ein paarmal tief Luft, um das Beben einzudämmen, das seinen Körper in Wellen durchlief. Dennoch war ihm die Qual nur in einem kurzen Flattern der Lider anzumerken, denn körperlicher Schmerz war wie ein steter Begleiter in seinem Leben, den er zu ignorieren gelernt hatte. Schmerz anzuerkennen, sich ihm hinzugeben, ja, ihm vielleicht sogar eine Stimme zu verleihen, bedeutete Schwäche – und nichts verabscheute Lord Geoffrey so sehr wie ein Verlust seiner Macht, die auf absoluter

Kraft und Selbstbeherrschung beruhte. Geoffrey wußte, daß er sich vor allem auf eines verlassen konnte: auf sich und seinen Körper. Dies machte ihn zu einem schier unbesiegbaren Gegner in der Schlacht ...

»Willkommen in der Welt der Lebenden, Mylord.« Als die schroffe Stimme seines treuen Vasallen Roger erklang, glätteten sich die Falten auf der Stirn des Kriegers. Roger war hier, er würde ihm Antworten auf seine Fragen geben. Er nickte seinem Vasallen nur knapp zu, während er dessen hageres Gesicht betrachtete. Zufrieden nahm Geoffrey die dunklen Ringe unter den Augen des Mannes, die von Müdigkeit und Erschöpfung herrührten, zur Kenntnis – offenbar hatte sein treuer Vasall während seiner Krankheit über ihn gewacht.

»Welchen Tag haben wir heute?« fragte Geoffrey. Seine Stimme war heiser, als hätte der Schlaf und das Fieber sie einrosten lassen.

»Es ist sechs Tage her, seit Ihr verwundet worden seid«, antwortete Roger.

Der Lord runzelte wieder die Stirn, und während er in Gedanken die nächsten Fragen formulierte, wanderte sein Blick langsam durch den Raum, bis er an dem Teppich über der Feuerstelle hängenblieb. Staunend musterte Lord Geoffrey eine lange Weile das Bild, das darauf gestickt war. Die Hunde und der Falke. Wo hatte er ...? Plötzlich schoß ihm die Erinnerung an seine »Vision« durch den Kopf, und Geoffrey erstarrte. Nun drangen andere Bilder in sein Bewußtsein, Szenen, die sich hier in diesem Zimmer abgespielt hatten.

Sie war wirklich, sie war ein lebendes Wesen. Sie war keine Vision gewesen.

»Wo ist sie?«

»Ihr wißt, daß eine Frau ...?« begann der Vasall überrascht.

»Ja«, antwortete Geoffrey sanft. Dann befahl er: »Bring sie zu mir.«

Der scharfe Befehl ließ Roger zusammenzucken. »Sie ist fort!«

Lord Geoffreys Wutgebrüll drang bis in den Innenhof der Burg, und obwohl die, die es hörten, erschraken, werteten sie es doch als gutes Zeichen. Sicher, ihr Herr war über irgend etwas erbost, aber wer so kraftvoll brüllen konnte, der schwebte auch nicht mehr in Lebensgefahr. Roger, mit den Ausbrüchen seines Herrn vertraut, ließ das Donnerwetter gelassen über sich ergehen. Wenn sein Herr sich erst einmal ausgetobt hatte, dann würde er, Roger, schon die Gelegenheit bekommen, ihm zu erklären, was geschehen war. Lord Geoffrey besaß ein hitziges Temperament, aber er war ein gerechter Mann. Man mußte nur geduldig abwarten, bis Geoffreys Zorn sich legte, dann konnte man sein Anliegen vorbringen. *Vorausgesetzt, man traut sich dann noch,* schränkte Roger in Gedanken ein.

Schließlich kam der Befehl, auf den der Vasall gewartet hatte. »Von Anfang an, Roger. Nun rede schon!«

In knappen Worten und ohne einmal innezuhalten, berichtete Roger, was geschehen war, seit sein Herr das Bewußtsein verloren hatte. Er wußte genau, daß er sich nicht unterbrechen lassen durfte, denn obwohl er Geoffrey nun schon seit fünf Jahren diente, besaß sein Herr noch immer die Macht, ihn einzuschüchtern und damit seine Konzentration empfindlich zu stören, wenn er sich in einer derart schlechten Laune befand wie in diesem Augenblick.

»Mylord, ich hätte mit dem Teufel einen Pakt geschlossen, um Euer Leben zu retten«, schloß er inbrünstig seinen Bericht, und Geoffrey wußte, daß sein treuer Vasall es ehrlich meinte. »Glaubt mir, ich habe versucht, herauszufinden, wohin sie gegangen ist. Doch wen auch immer ich fragte: Niemand schien sie zu kennen, niemand schien sie gesehen zu haben.«

»Und glaubst du, daß die Leute die Wahrheit gesagt haben?«

»Nein«, gab Roger zu. »Ich glaube, sie versuchen, sie zu beschützen. Der Grund dafür ist mir allerdings ein Rätsel.«

»Der Junge, nach dem sie gefragt hat . . . bring ihn zu mir!« befahl Geoffrey barsch. Er verstand selbst nicht, warum ihr Verschwinden ihn so aufbrachte. Und doch konnte er nichts anderes denken, als daß sie fort war, außerhalb seiner Mauern, ungeschützt in der Wildnis . . .

Roger eilte zur Tür und gab den Befehl an die Wachposten weiter. Dann kehrte er zum Kamin zurück und ließ sich müde auf einen Stuhl nieder. »Der Junge ist uns fast entwischt«, begann er zögernd. »Einer der Soldaten ertappte den Diener des Mädchens, als dieser versuchte, den Jungen heimlich aus der Burg zu bringen. Ich habe den alten Mann wieder und wieder befragt, aber er schweigt wie ein Grab. Dann dachte ich, daß es am besten sei, wenn Ihr Euch selbst um die Sache kümmert.«

»Der Junge wird mir alles sagen, was ich wissen muß«, sagte Geoffrey.

»Mylord, er ist stumm. Wie –«

»Führ einfach meine Befehle aus«, fuhr Geoffrey ihn an. »Ich weiß, was ich tue.«

Kurz darauf stand der Junge vor dem Lord. Er zeigte weder Furcht noch Schüchternheit, sondern begegnete dem prüfenden Blick des Barons mit einem breiten Grinsen. Geoffrey fand seine Furchtlosigkeit erfrischend. Die meisten ausgewachsenen Männer versuchten sich klein zu machen, wenn er sich ihnen zuwandte, oder wurden zumindest deutlich nervös, aber dieser Dreikäsehoch da vor ihm sah aus, als würde er gleich zu kichern beginnen. Er trug derbe Bauernkleidung und wirkte, als hätte er dringend ein Bad nötig.

Tatsächlich war die Neugier des Jungen so groß, daß für Angst kein Raum war. Endlich war dieser Mann erwacht, der ihm das Leben gerettet hatte. Strauchdiebe hatten seine Leibwache auf der Straße nach London überfallen, und dieser Mann dort war gerade noch rechtzeitig gekommen, um ihn aus den Händen der Abtrünnigen zu befreien. Die Erinnerung des Kindes begann mit Lord Geoffrey, und obwohl der Anführer dies nicht wissen konnte, beeindruckte ihn das unschuldige Vertrauen, das in den Augen des Jungen lag.

»Ihr sterbt jetzt doch nicht, richtig?« stellte der Junge fest. Roger und Geoffrey warfen sich einen verblüfften Blick zu. Hatte es nicht geheißen, daß der Junge stumm war? Doch bevor einer der beiden eine Bemerkung dazu machen konnte, fuhr der Kleine fort: »Ihr habt laut gebrüllt, und draußen hat jeder gegrinst!«

Der Bursche klang so erleichtert, daß Lord Geoffrey gegen seinen Willen lächeln mußte.

»Sag mir, wie du heißt«, befahl er barsch.

Der Junge öffnete den Mund, runzelte jedoch plötzlich die Stirn und hob dann die Schultern. »Ich weiß nicht, wie ich heiße.«

»Weißt du, wo du zu Hause bist? Und wie du hierher gekommen bist?« Roger hatte die Frage gestellt, und der Junge wandte den Kopf, um ihn anzusehen.

»Er hat mich gerettet«, antwortete der Junge und zeigte auf Geoffrey. »Deswegen bin ich hier.« Er straffte die Schultern und hob stolz das Kinn, als er fortfuhr: »Ich werde ein Ritter!«

Geoffrey und Roger tauschten einen kurzen Blick aus,

dann wandte Geoffrey sich wieder an den Jungen. »Und zu wem gehörst du?« fragte er, obwohl er die Antwort bereits ahnte.

Zum ersten Mal wirkte der Bursche verunsichert. Er zögerte einen Moment und sagte dann: »Zu Euch?« Seine kleine Hände verschränkten sich ineinander, während er auf eine Antwort wartete.

Die Nervosität des Kindes entging Geoffrey nicht. Er hatte selten mit Kindern zu tun gehabt, doch der Instinkt, Schwache zu beschützen, war übermächtig. »Aye«, antwortete er, und verfluchte sich selbst dafür, daß seine Stimme so grob geklungen hatte. »Und jetzt geh. Wir unterhalten uns später noch einmal.«

Der Ausdruck der Erleichterung auf dem Gesicht des Kindes rührte ihn. Der Lord sah ihm nach, wie er zur Tür trottete, und wünschte sich, der Junge hätte ihn noch einmal angelächelt. Sofort tadelte er sich für den Wunsch. Seit wann war er so weichherzig geworden? Es mußte an den Nachwirkungen des Fiebers liegen!

Der Junge hielt an der Tür inne. »Mylord«, begann er, ohne sich umzudrehen.

»Ja?« gab Geoffrey ungeduldig zurück.

»Seid Ihr mein Vater?« Der Kleine drehte sich um, so daß Geoffrey seine Unsicherheit und seine Verwirrung in seiner Miene erkennen konnte.

»Nein.«

Seine barsche Antwort ließen dem Jungen die Tränen in die Augen treten. Unangenehm berührt warf Geoffrey Roger einen Blick zu, der deutlich besagt: »Was jetzt?« Roger räusperte sich und murmelte: »Er ist nicht dein Vater, Junge. Er ist dein Lord. Dein Vater war sein Vasall.«

»Dann ist mein Vater tot?«

»Aye«, antwortete Geoffrey. »Du stehst jetzt unter meinem Schutz.«

»Damit ich ein Ritter werde?« fragte der Junge.

»Damit du ein Ritter wirst.«

»Ihr seid nicht mein Vater, sondern mein Lord«, stellte der Junge nüchtern fest. »Das ist doch fast dasselbe!« Er warf Geoffrey einen Blick zu, den dieser fast als herausfordernd empfand. »Oder etwa nicht?«

»Ja«, bestätigte Geoffrey, während er einen Seufzer der Verzweiflung unterdrückte. »Das ist fast dasselbe.«

Roger und Geoffrey schwiegen, bis die Tür sich hinter dem Kind geschlossen hatte. Sie hörten, wie er draußen den Wachposten gegenüber prahlte, er würde Ritter werden, und Roger konnte sich das Lächeln nicht länger verkneifen. »Mit dem hatte Thomas bestimmt alle Hände voll zu tun«, gluckste er. »Und er war kein junger Mann mehr, als der Kleine zur Welt kam, wenn ich mich recht entsinne!«

»Ja, wie habe ich das nur vergessen können!« schalt sich Geoffrey. »Thomas hatte mehrere Kinder, zwei Töchter, die schon erwachsen waren, als seine zweite Frau ihm den Sohn schenkte. Er war so stolz, daß die Nachricht bis nach London drang.«

»Und das Mädchen?« fragte Roger.

»Sie ist seine Schwester. Du mußt dem Jungen nur in die Augen sehen, Roger, dann weißt du es. Die Ähnlichkeit ist erstaunlich.« Er schwang seine Beine über die Bettkante und stand auf. Seine Muskeln waren schwach und zitterten, doch er hielt sich am Bettpfosten fest und zwang sich, aufrecht stehenzubleiben. »Sie versteckt sich vor mir, Roger. Und ich will wissen, warum.«

»Man hat uns mitgeteilt, daß die ganze Familie getötet worden ist«, begann Roger. »Und der Junge war wie ein Bauernbursche gekleidet . . .«

»Höchstwahrscheinlich zu seinem Schutz. Er ist der Erbe von Montwright.«

»Der Diener, der versucht hat, den Jungen zu entführen . . . vielleicht kann er Euch des Rätsels Lösung verraten«, meinte Roger nachdenklich.

»Ganz gewiß sogar. Und er wird auch wissen, wo sich seine Herrin versteckt hält. Er wird mir sagen, wovor sie sich fürchtet.«

»Sich fürchtet?« Roger lachte auf. »Ich bezweifle, daß sie sich vor irgend etwas oder irgend jemand fürchtet. Ihr hättet sie erleben sollen, Mylord. Sie hat uns alle herumkommandiert. Horace erzählt jedem, der nicht schnell genug verschwindet, wie das Mädchen mit den goldenen Haaren in die Große Halle stolziert kam und alle bezaubert hat, die sie gesehen haben.« Roger hielt inne und setzte dann hinzu: »Alle, außer mich.«

»Dich nicht? Du warst nicht bezaubert?« Geoffrey zog fragend eine Augenbraue hoch.

»Eher mit Demut erfüllt«, sagte Roger mit einem breiten Grinsen. »Ich bin zu alt, um bezaubert zu werden.«

Geoffrey lachte und trat mit zittrigen Knien zum Fenster. Er blickte hinaus auf den Wald, während er Roger zuhörte.

»Als ich sie das erste Mal sah, war ich nur zornig. Ich hatte einen Heiler erwartet, aber kein zartes, zerbrechliches Ding, und ich war sicher, daß Ihr sterben würdet. Aber sie wußte, was sie tat. Und ihre Furchtlosigkeit beeindruckte mich, wenn ich ehrlich bin. Doch irgend etwas in ihrem Verhalten kam mir widersprüchlich vor.« Roger hielt einen Moment inne. »Ich wußte, was es war, als sie sich nach dem Jungen erkundigte. Obwohl sie es zu verbergen versuchte, strahlte sie in dem Augenblick eine unglaubliche Verletzlichkeit aus. Zu dem Zeitpunkt war ich zu müde und zu erschöpft, um zwei und zwei zusammenzuzählen. Jetzt verstehe ich es jedoch.«

»Aber warum ist sie fortgegangen, obwohl sie doch wußte, daß ihr Heim nun wieder ein sicherer Ort ist? Sich hinaus in die Wildnis zu begeben, wenn man innerhalb schützender Mauern leben kann . . .« Geoffrey drehte sich zu Roger um. »Ich werde sie finden, verlaß dich drauf.«

»Und dann?«

»Dann wird sie mein sein«, antwortete der Krieger inbrünstig. »Sie wird mein sein!«

Roger zog die Augenbrauen hoch.

Sein Herr hatte sich angehört, als hätte er einen feierlichen Schwur geleistet . . .

Geoffrey brauchte nicht lange, um die Anweisungen zu geben, die nötig waren, um Montwright wieder instand zu setzen. Roger hatte gute Vorarbeit geleistet, und die Männer arbeiteten alle hart, um die Mauern zu verstärken. Lord Geoffrey zog sich an – ganz in Schwarz, was hervorragend zu seiner Stimmung paßte – und begab sich dann in die Große Halle, in der er ungeduldig auf den alten Diener des Mädchens wartete.

Mit jedem Moment wurde er unruhiger, wütender, aufgebrachter. Das Bedürfnis, das Mädchen zu finden, bevor ihr irgend etwas zustieß, war übermächtig. Er gestand sich ein, daß es fast schon einer Besessenheit gleichkam, aber er versuchte gar nicht erst, Gründe dafür zu finden. Es gab keine Erklärung. Er wußte nur, daß ihr Erscheinen, kurz bevor die Schlacht um Montwright entbrannt war, tatsächlich ein Omen gewesen war. Er hatte sie gesehen, bevor er in den Kampf gezogen war, und sie war das erste gewesen, was er zu Gesicht bekam, als er langsam aus dem Fieber erwacht war. Himmel, ja, er war sich durchaus bewußt, daß seine sonst so angestrengt unterdrückte abergläubische Natur Oberhand bekommen hatte, aber er war nicht in der Lage, seine Vernunft sprechen zu lassen. Zum ersten Mal in seinen siebenundzwanzig Lebensjahren wurde er von Emotionen beherrscht. Und es entsetzte ihn. In seinem Leben gab es keinen Raum für Gefühle. Gefühle behinderten den Verstand. Disziplin und Vernunft, kalt und scharf wie die Klinge seines Schwertes, waren immer die Säulen seiner Macht gewesen, das, was ihn stark und unbesiegbar machte. Und so würde es auch wieder sein, schwor er sich. Sobald er das Mädchen gefunden hatte, würde sein Verstand wieder normal funktionieren. Er wollte sie, und er würde sie bekommen.

»Hier ist er, Mylord«, sagte Roger, der soeben in die Halle getreten war. Er zerrte den zitternden Diener vor seinen Herrn und versetzte ihm einen Stoß, so daß er stolperte und vor Geoffreys Füße fiel.

Lord Geoffrey blickte mit kalten Augen auf den alten Mann. »Dein Name?«

»Joseph, Mylord. Treuer Diener von Master Thomas.« Der Mann hob sich auf die Knie und senkte respektvoll den Kopf.

»Deine Art, deine Treue zu deinem Herrn zu beweisen, kommt mir recht seltsam vor«, sagte Geoffrey. »Der Versuch, seinen Erben aus den schützenden Mauern der Burg zu entführen, kann dich dein Leben kosten.«

»Ich wollte ihm nichts antun, Mylord«, flüsterte Joseph. »Ich habe versucht, ihn zu beschützen.«

»Vor wem? Wolltest du ihn vor *mir* beschützen?« brüllte Geoffrey so plötzlich, daß Joseph zusammenzuckte.

Der Diener schüttelte hastig den Kopf. »Nay, Mylord. Wir wollten den kleinen Thomas nur in Sicherheit bringen, bis Ihr wieder aufwachen würdet.«

»Und du dachtest, hier wäre er nicht in Sicherheit?«

»Ich hörte, daß Belwain, der Onkel des Jungen, auf dem

Weg nach Montwright sein sollte. Meine Herrin glaubt, daß Belwain hinter dem Mord an ihrer Familie steckt. Sie wollte Thomas fortbringen, bevor Belwain eintrifft.«

»Und das ist auch der Grund, warum sie fortgegangen ist?« fragte Geoffrey, während er sich nachdenklich das Kinn rieb.

»Ja, Mylord.« Josephs Schultern sanken nach vorn.

Geoffrey seufzte. »Schwörst du mir Treue?« fragte er.

»Aye, Mylord«, antwortete Joseph, ohne zu zögern. Er hob stolz das Kinn und legte sich die Hand auf die Brust, in der sein Herz wild hämmerte.

»Dann steh auf und beweis es mir«, befahl Geoffrey hart.

Hastig kam Joseph auf die Füße, senkte jedoch den Kopf, während er auf den nächsten Befehl seines Lords wartete.

»Sag mir, wo deine Herrin sich aufhält!«

»In der Nähe des Wasserfalls. Etwa eine Stunde zu Pferd von hier entfernt, Mylord«, antwortete Joseph. Er wußte, daß es keinen Sinn hatte, diesem mächtigen, furchteinflößenden Baron etwas zu verschweigen. »Wenn sie hört, daß Ihr genesen seid, wird sie zurückkommen, um mit Euch zu reden«, fügte er hinzu.

»Wie heißt sie?« Geoffrey klang nicht mehr ganz so barsch, nun, da er wußte, daß der Diener keine weitere Einschüchterung mehr brauchte.

»Elizabeth. Sie ist Thomas' jüngste Tochter«, antwortete Joseph. Seine Hände begannen zu schmerzen, und er blickte auf sie hinab, um festzustellen, daß er sie fest verschränkt hatte. Er atmete tief ein und aus, um sich ein wenig zu beruhigen, und löste die steifen Finger voneinander.

»War sie in der Burg, als sie angegriffen wurde?«

»Ja, Mylord.« Die Erinnerung ließ Joseph erschauern.

»Alle wurden getötet, bis auf Elizabeth und ihren kleinen Bruder. Ich half ihnen zu fliehen, doch vorher mußten sie noch mitansehen, wie ihre Mutter –«

»Ich weiß«, unterbrach Geoffrey. »Man hat mir genauestens Bericht erstattet.« Seine Lippen preßten sich zu einer farblosen Linie zusammen, als er daran dachte, wie ihm Roger die grausam verstümmelten Leichname beschrieben hatte. »Und du sagst, sie waren dabei, als es geschah?«

»Ja. Sie und der Junge. Seitdem hat der Junge kein Wort mehr gesprochen ... das heißt, bis heute! Er scheint sich an das schreckliche Erlebnis nicht erinnern zu können.«

»Wer steckt deiner Meinung nach hinter dem Überfall?«

»Nun ...«, begann Joseph zögernd. »Ich habe niemanden erkannt, zumal viele Kapuzen trugen, die ihre Gesichter verbargen. Aber meine Herrin ist sicher, daß Belwain dafür verantwortlich ist. Mit Eurer Erlaubnis, Mylord, werde ich sie zu Euch bringen.«

»Nein«, sagte Geoffrey sofort. »Ich werde sie holen!«

Rogers Stimme unterbrach das Verhör. »Mylord? Der Priester ist hier.«

Geoffrey nickte und stieß innerlich einen Seufzer der Erleichterung aus. Sie hatten die Toten zwar bereits begraben, aber dies ohne den Segen der Kirche. »Sieh zu, daß er eine Unterkunft bekommt, Roger. Er wird hierbleiben, bis ich zurückkomme.«

»Darf ich Euch den Weg zum Wasserfall zeigen?« meldete sich Joseph schüchtern zu Wort. Ungeduldig wandte Geoffrey sich ihm wieder zu.

»Nein. Ich reite allein. Ihr Vater war mein treuer Vasall, und es ist meine Pflicht, mich um das Mädchen zu kümmern. Du hast ihr einen schlechten Dienst erwiesen, indem du so lange geschwiegen hast, aber ich werde dich nicht dafür bestrafen. Ich gehe davon aus, daß sie es dir befohlen hat. Außerdem hast du ihr Leben gerettet, und das werde ich nicht vergessen. Wie auch immer, nun bin ich derjenige, der für ihr Wohlergehen verantwortlich ist! Du hast deine Pflicht getan.«

Joseph fühlte sich, als hätte man ihm ein gewaltiges Gewicht von den Schultern genommen. Lord Geoffrey stand auf und verließ die Halle, und Joseph sah ihm hinterher, bis er verschwunden war. *Aye, dachte er, er wird meine Herrin wahrhaftig beschützen.* Lord Geoffrey würde Elizabeth in seine Obhut nehmen und jeden abwehren, der versuchte, ihr etwas anzutun. Doch eine Frage blieb bestehen, und diese beunruhigte den alten Diener nicht unbeträchtlich.

Wer würde Elizabeth vor Lord Geoffrey beschützen?

Keine einzige Wolke verdarb das makellose Blau des Himmels, als Geoffrey sich seinen Weg durch den dichten, grünen Wald bahnte. Er war schon über eine Stunde unterwegs, als er das Plätschern und Rauschen vernahm. Der Wasserfall! Er lenkte sein Pferd in die Richtung, ließ es noch eine Weile locker im Schritt vorangehen, dann stieg er ab und schlang die Zügel um einen dicken Ast. Zu Fuß bewegte er sich durch das immer dichter werdende Unterholz. Der Sprühnebel des herabstürzenden Wassers verdampfte in der Wärme des Nachmittags und hüllte die Umgebung in einen Dunst, der dem Wald eine zauberhafte Atmosphäre verlieh.

Joseph hatte ihm beschrieben, daß die Hütte sich, gut versteckt, jenseits des kleinen Teiches befand. Er bewegte sich gerade darauf zu, als ein Platschen, gefolgt von einem leisen Husten, ihn erstarren ließ. Instinktiv zog Geoffrey sein Schwert, duckte sich und blickte sich um, während er auf weitere Geräusche wartete, die ihm verraten würde, wo der mögliche Feind sich aufhielt. Plötzlich blitzte etwas golden durch das dichte Blattwerk auf. Geoffrey schlich lautlos darauf zu, gelangte an den Rand der Bäume, die die kleine Lichtung mit dem Wasserfall umgaben . . . und hielt fasziniert den Atem an.

Da war sie, seine Vision, so goldhaarig, wie seine Männer sie ihm beschrieben hatten. Sie hatte offenbar gebadet und kam nun langsam, schön wie die Göttin Aphrodite, aus dem Wasser heraus. Er beobachtete wie hypnotisiert, wie sie sich dem flachen Ufer des Teiches zu bewegte, sich aufrichtete und genüßlich die Arme über den Kopf streckte. Die Sonnenstrahlen, die durch das grüne Blätterdach drangen, tauchten seine Göttin in ein Licht, das sich wie flüssiges Gold über ihren Körper ergoß.

Mit langsamen, anmutigen Bewegungen, strich sich Elizabeth das Haar aus der Stirn, faßte es hinten zusammen und wrang es aus. Sie seufzte, und es war ein zufriedenes Seufzen, denn die Freiheit, in diesem Wald zu baden und sich von der Wärme der Sonnenstrahlen trocknen zu lassen, hatte für einen Moment all ihre Sorgen und Ängste verdrängt. Tief in ihrem Herzen wußte sie, daß Joseph Himmel und Hölle in Bewegung setzen würde, um Thomas vor Belwain zu verstecken, bis Geoffrey sich endlich dazu herabließ, aufzuwachen und sie anzuhören. Doch das Warten wurde ihr langsam unerträglich. Vielleicht war das Fieber zurückgekehrt und der Krieger schon tot. Vielleicht war Belwain schon in Montwright und hatte alle dort davon überzeugt, daß er mit dem Massaker nichts zu tun hatte. *Hör auf,* befahl sie sich. *Du kannst nichts tun . . . nur warten. Warten und beten.* Was offenbar das Schicksal einer Frau in diesem Leben war, dachte sie mit einem Anflug der Verzweiflung.

Sie schöpfte Wasser aus dem Teich und goß es sich über den Hals. Geoffrey war nah genug, um ihr wohliges Schaudern zu sehen, um zu beobachten, wie die Wassertropfen ihr zwischen den Brüsten entlangrannen, hinab zu der Taille, die schmal genug sein mußte, daß er sie mit seinen Händen umspannen konnte, weiter hinab bis zum dem Dreieck aus goldenen Haaren ihrer Scham. Das kühle Wasser ließ ihre Brustspitzen hart vorstehen, doch nun war es Geoffrey, dem ein kalter Schauer das Rückgrat entlanglief. Jede ihrer Bewegungen strahlte unschuldige Sinnlichkeit aus, und es kostete Geoffrey gewaltige Anstrengung, die Lust, die ihn plötzlich zu überwältigen drohte, zu verdrängen.

Doch der sanfte Schwung ihrer Hüften, als sie nun ganz aus dem Teich stieg und ihre Kleider aufnahm, steigerte seine Begierde nur noch. Er schloß die Augen und holte tief Luft, um seine außer Kontrolle geratenen Emotionen wieder in normale Bahnen zu zwingen. Er war immerhin Baron Geoffrey, Overlord aller Lehen, die William ihm zugestanden hatte! Er hatte sich zu beherrschen! Und er würde sie nicht einfach nehmen, obwohl er glaubte, verrückt werden zu müssen, wenn er sie nicht bald in seinen Armen halten konnte. Nun, er würde sie bekommen. Das war eine Tatsache. Sie würde ihm gehören, und darüber bestand kein Zweifel. Geoffrey nahm sich immer, was er haben wollte.

Die Hunde, an die sich Geoffrey vage erinnern konnte, tauchten plötzlich aus dem Wald auf und tollten schwanzwedelnd um ihre Herrin herum, die sich ihre Kleider überstreifte. Es waren gewaltige Kreaturen, aber die Art, wie sie um das Mädchen herumsprangen, als diese sich nun umwandte und im Wald verschwand, verriet ihm, daß sie ihr blind gehorchten.

Er wollte gerade sein Schwert in die Scheide zurückschieben und ihr zur Hütte folgen, als ein gellender Schrei die Stille zerriß. Der Schrei einer Frau. Geoffrey zögerte keine Sekunde. Er stürzte mit gezogenem Schwert in die Richtung, aus der der Schrei gekommen war, ohne sich um die Zweige und Dornen, die ihm ins Gesicht peitschten, zu kümmern. Schon hörte er das drohende Knurren der Hunde, weitere Schreie und Männerstimmen, es mußten mindestens drei sein. Geoffrey brach durch die Bäume und stürmte auf die Lichtung und erfaßte in Windeseile die Situation.

Es waren tatsächlich drei Männer. Zwei versuchten, die Hunde abzuschütteln, während ein dritter das sich heftig wehrende Mädchen auf die Hütte zu zerrte. Der Anblick des Abschaums, der seine schmutzigen Finger auf diese Schönheit – seine Schönheit! – legte, löste eine Verwandlung in Geoffrey aus. Wo eben noch der adelige, zivilisierte Baron gewesen war, stand nun ein barbarischer Krieger, der nur noch eins im Sinn hatte: töten! Vergessen war jede Gerechtigkeit, jedes Streben nach Verständnis, jede Rücksicht. Der Feind hatte gewagt, zu berühren, was sein war, und das war sein Fehler gewesen. Diese Kerle würden ihre Dummheit mit dem Leben bezahlen!

Das zornige Brüllen, das über die Lichtung schallte, ließ Elizabeth' Angreifer mitten in der Bewegung erstarren. Der Ausdruck der Begierde in seinen Augen wich dem der Furcht. Er stieß Elizabeth zur Seite und wirbelte herum, um sich dem Gegner zu stellen. Doch es war bereits zu spät. Noch bevor der Mann etwas unternehmen konnte, sauste das riesige Schwert schon auf ihn herab, drang in seine Schulter, durchschnitt mühelos Muskeln und Knochen und traf das Herz. Geoffrey drehte mit einem Ruck das Handgelenk, dann zog er das Schwert aus seinem Opfer. Der Mann fiel zu Boden, ohne einen Laut von sich zu geben, doch Geoffrey hatte sich bereits umgedreht, um sich um die anderen Männer zu kümmern.

»Ruf deine Hunde«, befahl er dem Mädchen, und Elizabeth, die stolpernd auf ihre Füße kam, gehorchte ohne Zögern.

Geoffrey ließ den beiden Strauchdieben Zeit, sich aufzurichten und ihre Waffen vom Boden zu klauben, bevor er auf sie zuging. In wenigen Schritten Entfernung blieb er stehen, sein Schwert an seiner Seite, und wartete ab. Die beiden Räuber begannen, ihn in geduckter Haltung, die Dolche gezückt, zu umkreisen. Ein Lächeln huschte über Geoffreys Gesicht, als er plötzlich sein Schwert hochriß, zustieß, herumwirbelte und erneut zustieß. Die beiden Räuber fielen zu Boden, ohne daß einer einen Schrei hätte ausstoßen können.

Elizabeth stand wie vom Donner gerührt vor ihrer Hütte und starrte fassungslos auf die Szene, die sich vor ihr abspielte. Was hatte der Baron hier zu suchen? Er hatte sie gerettet, aber ... War er plötzlich aus dem Nichts erschienen? Als er sich nun zu ihr umdrehte, strahlte er soviel rohe Kraft, soviel grausame Energie aus, daß Elizabeth' Knie nachgaben.

»Komm her!«

Der barsche Befehl erschreckte sie. Das Entsetzen, das sie eben noch verspürt hatte, als die drei Räuber sie überfallen hatten, wich einem Schrecken, der anders, aber nicht weniger mächtig war. Hätte sie nicht Erleichterung verspüren müssen? Dieser Mann hatte ihr Leben gerettet, hatte für sie getötet. Vielleicht lag es daran, daß er soviel größer war, als sie ihn in Erinnerung hatte, oder vielleicht auch daran, daß ihm das Töten so leicht von der Hand gegangen zu sein schien ... Elizabeth verspürte Furcht und Verwirrung, als wäre die

Gefahr noch immer präsent, als läge sie in der Luft und mischte sich mit dem Gestank von Schweiß und Blut. Sie hob den Kopf und starrte ihm in die Augen. Die Spannung zwischen ihnen war greifbar, schmeckbar. Elizabeth spürte die Macht, die von ihm ausging, Macht, die in seiner Haltung, seiner Miene, seinen Augen lag. Und diese Macht zog sie unwiderstehlich auf ihn zu.

Ohne ihren Blick von seinen Augen zu lassen, bewegte sich Elizabeth langsam vorwärts. Direkt vor ihm blieb sie stehen und wartete ab.

Geoffreys Körper entspannte sich sichtlich. Er atmete tief durch, und die Kälte in seinen Augen ließ ein wenig nach. Und plötzlich fragte sich Elizabeth, wovor sie Angst gehabt hatte.

»Ich habe gerade getötet, um dich zu retten«, stellte er mit arrogantem Unterton fest.

Elizabeth wartete, bis der Mann die Klinge seines Schwertes abgewischt und wieder in seinen Gürtel geschoben hatte, bevor sie antwortete. »Ja, Ihr habt mir mein Leben gerettet. Ich stehe in Eurer Schuld.«

»Genauso ist es.«

»Aber auch ich habe Euch das Leben gerettet«, fuhr Elizabeth fort. »Ich war diejenige, die Eure Wunde versorgt hat.«

»Ich weiß«, erwiderte Geoffrey.

»Also standet auch Ihr in meiner Schuld, richtig?«

»Ich bin dein Herr.« Worauf wollte das Mädchen hinaus? Was hatte sie vor? »Du gehörst *mir*!«

Elizabeth schwieg. Eine lange Weile verstrich, ohne daß einer sprach, und Geoffreys Miene wurde immer finsterer. Elizabeth überlegte fieberhaft, was sie tun sollte. Es würde ihr nicht helfen, wenn sie ihn verärgerte, denn sie wollte ja schließlich, daß er sie anhörte und ihr glaubte. Ihr Schicksal lag in seinen Händen. Und sie gehörte tatsächlich ihm! War das alles, was er von ihr wollte? Daß sie ihm gegenüber anerkannte, seine treue Untertanin zu sein?

»Du gehörst mir«, wiederholte er nocheinmal, diesmal mit drohendem Unterton.

Elizabeth wollte gerade bejahen, als seine Hand vorschoß, in ihr Haar griff und sie leicht auf ihn zuzog. »Ich bin es, der über deine Zukunft bestimmt«, flüsterte er heiser.

Elizabeth sah ihn düster an. So hatte sie es sich nicht vorgestellt. Er sollte doch in ihrer Schuld stehen, nicht andersherum! Er sollte ihr dankbar sein, doch statt dessen wollte er sie um jeden Preis dazu bringen, seine Herrschaft über sie anzuerkennen. Trotzig sie hielt sie den Mund.

Geoffrey gefiel das gar nicht. Er verdrehte die Hand in ihrem Haar, bis sie vor Schmerz aufschrie. Dennoch gab er nicht nach, sondern zog sie weiter auf sich zu, bis ihr Körper sich an die kalten Eisenglieder seines Kettenhemd drückte. Elizabeth schloß die Augen und biß sich auf die Lippe, um nicht noch einmal aufzuschreien. Sie bebte innerlich, dachte jedoch nicht daran, ihm zu zeigen, wie sehr sie sich fürchtete. Dieser verdammte, unverschämte Kerl!

Geoffrey blickte auf sie hinab, sah, wie sie ihre Angst vor ihm zu verbergen versuchte, und konnte sich das Lächeln nicht verkneifen. Eben hatte er Trotz und einen Hauch von Rebellion in ihren Augen erkennen können, und seltsamerweise gefiel ihm das. Sie ließ sich nicht leicht einschüchtern. Kein Wunder – diese Frau mußte ja mutig und voller Selbstvertrauen sein, sonst hätte sie nicht nur in Gesellschaft ihrer Hunde hier draußen im Wald gelebt, statt sich in den Schutz der Festungsmauern zu begeben. Geoffrey hatte noch nie gehört, daß eine Lady von guter Herkunft etwas Derartiges wagte, und doch hatte sie es getan. Zudem schien sie trotzig und dickköpfig und ungezähmt zu sein, und das war noch etwas, was Geoffrey mochte. Es war eine Herausforderung. Er würde sie zähmen, ohne ihren lebhaften Geist zu brechen. Am besten begann er sofort damit ...

Sein Kopf senkte sich zu ihr hinab. Er wollte sie mit einem Kuß erobern, wollte sie sich unterwerfen. Er spürte, wie sie zurückzuweichen versuchte, als seine Lippen die ihren berührten, aber er verstärkte den Griff in ihren Haaren, bis sie den Mund öffnete, um zu protestieren. In diesem Moment drang seine Zunge ein, kostete, erforschte, probierte. Der Kuß hatte nichts von Zärtlichkeit, denn Geoffrey hatte wenig Erfahrung damit, das schwache Geschlecht zu umgarnen, sanft zu überreden – wozu auch? Er hatte bisher immer sofort bekommen, was er wollte. Dennoch gab er sich Mühe, sie nicht zu verschrecken. Schließlich, so rief er sich in Erinnerung, war sie eine wohlerzogene Lady von bester Herkunft. Doch während er versuchte, sie mit seiner sinnlichen Attacke zu lähmen, zu verführen, sie in einen Rausch zu versetzen, mußte er erkennen, daß er es war, der plötzlich kurz davor stand, die Kontrolle zu verlieren. Sie schmeckte so süß, so frisch, und als sie schließlich reagierte, als ihre Zunge zögernd die seine berührte, schoß ihm augenblicklich ein Feuer heißer Lust durch die Adern.

Seine Gefangene war ebenso verblüfft über das, was seine Liebkosung in ihr auslöste. Wehrte sie sich? Elizabeth war der festen Meinung, daß sie es tat, aber als der Kuß zu Ende war, und er schließlich von ihr abließ, stellte sie fest, daß ihre Arme um seinen Nacken geschlungen waren. Hatte er sie dort hingelegt? Nein, gab sie sich selbst resigniert Antwort. Sie hatte es selbst getan. Ihre Wange ruhte auf den kalten, harten Kettengliedern, die seine Brust bedeckten. Als sie spürte, wie ihr Gesicht aus Scham zu glühen begann, zwang sie das Schuldgefühl entschlossen zurück. Sie hatte keinen Grund, sich zu schämen. Nicht sie hatte mit diesem unerhörten Kuß begonnen. Er hatte sie gezwungen, und sie hatte sich nur ergeben, weil er ohnehin stärker war als sie.

Seine Arme schlangen sich fester um sie, und erst jetzt bemerkte sie, daß er sie um die Taille gefaßt hielt. Er roch nach Leder und Schweiß, und Elizabeth mußte zugeben, daß es kein unangenehmes Gefühl war, in seinen Armen zu liegen.

»Du küßt besser als noch vor ein paar Tagen, Elizabeth«, murmelte Geoffrey an ihrer Stirn. Eine tiefe Zufriedenheit – etwas, das ihm bisher fremd gewesen war – durchdrang ihn. Das Gefühl ihres Körpers an seinem kam ihm ganz natürlich vor; tief in seinem Herzen wußte er, daß es so sein mußte. Er atmete den Duft von Wildblumen, den ihr Haar ausströmte, ein und hätte vor lauter Wonne fast laut aufgeseufzt. Er wußte, daß er sie hätte loslassen und zurücktreten sollen, um sich kämpferisch vor ihr zu positionieren, damit ihr bewußt wurde, welche Macht er über sie hatte. Er mußte von vornherein klarstellen, wie ihre Beziehung gelagert war, mußte sie einschüchtern, denn schließlich war er der Overlord, sie nur eine demütige Untertanin. Doch irgendwie gelang es ihm weder, sie loszulassen, noch das selige Grinsen von seinem Gesicht zu wischen. Er mußte sich vorsehen; sie durfte nicht wissen, welche Macht sie über *ihn* besaß. Mit Sicherheit würde es seinen Untergang bedeuten, wenn er ihr gegenüber eine Schwäche zeigte. Er wußte aus früheren Erfahrungen, daß das schöne Geschlecht durchaus in der Lage war, einen

Mann zu gängeln, auch wenn weibliche Wesen kaum körperliche Kraft zur Drohung einsetzen konnten. Aber er würde das nicht zulassen! Keine Frau würde ihn jemals um den Finger wickeln – niemals! Nein, er würde selbstverständlich seine Führungsposition beibehalten, und sie würde sich dankbar führen lassen.

»Ich war bloß neugierig«, sagte Elizabeth jetzt, und er brauchte einen Augenblick, bis er begriff, daß sie den Kuß meinte, den sie ihm während seiner Krankheit gegeben hatte. »Ich kenne mich nicht besonders gut mit Küssen aus«, fügte sie zaghaft hinzu, während sie sich gegen seine Brust stemmte, um sich von ihm zu befreien.

»Ich habe keinen Zweifel, daß du rein und unschuldig bist«, sagte er. Die Arroganz seiner Worte brachte sie augenblicklich auf, und sie hob trotzig den Kopf, um unter seinem Lächeln dahinzuschmelzen! Sie konnte nicht anders – sie mußte das Lächeln erwidern. *Wie ärgerlich,* dachte sie. Sie würde aufpassen müssen. Dieser Mann besaß eine Macht über sie, die nichts mit seiner Stellung als Lord zu tun hatte. Aber er war viel zu arrogant für ihren Geschmack. Er war wie die unüberwindliche Mauer der Festung, unnachgiebig, hart und kalt, und wenn sie sich mit ihm einließ, dann würde sie am Ende nur zu leiden haben! Nein, sie hatte keinesfalls das Bedürfnis, sich von ihm einwickeln zu lassen, nur um dann fallengelassen zu werden, wenn er sich nicht mehr für sie interessierte. Dieser Mann war entschieden der Falsche für sie. Sie konnte nur hoffen, daß sie im richtigen Moment daran denken würde . . .

Sie löste sich aus seinen Armen, wandte ihm den Rükken zu und versuchte, sich daran zu erinnern, worüber sie eben noch gesprochen hatten. Ah ja, rein. ›Rein‹ hatte er sie genannt.

»Woher wollt Ihr das wissen?« hörte sie sich fragen. »Ich meine, daß ich rein und unschuldig bin?« Sie wandte sich wieder zu ihm um und sah ihn herausfordernd an. Obwohl sie davon ausging, daß er es gesagt hatte, um ihr die Sorge zu nehmen, er könnte sie für wollüstig halten, wollte sie sich lieber darauf konzentrieren, daß sie sich über seine Arroganz ärgerte. Und schließlich war es auch eine unverschämte Bemerkung, nicht wahr? Küßte sie so schlecht?

»Nun, es ist nicht zu übersehen«, antwortete Geoffrey. »Obwohl ich sagen muß, daß es viel über den Charakter einer Frau aussagt, wenn sie den geschwächten, nur halb bewußten Zustand eines Mannes schamlos ausnutzt!« Er neckte sie! Sie sah das fröhliche Funkeln in seinen Augen, und das überraschte sie gewaltig. Sie konnte sich nicht vorstellen, daß er ein Mann war, der oft lachte. Wieder konnte sie nicht anders, als ihn anzulächeln.

»Geht es Euch nun wieder gut?« wagte sie zu fragen.

»Ja«, antwortete Geoffrey.

»Ihr habt mich bei meinem Namen genannt, Mylord. Wie habt Ihr erfahren –«

»Es war leicht, diesen Teil des Rätsels zu lösen. Deine Hunde, der Wandteppich in der Kammer ... Dennoch habe ich noch Fragen, auf die du mir antworten wirst. Wenn wir zur Festung zurückkehren –«

»Mylord«, unterbrach sie ihn, »ich würde gerne ... jetzt mit Euch reden. Bevor wir nach Montwright zurückgehen.«

Geoffrey sah sie stirnrunzelnd an, nickte dann jedoch. Er ging hinüber zu dem schlammverklebten Felsbrokken neben der Hütte, setzte sich auf den Boden, und lehnte sich gegen den Stein. Die Hunde gesellten sich zu ihm, und er begann, die beiden hinter den Ohren zu kraulen. Elizabeth war sich sicher, daß er gar nicht bemerkte, was er da tat.

»Zuerst möchte ich wissen, warum du nicht innerhalb der Mauern geblieben bist. Es wäre sicherer dort gewesen. Warum bist du zu der Hütte zurückgekehrt?« fragte er.

»Ich konnte nicht bleiben. Ich wußte doch, daß Belwain kommen würde, und ich konnte seine Ankunft auf gar keinen Fall abwarten.« Elizabeth atmete tief durch, als sie spürte, daß die Emotionen sie zu überwältigen drohten. Sie ging zu ihm, stellte sich zwischen seine ausgestreckten Beine, faltete die Hände und fuhr fort: »Es ist eine lange Geschichte, Mylord. Wollt Ihr sie hören?«

»Aye«, sagte Geoffrey. Das wollte er tatsächlich; er brannte darauf zu erfahren, was wirklich in Montwright geschehen war.

»Meine Eltern, meine Schwestern und einer ihrer Ehemänner ... sie sind alle getötet worden«, flüsterte sie. »Und Belwain, der jüngere Bruder meines Vaters, ist dafür verantwortlich! Er muß seine gerechte Strafe bekommen.«

»Von Anfang an, Elizabeth«, forderte Geoffrey sie erstaunlich sanft auf. »Erzähl mir, was du gesehen hast, was du gehört hast. Ich will jede Einzelheit wissen.«

Elizabeth nickte und holte tief Luft. »Ich habe sie nicht eintreffen sehen. Der kleine Thomas und ich waren mit unseren Pferden im Wald, als es begann. Die Familie hatte sich versammelt, um den Geburtstag meines Bruders zu feiern.« Leise setzte sie hinzu: »Das war bei uns eine Art Tradition.«

Geoffrey nickte, stellte aber plötzlich fest, daß sie durch ihn hindurchstarrte und seine ermutigende Geste gar nicht wahrzunehmen schien. Sie war offenbar vollkommen in ihrer Erinnerung gefangen, und ihre maskenhafte Miene, die keine Emotionen verriet, macht ihm ihre Qual nur noch deutlicher. Er hätte sie am liebsten in seine Arme geschlossen und sie getröstet, aber er spürte, daß sie sein Mitleid nicht wollte. Und so konnte er nur dort sitzen, sie ansehen und zuhören.

»Meine älteste Schwester, Catherine, und ihr Mann Bernard waren extra von ihrem Anwesen in der Nähe von Granburry gekommen. Rupert, der an einer Krankheit litt, konnte nicht, erlaubte aber Margaret, uns zu besuchen . . . Oh, Gott! Warum ist er bloß so ein verständnisvoller Mann! Sie könnte noch am Leben sein, wenn er nicht . . .« Sie brach ab und versuchte, sich wieder ein wenig zu beruhigen. Nachdem sie ein paarmal tief ein- und ausgeatmet hatte, war ihre Miene wieder vollkommen gelassen und emotionslos. »Thomas und ich huschten durch einen Seiteneingang hinein. Wir wollten uns rasch umziehen, bevor Mutter uns sah, denn unsere Kleider waren dreckig und schlammverkrustet. Es gibt einen geheimen Aufgang, dessen Tür im ersten Stock durch einen Wandteppich verborgen ist, so daß man sie von unten aus der Großen Halle nicht sehen kann. Als ich hinaufeilte, hörte ich plötzlich Lärm und . . . und Schreie. Ich wußte sofort, daß etwas nicht stimmte. Ich sagte Thomas, er solle auf der Treppe warten, und hastete hinauf, um die Tür zu öffnen. Niemand sah mich, ich dagegen konnte alles beobachten! Überall lagen Tote, verstümmelte Leichname, überall war Blut. Die Männer, die in der Halle wüteten, waren wie Bauern gekleidet, doch sie schwangen ihre Schwerter wie ausgebildete Krieger. Viele trugen weite schwarze Kapuzen, unter denen ihre Gesichter verborgen waren. Ich versuchte, den Anführer auszumachen, und schaute mich um, als ich meine Schwester Margaret entdeckte. Sie stieß einem der Männer einen Dolch in die Schulter, wirbelte dann herum und stürzte auf meine Mutter zu. Doch der Mann verfolgte sie, holte sie rasch ein und rammte ihr sein Schwert in den Rücken. Margaret fiel zu Boden. In diesem Moment fühlte ich, daß Thomas sich an meine Seite drückte, und ich versperrte ihm rasch die Sicht. Dann hörte ich einen der Männer mit den Kapuzen brüllen: »Findet den Jungen!« Seine Stimme kam mir sogar in diesem Moment bekannt vor. »Findet den Jungen, oder wir sind umsonst gekommen!« Das war es, was er gerufen hatte, und ich geriet in Panik. Ich wußte, er wollte Thomas umbringen. Ich mußte ihn beschützen. Er war nun der Erbe . . .« Sie brach erneut ab, schluckte und fuhr dann fort. »Ich konnte meiner Mutter nicht helfen, aber ich konnte mich auch nicht rühren. Ich stand wie angewurzelt da und starrte auf das, was geschah. Sie zerrten an ihren Kleidern. An den Kleidern meiner Mutter! Sie riß sich los und fuhr einem der Männer mit den Fingernägeln durchs Gesicht! Er schrie auf, und dann kam der, der Margaret getötet hatte . . . Er sprang auf meine Mutter zu, hielt ein Schwert in der Hand. Er hob es und ließ es gegen ihren Hals niedersausen, und ihr Kopf . . . ihr Kopf fiel einfach von ihrem Körper!«

Sie hatte es noch nie ausgesprochen, sich nicht einmal erlaubt, die Worte in Gedanken zu formulieren. Sie wollte nur noch in die Knie gehen, zusammensinken, sich auf den Boden legen und sterben. Der Schmerz war so intensiv, die Schreie, die in ihrem Kopf ertönten, so qualvoll, daß sie die Hände hob und sie gegen ihre Ohren preßte.

Geoffrey sagte kein Wort. Er streckte die Arme aus, zog sanft ihre Hände von ihrem Kopf und hielt sie fest.

Seine Berührung half Elizabeth, ihre Fassung wiederzuerringen. Sie sah ihn an, nahm ihn diesmal auch bewußt wahr, und entdeckte nur Mitgefühl in seinen Augen. »Ich kann mich nicht besonders gut daran erinnern, was danach geschah. Ich lief mit Thomas wieder die Treppe hinab, und wir blieben unten in der Dunkelheit, bis Joseph uns fand und nach draußen brachte. Wir haben Boten zu Rupert und Bernards Verwandten geschickt.«

Geoffrey zog sie an seine Brust und hielt sie fest. Im Augenblick wünschte er sich nichts mehr, als daß er den Schrecken in ihren Gedanken auslöschen könnte, aber er wußte, daß es nicht möglich war. »Hast du irgendeinen der Männer erkannt?« fragte er ruhig.

»Nein, aber der Schurke, der Margaret umgebracht hat . . ., die Stimme kam mir bekannt vor«, erwiderte Elizabeth. »Seine Kleider . . . waren voller Blut!«

»Und die anderen Männer? Irgendeiner, den du schon einmal gesehen hast?«

»Nein.« Elizabeth' Schultern fielen nach vorne.

»Dein Diener sagte mir, daß du deinen Bruder nach London hast schicken wollen. Warum?«

»Ich wußte nicht, was ich sonst hätte tun sollen«, gab sie zurück. »Laut Gesetz würde Belwain als Vormund bestimmt werden, wenn er wüßte, daß wir noch leben.« Etwas verlegen setzte sie hinzu: »Und ich hielt Euch für alt und senil. Außerdem habe ich keinerlei Beweis, daß Belwain die Tat begangen hat. Der Vater meiner Mutter lebt in London, und ich dachte, mein Bruder wäre bei ihm in Sicherheit, bis ich Belwain überführt habe . . . oder ihn töten kann!«

»Wie kommst du darauf, daß Belwain der Schuldige ist? Dafür muß es doch Gründe geben!«

»Er ist der einzige, der einen Nutzen von dem Massaker hat«, erklärte Elizabeth. »Er ist der jüngere Bruder meines Vaters und war schon immer gierig auf Montwright gewesen. Vater hat ihm ein Stück Land gegeben, aber es reichte Belwain nicht. Meine Mutter hat mir oft erzählt, daß Belwain ein recht umgänglicher Mensch war, bis der kleine Thomas zur Welt kam. Von da an änderte sich sein Verhältnis zu meinem Vater. Ich kann dazu nicht viel sagen, denn ich war damals zu jung, um auf so etwas zu achten. Was ich aber sehr wohl weiß ist, daß Belwain und mein Vater einen fürchterlichen Streit hatten, als mein Onkel das letzte Mal zu Besuch kam. Man konnte sie brüllen hören. Belwain schwor, niemals mehr einen Fuß auf das Montwright-Land zu setzen. Er drohte meinem Vater, und ich weiß noch, daß seine Worte mir Angst einjagten, aber mein Vater schien nicht besonders besorgt. Ich hörte, wie er zu meiner Mutter sagte, Belwain würde sich schon wieder beruhigen.«

Elizabeth entzog ihm ihre Hände. »Belwain wird Montwright erben, wenn wir alle tot sind, so ist es doch, nicht wahr?«

»Aye«, bestätigte Geoffrey ihr. »Aber du bist nicht tot.«

»Und das Gesetz stellt Thomas auch unter Belwains Schutz, richtig?«

»Richtig.«

»Wenn Ihr meinen Bruder Belwain übergebt, dann wird er ihn töten!« sagte sie mit absoluter Gewißheit. »Und mich auch«, fügte sie etwas leiser hinzu.

»Ihr werdet nicht in seine Obhut gegeben«, sagte Geoffrey.

»Dann glaubt Ihr mir?« fragte Elizabeth hoffnungsvoll. »Ihr werdet dafür sorgen, daß Belwain seine gerechte Strafe erhält?«

»Ich glaube, daß du Belwain für den Schuldigen hältst«, erwiderte Geoffrey ausweichend. »Und du hast recht, er hat in der Tat am meisten zu gewinnen. Doch ich brauche erst Beweise, um ihn herausfordern zu können!«

»Beweise! Es gibt keine Beweise!« fuhr Elizabeth ihn an. Sie wich vor ihm zurück und sah ihn verletzt und trotzig an. »Belwain wird nicht davonkommen! Er muß für das bezahlen, was er getan hat! Ich werde ihn umbringen!«

»Wenn Belwain wirklich schuldig ist, dann werde ich das schon erledigen«, sagte Geoffrey. »Wenn er auf Montwright ankommt, werde ich ihn dazu befragen!«

»Und Ihr glaubt tatsächlich, daß er Euch seine Sünden gestehen wird?« Elizabeth' Stimme wurde schrill. »Er wird Euch belügen!«

»Man kann sich in Lügen auch verstricken«, entgegnete Geoffrey. »Ich werde herausfinden, wer hinter dem Verbrechen steckt, und ich werde auch derjenige sein, der die Strafe festsetzt!«

»Gebt Ihr mir Euer Wort, daß Belwain nicht als Thomas' Vormund eingesetzt wird?«

»Wenn Belwain unschuldig ist, dann kann ich das nicht. Gesetz ist Gesetz«, gab Geoffrey zu bedenken. »Thomas würde unter seinen Schutz gestellt. *Falls* er unschuldig ist!«

Elizabeth wich noch weiter zurück, während sie heftig den Kopf schüttelte. »Ihr seid Overlord über das Land von Montwright, und nun, da mein Vater tot ist, ist Thomas Euer Vasall. Es ist Eure Pflicht, ihn zu beschützen!«

»Sag du mir nicht, was meine Pflichten sind!« bellte er. Er stand auf und stemmte die Fäuste in die Seiten. »Ich kenne sie gut genug. Und bis ich genau weiß, was sich in Wirklichkeit abgespielt hat, wirst du bei mir bleiben!« Etwas freundlicher setzte er hinzu: »Vertrau mir, Elizabeth. Ich lasse nicht zu, daß dem Jungen etwas zustößt!«

Elizabeth *wollte* ihm glauben. Wenn er ihr auch nicht

versprochen hatte, ihren Onkel zu bestrafen, so war Thomas' Sicherheit immer noch das wichtigste. Wenigstens hatte Geoffrey ihr zugehört und ihre Anschuldigungen nicht sofort verworfen. Wenn er zu dem Schluß kam, daß Belwain unschuldig war . . ., nun, dann mußte Elizabeth die Sache eben selbst in die Hand nehmen.

»Komm jetzt, Elizabeth. Es wird spät. Wir können uns in der Festung weiter darüber unterhalten.«

»Ich muß doch nicht dabei sein, wenn Ihr Belwain befragt«, sagte Elizabeth hastig. »Außerdem will ich ihn nicht sehen. Nein, ich bleibe hier, bis Belwain endlich –«

Sein Brüllen brachte sie schlagartig zum Verstummen. Mit einer geschmeidigen Bewegung hob er sie auf seine Arme, ignorierte die knurrenden Hunde und setzte sich in Richtung Wasserfall in Bewegung.

Himmel, diese Frau war ein dickköpfiges, freches Ding. Sie schien weder Furcht noch Respekt vor ihrem Herrn und Meister zu haben, und das amüsierte und verärgerte ihn gleichermaßen. Er war an soviel Dreistigkeit nicht gewöhnt. Andererseits wollte er auch nicht, daß sie sich in seiner Gegenwart duckte. Diese Frau war verwirrend, aber auch erfrischend. Nun, wie auch immer – er würde etwas gegen ihren Hang, ihm zu widersprechen, unternehmen müssen. Sie mußte lernen, wo ihr Platz war. Er konnte sie schlecht zu William bringen, wenn sie nicht vorher lernte, ihre Zunge im Zaum zu halten. Obwohl Geoffreys Leben nicht durch Williams Meinung beherrscht wurde, wollte er doch nicht, daß der König zu der Auffassung gelangte, Geoffreys Frau sei eine Xanthippe! Frau! Jawohl. Geoffrey war entschlossen, sie zu heiraten. Es gab keine andere Möglichkeit, sie bei sich zu behalten. Es wäre eine grobe Beleidung für den verstorbenen Vasallen, Elizabeth' Vater, gewesen, wenn er sie zu seiner Geliebten machen würde. Thomas war ein ehrenhafter und loyaler Mann gewesen, und er, Geoffrey, durfte sein Andenken nicht beschmutzen.

Ja,ich tue es für Thomas, dachte er, und fand die Erklärung befriedigend. Er glaubte nicht, daß er sie liebte, denn er war überzeugt, daß er überhaupt keine Frau lieben konnte. Doch das Schicksal hatte sie füreinander bestimmt. Er wußte es seit dem Moment vor der Schlacht, als er sie auf dem Hügel über sich hatte auftauchen sehen. Er hatte keine Ahnung, warum er sie unbedingt an seiner Seite haben wollte, warum sie ihm in kürzester Zeit soviel bedeutete, doch er würde in diesem Fall tun, was sein Instinkt ihm sagte. Vielleicht war es einmal mehr nur Aberglaube, vielleicht hielt er sie für seinen Talisman. Was auch immer ... Er wollte den Grund gar nicht wissen.

Im übrigen wurde es langsam Zeit. Er brauchte Söhne!

»Ihr sollt mich runterlassen!« sagte Elizabeth nun schon zum dritten Mal. Sie sah, daß die Narbe auf seiner Wange dunkelrot geworden war, und schloß daraus, daß sie sich etwas zuviel herausgenommen hatte. »Bitte«, fügte sie sanfter hinzu. »Ich muß mein Pferd und meine Sachen holen.«

»Dein Diener kann das morgen erledigen.«

Meine Güte, war das ein starrsinniger Mensch! Seltsam, aber sie mußte plötzlich feststellen, daß sie sich jetzt besser fühlte als die ganzen letzten Wochen. Es war, als hätte man ihr ein Gewicht von den Schultern genommen. Sie hatte Vertrauen zu ihm – tiefes Vertrauen, daß er alles wieder in Ordnung bringen würde.

Eine ganze Weile ritten sie, ohne ein Wort miteinander zu sprechen. Elizabeth saß vor Geoffrey auf seinem massigen Pferd und lehnte sich an seine Brust, während sie im halsbrecherischen Tempo durch den dichten Wald jagten.

»Wißt Ihr schon, was Ihr mit mir vorhabt? Wohin werdet Ihr mich schicken?« fragte Elizabeth irgendwann. Sie hoffte, daß sie in Thomas' Nähe würde bleiben können.

»Aye«, knurrte er nur. Der Wald war kein Ort zum spazierenreiten, und er versuchte, sich darauf zu konzentrieren, alles um sich herum wahrzunehmen und sie gleichzeitig so schnell wie möglich in Sicherheit zu bringen. Doch ihre Nähe brachte ihn durcheinander. Von dem Augenblick an, als er sie in seine Arme gehoben hatte, war er von einem Wohlgefühl, von einer Ruhe erfüllt worden, die ihn verblüfften. Es war, als könne er nach langer Zeit endlich wieder frei atmen, als wäre sie die frische Luft, die er zum Überleben brauchte. Er verstärkte seinen Griff um ihre Taille und war erfreut, daß sie nicht protestierte. Ihr Scheitel lag unterhalb seines Kinns, und der Krieger kämpfte gegen die Versuchung an, seine Wange in ihr weiches Haar zu wühlen.

Elizabeth wartete scheinbar eine Ewigkeit, daß Geoffrey fortfuhr zu sprechen, aber der Lord schien keinerlei Absicht dazu zu haben. Schließlich hielt sie es nicht mehr aus. »Mein Vater hat einen Ehevertrag geschlossen, als ich noch ein kleines Kind war«, sagte sie. »Aber der Mann, den ich heiraten sollte, Hugh, starb vor zwei Jahren. Ich habe keine Ahnung, ob etwas anderes arrangiert worden ist.« Sie hatte die letzten Worte mit fragendem Unterton ausgesprochen, denn es konnte sein, daß er etwas darüber wußte. Ihr Vater hätte Geoffreys Erlaubnis einholen müssen, wenn er einen anderen Vertrag für seine Tochter hätte abschließen wollen.

»Du brauchst keinen neuen Ehevertrag«, sagte er. Es klang sehr endgültig.

»Ich heirate nicht?« fragte Elizabeth überrascht.

»Oh, doch, du heiratest«, sagte Geoffrey. »Mich.«

Wenn Geoffrey sie nicht festgehalten hätte, wäre Elizabeth vom Pferd gefallen. Sie zappelte und wand sich in seinen Armen, bis sie ihn ansehen konnte, dann platzte sie mit der erste Frage heraus, die ihr in den Sinn kam. »Warum?«

Der Lord gab keine Antwort, und aus der Art, wie seine Kiefermuskeln hervortraten, schloß Elizabeth, daß er auch in nächster Zeit nichts dazu sagen würde.

Sie wandte wieder den Kopf und blickte nach vorn. Als sie um die Biegung des Flußes ritten und Montwright in Sicht kam, hatten sich Elizabeth' Eingeweide vor Furcht so sehr zusammengezogen, daß sie glaubte, Eisenkugeln im Magen zu haben. Sie stellte plötzlich fest, daß sie sich fest an Geoffreys Hand klammerte, sich aber nicht in der Lage befand, loszulassen.

Vielleicht warteten Belwain und seine Männer bereits innerhalb der Mauern.

Elizabeth schloß die Augen und schickte ein stummes Gebet zum Himmel. Nichts würde je wieder so sein, wie es einmal war. Ihre Eltern, ihre Schwestern waren tot, und sie allein war für Thomas verantwortlich. Sie hatte niemanden, an den sie sich wenden konnte, niemand, der sie unterstützen wollte – niemanden, außer diesen starrköpfigen, riesigen, narbenübersäten Krieger.

War er wirklich stark genug, um ihr und ihrem Bruder Sicherheit zu gewähren?

KAPITEL 3

Die Hochzeit sollte noch heute stattfinden! Elizabeth begriff nicht, warum Geoffrey so zur Eile drängte, aber sie war machtlos, etwas dagegen zu unternehmen. Der Lord hatte einen Entschluß gefaßt, und dieser wurde in die Tat umgesetzt! Er ließ sich nicht einmal dazu herab, Elizabeth eine Erklärung für seine Beweggründe zu geben, so oft sie ihn danach auch fragte. Geoffrey hatte sich in den Kopf gesetzt, sie noch vor Einbruch der Nacht zu seiner Frau zu machen! Und welche Einwände Elizabeth auch vorbringen mochte, sie schienen an ihm abzuprallen.

Sie waren in der Burg angekommen. Geoffrey hob sie vom Pferd und trug sie die gewundene Treppe hinauf in ihre Schlafkammer, bevor sie noch begriff, wie ihr geschah.

»Ich will zu meinem Bruder!« verlangte sie, als sie die Kammer betraten, doch Geoffrey schüttelte bloß den Kopf. Liebe Güte, war er dickköpfig!

»Nach der Zeremonie«, sagte er knapp und ließ sie auf das Bett fallen. »Ich werde dir ein Bad bereiten lassen!« setzte er hinzu. Und mit diesen Worten wandte er sich zum Gehen.

Während Geoffrey die Treppe hinabpolterte, breitete sich ein breites Grinsen auf seinem Gesicht aus. Der Ausdruck der Verblüffung auf ihrem Gesicht, als er ihr verkündete hatte, daß sie sofort heiraten würden, war so köstlich gewesen, daß er sich gewiß lange daran erinnern würde. Zum ersten Mal, seit er sie vor ein paar Stunden am Wasserfall gefunden hatte, war es ihm gelungen, sie sprachlos zu machen. In Anbetracht der Tatsache, daß sie die lästige Angewohnheit hatte, ihm zu widersprechen, war das eine angenehme Abwechslung gewesen.

Im Grunde wußte er selbst nicht, warum er es so eilig hatte, sie zu seiner Frau zu machen. Doch die Vorstellung, noch ein oder mehrere Nächte ohne sie in seinem Bett zu verbringen, kam ihm unerträglich vor. Zudem fügte es sich wunderbar, daß der Priester heute morgen angekommen war, um die Toten zu segnen – wozu also warten? Natürlich mußten sie auf gewisse Traditionen verzichten. Es war nicht möglich, daß sie den feierlichen Eid auf der Treppe der Kirche sprachen, denn die Kirche war abgebrannt. Die Eheschließung würde in der Großen Halle stattfinden müssen, was sie jedoch nicht weniger gültig machte. Und wenn sie erst einmal sein war, dann würde er Frieden finden können. Erst dann konnte er sich wieder den Pflichten widmen, die man als Baron schließlich hatte!

Derweil zerbrach Elizabeth sich noch immer den Kopf darüber, warum der Baron sie heiraten wollte. Doch wie auch immer sie es drehte und wendete – ihr fiel nichts ein, was sich vernünftig anhörte. Irgendwann kam sie zu dem Schluß, daß Geoffrey sie beschützen wollte, indem er ihr seinen Namen gab, und daß er das Andenken ihres Vaters ehren wollte. Ja, das mußte es sein. Master Thomas war Geoffrey treu ergeben gewesen und hatte sich im Gegenzug darauf verlassen, daß der Baron ihn schützen würde, doch Geoffrey hatte das Massaker nicht verhindern können. *Schuldgefühle,* dachte Elizabeth. Doch bei näherer Betrachtung mußte sie sich eingestehen, daß auch dies keinen Sinn machte. Natürlich war jeder Vasall selbst dafür verantwortlich, seine Burg vor Überfällen zu schützen.

Elizabeth wanderte unruhig in ihrer Kammer auf und ab, während ihre Stimmung immer finsterer wurde. Nach einer Weile kamen zwei Diener mit einem Zuber herein, stellten ihn ab und gingen wieder, um Eimer mit dampfendheißem Wasser zu holen. Sie mußten mehrmals gehen, bis der Zuber endlich voll war, und obwohl Elizabeth ihnen düstere Blicke zuwarf und die beiden verstohlen grinsten, wurde während der ganzen Prozedur kein einziges Wort gesprochen.

Das warme Bad war jedoch verlockend, denn die letzten Wochen hatte Elizabeth sich nur unter dem kalten Wasserfall gewaschen. Elizabeth fand die nach Rosen duftenden Seifenflocken, die ihre Mutter ihr zu ihrem letzten Geburtstag geschenkt hatte, streifte ihre Kleider ab und ließ sich in das heiße Wasser gleiten. Doch falls sie gedacht hatte, daß das Bad sie entspannen und beruhigen würde, so hatte sie sich geirrt. Keinesfalls besänftigt, ließ sie ihre Verärgerung an ihrem Haar aus und schrubbte ihre Kopfhaut, bis sie brannte. Die ganze Zeit über kreisten ihre Gedanken um das, was in den letzten Stunden geschehen war. Belwain war immer noch nicht in Montwright angekommen, und Elizabeth hoffte inbrünstig, daß ihm auf der Reise etwas Entsetzliches zugestoßen war. Doch, nein, ein solcher Tod war zu simpel. Elizabeth wollte Rache, und Belwain sollte vor seinem Tod erfahren, warum er sterben mußte!

Ein Feuer brannte im Kamin, und nachdem Elizabeth aus dem Zuber gestiegen war und sich in eine Decke gehüllt hatte, kniete sie sich vor die Feuerstelle und begann, ihr Haar zu trocknen. Wenn Sie doch nur einen klaren Gedanken hätte fassen können! Sie fühlte sich plötzlich unendlich müde.

Als sie die Tür gehen hörte, wußte sie, daß es Geoffrey war, doch sie dachte nicht daran, sich zu ihm umzudrehen. Sie zog nur die Decke vor ihrer Brust zusammen und kümmerte sich unbeirrt um ihr Haar.

Geoffrey lehnte am Türrahmen und beobachtete sie mit zärtlichem Blick. Der Schein des Feuers ließ die weiche, seidige Haut ihrer Schultern golden schimmern, und er mußte lächeln, als er sah, wie sie mit der Decke kämpfte. Trotz der Bemühungen, so zu tun, als sei er nicht anwesend, versteifte ihr Körper sich, und er stellte sich vor, wie sie ihre Stirn in tiefe Falten legte. Der Hauch von Trotz, der von ihrer Haltung ausging, wärmte sein Herz genauso wie ihre Erscheinung. Wenn sie zornig war, kam sie ihm fast noch schöner vor. Wahrscheinlich war es sein Glück, daß sie sich so gut beherrschen konnte. Mochte Gott dem gnädig sein, der ihren vollen Zorn zu spüren bekam.

Das Schweigen lastete schwer, und nach einer Weile konnte Elizabeth es nicht mehr aushalten: »Wollt Ihr den ganzen Abend da herumstehen« fuhr sie ihn an. Endlich drehte sie sich um, und er sah ihr Gesicht, das vom Feuer gerrötet war. Ihre blauen Augen funkelten wütend.

»Kannst du es nicht erwarten, die Ehe zu schließen« neckte er sie.

Wenn Blicke hätten töten können, wäre dies sein Ende gewesen. Amüsiert sah er das wachsame Aufblitzen ihrer Augen, sah, wie sie die trocknenden Locken mit einer wütenden Kopfbewegung über die Schulter warf, und war unwillkürlich an eine Löwin erinnert. Nur mühsam kämpfte er den Drang nieder, sie in seine Arme zu ziehen.

»Was die Eheschließlung betrifft, so empfinde ich überhaupt nichts«, log Elizabeth. Langsam stand sie auf, denn ihr war plötzlich eingefallen, daß ihn ihre kniende Position zu dem Fehlschluß führen konnte, sie sei eine unterwürfige Frau. Und ob er nun Baron war, ihr Lord oder was auch immer, sie dachte ja gar nicht daran, sich ihm gegenüber demütig zu geben.

Geoffrey schwieg und ging zum Fenster. Er hob das schwere Fell, das den Wind abhalten sollte, und blickte hinaus, ohne sich um Elizabeth zu kümmern. Sie kam sich reichlich überflüssig vor, was sie nur noch zorniger machte.

»Ihr braucht mich nicht zu heiraten, Mylord«, sagte sie gereizt. »Es reicht, daß ich unter Eurem Schutz stehe. Ihr könnt doch heiraten, wen immer Ihr wollt. Eure Position erlaubt es Euch, eine beliebige Frau zu wählen . . ., sogar eine, die Ihr liebt!«

Eine ganze Weile glaubte sie, er hätte ihr überhaupt nicht zugehört. Doch schließlich antwortete er ihr, ohne sich umzudrehen. »Nur Narren heiraten aus Liebe. Ich bin kein Narr.«

Aha. Nur Narren, dachte Elizabeth. Liebe hatte seiner Meinung nach also etwas mit Dummheit zu tun! Gut, sie würde ihm gewiß nicht widersprechen! Sie konnte schließlich genauso kalt und gefühllos und bodenständig sein wie er! Zudem hatte er recht. Niemand heiratete aus Liebe. Man heiratete, um Land zu bekommen, gute Beziehungen zu erhalten, für Gold oder um des Friedens willen. Und dennoch, wäre es nicht wunderschön gewesen, wenn Geoffrey und sie sich liebten? Aye, sie war in der Tat eine Närrin. Konnte sie sich nicht damit zufriedengeben, daß er sie körperlich anzog? Daß er attraktiv war? Himmel, andere Frauen hatten es gewiß nicht so gut wie sie. Die meisten Mädchen wurden mit einem Mann verheiratet, den sie nie zuvor gesehen hatten, und wenn sie Glück hatten, dann wusch er sich öfter als einmal im Jahr. Aber hatte ihre Mutter ihr nicht wieder und wieder gesagt, daß äußere Schönheit in einer dauerhaften Beziehung keine Bedeutung haben sollte? Nur das Wesen eines Menschen zählte, und eine gute Ehe basierte auf einem guten Einverständnis der beiden Partner. Aber das war auch so eine Sache ... Elizabeth mußte sich eingestehen, daß sie sich ein wenig vor Geoffrey fürchtete – und sie *haßte* es, sich zu fürchten. Geoffrey war ein furchtbarer Dickkopf, sogar noch sturer als sie, und diese Ehe würde ganz gewiß eine stürmische Angelegenheit werden. Hatte sie nicht schon genug durchgemacht? Hatte sie es nicht verdient, in Frieden zu leben? Die Aussicht auf neue Auseinandersetzungen war ihr so willkommen wie ein faulender Zahn.

Sie begriff ohnehin nicht, warum er sie wollte. Er wußte nichts, rein gar nichts über sie. Er wußte nicht, was er sich antat. Wie würde er reagieren, wenn er feststellte, daß sie weit geschickter darin war, Kaninchen zu jagen und zu häuten, als mit Nadel und Faden einen Gobelin zu sticken? Wie oft hat ihr Vater auf ihr sächsisches Erbe geschimpft, das er für ihre ungestüme Natur verantwortlich machte! Wie oft hatte er den Vater ihrer Mutter, ein Vollblutsachse, dafür verantwortlich gemacht, daß er Elizabeth in ihrem unweiblichen Benehmen auch noch bestärkte! Es war ihr Großvater gewesen, der Elizabeth erst den Falken, dann die beiden Wolfshunde geschenkt hatte, und ihr Vater hatte mehrmals den Verdacht geäußert, daß der alte Mann dies alles nur getan hatte, um ihn zu ärgern. Obwohl die beiden sich tief in ihrem Herzen mochten, zankten sie sich ständig über Elizabeth' Erziehung, und das Mädchen hatte davon profitiert. Ihr Großvater hatte immer gerne damit geprahlt, daß das Erbe ihrer Wikingervorfahren in seiner Enkelin voll durchschlug. Die blauen Augen und das blonde Haar waren die äußeren Beweise dafür, so meinte er.

Mochte ihr Vater noch so heftig gegen ihren Großvater gewettert haben – auch er hatte viel dazu beigetragen, daß Elizabeth sich zu einem unabhängigen Wesen entwickelt hatte. Ihr Vater hatte sie schließlich viele Jahre lang wie einen Sohn behandelt ... und aufgezogen!

Was würde ihr Großvater wohl von Geoffrey halten, falls sie sich jemals kennenlernen sollten? Würde der liebe, alte Mann sich genauso mit dem Baron anlegen, wie er es immer mit Elizabeth' Vater getan hatte? Der Gedanke an den Aufstand, den ihr Großvater verursachen konnte, entlockte Elizabeth ein Lächeln. Geoffrey wandte sich gerade rechtzeitig vom Fenster ab, um das Lächeln zu sehen. Als Reaktion darauf runzelte er die Stirn.

Abwartend begegnete Elizabeth seinem Blick. Nun sah sie, daß auch er gebadet haben mußte, denn sein Haar war noch feucht und lockte sich leicht an seinem Kragen. Er trug eine nachtschwarze Tunika, auf der in Brusthöhe sein goldenes Wappen prangte. Der Stoff schmiegte sich eng an seine breiten Schultern, und Elizabeth hatte das Gefühl, als würde er jedesmal ein Stück größer werden, wenn sie ihn ansah. Sie verabscheute es, sich von ihm einschüchtern zu lassen, aber so sehr sie sich auch bemühte, ihre Angst zu verbergen, sie mußte schließlich doch ihren Blick abwenden.

»Der Priester wartet«, verkündete er plötzlich erstaunlich sanft.

»Dann habt Ihr Euch also nicht anders entschieden?« Elizabeth' Stimme war nur ein Flüstern.

»Nein. Es wird getan, was ich beschlossen habe. Wir heiraten«, sagte Geoffrey. »Zieh dich an. Wenn du fertig bist, werden die Wachen dich nach unten begleiten.« Er wandte sich um und ging zur Tür. »Laß mich nicht warten«, warnte er sie, ohne sich noch einmal umzudrehen. Einen Augenblick später fiel die Tür krachend hinter ihm ins Schloß.

Elizabeth beeilte sich, seinem Befehl nachzukommen. Je eher sie diese Sache hinter sich hatte, desto besser. Sie zog ein schlichtes weißes Kleid an, das sie mit einer goldenen Kette in ihrer Taille zusammenhielt. Es war nicht ganz leicht, in das noch feuchte Haar eine gewisse Ordnung zu bringen, doch schließlich gelang es ihr, es mit einer Kordel am Hinterkopf zusammenzubinden.

Ihre Hände zitterten, als sie die Tür öffnete, vor der die Wachposten warteten. Langsam folgte sie ihnen den langen Flur entlang.

Geoffrey wartete am Fuß der Treppe und streckte ihr die Hand entgegen. Elizabeth legte ihre hinein und ging neben ihm auf die Große Halle zu.

Als sie eintraten, erstarrte Elizabeth. Der Anblick, der sich ihr bot, war überwältigend. Es kam ihr vor, als befänden sich mindestens hundert Männer in der Halle, und alle knieten mit gesenkten Köpfen, um ihrem Herrn und seiner zukünftigen Gemahlin ihren Respekt zu erweisen.

Wie in Trance wandte sie sich dem Priester zu, der begann, seinen Segen zu sprechen. Sie hörte kaum seine Worte, als er die Zeremonie vollzog, und sie dem Mann, der ihre Hand hielt, zur Frau gab. Lieber Gott, er war ein Fremder! Und alles ging so entsetzlich schnell!

Elizabeth kam es vor wie in einem Traum. Wann hatte sie sich niedergekniet? Woher war der Ring gekommen? »Zu lieben und zu ehren, in guten wie in schlechten Zeiten ...« Die Stimme des Priesters war sanft und doch fordernd, als er die uralte Frage an sie stellte. *Ich liebe ihn nicht,* schrie etwas in Elizabeth' Innerem. »Ich, Elizabeth Catherine Montwright ...« Sie brachte nur ein

Flüstern hervor, doch der Priester beugte sich nur lächelnd ein Stück vor, lauschte ihrer Antwort und nickte zufrieden.

»Ich, Geoffrey William Berkley . . .« Die Liste der Titel schien unendlich, als er mit lauter, klarer Stimme seine Absicht verkündete, sie zur Frau zu nehmen. Und dann war es plötzlich vorbei. Geoffrey half ihr auf die Füße. Er gab ihr einen eher freundschaftlichen Kuß, dann drehte er sie an den Schultern zu seinen Männern um. Sie konnte gerade noch seinen tiefen Seufzer hören, da erschallte das laute Jubeln der Anwesenden.

Der Applaus und die Rufe wollten kein Ende nehmen. Plötzlich sah sie in der Menge ihren Bruder, der neben Roger stand. Instinktiv setzte sie sich in Bewegung, doch Geoffrey legte ihr rasch eine Hand auf den Arm. »Warte«, wies er sie an.

Er nickte Roger zu, woraufhin dieser die Leute anwies, zur Seite zu treten, damit er unbehelligt mit dem Jungen auf das frischvermählte Paar zugehen konnte. Thomas hatte nur Augen für Geoffrey, und als er nun vor den beiden stehenblieb, schaute er bewundernd zu seinem Lord auf, ohne seine Schwester eines Blickes zu würdigen. »Ich glaube, er kann sich nicht an dich erinnern«, sagte Geoffrey leise, als er spürte, wie sehr es sie verletzte, von ihrem Bruder ignoriert zu werden. »Das wird sich ändern. Immerhin kann er schon wieder sprechen, und, glaub mir, er tut es dauernd!«

Elizabeth nickte, zwang sich zu einem Lächeln, und kniete sich dann hin, um mit ihrem Bruder auf gleicher Augenhöhe zu sein. Er wandte sich nicht einmal ihr zu.

»Thomas, ich bin deine Schwester«, sagte sie sanft. Der Kleine drehte den Kopf, als Roger ihn anstieß.

»Ich werde ein Ritter«, sagte er herablassend, anstatt sie zu begrüßen. Plötzlich schien ihm einzufallen, was sich gehörte, und er ließ sich rasch auf die Knie niederplumpsen und senkte demütig den Kopf. »Von nun an werde ich über Euch wachen, Mylady«, murmelte er. Dann warf er Geoffrey von schräg unten einen verstohlenen Blick zu, um zu sehen, ob sein Lord zufrieden mit ihm war.

Geoffrey war es. Er nickte dem Jungen zu und zog Elizabeth auf die Füße. Als sie nach der Hand ihres Bruders greifen wollte, mußte sie feststellen, daß er bereits hinter Roger auf den Ausgang zulief. Sie seufzte leise. Aber Geoffrey hatte recht. Sie durfte sich nicht beleidigt fühlen – Thomas hatte sein Gedächtnis verloren.

Geoffrey nahm ihren Arm und führte sie zum Tisch, wo nun das Hochzeitsmahl aufgetragen wurde. »Wo sind Thor und Garth?« fragte sie, während sie sich setzte.

»Wer?«

»Meine Hunde«, erklärte Elizabeth. »Sie heißen Thor und Garth. Mein Großvater hat sie so genannt.« Sie lächelte und fügte dann hinzu: »Ich dachte, vielleicht kann sich Thomas an die beiden erinnern.«

»Die Hunde sind eingesperrt worden«, antwortete Geoffrey. »Dein Bruder hat Angst vor ihnen.«

»Aber das kann nicht sein!« rief Elizabeth entsetzt. Für heute hatte sie wirklich schon genug Überraschungen serviert bekommen. »Er ist doch praktisch mit ihnen aufgewachsen!«

»Es ist so, wie ich sage«, erwiderte Geoffrey ruhig, aber bestimmt. Elizabeth musterte sein Gesicht, sah jedoch nur eine emotionslose Maske. Hatte sie ihn beleidigt?

»Ich wollte nicht andeuten, daß Ihr lügt«, sagte sie schließlich. »Ich war nur so erstaunt.«

Ihr Gemahl war besänftigt und belohnte sie mit einem Lächeln, das ihn fast jungenhaft hätte wirken lassen, wenn die Narbe auf seiner Wange den Eindruck nicht verdorben hätte. Aber auch der intensive Blick, mit dem er sie bedachte, hatte nichts von jugendlichem Übermut. Elizabeth schauderte, als sie an die kommende Nacht dachte ...

»Der Junge versteckt sich hinter Rogers Rücken, wann immer die Hunde in seine Nähe kommen«, erzählte Geoffrey. »Die Tiere erinnern sich natürlich an Thomas und versuchen ständig, ihn zum Herumtollen zu bewegen. Der zukünftige Erbe von Montwright hat ein paarmal so durchdringend geheult, daß Roger es schließlich nicht mehr ertragen konnte. Wenn Thomas' Schwertarm so stark wird, wie seine Lungen es sind, dann wird er mit Sicherheit ein fürchterlicher Krieger.«

Elizabeth wäre am liebsten in Tränen ausgebrochen, als sie das hörte. »Er hat früher vor nichts und niemand Angst gehabt«, preßte sie hervor. »Vater befürchtete immer, daß ihm etwas geschehen würde, wenn er nicht bald lernen würde, daß Vorsicht manchmal vernünftiger ist.«

Geoffrey reichte ihr ein Glas mit süßem Rotwein. »Er hat Dinge gesehen, die einen erwachsenen Mann vernichten könnten«, sagte er. »Aber diese Wunden verheilen. Er braucht nur Zeit.«

Und meine Wunden? Werden sie auch verheilen? Wird der Schrei meiner Mutter, bevor sie starb, irgendwann verstummen? Wird die Zeit die Abscheulichkeit der Tat lindern? Wird der Haß auf den Täter nachlassen? Nein, dachte sie, das niemals! Sie wollte ihre Rache, und sie würde sie bekommen! Und wenn der Preis dafür war, daß sie niemals vergessen konnte, dann würde sie ihn eben bezahlen!

»Herzlichen Glückwunsch, Mylady«, erklang eine sanfte und sehr vertraute Stimme neben ihr. Elizabeth' Kopf schoß hoch. Sie wandte den Kopf und blickte Sara, der alten Dienerin ihrer Mutter, in die Augen.

»Sara!« rief sie glücklich. »Ich dachte, du seist tot!« Aufgeregt drehte sie sich zu ihrem frisch angetrauten Mann um. »Mylord, darf ich Euch die treueste Dienerin meiner Mutter vorstellen? Dies ist Sara!« Sie wandte sich wieder an die weißhaarige Frau und setzte hinzu: »Sara, dies ist Baron Geoffrey William Berkley, Overlord von Montwright!«

Geoffrey beugte sich zu ihr. »Overlord von Montwright, Elizabeth«, flüsterte er, »und dein Mann!«

Elizabeth errötete leicht und nickte hastig. Etwas verunsichert wandte sie sich wieder an Sara: »Und mein Gemahl«, berichtigte sie sich, wollte noch etwas hinzusetzen, brach dann aber plötzlich ab. Eine Reihe Diener war in die Halle gekommen, um das Festmahl aufzutragen, und Elizabeth konnte es kaum fassen. Sie kannte die Gesichter! »Aber . . . wie . . .«, begann sie stammelnd.

Sara lächelte. »Sie sind alle zurückgekommen, als sie hörten, daß Ihr am Leben seid«, erklärte sie. Als der Baron sich räusperte, warf sie ihm einen raschen Blick zu, entdeckte seine finstere Miene und beeilte sich, ihre Aussage zu präzisieren. »Als die Nachricht verbreitet wurde, daß Euer Gemahl die Festung von den Meuchelmördern befreit hatte, entschlossen wir uns, zurückzukehren!«

Geoffreys Stirn glättete sich, und Sara senkte respektvoll die Augen. »Mit Eurer Erlaubnis, Mylord, möchte ich Eurer Gemahlin heute abend helfen, sich zur Nacht fertigzumachen. Ihre eigene Dienerin ist bei dem Überfall umgekommen.«

Geoffrey stimmte mit einem Nicken zu. Die Dienerin streckte die Hand aus, als wollte sie Elizabeth' Hand tätscheln, zog sie aber plötzlich wieder zurück. Elizabeth sah es und streichelte nun ihrerseits die runzelige Hand der alten Dienerin. »Vielen Dank, Sara. Und gepriesen sei der Herr, daß du am Leben bist!«

Die Frau huschte aus der Halle, und Elizabeth sah ihr nach, bis sie durch die Tür verschwunden war. Als sie sich zu Geoffrey umwandte, standen Tränen in ihren Augen, doch sie wirkte gefaßt.

Geoffrey konnte nicht umhin, ihre Selbstbeherrschung zu bewundern. So zerbrechlich sie wirkte, hatte sie ihm doch nun schon mehrmals eine erstaunliche Stärke bewiesen. Sie war anders als alle Frauen, die er kannte, aber das hatte er schon von Anfang an gespürt. Nach außen hin strahlte sie eine stille Würde aus, unter der jedoch ein hitziges Temperament lauerte. Er wußte, wie elend sie sich im Augenblick fühlte, und doch weigerte sie sich, in Tränen auszubrechen.

Geoffrey wollte sie wieder lächeln sehen. »Heulst du auch so laut wie dein Bruder?« fragte er.

Elizabeth wußte nicht, ob er sie necken wollte oder es ernst meinte. »Ich heule nie«, fuhr sie empört an.

Als ihr Mann grinste, wußte sie, daß er sie aufziehen wollte. Er beugte sich wieder vor, bis sein Mund nur ein kurzes Stück von ihrem Ohr entfernt war. »Du lächelst auch selten«, flüsterte er.

Sein warmer Atem an ihrem Ohr fühlte sich wie eine zärtliche Liebkosung an, und Elizabeth mußte erst ein Stück von ihm abrücken, bevor sie antworten konnte: »Wundert Euch das?« fragte sie, nun ebenfalls mit nekkendem Unterton. »Ich bin schließlich seit ein paar Minuten verheiratet. Das macht mich zu einer gesetzten, ernsthaften Frau, nicht wahr?« Sie schaute zu ihm auf, und ihre blauen Augen leuchteten schelmisch. Für einen Moment verschlug es Geoffrey die Sprache. Sie wurde mit jeder Stunde schöner, wundervoller, begehrenswerter. Geoffrey fragte sich staunend, wie so etwas möglich war.

»Und? Gefällt es dir, verheiratet zu sein?« fragte er, als er seine Stimme wiedergefunden hatte.

»Nun, es ist mir neu, und es erscheint mir sehr schwierig, sich daran zu gewöhnen«, sagte sie ernsthaft. Ohne ihre Augen abzuwenden, fuhr sie fort: »Mein Mann ist praktisch ein Fremder für mich, wißt Ihr, und die Geschichten, die ich über ihn gehört habe, sind erschreckend.«

Geoffrey fuhr entsetzt zurück. Sie hatte gescherzt, oder? Das vergnügte Funkeln in ihren Augen war noch da, doch ihr Gesichtsausdruck wirkte so ernst, daß er sich plötzlich nicht mehr sicher war. Was sollte er antworten? Noch nie hatte jemand so mit ihm geredet! »Ich bin dein Mann«, sagte er schließlich einfallslos. Und barsch fügte er hinzu: »Was sind das für Geschichten, die du über mich gehört hast?«

»Ach, viel zu viele. Es würde zu lange dauern, sie Euch zu wiederholen«, gab Elizabeth zurück. Sie hatte Mühe, sich das Lachen zu verkneifen.

»Du wirst sie mir erzählen!« brüllte er. Im gleichen Augenblick wünschte er sich, er hätte es nicht getan. Er hatte nicht die Absicht gehabt, seine Frau an ihrem Hochzeitstag einzuschüchtern, aber offenbar war genau das geschehen. Elizabeth drehte den Kopf zur Seite, um ihr Gesicht vor ihm zu verbergen. Verdammt! Jetzt mußte er sie trösten, wenigstens ein wenig beruhigen, so unangenehm es ihm auch war. Das Problem war nur, daß er nicht recht wußte, wie er vorgehen sollte.

Wie tröstete man eine Frau?

Er knallte seinen Weinkelch auf die Tischplatte und packte ihr Kinn, um ihren Kopf zu sich zu drehen. Er würde sie einfach anlächeln. Genau! Dann würde sie schon wissen, daß alles in Ordnung war.

Auf ihr schlecht unterdrücktes Grinsen war er nicht vorbereitet. Teufel, diese Frau lachte! Lachte sie ihn aus? Wieso war sie nicht verschreckt?

»Ich wollte Euch doch nur aufziehen. Bitte seht mich nicht so böse an«, sagte Elizabeth, als sie ihr Lächeln unter Kontrolle hatte.

Als er sie weiterhin wütend anstarrte, fuhr sie fort: »Muß ich annehmen, daß Ihr es nicht mögt, wenn man Euch aufzieht?«

»Ich bin mir nicht sicher«, antwortete er schließlich. Unter ihrem Lächeln schmolz sein Zorn wie Eis in der Sonne. »Ich ziehe es vor, derjenige zu sein, der sich über andere lustig macht«, gab er mit einem verlegenen Grinsen zu.

Elizabeth lachte auf. »Oje, dann wird diese Ehe aber –«

»Ein Trinkspruch!« dröhnte Rogers kraftvolle Stimme durch die Halle. Er war aufgestanden und hielt seinen Kelch hoch über seinen Kopf. Auf seiner Schulter saß ein kichernder Thomas, der sich bemühte, sich an Rogers Hals festzuhalten.

Geoffrey war verärgert über die Unterbrechung, denn er hatte das Geplänkel mit seiner frisch angetrauten Frau genossen. Zudem hätte er zu gerne gewußt, was sie ihm hatte sagen wollen. Doch natürlich hatten seine Männer bei einem solchen Anlaß ein Recht darauf, mit ihm zu feiern. Er drehte sich also zu Roger um, beugte sich aber noch rasch zu Elizabeth und flüsterte: »Nachher wirst du mir diese schrecklichen Geschichten über mich erzählen, Frau!«

Elizabeth, die ihren Blick auf Roger und ihren Bruder gerichtet hatte, antwortete genauso leise: »Vielleicht, Mylord. Vielleicht!«

Mit jedem Schluck Wein, der ihr Inneres wärmte, fühlte Elizabeth sich wohler. Es muß am Alkohol liegen, dachte sie. »Woher habt Ihr diesen Wein, Mylord? Eine solch gute Qualität haben wir nie getrunken.«

»Nicht einmal, wenn es etwas zu feiern gab?« fragte er überrascht.

»Meistens hatten wir Ale«, gab sie zurück. Und mit einer Kopfbewegung zu den Holzbrettern, die die Diener nun auf die Tische stellten, fügte sie hinzu: »Wir haben auch von einer Platte gegessen.«

»Aber dein Vater war ein reicher Mann«, sagte Geoffrey mit fragendem Unterton.

»Schon, aber sehr genügsam«, erwiderte sie. Dann mußte sie wieder lachen. Sie neigte sich ihm zu, bis ihre Schultern sich berührten, und legte, ohne es zu bemerken, eine Hand auf seinen Arm. »Mein Großvater hat sich oft schrecklich darüber aufgeregt, wie sparsam mein Vater wirtschaftete.«

»Du magst deinen Großvater sehr gerne, nicht wahr?« fragte Geoffrey, der entzückt über ihre unbewußte Geste war.

»Ja. Ich glaube, wir sind uns sehr ähnlich«, gab sie zu. Sie nahm noch einen Schluck Wein und lächelte ihn über den Rand des Kelches an.

»Genug«, bestimmte Geoffrey und nahm ihr den Kelch aus der Hand. »Ich will nicht, daß du heute nacht zu früh einschläfst.«

Sein wenig subtiler Hinweis auf das, was noch kommen würde, ernüchterte sie schlagartig. Ihr Lächeln verblaßte, und sie senkte den Blick auf ihren Teller. Sie hatte ein wenig von der Wachtelpastete gegessen, jedoch weder den Schwan noch die Wildbeerentörtchen gekostet.

Sie sah zu, wie immer mehr Köstlichkeiten aufgetragen wurden. Begeisterte »Ahs« und »Ohs« ertönten, als man einen gebratenen Pfau, der wieder in seine Haut und die Federn gehüllt worden war, vor ihrem Teller absetzte. Geoffrey legte ihr auf, nachdem er sich seine Hände mit dem feuchten Tuch, das der Knappe ihm hinhielt, abgewischt hatte. Ein Page stand neben Elizabeth, um ihr behilflich zu sein.

Der Priester und ein paar von Geoffreys engsten Vertrauten gesellten sich zu dem Paar am Tisch. Dem kleinen Thomas war es nicht gestattet, bei ihnen zu sitzen, doch jedesmal, wenn Elizabeth ihn ansah, bemerkte sie, daß er mit vollen Backen kaute. *Er benimmt sich nicht besser als die Hunde,* dachte sie. In der Hinsicht hatte er sich wahrhaftig nicht verändert. Aber bald würde er einer von Geoffreys Pagen werden und lernen, was das Wort Manieren bedeutete.

Ein paar der Männer stimmten eine beliebte, ein wenig anstößige Weise an. Und dann begann der rothaarige Knappe, dessen Gesicht vom Wein gerötet war, mit einer wunderbaren, tiefen Stimme zu singen. Die Leute in der Großen Halle verstummten, um ihm zuzuhören.

Seine Ballade handelte von Roland und seinem sagenumwobenen Schwert Durandarte, mit dem der tapfere Held zahllose Feinde niedergestreckt hatte. Die Verse erzählten davon, wie Roland mutig in den Kampf zog, in einen Hinterhalt geriet, doch zu stolz war, um nach Hilfe zu rufen . . . bis es zu spät war. Nun wurde er als Held besungen. Er war eine Legende.

Für Elizabeth war Roland vor allem ein Narr. Wahrscheinlich besaß sie einfach keinen Sinn für derartige Geschichten. Tot war tot, ob man nun zur Legende wurde oder nicht. Was hatte der Mann denn nun davon? Sie überlegte, ob sie Geoffrey sagen sollte, was sie davon hielt, entschied sich aber dagegen. Sie konnte sich gut vorstellen, daß er ihre Meinung nicht teilte.

»Es wird Zeit«, verkündete Geoffrey, als das Lied zu Ende war und die Hochrufe zur Erinnerung des sagenhaften Kriegers abebbten. Er nahm ihren Ellenbogen, winkte ihrer Dienerin und stand auf. »Geh. Ich komme gleich nach.«

Elizabeth hatte ganz und gar nichts dagegen, zu verschwinden. Doch am liebsten durch die Tore der Burg hinaus zum Wasserfall. Fast hätte sie über ihre albernen Fluchtgedanken gelächelt. Aber nur fast.

Tapfer raffte sie den Saum ihres Kleides und folgte Sara. Als sie die Treppe erreichten, drehte Elizabeth sich noch einmal um. Ihr Mann stand in einer Gruppe von Soldaten und sah ihr hinterher. Er schien nichts von den Gesprächen seiner Männer zu hören, sondern betrachtete sie mit einem so intensiven, seltsamen Blick, daß es Elizabeth kalt den Rücken herunterlief. Zu ihrer Überraschung stellte sie jedoch fest, daß sie nicht hätte sagen können, ob der Schauder von Furcht oder gespannter Erwartung herrührte.

»Herrin?« Sara zupfte leicht an ihrem Ärmel, aber Elizabeth konnte sich nicht aus dem Bann von Geoffreys Blick lösen.

»Ja«, flüsterte sie, »ich komme.« Was sie jedoch nicht tat, bis die freundliche alte Frau etwas energischer an ihrem Ärmel zog.

Zurück in der Kammer, half Sara ihrer Herrin beim Auskleiden, während sie ihr den letzten Klatsch und Tratsch aus dem Dorf erzählte. Elizabeth ließ alles geschehen, ohne auf die Worte der Dienerin zu hören. Schließlich schlüpfte sie in das Gewand, das sie ihr hinhielt, und strich sich nervös eine Strähne, die sich aus dem Band gelöst hatte, aus dem Gesicht.

Die Tatsache, daß Sara anwesend war und ihr half, beruhigte Elizabeth' angespannte Nerven etwas. An diesem Tag war soviel geschehen, daß es für eine Woche gereicht hätte. Elizabeth fühlte sich vollkommen erschöpft, andererseits waren ihre Sinne überreizt und hellwach.

»Eure Hände zittern«, bemerkte die alte Frau. »Aus Furcht oder aus Freude?«

»Weder noch«, log Elizabeth. »Ich bin nur entsetzlich müde. Es war ein langer Tag.«

»Herrin? Hat Eure Mutter Euch jemals über die Pflichten einer Frau aufgeklärt?« fragte Sara mit einer Unverblümtheit, die Elizabeth das Blut in die Wangen steigen ließ.

»Nein«, antwortete Elizabeth, wobei sie vermied, Sara anzusehen. »Aber ich habe manchmal zugehört, wenn meine Schwestern davon erzählten. Im übrigen braucht eine Frau doch ohnehin nichts zu tun, nicht wahr?«

Sara hörte durchaus den Hauch von Panik in der Stimme ihrer Herrin. »Nun, wenn ein Mann erregt ist, dann möchte er auch, daß die Frau reagiert«, sagte Sara ernsthaft. »Ich fürchte, Ihr werdet ihn verärgern, wenn Ihr –«

»Es ist mir egal, ob ich ihn verärgere oder nicht!« unterbrach Elizabeth sie ein wenig zu heftig. Sie straffte die Schultern, senkte jedoch den Blick. »Ich hoffe nur, daß es schnell vorüber ist.«

»Es gibt Methoden, die Sache zu beschleunigen«, sagte die Dienerin vorsichtig, während sie die Decke auf dem Bett zurückschlug. »Aber dazu bedarf es Mut ... und Forschheit, Mylady.«

Elizabeth mußte sich eingestehen, daß die Unterhaltung sie faszinierte. Die Dienerin schien nicht im mindesten verlegen, sondern redete über dieses anstößige Thema, als erklärte sie ihrer Herrin ein neues Rezept für gefüllte Wachteln. Elizabeth rief sich in Erinnerung, daß Sara fast dreimal so alt war wie sie. Höchstwahrscheinlich konnte man in solch einem hohen Alter die Dinge etwas gelassener sehen.

»Was muß ich tun?« fragte Elizabeth. Wenn sich eine Möglichkeit bot, die bevorstehende Hochzeitsnacht zu verkürzen, dann wollte Elizabeth gerne alles tun, was dazu notwendig war.

»Verführt ihn«, erwiderte Sara und nickte eifrig mit dem Kopf, als sie Elizabeth' verdatterte Miene sah. »Er ist ganz wild auf Euch, Mylady, man kann es an der Art sehen, wie er Euch anstiert. Männer besitzen in dieser Hinsicht kaum Selbstbeherrschung, wißt Ihr. Wenn Ihr ihn –«

In diesem Moment flog die Tür auf und Geoffrey erschien im Türrahmen. Elizabeth, die vor dem Feuer stand, spürte plötzlich einen dicken Klumpen in ihrem Magen. Er betrachtete sie eingehend von Kopf bis Fuß, und sein Blick war so intensiv, daß Elizabeth glaubte, ihn wie eine Berührung zu spüren. Während sie reglos und äußerlich gefaßt dastand, betete sie, daß das Beben in ihrem Inneren bald aufhören mochte.

Sara verließ die Kammer, und Elizabeth war allein mit ihrem Gemahl. Als sie seinen Blick nicht mehr ertragen konnte, wandte sie ihm den Rücken zu und tat, als müsse sie sich die Hände am Feuer wärmen. Ihre Gedanken kreisten unaufhörlich um das Gespräch mit Sara, das Geoffrey so abrupt unterbrochen hatte. Ihn verführen? Die Dirne spielen? War es das, was die Dienerin gemeint hatte? Nein, das konnte sie niemals tun. Und warum sollte so etwas die Tat verkürzen?

Als ihr einfiel, daß er den Eindruck haben könnte, sie wollte sich vor ihm verstecken, drehte sie sich rasch wieder um. Ihr Mann saß auf der Bettkante, zog seine Stiefel aus und starrte sie noch immer an.

Wenn er doch wenigstens lächeln würde, dachte sie. Aber er wirkte unglaublich ernst und sah sie so durchdringend an, als wollte er in ihr Inneres sehen.

Ohne ein Wort zu sagen, stand Geoffrey auf, um sich

die restlichen Kleider abzustreifen. Überrascht bemerkte er, daß er unverhältnismäßig lange an den Schnallen herumnestelte, bis er die erste gelöst hatte. Wenn es nicht so lächerlich gewesen wäre, hätte er gedacht, daß seine Hände bebten. Die ganze Zeit über ließ er seine Frau nicht aus den Augen. Er wußte, daß sie Angst hatte, auch wenn sie sich verzweifelt bemühte, sie ihm nicht zu zeigen. Sie war eine Frau, die sich keine Blöße geben wollte. Und sie war *seine* Frau. Er hatte gut gewählt.

Elizabeth beobachtete, wie er sich mit den Verschlüssen seiner Tunika abmühte. Am liebsten hätte sie ihm vorgeschlagen, er solle sich lieber etwas mehr auf seine Finger konzentrieren, statt sie die ganze Zeit über anzustarren, aber sie befürchtete, daß er über eine solche Bemerkung verärgert sein würde. Also hielt sie den Mund, ging zu ihm, lächelte ihn schüchtern an und öffnete die restlichen Schnallen für ihn.

»Ich sollte Euren Verband wechseln«, sagte sie, als sie fertig war. »Und noch etwas Salbe auftragen.«

»Das ist schon geschehen«, erwiderte er heiser, während er die letzten Kleidungsstücke ablegte. Elizabeth mußte sich in Erinnerung rufen, daß sie ihn bereits nackt gesehen hatte, daß sein Anblick sie also nicht unerwartet treffen konnte. Aber da war er krank und bewußtlos gewesen. Mit Entsetzen sah sie, daß sein Verlangen gewisse Äußerlichkeiten beeinflußt hatte, und die Veränderung zu dem, was sie vor ein paar Tagen noch gesehen hatte, war erschreckend.

»Du brauchst keine Angst zu haben.« Seine sanfte Stimme verwirrte sie. Geoffrey legte ihr die Hände auf die Schultern, zog sie jedoch nicht an sich. Er schien zufrieden, ausgiebig ihr Gesicht zu betrachten, begann bei ihren Augen, wanderte abwärts und verharrte bei ihren vollen Lippen.

»Ich *habe* keine Angst«, sagte Elizabeth trotzig. »Ich

habe Euch schon ohne Eure Kleider gesehen.« Auf seinen erstaunten Blick hin setzte sie hinzu: »Als ich Eure Wunde versorgte, war es nötig –«

»Ja, ich erinnere mich«, sagte er. Die Röte, die ihr nun ins Gesicht stieg, gefiel ihm ausnehmend gut. Seine Hände begannen, sanft ihre Schultern zu kneten, und ihr starrer Körper entspannte sich sichtlich. »Ich habe dich auch bereits ohne Kleider gesehen.«

Was? Wann? Elizabeth war für einen Augenblick so entsetzt, daß sie kaum bemerkte, wie seine Hände zu ihrer Taille glitten und den Knoten des Gürtels, der ihr Nachtkleid hielt, berührten.

»Wann wollt Ihr das gesehen haben?«

»Am Wasserfall«, antwortete Geoffrey. »Du hast gebadet.«

»Und Ihr habt mir dabei einfach zugesehen?« Elizabeth hätte nicht sagen können, was größer war: ihre Empörung oder ihre Verlegenheit.

»Ich wußte bereits, daß ich dich heiraten würde, Elizabeth. Es war mein Recht!«

Elizabeth schob seine Hände weg und wich einen Schritt zurück. Als sie die Bettkante an ihren Kniekehlen spürte, dämmerte ihr, daß das vielleicht nicht so klug gewesen war.

»Ihr wußtet es also bereits, hm? Und wann genau seid Ihr zu dem Schluß gekommen, daß Ihr mich heiraten werdet?«

Geoffrey gab keine Antwort. Er stand nur einfach da und wartete.

Auf was? dachte Elizabeth gereizt. Sie hatte Angst vor dem, was kommen würde, und er schien sich keinerlei Mühe geben zu wollen, es ihr zu erleichtern. *Ich muß es hinter mich bringen.* So schwer es ihr auch fiel, sie mußte es tun. Je eher es vorbei war, desto besser.

Langsam knotete Elizabeth den Gürtel auf. Bevor ihr Mut sie wieder verlassen konnte, streifte sie sich den Stoff von den Schultern und ließ ihn zu Boden gleiten. »Und wollt Ihr mich immer noch?« fragte sie mit einer Stimme, die, wie sie hoffte, lockend klang.

Aus dem verwirrten Blick ihres Gemahls folgerte sie, daß es vielleicht doch nicht so schwierig war, ihn zu verführen. Daß er damit nicht rechnete, war gewiß ihr Vorteil. Seine Augen blickten sie so glühend an, daß es Elizabeth warm wurde. Es war, als würde er sie liebkosen. »Aye, Frau, ich will dich immer noch«, antwortete er ruhig. »Komm zu mir, Elizabeth. Werde mein.«

Elizabeth war überaus zufrieden mit ihrer Leistung. Ganz sicher würde es nicht mehr viel brauchen, um ihn so weit zu bringen, daß er die Kontrolle über sich verlor. Wahrscheinlich würde er sie dann aufs Bett werfen und sie nehmen. Es würde bestimmt weh tun – sie hatte so etwas gehört –, aber es wäre rasch vorbei.

Doch plötzlich wünschte sie, daß er sie vorher in die Arme nehmen, sie streicheln und liebkosen würde, und der Wunsch war so übermächtig, daß ihr schwindelig wurde. Sie zwang sich, einen Schritt auf ihn zuzugehen, blieb dicht vor ihm stehen und hob die Hände zu ihrem Kopf, um das Band um ihre Haare zu lösen. Die Locken ergossen sich wie ein Wasserfall über ihre Schultern und ihren Rücken.

Ihr Mann rührte sich noch immer nicht. Und als sie ihn genauer betrachtete, stellte sie fest, daß er auch nicht sonderlich erregt wirkte. Sie seufzte innerlich. Vielleicht war eine Verführung doch nicht ganz so einfach . . . Nun, sie würde wohl etwas mehr tun müssen, wenn sie wollte, daß er die Beherrschung verlor.

Sie stellte sich auf die Zehenspitzen und legte ihm die Hände um den Nacken, dann lehnte sie sich gegen ihn, so daß ihre Brüste sich gegen seinen behaarten Oberkörper preßten. Das Gefühl, das seine Haut auf ihrer auslöste, war so kribbelnd, daß Elizabeth erstaunt die Augen aufriß. Endlich huschte ein Lächeln über Geoffreys Züge. Offenbar gefiel ihm ihre Forschheit.

Geoffrey hob sie auf seine Arme und legte sie behutsam auf das Bett. Bevor sie zur Seite rutschen konnte, um ihm Platz zu machen, legte er sich über sie, so daß jedes Fleckchen ihres Körpers von seinem bedeckt war. Er stützte sich auf die Ellenbogen, um sein Gewicht abzufangen, und sah seiner Frau ins Gesicht.

Elizabeth schloß die Augen, als intensive, heftige Gefühle sie durchdrangen. Seine Haut fühlte sich warm an, die Muskeln darunter hart wie Stein. Der männliche Duft, der ihm ganz eigen war, berauschte sie. Sie erbebte und mühte tapfer ihre Beine auseinander, obwohl sie fürchtete, daß sein gewaltiges Organ sie zerreißen würde. *Und ich schreie nicht*, sagte sie sich wieder und wieder, während sie ihre Augen zukniff, als würde der Schmerz, den sie erwartete, dadurch besser erträglich werden. »Ich bin bereit«, flüsterte sie angsterfüllt.

Geoffrey fühlte, wie sich ihr ganzer Körper anspannte, und wußte, daß sie sich gegen ihn wappnete. Er mußte lächeln. »Tja, ich noch nicht«, flüsterte er in ihr Ohr. Sein Grinsen wurde breiter, als sie überrascht und verwirrt die Augen aufriß. Ihre Verwirrung steigerte sich, als sie seinen zärtlichen, ein wenig amüsierten Ausdruck sah.

Am liebsten hätte sie ihn angebrüllt. Sie fand die ganze Sache überhaupt nicht komisch. Doch statt dessen wisperte sie so leise, daß er es kaum hören konnte: »Bitte macht doch endlich, Mylord!« Sie versuchte, ihre Beine noch ein Stück mehr zu spreizen, aber Geoffrey hielt sie mit seinen Schenkeln fest. Elizabeth befeuchtete nervös ihre Lippen mit der Zunge und wartete ab.

Und dann beugte Geoffrey langsam den Kopf und küßte sie. Es war ein langer, leidenschaftlicher Kuß, der Elizabeth vollkommen überrumpelte. Eine unbekannte Hitze ließ ihr Blut schneller durch die Adern fließen, als sie zögernd ihre Lippen öffnete und seine Zunge willkommen hieß. Ohne es wirklich zu merken, zog sie ihn an sich. Die Gefühle, die sie überfluteten, waren so herrlich, daß sie sich wünschte, der Kuß möge eine Ewigkeit dauern. Als er sich von ihr löste und sich ihrem Hals zuwandte, versuchte Elizabeth, ihn wieder zu ihrem Mund zu ziehen, doch er packte ihre Handgelenke mit einer Hand und hielt sie fest, wobei sein Daumen sanft über die empfindsame Haut über ihrem Puls strich. Die Liebkosung sandte ihr kleine Schauder durch den Körper, und sie seufzte wohlig, als er zarte Küsse auf ihrer Kehle plazierte. Geoffrey ließ sich auf die Seite gleiten, ließ jedoch einen Schenkel über ihren Beinen liegen, während sein Mund abwärts wanderte, bis er ihre Brüste erreicht hatte. Die süßen, quälenden Empfindungen, die er in ihr erzeugte, wurden immer unerträglicher, und als seine Lippen sich endlich um ihre Brustwarzen schlossen, konnte sie nicht verhindern, daß sich ein Stöhnen ihrer Kehle entrang. Seine Zunge neckte die empfindlichen Spitzen, umkreisten sie, seine Lippen zupften und saugten, bis Elizabeth glaubte, vor Wonne ohnmächtig werden zu müssen.

Ihre Hüften begannen, sich an seinem starken Schenkel hin und her zu bewegen, als besäßen sie ein Eigenleben. Das herrliche Ziehen in ihren Eingeweiden verwandelte sich in eine glühende Hitze, die Elizabeth' ganzen Körper in Flammen setzte. Die Empfindungen waren so intensiv, so überwältigend, daß sie nicht länger passiv liegenbleiben konnte. Sie befreite ihre Hände und tastete vorsichtig über seine Schulter. Seine Muskeln fühlten sich hart wie Eisen an, das Haar auf seiner Brust rauh und warm. Ihre Hände glitten über seine Haut, während sie staunend all die Unterschiede zu ihrem Körper wahrnahm. Er war so hart, so stark . . . Sie wollte alles von ihm wissen, wollte ihn erforschen und entdecken, und so wanderten ihre Hände weiter abwärts, bis er plötzlich scharf die Luft einsog. Elizabeths Hand verharrte einen Moment, doch dann setzte sie ihren Weg fort. Als sie seine Erektion erreicht hatte, packte Geoffrey ihr Handgelenk und hielt sie fest. »Nein, Frau«, flüsterte er heiser. »Tu das nicht!«

»Ist das verboten?« fragte Elizabeth ängstlich. *Gott, hatte sie etwas falsch gemacht?* Sie wollte ihre Hand fortreißen, doch Geoffrey hielt sie fest.

»Nein«, antwortete er, während er ihre Wange mit der freien Hand streichelte. »Zwischen einem Mann und seiner Frau ist nichts verboten!« Er legte ihre Hand um seinen Hals und sah ihr tief in die Augen.

»Aber warum darf –«

Geoffreys Lippen brachten sie zum Verstummen. Während er sie küßte, drängte sein Knie ihre Schenkel auseinander, und seine Hand glitt abwärts zu den weichen Locken ihrer Scham. Entsetzt versuchte Elizabeth, seine Hand wegzudrücken, doch Geoffrey ignorierte ihre Bemühungen. Er begann, sie zu streicheln, seine Finger hineinzutauchen, und Elizabeth stöhnte auf. Mit jeder Liebkosung gab sie sich mehr hin, mit jeder Berührung wollte sie ihm mehr von sich geben. Sie klammerte sich an ihn, küßte seinen Hals, seine Schultern, ließ ihre Zunge über seine heiße Haut gleiten, um den salzigen Geschmack zu kosten, und atmete tief den Moschusduft ein, den er ausströmte.

Die Empfindungen, die seine Finger an ihrer intimsten Stelle erzeugten, waren so gewaltig, so neu, daß sie plötzlich Angst bekam. Sie hatte sich nicht mehr unter Kontrolle! Was für eine Macht übte er über sie aus? In Panik versuchte sie, seine Hände wegzudrücken.

Geoffrey hielt sie erneut fest. »Du bist so wunderschön. Elizabeth. Ich möchte dich ganz und gar kennenlernen«, sagte er leise. Er senkte den Kopf und tauchte seine Zunge in ihren Nabel. Elizabeth sog scharf die Luft ein. Sie wollte protestieren, wollte ihm klarmachen, daß das, was er tat, falsch war, daß er nicht weitermachen dürfte . . . aber sein Mund wanderte schon tiefer, und noch tiefer, und dann wurden alle Gedanken an Widerspruch und Gegenwehr ausgelöscht, als seine heiße, nasse Zunge zwischen ihre Schenkel tauchte und ihr beinahe die Sinne schwanden. Seine Zunge, das Wissen, daß er sie an einer unaussprechlichen Stelle liebkoste, seine Bartstoppeln an den Innenseiten ihrer Schenkel . . . das alles drohte, sie um den Verstand zu bringen. Sie stöhnte, bettelte, er möge aufhören, doch ihre Hände hielten seinen Kopf fest, während er sie weiter liebkoste, bis sie glaubte, sterben zu müssen.

»Du schmeckst so gut . . . so süß«, hörte sie sein heiseres Wispern.

Er wollte sie in den Wahnsinn treiben! »Bitte, Geoffrey«, stöhnte sie und bog sich ihm entgegen. »Bitte . . .« Sie wußte nicht, um was sie flehte, wußte nur, daß die süße Qual ein Ende haben möge.

»Warte ab, Geliebte«, flüsterte er, doch Elizabeth hörte nichts mehr. Seine Stimme war zärtlich, seine Zunge wild; sie drückte sich gegen ihn, während ihre Hände durch sein Haar fuhren.

Ihre Bewegungen, ihre Lust steigerten Geoffreys Erregung, und er wußte, daß er sich nicht mehr lange zurückhalten konnte. Sein Körper begann zu zittern, und als Elizabeth ihn an der Schulter packte, um ihn zu sich zu ziehen, war es um ihn geschehen.

Hungrig preßte er seine Lippen auf ihre und stieß seine Zunge heftig in ihren Mund. Elizabeth war nun frei von jeder Angst, wußte nur, daß sie ihn begehrte, ihn wollte, und erwiderte seinen Kuß mit gleicher Leidenschaft. Ihre Hände glitten rastlos über seinen Rücken, in sein Haar, sie streichelte, knetete und kratzte, während ihre Zunge seinen Mund erforschte.

Geoffrey machte sich von ihr los. »Ich begehre dich mehr, als ich je eine Frau begehrt habe«, murmelte er. Er ließ sich zwischen ihre Schenkel gleiten und hielt ihre Hüften fest. Elizabeth schlang ihre Arme um seinen Hals und versuchte, ihn wieder zu sich zu ziehen. Sie spürte etwas zwischen ihren Beinen, spürte, wie er einen Augenblick zögerte, und bog sich ihm instinktiv entgegen, als er in sie eindrang. Der Schmerz zerriß den Schleier der Leidenschaft, und sie schrie auf. Ihre Hände stemmten sich gegen seine Brust, versuchten, ihn von sich zu stemmen, doch Geoffrey hielt sie fest. Er drang tiefer in sie ein und hielt dann inne, damit sie sich daran gewöhnen konnte.

Mit beruhigenden, tröstenden Worten sprach er auf sie ein, versprach ihr, daß der Schmerz nun vorbei sei, und küßte ihre Stirn, ihre Wange, ihre Lippen, bis ihre Schluchzer verstummten.

»Dann sind wir fertig?« brachte Elizabeth mit bebender Stimme hervor.

»Wir haben gerade erst angefangen«, flüsterte er atemlos. Er klang, als hätte er gerade viele Meilen im Laufschritt zurückgelegt, und Elizabeth wußte, daß er sich nur um ihretwillen noch zurückhielt. Die Erkenntnis, daß er auf sie Rücksicht nahm, weckte in ihr den Wunsch, auch etwas für ihn zu tun. Sie drehte den Kopf, fand seine Lippen und küßte ihn leidenschaftlich.

Nach einer Weile begann Geoffrey sich zu bewegen.

Zuerst langsam, doch bald wurden die Bewegungen schneller, heftiger, und Elizabeth vergaß den Schmerz.

Ihre Beine schlangen sich um seine Hüften, und als er ihr sagte, sie solle sich an ihm festhalten, schlang sie ihm wieder die Arme um den Nacken. Dann hörte und sah sie nichts mehr – sie konnte nur noch fühlen. Ekstatische Empfindungen durchdrangen sie und blendeten alles um sie herum aus. Ihr Herz schlug wild gegen ihre Rippen, während ihr Mann wieder und wieder in sie eindrang.

»Jetzt, Elizabeth«, wisperte er. »Komm mit mir!« Und sie tat es, spürte, wie Körper und Geist sich voneinander lösten, verschmolz mit ihm, wurde eins mit ihm ... bis ihre Körper in einer gewaltigen Explosion erbebten. Es war erschreckend, und es war wundervoll!

Es dauerte eine Weile, bis Elizabeth wieder in die Wirklichkeit zurückkehrte. Es war, als würde sie aus einem Rausch erwachen. Geoffrey lag noch auf ihr, und sie fühlte sich warm und geborgen. Als sie die Augen aufschlug, sah sie sein lächelndes Gesicht über sich. »Ich ... ich hätte nie gedacht ...« Das Staunen, das sie über das soeben erlebte Wunder empfand, war zu gewaltig, als daß sie es hätte in Worte kleiden können, aber das brauchte sie auch nicht. Geoffrey strich ihr zärtlich eine feuchte Strähne aus dem Gesicht und küßte ihre Schläfe. Sie spürte Nässe auf ihrer Wange und begriff schließlich, daß sie geweint hatte.

Er lächelte wieder – arrogant und selbstzufrieden, wie Elizabeth fand –, und sie fragte sich, wer nun eigentlich wen verführt hatte.

Sie schloß die Augen wieder, und Geoffrey rollte sich mit einem lauten, zufriedenen Seufzer von ihrem Körper. Augenblicklich begann sie zu frieren. Sie zog die Decke hoch, legte sie über ihre beiden Körper und schmiegte sich glücklich an ihn. Sie wollte nur schlafen. Schlafen und seine Wärme spüren.

Sie war schon fast eingedämmert, als sie seine Stimme hörte. »Du gehörst mir!« Es war eine Feststellung gewesen.

»Ja, mein Gemahl, ich gehöre dir«, flüsterte sie in die Dunkelheit. »Und du mir!« fügte sie trotzig und ein wenig herausfordernd hinzu.

Elizabeth wartete scheinbar eine Ewigkeit auf seine Reaktion. Aber es kam keine. Als sie sein tiefes, regelmäßiges Ein- und Ausatmen hörte, wußte sie, daß ihr Ehemann eingeschlafen war.

Ihre Verärgerung verwandelte sich in Verzweiflung, als er zu schnarchen begann.

Das war doch das letzte! Elizabeth dachte nicht daran, aufzugeben. Sie hatte ihm bestätigt, daß sie ihm gehörte, und nun hatte er ihr gefälligst dasselbe zu sagen! Sie schubste ihn so fest, wie es ihr möglich war, und fauchte ihm ins Ohr: »Und du gehört wohl mir!«

Geoffrey antwortete zwar noch immer nicht, doch ein Lächeln huschte über sein Gesicht, als er sie kurz drückte. Elizabeth fand, daß sie es gelten lassen konnte. Das war Bestätigung genug.

Zufrieden kuschelte sie sich enger an ihn und schlief ein.

KAPITEL 4

Der Lärm der Männer, die im Hof arbeiteten, weckte Elizabeth. In dem kurzen Moment, bevor sie richtig wach war, glaubte sie, die Stimme ihres Vaters zu hören, der seinen Soldaten Anweisungen zurief. Vor ihrem inneren Auge sah sie ihn, wie er, die Hände hinter dem Rücken verschränkt, an der Reihe seiner Männer entlangging. Nur zwei Schritte hinter ihm hastete sein ganzer Stolz, der kleine Thomas, der ebenfalls die Hände hinter dem Rücken verschränkt hatte und sich alle Mühe gab, die Haltung und den Gang seines Vaters zu imitieren.

Rogers Gebrüll ließ sie zusammenzucken. Sie holte tief Luft und schlug die Augen auf. Nichts konnte mehr so sein, wie es einmal gewesen war. Je eher sie begriff, daß man die Vergangenheit nicht zurückholen konnte, desto besser für sie.

Doch im freundlichen Licht des Morgens kam ihr ihre Zukunft nicht mehr ganz so leer und traurig vor. Bis zum Tag zuvor hatte Elizabeth sich jeden Gedanken an das, was aus ihr werden sollte, versagt. Sie hatte sich nur auf Belwain und ihre Rache konzentriert. Doch nun sah es so aus, als würde sie beides bekommen – eine Zukunft und die gerechte Strafe für den Mörder ihrer Familie.

Elizabeth rollte sich auf die Seite, auf der ihr Mann geschlafen hatte. Die Stelle fühlte sich kalt an, woraus sie schloß, daß Geoffrey schon vor einer ganzen Weile aufgestanden war.

Sie war froh um den Augenblick der Einsamkeit. In den letzten Tagen war so vieles so schrecklich schnell geschehen, daß Elizabeth kaum mehr hatte tun können, als zu reagieren. Vielleicht hatte sie nun die Chance nachzudenken, sich über ein paar Dinge klarzuwerden. Sie streckte sich und zuckte zusammen, als sie einen dumpfen Schmerz zwischen ihren Beinen verspürte. Das hatte sie ihrem Mann zu verdanken. Ihrem Mann! Sie war nun verheiratet, und Baron Geoffrey gehörte ihr! Als sie an das dachte, was in der vergangenen Nacht geschehen war, wurden ihre Wangen warm. Dieser Mann schien ein einziger Widerspruch zu sein! Er war ein unglaublich zärtlicher und geschickter Liebhaber, der auf ihre Bedürfnisse und Wünsche eingegangen war – Bedürfnisse und Wünsche, von denen sie gar nicht gewußt hatte, daß sie sie besaß. Elizabeth hätte niemals gedacht, daß hinter seiner unnachgiebigen Maske, hinter seiner zur Schau getragenen Härte eine solche Sanftheit stecken konnte. Zärtlich und sanft . . . Ihr zärtlicher Krieger. Aye, das war in der Tat ein Widerspruch in sich. Welche Überraschungen mochten noch auf sie warten?

Vielleicht würde diese Ehe doch nicht so problematisch werden, wie sie befürchtet hatte. Vom praktischen Standpunkt aus betrachtet, hatte Elizabeth eine exzellente Partie gemacht. Ihre Eltern wären entzückt gewesen.

Doch noch wichtiger: Die Zukunft ihres Bruders war nun gesichert. Elizabeth zweifelte keinen Moment daran, daß Geoffrey Thomas beschützen würde. »Nun sind wir nicht länger auf uns alleingestellt, kleiner Bruder«, flüsterte sie. Neue Hoffnung, noch zart und zerbrechlich, keimte in ihr auf.

Elizabeth strampelte die Decke von ihren Beinen, schlüpfte aus dem Bett und schlug das Kreuz, noch bevor ihre Knie den Boden berührten. Gewohnt, ihre Gebete herunterzurasseln, hatte sie ihr morgendliches Ritual in wenigen Minuten erledigt. Sie sprach noch ein abschließendes Vaterunser für die Seelen ihrer Familie und fügte am Ende denselben Schwur hinzu, den sie seit dem Massaker jeden Morgen geleistet hatte: Sie würde dafür sorgen, daß Belwain seine Strafe bekam, und wenn es sie ihr eigenes Leben kosten sollte. Die Tatsache, daß das Beten um Rache etwas war, das im krassen Gegensatz zu den Lehren der Kirche stand, kümmerte Elizabeth nicht im mindesten. Sie wußte, daß sie in dieser Hinsicht nach dem Glauben ihres Großvaters handelte – Auge um Auge!

Elizabeth erhob sich und zog sich an. Sie wollte sich heute für ihren Mann besondere Mühe geben. Da sie sich bisher immer nur oberflächlich um ihre äußere Erscheinung gekümmert hatte, fand sie diesen Wunsch selbst ein wenig merkwürdig. Da sie bereits Hugh versprochen gewesen war, hatte sie niemals einen Gedanken daran verschwendet, sich für das andere Geschlecht herauszuputzen, und bei den wenigen Gelegenheiten, zu denen Hugh nach Montwright gekommen war, hatte er sich mehr für die neu erworbenen Pferde und die Münzen, die Elizabeth' Vater dafür hergegeben hatte, interessiert. Kein einziges Mal hatte er einen Kommentar zu ihrem Aussehen abgegeben. Ihr Vater hatte Hugh stets als genügsam bezeichnet – ein Ausdruck, der aus seinem Mund durchaus als Lob zu betrachten war. In Elizabeth' Augen dagegen war Hugh vor allem berechenbar gewesen . . . berechenbar und entsetzlich langweilig.

Doch so sehr sie nun gewillt war, sich für ihren frisch angetrauten Mann hübsch zu machen – die Auswahl ihrer Kleider war arg begrenzt. Ihr Vater war der Meinung gewesen, daß zu viele Kleider ein Zeichen für Eitelkeit waren, und Eitelkeit war selbstverständliche eine Sünde.

Elizabeth entschied sich schließlich für ein Kleid in gebrochenem Weiß, das mit blauen Bordüren bestickt war. Es saß eng an den Brüsten, war hochgeschlossen und hatte lange, weite Ärmel. Sie schlang sich eine blaue Kordel um ihre Taille und schob den Dolch in der Scheide durch die Schlaufe an ihrem Gürtel.

Eine ganze Weile suchte sie die zum Kleid passenden Lederschuhe, bis sie sie endlich hinter dem Vorhang am Kopfende des Bettes hervorkramte. Dann konnte sie sich ihrem Haar widmen. Sie bürstete es, bis es knisterte, und band es anschließend im Nacken zusammen.

So. Sie war fertig. Da sie den winzigen Spiegel nicht finden konnte, in dem sie ihre Erscheinung hätte überprüfen können, kniff sie sich vorsichtshalber in die Wangen, um ihrem Gesicht zu einer frischen Röte zu verhelfen. Schließlich straffte sie die Schultern, strich ihr Kleid glatt, atmete tief ein und aus und machte sich auf die Suche nach ihrem Gemahl.

Als sie die Große Halle betrat, fiel ihr auf, wie unordentlich und schmutzig der Raum war. Am vorangegangenen Abend hatte sie dem kaum Beachtung schenken können, doch nun faßte sie den Entschluß, daß die Burg wieder so sauber und makellos werden mußte, wie sie es gewesen war, bevor die Meuchelmörder hier eingefallen waren. Elizabeth unterbrach ihre Suche nach ihrem Mann, rief Sara zu sich und ernannte sie zur Aufseherin für die Putz- und Aufräumarbeiten, die die Dienerschaft sofort in Angriff nehmen sollte.

»Diese Binsen müssen raus«, sagte sie mit einem angewiderten Blick zum Boden. »Die ganze Halle soll mit frischen ausgelegt werden. Vielleicht sollten wir ein wenig Rosmarin darüberstreuen, um diesen fauligen Gestank zu vertreiben. Was meinst du, Sara?«

»Aye, Mylady. Und Dame Winslow wird uns frische

Wildblumen bringen, wie sie es früher immer für Eure Mutter getan hat. Wartet nur ab, Mylady, in kurzer Zeit wird alles wieder wie neu aussehen.«

Elizabeth nickte. Ihr Blick wanderte durch den Raum und verharrte an dem zerfetzten Banner, das noch immer an der gegenüberliegenden Wand hing. »Laß das Banner abnehmen, Sara«, befahl Elizabeth mit behrrschter Stimme. »Ich brauche es nicht vor Augen zu haben, um mich daran zu erinnern, was hier geschehen ist. Ich werde es nicht vergessen!«

Die Dienerin griff impulsiv nach Elizabeth' Hand und drückte sie. »Ich kümmere mich darum, Mylady. Niemand von uns wird es vergessen!«

»Vielen Dank, Sara«, flüsterte Elizabeth. Mit einem letzten Blick auf das Banner wandte sie sich um und ging auf die Tür zu.

Sara wischte sich mit dem Ärmel eine Träne aus dem Augenwinkel, während sie ihrer neuen Herrin nachsah. Wie gerne hätte sie der jungen Frau etwas von dem Kummer und der Verantwortung, die auf den schmalen Schultern lastete, abgenommen! »Es ist so ungerecht«, brummelte sie vor sich hin.

Elizabeth, die die Tür erreicht hatte, drehte sich mit einem Lächeln um. »Wie bitte?« fragte sie. »Was hast du gesagt, Sara?«

»Ich hab' mich gerade nur gefragt, ob Ihr und Euer Gemahl schon bald abreisen werdet«, sagte Sara hastig. Sie wußte zwar, daß es ihr nicht zustand, eine solche Frage zu stellen, aber es war besser, als weiter über die Morde zu sprechen.

Elizabeth war einen Moment sprachlos. Sie hatte bisher nicht ein einziges Mal auch nur an die Möglichkeit gedacht, daß sie Montwright würde verlassen müssen. Hier war ihr Zuhause. Und doch war es nun, da sie darüber nachdachte, mehr als wahrscheinlich, daß sie die Burg verlassen würden. Geoffrey besaß viele Lehen, die bedeutender waren als Montwright, und selbstverständlich auch eine eigene Festung, Berkley. »Ehrlich gesagt weiß ich es nicht«, antwortete Elizabeth zögernd. »Wo ist mein Mann, Sara? Hast du ihn heute morgen schon gesehen?«

»Nein, Mylady«, erwiderte die Dienerin. »Vielleicht ist er im Hof oder in den Soldatenunterkünften. Ich könnte Hammond schicken, damit er nachsieht«, schlug sie vor, denn obwohl Elizabeth sich auf dem Anwesen frei bewegen durfte, war es Frauen strikt verboten, die Quartiere der Soldaten, die sich unterhalb der Großen Halle befanden, zu betreten.

»Schon gut. Ich finde ihn schon«, wehrte Elizabeth ab.

Doch das war leichter gesagt, als getan. Elizabeth schlenderte über den Hof, blickte sich um, verzichtete aber darauf, einen der Männer bei seiner Arbeit zu unterbrechen, um nach ihrem Mann zu fragen. Ein paar Soldaten, die sich mit einem sandgefüllten Faß abmühten, weckten ihre Neugier, und sie blieb stehen, um eine Weile zuzusehen. Was hatten sie vor? Als sie den rothaarigen Knappen – er hieß Gerald – entdeckte, winkte sie ihn heran und bat um eine Erklärung, die er nur allzu gerne gab. »Wir stellen die Fässer in regelmäßigen Abständen entlang der Mauerbrüstung auf.«

»Zu welchem Zweck?« fragte Elizabeth und runzelte die Stirn.

»Seht Ihr das eine, das bereits dort oben steht?« fragte Gerald und wies zur westlichen Mauer.

»Aye, ich sehe es.«

»Und seht Ihr auch, daß es auf Steinen ruht?«

Elizabeth nickte und verbiß sich ein Lächeln über die Begeisterung, mit der ihr Gerald die Sache erklärte.

»In diesem Kreis aus Steinen unter dem Faß wird ein Feuer entzündet.«

»Aber zu welchem Zweck?« fragte Elizabeth.

»Um den Sand zu erhitzen«, erwiderte Gerald geduldig, »bis er fast so heiß wie flüssige Sonne ist.«

»Und wenn er fast so heiß wie flüssige Sonne ist?« fragte Elizabeth ebenso geduldig.

»Dann wird er mit eisernen Scheiben über die Mauer geschleudert . . . falls die Festung angegriffen wird!«

Aus seiner Miene schloß Elizabeth, daß Gerald über ihren Mangel an Begeisterung ein wenig enttäuscht war. »Von so etwas . . . so einer Waffe habe ich noch nie gehört«, sagte sie. »Was kann sie denn anrichten?«

»Oh, der Sand kann böse Verletzungen verursachen, Mylady«, ereiferte Gerald sich. »Schlimme Verbrennungen, häßliche Wunden, ja, er kann sogar blenden, wenn man richtig zielt, und –«

»Schon gut«, unterbrach Elizabeth ihn hastig, bevor er sich erst richtig für dieses Thema erwärmen konnte. »Du hast mich überzeugt.«

Der Knappe nickte grinsend. Elizabeth dankte ihm für seine Erklärung, und als er sich stolz aufplusterte, war Elizabeth unwillkürlich an ihren zahmen Falken erinnert. Lächelnd winkte sie ihm zu, wandte sich um und ging fort.

Obwohl sie sich aufmerksam umsah, konnte sie Geoffrey nirgendwo entdecken. Sie schaute in jede der Hütten, die in Halbkreisen um das Hauptgebäude gruppiert waren, doch auch dort war er nicht. Erfreut nahm sie zur Kenntnis, daß die Hütten mit neuem Stroh ausgebessert und mit langen, biegsamen Weidenruten verstärkt worden waren. Obwohl schlicht und bescheiden, waren die Hütten in gewisser Hinsicht das Fundament, auf dem die Festung ruhte. In ihnen lebten und arbeiteten überaus fähige Vertreter unterschiedlicher Berufsstände, die das Haupthaus mit allem versorgten, was notwendig war. Eine Hüttenansammlung beherbergte den Gerber, der das Leder bearbeitete; eine andere den Bäcker, dem ein Lehmofen und zwei Kochmulden zur Verfügung standen; in einer dritten Ansammlung konnte man die Falkner mit ihren Tieren finden. Die Zimmerleute wohnten gleich neben den Kerzengießern. Und etwas abseits von den anderen, direkt neben der Scheune, befand sich eine große Hütte, in der der Schmied mit Werkzeug und Eisen unterbracht worden war. Hier wurden die Waffen hergestellt.

Außerhalb der inneren Einfriedung wurden die Tiere geschlachtet und das mit Honig fermentierte Ale hergestellt. Man hatte erwogen, dem auch eine Weinpresse hinzuzufügen, doch ihr Vater hatte diesen Plan nicht mehr in die Tat umsetzen können.

Elizabeth überlegte, wann die Leute wohl zum letzten Mal bezahlt worden waren. War sie nun dafür verantwortlich? In der Vergangenheit hatte ihr Vater die Handwerker immer mit Münzen und Naturalien entlohnt. Von ihrem Lohn wurde ein wenig für den Schutz, die Wohnhäuschen und für die verwendeten Kerzen abgezogen, über deren Verbrauch die Frau des Kerzenmachers wachte. Die Dame Winslow konnte zwar nicht schreiben, doch ihre Methode, die Übersicht zu behalten, war mindestens genauso gut: Sie benutzte nämlich Kiesel! Jedes Mal, wenn eine Kerze ausgegeben wurde, legte Dame Winslow einen Kiesel in den Becher des jeweiligen Mannes. Wenn dann der Tag der Entlohnung kam, brachte sie die Becher zu Elizabeth' Vater, der die Kiesel zählte und abrechnete. Wer sollte das nun übernehmen? Noch eine Frage, die sie ihrem Mann stellen mußte! Doch Geoffrey war nirgendwo zu finden.

Elizabeth betrat die Scheune, um dort nachzusehen, und entdeckte ihre Stute in einem der Verschläge. Offenbar hatte Joseph sie heute morgen schon vom Wasserfall hergebracht. Als sie ihren Blick über die anderen Verschläge gleiten ließ, durchfuhr sie ein Schreck! Geoffreys großer Hengst war nicht hier! Er mußte in die Wälder hinausgeritten sein, und in den Wäldern lauerten unzählige Gefahren . . .

Plötzlich lachte sie laut auf. Hatte sie nicht wochenlang in den Wäldern gelebt? Allein, nur mit ihren beiden Hunden zum Schutz? Sollte ihr Mann nicht durchaus in der Lage sein, auf sich selbst aufzupassen?

Dann fiel ihr ein, daß Geoffrey wahrscheinlich an der äußeren Einfriedung entlangritt, um die Schäden festzustellen, die an den Häusern der Bauern entstanden waren. Sie verließ die Scheune und marschierte auf die Burgtore zu. Doch als sie hindurchwollte, versperrten die beiden Wachposten ihr den Weg.

»Laßt mich bitte durch«, sagte Elizabeth freundlich.

»Das können wir nicht, Mylady«, antwortete ihr der eine.

»Ihr könnt nicht?« Mit gerunzelter Stirn sah Elizabeth von einem zum anderen.

»Befehl«, erklärte ihr der andere Mann. »Direkt vom Falken.«

»Und wie lauten die Befehle, die mein Gemahl euch erteilt hat?« fragte Elizabeth ruhig.

»Daß Ihr keinesfalls hinausgehen dürft«, gab der eine Wachposten zögernd zurück. Die düstere Miene seiner Herrin behagte ihm gar nicht, und er hoffte inständig, daß sie es dabei belassen würde. Wenn sie darauf bestand, hinauszuwollen, würde es unangenehm werden. Er wollte sie sicherlich nicht verärgern, aber die Befehle des Barons waren um jeden Preis auszuführen.

»Also bin ich –« Elizabeth konnte sich gerade noch rechtzeitig daran hindern, den Satz zu Ende zu sprechen. Sie hatte sagen wollen, daß sie also eine Gefangene in ihrem eigenen Haus war, doch es schickte sich nicht, Wachen oder Dienern gegenüber derartige Bemerkungen fallen zu lassen. Außerdem taten sie nur ihre Pflicht. »Nun, dann läßt es sich wohl nicht ändern«, sagte sie mit einem Lächeln.

Während sie sich wieder vom Tor entfernte, fragte sie sich, warum Geoffrey einen solchen Befehl gegeben haben mochte. Bezog er sich nur auf sie oder auch auf alle anderen? Befürchtete er, daß sie ihn verlassen wollte? Wieder in den Wald zurückgehen würde? Elizabeth hätte es nicht verwundert, wenn er bis zum gestrigen Abend diese Befürchtung gehegt hätte. Aber in der Nacht hatte sie ihm doch bestätigt, daß sie nun zu ihm gehörte. Sie war seine Frau. Verstand er denn nicht, daß diese Anerkennung für sie denselben Wert hatte wie ein heiliger Schwur? Nein, er verstand es wohl *nicht,* dachte Elizabeth kopfschüttelnd. Vertrauen. Vertrauen entstand nur langsam. Aber Elizabeth war davon überzeugt, daß sie mit der Zeit sein Vertrauen gewinnen konnte.

Aber wie sicher konnte sie sich seiner sein? Vertraute sie ihm denn? Nachdem sie eine Weile darüber nachgedacht hatte, kam sie zu dem Schluß, daß es tatsächlich so war. Sie wußte, daß ihr Vater und er gut miteinander ausgekommen waren. Ihr Vater hatte Geoffrey als gerechten und aufrichtigen Mann bezeichnet – ein hohes Lob von einem, der mit anerkennenden Worten genauso geizte wie mit seinem Gold.

Dennoch war es eine Tatsache, daß Elizabeth' Wissen über ihren Mann mehr als begrenzt war. Sie wußte praktisch gar nichts von ihm, wußte nicht, wie er mit Frauen umzugehen pflegte, nicht, wie er sie behandeln würde.

Aus dem Augenwinkel nahm sie eine Bewegung am Himmel wahr. Elizabeth schaute auf und sah ihren Falken über sich kreisen. Ohne auch nur einen Moment über mögliche Zuschauer nachzudenken, hob sie den Arm und wartete. Sie war so sehr auf ihren zahmen Raubvogel konzentriert, daß sie weder das Raunen der umstehenden Leute hörte noch den Ausdruck von Unglauben auf ihren Gesichtern sah.

Der Falke landete auf ihrem Arm und begrüßte sie mit einem freundlichen Gurgeln. Elizabeth bemerkte, daß sein Körper von einem noch nicht lange zurückliegenden, offensichtlich reichhaltigen Mahl dick und angeschwollen war, und lobte flüsternd sein Jagdgeschick.

Das Gurgeln des Falken wurde lauter, dann begann er plötzlich alarmiert mit den Flügeln zu schlagen. »Auch ich höre ihn«, flüsterte Elizabeth, denn das Geräusch von galoppierenden Pferden kam nun näher. Mit sanften Worten redete sie auf den Vogel ein, bis er sich wieder beruhigte.

Endlich blickte sie sich um. Ihr Mann saß auf seinem Pferd und beobachtete sie. Ihre Wolfshunde hockten hechelnd und schwanzwedelnd links und rechts von ihm. Da sie wußte, daß die Hunde den Falken nervös machten, beschloß Elizabeth, ihn freizugeben. Sie hob den Arm ein wenig und sagte: »Geh!« Augenblicklich schwang sich der Raubvogel in die Luft und flog davon.

Elizabeth hob den Saum ihres Kleides und begann, auf ihren Mann zuzugehen. Als sie die harte Linie um seinen Mund herum sah, mußte sie an ihr zärtliches Liebesspiel denken, und fragte sich, was im Augenblick wohl durch seinen Kopf gehen mochte. Einen Moment später begriff sie, denn nun fiel ihr auf, daß die Soldaten, die Arbeiter, alle Anwesenden sie mit offenem Mund anstarrten. Sie spürte, wie ihr die Röte in die Wangen stieg. Oh, Gott, wie hatte sie sich so zur Schau stellen können? Kein Wunder, daß Geoffrey verärgert war.

Der Jubel, der plötzlich ausbrach, ließ sie zusammenzucken. Sie wandte den Kopf, um zu sehen, was der Lärm zu bedeuten hatte. Die Leute sahen sie immer noch an ... und sie jubelten ihr zu! Elizabeth sah fragend zu Geoffrey, doch dessen Miene war eine ausdruckslose Maske.

Es war Roger, der ihr schließlich eine Erklärung gab. Er trat hinter sie und legte ihr die Hand auf die Schulter, bemerkte die steile Falte, die sich augenblicklich zwischen Geoffreys Augen bildete, und zog seine Hand hastig wieder fort. »Sie ehren den Falken ... Euren Mann«, sagte er. »Und sie preisen die Herrin des Falken. Ihr seid seiner wert, Mylady!«

»Aber das ist doch Unsinn«, erwiderte Elizabeth. »Der Raubvogel ist zahm. Ich selbst habe ihn vor –«

»Das spielt keine Rolle«, unterbrach Roger sie lächelnd. »Der Falke kommt zu Euch, obwohl er in Freiheit leben kann. Und das, weil Ihr seiner wert seid.«

Und das, weil ihr alle dumme, abergläubische Männer seid, korrigierte Elizabeth im stillen. *Und was heißt überhaupt, ich bin seiner wert? Wessen ... Geoffrey?* Wahrscheinlich war es das. Aus dem Augenwinkel sah sie, wie ihr Mann abstieg und auf sie zukam. Verärgert, daß er sie so lange hatte warten lassen, bevor er sich dazu herabließ, sie zu begrüßen, wandte sie sich zu ihm um. Doch dann zwang sie ihren Ärger nieder. Geoffrey hatte bestimmt viel im Kopf, und sie mußte ihn nun auch noch mit verschiedenen Dingen belasten. Ihre Reaktion war kindisch gewesen, und sie war kein Kind mehr. Sie war erwachsen. Seine Frau.

»Guten Morgen, Mylord«, sagte sie, machte einen raschen Knicks und setzte sich in Bewegung. Sie hatte vor, sich auf Zehenspitzen zu stellen, um ihn einen züchtigen Kuß auf die Wange zu geben, wie sie es ihre Mutter bei ihrem Mann immer hatte tun sehen, doch sein Stirnrunzeln ließ sie wieder stehenbleiben. Offenbar ahnte er, was sie im Sinn hatte. Und offenbar wollte er es nicht!

Elizabeth fühlte, wie ihre Wangen zu glühen begannen. Peinlich berührt und verletzt von seiner Zurückweisung, senkte sie die Augen und sah ihre Hunde. Instinktiv klopfte sie sich mit der Hand leicht gegen den Schenkel – ein stummer Befehl an die Hunde, daß sie zu ihr kommen sollten. Doch die Tiere taten nichts dergleichen. Sie ignorierten sie einfach und stießen statt dessen Geoffrey mit ihren Schnauzen an, um seine Aufmerksamkeit zu erregen. Ihr Treuebruch gab Elizabeth den Rest. Am liebsten hätte sie laut aufgeschrien. Aber das hätte ihrem Gemahl natürlich noch weniger gefallen. Wenn sie sich vor seinen Soldaten wie eine Furie aufführte, würde er bestimmt vor Entrüstung tot umfallen. Elizabeth mußte sich ein Grinsen verbeißen. Nicht, daß sie jemals eine solche Szene machen würde, aber die Vorstellung war äußerst vergnüglich und linderte das Gefühl der Demütigung, das sie empfand.

Geoffrey hatte sich an Roger gewandt und sprach mit ihm. Elizabeth wartete so geduldig wie möglich, daß er seine Anweisungen beendete und seine Aufmerksamkeit ihr zuwenden würde. Jetzt bemerkte sie, daß Roger immer düsterer blickte, je länger Geoffrey auf ihn einredete. Worum ging es? Sie trat ein paar Schritte näher an die beiden heran, bis sie verstehen konnte, was sie sagten.

»Und wie viele sind bei ihm?« fragte Roger gerade.

»Laut Riles, nicht mehr als fünfzig«, antwortete Geoffrey.

In diesem Moment drehte Geoffrey den Kopf, sah sie an, und sie wußte es. Im selben Moment, in dem sie die

Erkenntnis durchfuhr, drang schon das Donnern von galoppierenden Pferden an ihr Ohr. Belwain war im Anmarsch!

Aus ihrem Gesicht wich alle Farbe. In einer fast unbewußten Geste glitt ihre Hand zu ihrem Gürtel und zog den Dolch. Ihre Hand krampfte sich so fest um den Griff der Waffe, daß die Knöchel weiß hervortraten. Die Wildheit in ihren Augen spiegelte ihre Gedanken wider. *Ich muß Thomas finden. Wo ist er? Wo kann ich ihn verstecken?*

Geoffrey beobachtete die Veränderung, die in seiner Frau vorging, mit schwerem Herzen. Er sehnte sich danach, sie in die Arme zu nehmen, sie zu trösten, den Schmerz zu lindern. Aber er konnte es nicht. Und bevor der Tag zu Ende ging, würde sie noch mehr Pein erfahren.

Elizabeth wirbelte auf dem Absatz herum, ohne zu wissen, wohin sie wollte. Sie wußte nur, daß sie ihren Bruder suchen mußte. Sie würde ihn finden und beschützen. Die Tatsache, daß Geoffrey bei ihr war, daß er mehr Macht besaß, Thomas vor Belwain zu schützen, war vergessen.

Bevor sie losstürzen konnte, packte Geoffrey sie an der Schulter, drehte sie zu sich um und schüttelte sie leicht. »Nein«, sagte er sanft. »Tu das nicht.«

Elizabeth schüttelte seine Hand ab und wich zurück, doch als sie an ihm vorbeigehen wollte, verstellte er ihr den Weg.

»Ich muß Thomas finden!« sagte sie mit harter Stimme. »Versuch nicht, mich daran zu hindern.«

»Geh in deine Kammer und warte dort«, befahl Geoffrey ihr. Elizabeth begann sofort, vehement den Kopf zu schütteln, aber Geoffrey ignorierte ihre Weigerung. »Ich schicke deinen Bruder zu dir.«

»Sofort? Wirst du es sofort tun? Bevor Belwain ihn sieht?« Die Panik und die Verzweiflung in ihrer Stimme versetzten Geoffrey einen so heftigen Stich, daß er beinahe zusammenzuckte. Sie litt, und sie hatte Angst, und er verabscheute es, wenn sie Angst hatte.

»Roger«, sagte Geoffrey, ohne den Blick von ihr abzuwenden. »Der Junge ist in der Hütte des Gerbers. Hol ihn und bring ihn zu Elizabeth' Kammer.«

»Aye, Mylord.« Roger drehte sich um und machte sich sofort auf den Weg.

Elizabeth starrte dem Ritter hinterher, bis sie Geoffreys Hand auf ihrer fühlte. Sie senkte die Augen und beobachtete vollkommen unbeteiligt – so als gehörte die Hand nicht zu ihrem Körper –, wie Geoffrey ihre Finger einzeln von dem Dolch löste. Erst als er die Waffe in seiner Hand hatte, war sie wieder in der Lage, zu reagieren. »Gib ihn mir zurück! Ich brauche ihn –«

»Nein, du brauchst ihn nicht«, unterbrach er sie mit einer Stimme, die keinen Widerspruch duldete. »Du wirst in deiner Kammer bleiben.« Er zog sie näher zu sich und hob ihr Kinn mit einer Hand an. »Elizabeth, gib mir dein Wort darauf. Du bleibst in der Kammer, hast du verstanden?«

»Und wirst du meinem Wort vertrauen?« fragte sie. Sie zitterte nun am ganzen Körper und wußte, daß Geoffrey es spürte.

»Ich habe keinen Grund, daran zu zweifeln«, entgegnete Geoffrey mit einem tiefen Blick in ihre Augen.

»Ich weiß nicht, ob ich dir mein Wort geben kann«, flüsterte sie. »Sag mir zuerst, was du wegen Belwain unternehmen wirst.«

Obwohl Geoffrey sich selbst darüber wunderte, war er nicht verärgert über ihr Zögern. Er konnte sie verstehen. »Ich habe es nicht nötig, jemandem mein Vorgehen zu erklären, Frau. Vergiß das nicht!« Etwas sanfter setzte er hinzu: »Vertrau mir.«

»Und wenn ich das nicht tue?«

»Dann postiere ich Wachen vor deiner Kammer und verriegele die Tür«, antwortete Geoffrey. »Bis ich mit deinem Onkel gesprochen und seinen Standpunkt gehört –«

»Er hat keinen Standpunkt«, fauchte Elizabeth. »Er lügt!«

»Genug! Gib mir dein Wort, daß du in deiner Kammer bleibst!«

Sie wußte, daß es keinen Sinn hatte, noch länger mit ihm zu streiten. »Aye, Geoffrey. Ich gebe dir mein Wort. Ich werde warten, bis du mit Belwain gesprochen hast«, sagte sie also, doch obwohl sie sich an seiner Seite ein wenig entspannte, blieb ihr Blick trotzig. »Aber hör mir nun genau zu, *Gemahl*. Ich werde dir vertrauen. Aber wenn du dich nicht um Belwain kümmerst, dann tu ich es!«

»Elizabeth!« fuhr er sie an. Am liebsten hätte er sie so lange geschüttelt, bis sie Vernunft annahm. »Ich mag es nicht, wenn man mir droht, hörst du? Dein Onkel wird das Recht bekommen, sich zu den Vorwürfen zu äußern. Ich richte mich nur nach dem Gesetz des Königs – erst müssen alle Parteien angehört werden, bevor ein Urteil gesprochen wird! Und *du* wirst akzeptieren, was auch immer ich entscheide.«

Elizabeth sah ihn schweigend an. Sie wußte, daß sie nur eine einzige Entscheidung, ein einziges Urteil akzeptieren würde; nur wenn Belwain für schuldig befunden und mit dem Tod bestraft werden würde, konnte sie wieder aufatmen. Aber sie sprach den Gedanken nicht aus, denn sie war überzeugt, daß Geoffrey die Wahrheit herausfinden würde. Er glaubte ihr, das hatte er ihr ja schon am Wasserfall gesagt.

»Ich gehe jetzt in mein Zimmer«, sagte Elizabeth.

Geoffrey beschloß, sie im Augenblick nicht zu weiteren Zugeständnissen zu drängen. Die Soldaten würden in wenigen Augenblicken die Tore erreichen. Dennoch verspürte er den Wunsch, ihr noch etwas Tröstendes zu sagen. »Ich habe dir versprochen, dich und deinen Bruder zu beschützen. Denk daran.«

»Aye, Mylord«, sagte Elizabeth tonlos und setzte sich in Bewegung. Als sie die Treppe zum Haupteingang hinaufgegangen war, drehte sie sich noch einmal um, entdeckte, daß er sie beobachtete, und nickte langsam. »Ich vertraue dir, Geoffrey.« Und im stillen fügte sie hinzu: *Enttäusch mich nicht.*

KAPITEL 5

Sobald Elizabeth durch die Tür in die Burg gegangen war, wandte Geoffrey seine Aufmerksamkeit den wartenden Männern zu. »Harold, verdopple die Anzahl der Männer auf der Brustwehr«, sagte er zu einem der Ritter. Einem anderen rief er zu: »Nur Belwain wird heute Einlaß gewährt!« Dann entdeckte er Roger und beobachtete, wie der ältere Ritter, den Jungen wie einen Sack Korn unterm Arm, auf die Burgtore zumarschierte. Ohne sich noch einmal zu seinen Soldaten umzudrehen, sagte er: »Wenn Belwain eintrifft, führt ihn zu mir. Ich warte in der Halle!«

Auf dem Weg zur Großen Halle gesellte sich sein treuer Knappe Gerald zu ihm. Geoffrey ignorierte ihn, bis er die Tür erreicht hatte. Der eifrige Knappe sprang vor, um seinem Lord die Tür aufzureißen, und stieß fast mit Roger zusammen, der den kleinen Thomas soeben bei Elizabeth abgeliefert hatte.

»Du bleibst draußen bei den Männern«, befahl Geoffrey seinem Knappen.

»Ich würde lieber bei Euch bleiben«, wagte Gerald zu sagen. Auf seiner sommersprossigen Stirn zeigte sich eine tiefe Falte.

»Aha. Und warum?« fragte Geoffrey.

»Ich kann Euch den Rücken decken, Mylord!« sagte der Knappe.

»Das ist *meine* Aufgabe!« bellte Roger dazwischen.

Die Zurechtweisung hatte den gewünschten Effekt. Gerald zog den Kopf ein und blinzelte erschreckt.

»Und ihr zwei glaubt, daß mein Rücken unbedingt Deckung nötig hat?« fragte Geoffrey.

»Nach dem, was man sich über Belwain erzählt«, sagte Gerald rasch, bevor Roger auch nur den Mund aufmachen konnte.

»Dann wird Roger sich darum kümmern«, verkündete Geoffrey. Ein wenig freundlicher setzte er hinzu: »Heute wirst du meine Mauern bewachen. Sei wachsam und sperr die Ohren auf. Und lerne.«

Die Enttäuschung darüber, daß er nicht zu dem Gespräch mit dem Onkel seiner neuen Herrin zugelassen war, stand dem jungen Knappen deutlich im Gesicht geschrieben, aber Geoffrey war nicht in der Stimmung, Trost zu spenden. Zuviel ging ihm im Kopf herum. »Du wirst meine Befehle ohne Widerspruch befolgen, ist das klar, Gerald? Du willst doch ein Ritter werden, nicht wahr?«

Der Knappe legte eine Hand auf sein Herz und verbeugte sich tief. »Aye, Mylord. Ich werde Eure Befehle befolgen!« Er schaute verstohlen hoch, sah das Nicken seines Herrn und machte sich davon.

»Der Bursche muß lernen, seine Zunge im Zaum zu halten«, brummte Roger, als sie Seite an Seite die Halle betraten.

»Aye, und er muß lernen, seine Gefühle zu verbergen«, stimmte Geoffrey ihm zu. »Aber er ist noch jung – erst fünfzehn, wenn ich mich richtig erinnere. Es ist noch Zeit genug, ihn zu formen.« Geoffrey lächelte und setzte dann hinzu: »Auf dem Schlachtfeld stellt er sich sehr geschickt an. Immer ist er zur Stelle, um mir die Waffe zu reichen, die ich gerade haben will, ohne sich um die Gefahr für sein eigenes Leben zu kümmern.«

»Aber dazu ist er doch ausgebildet«, sagte Roger entrüstet.

»Schon, aber er macht es gut, oder nicht?«

»Aye«, gab Roger zu. »Und er ist Euch wirklich treu ergeben.«

»Vielleicht sollte ich ihn in deine Obhut geben, Roger«, überlegte Geoffrey. »Du kannst ihm viel beibringen.«

»Nicht mehr als Ihr, Mylord«, erwiderte Roger. Er ließ sich auf die Bank nieder und stützte die Ellenbogen auf den hölzernen Tisch. Das Leinentuch war entfernt worden, so daß die tiefen Kratzer auf der Platte sichtbar waren. »Im übrigen würde der Bursche mich mit seinem Übereifer in den Wahnsinn treiben. Ich bin zu alt, um das Wenige an Geduld, das ich noch habe, strapazieren zu lassen.«

Geoffrey lachte leise. »Du bist auch nicht viel älter als ich, Roger. Schieb nicht solche schwachen Ausreden vor.«

»Wenn Ihr es befehlt, dann kümmere ich mich natürlich um die Ausbildung des Jungen«, sagte Roger resigniert.

»Ich befehle es nicht, mein Freund. Du kannst selbst wählen. Denk darüber nach und teile mir später deine Entscheidung mit.«

»Glaubt Ihr, daß Belwain für die Morde verantwortlich ist?« fragte Roger plötzlich.

Geoffreys Lächeln verblaßte. Er lehnte sich gegen die Tischkante und rieb sich nachdenklich sein Kinn. »Ich weiß es nicht«, sagte er nach einer Weile. »Meine Frau hält ihn für schuldig.«

»Genau wie die Diener, mit denen ich gesprochen habe«, sagte Roger nickend. »Sie alle erinnern sich an einen Streit, den die beiden Brüder hatten. Belwain soll wilde Drohungen ausgestoßen haben.«

»Das reicht nicht, um einen Mann zu verurteilen«, gab Geoffrey zurück. »Im Zorn sagt man viel, was man später bereut, und nur weil jemand einen Hitzkopf hat, ist er noch lange nicht des Mordes fähig. Ich will erst hören, was er zu sagen hat, bevor ich entscheide, was zu tun ist.«

»Aber wie es scheint, ist er der einzige, der von dem Tod seines Bruders einen Nutzen hat.«

»Nein, er ist nicht der einzige«, entgegnete Geoffrey ruhig. »Es gibt noch jemanden.«

Die düstere Miene seines Herrn hielt Roger davon ab, weiter nachzuhaken. Roger stand lange genug in Geoffreys Diensten, um zu wissen, wie dieser dachte und argumentierte. Der Falke war ein Mann, der nicht vorschnell urteilte oder handelte, sondern mit Vernunft zu einem Entschluß zu kommen versuchte. Er glaubte an Gerechtigkeit und begründete seine Entscheidungen selten auf Hörensagen. Ja, Roger war sich bewußt, daß sein Herr ein gerechter, vernunftsbetonter Herrscher war. Und er war stolz, ihm dienen zu dürfen.

Die Frage war nur, ob der Baron sich durch seine Frau beeinflussen ließ. Es stand außer Zweifel, daß Geoffrey von diesem Mädchen überaus eingenommen war; die Tatsache, daß der Baron sich immer, wenn sie in seine Nähe kam, mächtig anstrengte, gleichgültig zu wirken, verriet es. Aber schließlich ließ sich selbst Roger von Elizabeth bezaubern. Nein, ob sie nun seine Frau geworden war oder nicht – Roger war überzeugt, daß Geoffrey nicht anders vorgehen würde, als er es sonst tat. Er tötete nicht ohne Grund.

Die Tür zur Halle öffnete sich, und beide Männer drehten sich um. Zwei Wachen traten mit einem Fremden in ihrer Mitte ein. Belwain war eingetroffen.

Geoffrey bedeutete den Wachen, sich zurückzuziehen. Belwain, von kleiner, aber stämmiger Gestalt und kostbar in Dunkelgrün und Gelb gekleidet, blieb zögernd am Eingang stehen. »Ich bin Belwain Montwright«, verkündete er schließlich in einem näselnden Tonfall. Während er auf eine Reaktion wartete, tupfte er sich die Nase mit einem weißen Spitzentuch ab.

Geoffrey starrte den Mann eine ganze Weile an, bevor er antwortete. »Ich bin Euer Baron«, sagte er laut. »Tretet näher!«

Der Lord lehnte sich wieder gegen den massigen Tisch und beobachtete, wie der Onkel seiner Frau hastig in die Mitte des Raumes eilte. Der Mann ging, als seien seine Füße mit einer unsichtbaren Kette zusammengebunden – mit kleinen, abgehackt wirkenden Schritten. Geoffrey fand seinen Gang genauso lächerlich wie seine hohe, gekünstelte Stimme.

Der Mann hatte nicht die geringste Ähnlichkeit mit Thomas Montwright. Geoffrey konnte sich noch gut an den großen, lebhaften Mann erinnern. Sein jüngerer Bruder, der nun vor ihm niederkniete, wirkte wie eine alte Frau in Männerkleidung.

»Euer ergebener Untertan schwört Euch Treue, Mylord«, sagte er, eine Hand aufs Herz gepreßt.

»Ich will Eure Treue nicht, bevor ich nicht weiß, wie Ihr wirklich denkt. Steht auf!« Der barsche Befehl erzeugte eine angemessene Reaktion. Hastig kam Belwain auf die Füße. Er wirkte verängstigt – genau das, was Geoffrey bezweckt hatte.

Der starrte ihn noch eine Weile drohend an, dann begann er zu reden. »Viele machen Euch für das verantwortlich, was hier geschehen ist. Ihr werdet mir jetzt sagen, was Ihr über die Tat wißt.«

Elizabeth' Onkel mußte erst ein paarmal tief ein- und ausatmen, bevor er eine Antwort geben konnte. »Ich weiß gar nichts von dem Überfall, Mylord. Ich hörte davon, als es vorbei war. Gott sei mein Zeuge, daß ich nichts damit zu tun habe. Nichts! Thomas war mein Bruder! Ich *liebte* ihn!«

»Ihr habt eine seltsame Art und Weise, um Euren Bruder zu trauern. Die Farben, die Ihr tragt, sind nicht das, was ich mit Trauer in Verbindung bringen würde.«

»Ich kleidete mich in den besten Stoff, den ich besitze, um meinem verstorbenen Bruder Ehre zu erweisen«, gab Belwain entrüstet zurück. »Er mochte farbenfrohe Tuniken!« Während er sprach, glitt seine Hand fast zärtlich über seinen Ärmel.

Angewidert beobachtete Geoffrey die Geste, derer sich der andere wahrscheinlich gar nicht bewußt war. Das war kein Mann, das war ein Schwächling. Es kostete ihn einiges an Anstrengung, seine Miene neutral zu halten, und er drehte sich um und ging zur Feuerstelle, um sich wieder unter Kontrolle zu bekommen.

Als er sich schließlich wieder umwandte, sagte er beiläufig: »Wie ich hörte, gab es Streit, als Ihr das letzte Mal Euren Bruder besucht habt?«

Belwain antwortete nicht sofort. Wie bei einer in die Enge getriebenen Ratte schoß sein Blick von Geoffrey zu Roger, dann wieder zu Geoffrey. Er schien abzuschätzen, welche Antwort die günstigere war. »Es ist wahr, Mylord«, sagte er schließlich. »Und ich werde bis zum Ende meiner Tage bereuen, daß ich meinem Bruder so harte Worte entgegengeschleudert habe. Wir trennten uns im Zorn, ohne daß ich es wieder gutmachen konnte. Dessen bekenne ich mich schuldig.«

»Worum ging es denn in diesem Streit?« fragte Geoffrey, vollkommen ungerührt von den Tränen, die er in den Augen seines Gegenüber funkeln sah. Mitgefühl war das letzte, was er diesem widerlichen Menschen zugestehen wollte.

Belwain entging dies offenbar nicht, denn als er fortfuhr, klang seine Stimme nicht mehr ganz so dramatisch. »Mein Bruder hatte mir neues Land versprochen.

Doch jedes Jahr schob er immer irgendwelche unbedeutende Gründe vor, warum er es mir wieder nicht geben konnte. Mein Bruder war ein braver Mann, aber Großzügigkeit gehörte nicht zu seinen Tugenden. Als ich das letzte Mal herkam, war ich sicher, daß ich es nun bekommen würde. Ich war sicher! Er hatte nämlich all seine Ausreden aufgebraucht.« Belwain wischte sich über die Stirn, bevor er fortfuhr: »Aber wieder lockte er nur mit dem Köder, um ihn mir dann im letzten Moment wegzuziehen.«

Belwains Gesicht hatte inzwischen eine fleckige Röte angenommen, und seine Stimme klang nicht mehr ganz so wimmernd. »Ich hatte die Spielchen satt«, sagte er. »Genau das sagte ich ihm auch, und dann brüllten wir uns an. Er drohte mir, Mylord. Ja, glaubt mir! Er drohte seinem eigenen Bruder! Thomas hatte ein ausgesprochen hitziges Temperament, wißt Ihr, und sehr viele Feinde.« Er bedachte Geoffrey mit einem bedeutungsvollen Blick. »Sehr viele Feinde!«

»Und Ihr meint, einer dieser ›vielen Feinde‹ hat ihn und seine Familie umgebracht?«

»Ja, das glaube ich.« Belwain nickte heftig mit dem Kopf. »Ich sage es Euch noch mal: Ich habe nichts damit zu tun. Und ich habe Beweise, daß ich nicht hier war. Wenn Ihr erlaubt, lasse ich ein paar Männer hereinrufen, die es bestätigen können.«

»Ich habe keinen Zweifel, daß Ihr über Freunde verfügt, die Eure Aussagen unterstützen. Überhaupt keinen Zweifel«, sagte Geoffrey. Seine Stimme klang milde, doch sein Blick war eisig.

»Genau«, sagte Belwain, während er die Schultern straffte. »Ich bin nicht schuldig, und ich kann es beweisen.«

»Ich habe nicht gesagt, daß Ihr schuldig seid«, erwiderte Geoffrey sehr sanft. Er gab sich Mühe, so freundlich wie möglich zu klingen, denn er wollte diesen Mann aus der Defensive locken, anstatt ihn mit offener Abneigung zu erschrecken. Wenn Belwain sich in Sicherheit wiegte, dann verriet er sich vielleicht schneller. »Ich fange gerade erst an, Einblick in diese Sache zu nehmen.«

»Aye, Mylord. Und ich bin überzeugt, daß Ihr zu dem Schluß kommen werdet, daß ich ein ehrbarer Mann bin, der sich den Gesetzen des Königs beugt. Und vielleicht braucht Ihr gerade einen solchen als neuen Lord von Montwright, hm?« Belwain konnte sich gerade noch rechtzeitig daran hindern, sich vor Vorfreude die Hände zu reiben. Das war ja leichter, als er gedacht hatte! Der Overlord wirkte zwar sehr einschüchternd, schien aber nicht allzu helle zu sein und eine schlichte Beweisführung vorzuziehen. Es würde Belwain schon gelingen, die Tatsachen in seinem Sinne auszulegen.

»Thomas' Sohn ist der Erbe von Montwright«, gab Geoffrey milde zu bedenken.

»Ja, das ist natürlich wahr«, beeilte Belwain sich, zu bestätigen. »Aber da ich der einzige Onkel bin, nahm ich an, daß ich, wenn meine Unschuld erst einmal bewiesen ist . . . nun, daß der Junge unter meinen Schutz gestellt wird. So lautet das Gesetz«, fügte er betont hinzu.

»Die Schwester des Jungen traut Euch nicht über den Weg, Belwain. Sie hält Euch für schuldig.« Geoffrey beobachtete sein Gegenüber genau, damit ihm keine Reaktion entging. Als der Onkel nun sein Gesicht zu einem höhnischen Grinsen verzog, spürte Geoffrey, wie sich ein unbändiger Zorn in ihm aufbaute.

»Die weiß doch gar nichts! Und wenn ich die Burg übernehme, dann werde ich ihr ihre Frechheiten schon austreiben!« sagte er verächtlich. »Das unverschämte Ding hat zuviel Freiheit genossen, das ist das Problem.« Hätte Belwain gewußt, daß er in diesem Moment nur dank Geoffreys Selbstbeherrschung am Leben blieb, wäre er gewiß in Ohnmacht gefallen.

»Ihr sprecht von meiner Frau, Belwain!«

Die Worte hatten den gewünschten Effekt. Belwain erbleichte und wäre beinahe in die Knie gegangen. »Eure Frau! Ich bitte um Vergebung, Mylord. Ich wollte Euch nicht . . . ich meine –«

»Genug!« brüllte Geoffrey. »Kehrt zu Euren Männern zurück und wartet, bis ich Euch wieder rufen lasse!«

»Ich kann nicht hierbleiben?« fragte Belwain weinerlich.

»Verschwindet!« bellte Geoffrey. »Und seid froh, daß Ihr noch am Leben seid, Belwain. Ich halte Eure Schuld noch immer nicht für ausgeschlossen!«

Belwain öffnete den Mund, um zu protestieren, besann sich dann aber und klappte ihn wieder zu. Er wandte sich um und eilte aus der Halle.

»Gott!« stöhnte Roger auf, als sich die Türen hinter dem Mann schlossen. »Kann das wirklich Thomas' Bruder sein?«

»Er ist ein Feigling, aber gleichzeitig auch voller Heimtücke«, sagte Geoffrey langsam.

»Was denkt Ihr? Ist er schuldig? Hat er die Tat geplant und ausführen lassen?«

»Was glaubst du, Roger?«

»Schuldig«, antwortete Roger knapp.

»Worauf beruht dein Urteil?«

»Auf . . . Abscheu«, gab Roger nach einem kurzen Zögern zu. »Leider nichts weiter. Ich würde mir wünschen, daß er es war.«

»Das reicht aber nicht.«

»Dann haltet Ihr ihn nicht für schuldig, Mylord?«

»Das habe ich nicht gesagt. Es ist zu früh, um sich mit Bestimmheit darüber zu äußern. Belwain ist dumm. Er hat überlegt, ob er mich, was den Streit mit seinem Bruder betrifft, anlügen soll. Man konnte ihm die Unschlüssigkeit im Gesicht ablesen. Und er ist schwach, Roger – ich glaube, er ist zu schwach und zu dumm, um eine solche Tat zu planen. Mir kommt er wie ein Gefolgsmann vor, nicht wie ein Anführer.«

»Aye, so habe ich das noch gar nicht betrachtet«, gestand Roger ein.

»Ich halte ihn nicht für schuldlos, aber ich bin fast davon überzeugt, daß noch jemand anderer dahintersteckt. Nein«, sagte Geoffrey kopfschüttelnd, »so etwas kann er sich nicht selbst ausgedacht haben!«

»Und was habt Ihr nun vor?«

»Den Schuldigen aus der Reserve zu locken«, sagte Geoffrey. »Und ich werde Belwain als Köder benutzen.«

»Ich verstehe nicht ganz . . .«

»Ich weiß auch noch nicht genau, wie ich vorgehen werde. Vielleicht ziehe ich Belwain ins Vertrauen. Mache ihm ein paar Versprechungen. Deute an, daß der Junge zu ihm geschickt wird. Dann werden wir ja sehen.«

»Belwain hätte einen Grund für die Tat gehabt. Wenn er es nicht war: wer mag dann dahinter stecken?«

»Wer auch immer den Überfall geplant hat, wollte mein Land. Der Angriff auf Montwright war ein Angriff auf mich. Wir haben bisher angenommen, daß der Schuldige nur hinter Montwright her war. Ich denke aber, daß ich meine Gedanken nicht darauf konzentrieren darf. Wir müssen alle Möglichkeiten in Betracht ziehen.«

»Manchmal ist das Offensichtliche auch das Richtige«, gab Roger zu bedenken.

»Manchmal vielleicht, Roger. Aber gewöhnlich ist nichts so, wie es scheint. Man täuscht sich nur selbst, wenn man glaubt, was so leicht zu glauben ist.«

»Ein kluges Wort, Mylord.«

»Und aus meiner Erfahrung nur allzu wahr, Roger«, sagte Geoffrey. Er seufzte. »Komm«, sagte er dann. »Wir haben viel zu tun. Laß draußen einen Tisch aufstellen. Ich werde heute Recht sprechen und mich um die Streitereien unter den Freisassen kümmern. Außerdem muß ich sie auszahlen.«

»Ich kümmere mich darum«, meinte Roger und stand hastig auf. In seiner Eile stieß er die Bank um, machte sich aber nicht die Mühe, sie wieder aufzustellen. Sein Herr war bereits an der Tür und wartete auf ihn. »Roger, du wirst dich wieder des Jungen annehmen. Ich gehe hinauf zu meiner Frau und rede mit ihr. Warte, bis ich den Jungen zu dir schicke.«

Roger nickte, während er überlegte, was Geoffrey seiner Frau wohl sagen würde. Er wußte, daß Lady Elizabeth Belwains Todesurteil erwartete. Wie würde sie reagieren, wenn ihr Mann ihr mitteilte, daß der Schuldspruch noch warten mußte? Roger fand, daß der Falke ziemlich viel verlangte, wenn er erwartete, daß sie es hinnahm. Sie war doch schließlich nur eine Frau! Allerdings hatte er Lady Elizabeth gut genug kennengelernt, um sich einzugestehen, daß sie weit mehr als ›nur eine Frau‹ war.

»Mylord?« rief Roger plötzlich Geoffrey hinterher, der bereits auf der Treppe war.

Geoffrey blieb stehen und drehte sich um, eine Augenbraue fragend hochgezogen.

»Was ist mit Lady Elizabeth? Soll ich mich um ihren Schutz kümmern?«

»Nein, das mache ich selbst«, antwortete Geoffrey. »So

unschicklich es ist, wenn sie die ganze Zeit an meiner Seite bleibt – heute wird es so geschehen. Solange Belwain und seine Männer hier herumlungern, will ich sie ständig im Auge haben.«

»Ihr werdet sie vor Belwain beschützen«, sagte Roger ein wenig flach.

»Und Belwain vor ihr«, erwiderte Geoffrey mit der Andeutung eines Lächelns. »Wenn ich nicht aufpasse, versucht sie, ihn umzubringen. Und irgendwie habe ich die dumpfe Ahnung, daß sie es glatt fertigbringen würde.«

Roger nickte wieder und verbiß sich das Grinsen.

Es kostete Elizabeth einiges an Anstrengung, nicht die Beherrschung zu verlieren. Die ganze Zeit schwankte sie zwischen dem Wunsch, den zappelnden Jungen zu packen und durchzuschütteln, und dem, ihn an ihre Brust zu ziehen und ihm zu erklären, was geschehen war.

Der kleine Thomas erinnerte sich an nichts. Er wußte nicht einmal mehr, wie man Dame spielte – und dabei hatten sie beide es in der Vergangenheit zahllose Male gemacht. Andererseits war es Elizabeth nur recht, denn ihr ging ohnehin zuviel im Kopf herum, als daß sie sich auf ein Spiel konzentrieren konnte.

Als Geoffrey eintrat, stand Elizabeth am Fenster und hielt die Hand ihres kleinen Bruders umklammert. Der Junge wirkte verwirrt.

»Geh zu Roger, Junge. Er wartet am Fuß der Treppe auf dich.« Geoffreys Befehl ließ Thomas' Gesicht aufleuchten. Er zog seine Hand aus Elizabeth' und stürmte zur Tür. Geoffrey hielt ihn auf. »Hör mir genau zu, Thomas. Du wirst nicht von Rogers Seite weichen. Hast du das verstanden?« fragte er eindringlich.

Der Junge spürte, daß sein Herr es ernst meinte. »Ja. Ich weiche nicht von seiner Seite!« wiederholte er.

Geoffrey nickte und entließ den Kleinen, der sofort auf die Tür zustürmte. Einen Augenblick später war er fort.

Geoffrey schloß die Tür hinter ihm, während er versuchte, seine Gedanken zu sammeln. Wieviel sollte er Elizabeth sagen? Er wandte sich um und zuckte fast zusammen, als sie direkt hinter ihm stand. Ihre Miene und ihre Haltung wirkten ruhig und gelassen, aber ihre Augen verrieten sie. Er las Schmerz und Furcht darin.

Geoffrey wußte noch immer nicht, wie man einen Menschen tröstete, und so legte er ihr nur etwas steif die Hand auf die Schulter. »Versprich mir, Elizabeth, daß du dir in Ruhe anhören wirst, was ich dir zu sagen habe«, sagte er sanft. »Du wirst zuhören und es akzeptieren.«

Elizabeth runzelte die Stirn. Eine dumpfe Ahnung stieg in ihr auf. »Ich kann dir das nicht versprechen. Ich kann einfach nicht!« Sie versuchte, die Panik in ihrer Stimme zu unterdrücken, aber es gelang ihr nicht.

»Hörst du mir dann wenigstens zu?« fragte Geoffrey.

»Du hast Belwain für unschuldig befunden!« Es klang so verzweifelt, daß es Geoffrey einen Stich versetzte.

»Das habe ich nicht gesagt.«

»Dann hältst du ihn für schuldig?«

»Auch das habe ich nicht gesagt«, sagte Geoffrey ungeduldig.

»Aber –«

»Es reicht!« fauchte er sie an. »Ich habe dir gesagt, du sollst mir in Ruhe *zuhören*! Herrgott, laß mich ausreden, und unterbrich mich nicht ständig! Würdest du mir bitte dieses eine Versprechen geben? Nur das, ja?«

Elizabeth erkannte, daß sie seine Geduld in der Tat strapaziert hatte. Es würde ihr nichts nützen, wenn er wütend auf sie wurde. Also seufzte sie und sagte: »Ich werde dich nicht mehr unterbrechen. Versprochen.«

»Gut.« Geoffrey beruhigte sich wieder ein wenig. »Um es von vornherein zu sagen: Ich bin nicht verpflichtet, dir überhaupt etwas zu erzählen! Hast du das verstanden?«

Sie nickte.

»Du bist meine Frau. Ich brauche dir über mein Handeln und mein Denken keine Rechenschaft abzulegen. Und in Zukunft werde ich das höchstwahrscheinlich auch nicht mehr tun. Es hat dich nichts anzugehen, was ich warum tue und wie. Siehst du das ein?«

Nein, das tat Elizabeth ganz und gar nicht. Ihr Vater hatte Freud und Leid mit ihrer Mutter geteilt, und genauso sollte es immer sein. Wieso sah er das nicht ein? Waren seine Eltern denn so anders als ihre gewesen? Irgendwann mußte sie ihn danach fragen. Im Augenblick hatte es jedoch keinen Sinn. Also nickte sie und faltete brav ihre Hände vor dem Körper.

Geoffrey ließ ihre Schulter los und wandte sich von ihr ab. Er ging zu den beiden Stühlen und ließ sich auf einem nieder. Dann stemmte er die Füße gegen die Bettkante und warf seiner Frau einen Blick zu.

»Dein Onkel hat mit deinem Vater nichts gemein«, begann er. »Es fällt mir schwer, zu glauben, daß sie Brüder sind.« Er hielt einen Augenblick inne und setzte dann schließlich mehr für sich selbst hinzu: »Die Lösung ist zu simpel.«

Elizabeth starrte ihn verdattert an. Am liebsten hätte sie ihn unterbrochen und gefragt, was genau er damit meinte, aber sie schwieg tapfer.

»Ich glaube nicht, daß Belwain das Massaker veranlaßt hat.« Da, nun war es heraus. Geoffrey sah seine Frau an, damit ihm ihre Reaktion nicht entging.

Elizabeth starrte ihn nur an und schwieg weiterhin.

Sie spürte, daß er sie irgendwie auf die Probe stellen wollte, aber warum? Begriff er denn nicht, daß seine Worte schwer genug zu ertragen waren?

Die Tatsache, daß sie die Fassung bewahrte, stimmte Geoffrey milde. »Eins möchte ich gerne von dir wissen, Elizabeth. Hältst du deinen Onkel für klug? Sag mir, was du über seinen Charakter denkst!«

Elizabeth hatte den Eindruck, daß ihre Antwort wichtig für ihn war, aber sie hatte wieder keine Ahnung, warum. »Ich halte ihn für ausgesprochen selbstsüchtig. Er ist nur an seinem Vergnügen interessiert.«

»Und wie kommst du zu dem Schluß?«

»Wenn er uns besuchen kam, kümmerte er sich niemals um meine Schwestern oder meinen Bruder, selbstverständlich auch nicht um mich. Die Familie interessierte ihn einfach nicht. Und sobald mein Vater nach Hause kam, stellte Belwain sofort Forderungen, nichts weiter als Forderungen. Was er haben wollte, was er dringend benötigte. Immer wollte er mehr und noch mehr, aber er gab niemals etwas dafür.« Elizabeth ging zum Bett und setzte sich, bevor sie fortfuhr. »Er scheint nichts und niemanden außer sich selbst zu lieben, und das ist der Grund, warum ich ihn für fähig halte, eine solche Greueltat zu begehen. Zudem kennt er das Wort Treue nicht. Ich kann dir kein Beispiel dafür geben, aber ich weiß es tief in meinem Herzen. Was ist schlimmer, als wenn ein Mensch keine Treue, keine Loyalität kennt? Was die Klugheit betrifft . . . nein! Ich halte ihn nicht für klug. Belwain scheint seinen Kopf nicht allzu oft zu gebrauchen. Ansonsten hätte er schon vor langer Zeit begriffen, wie man mit meinem Vater umgehen muß. Denn wenn er anders vorgegangen wäre, hätte er mit Sicherheit leichter das bekommen, was er haben wollte.«

»Er ist schwach, nicht wahr?« fragte Geoffrey.

»Ja, das ist er. Aber auch bösartig.«

»Dazu kann ich nichts sagen«, entgegnete Geoffrey vorsichtig. »Aber ich gebe zu, daß ich sein Verhalten abstoßend fand.«

»Meine Mutter hat meinem Vater einmal gesagt, daß Belwain vom Königsleiden befallen ist«, flüsterte Elizabeth. »Ich habe es zufällig mitgehört.«

»Vom Königsleiden?« Geoffrey hatte diesen Ausdruck noch nie gehört.

Elizabeth errötete. »Er ist eher Männern als Frauen zugeneigt . . .«

Geoffrey schoß wie der Blitz aus seinem Stuhl hoch. »William würde dir die Zunge herausschneiden, wenn er das gehört hätte!« brüllte er.

»Dann stimmt es also nicht?« fragte Elizabeth.

»Nein, es stimmt nicht!« bellte Geoffrey. »Sag so etwas nie wieder, Frau! Das kommt einem Verrat gleich!«

»Gewiß, Geoffrey«, sagte Elizabeth demütig. »Ich bin ja froh, daß es nicht wahr ist!«

»William ist verheiratet«, fuhr Geoffrey sie an. »Und es gehört sich einfach nicht, daß wir –«

»Aber man kann doch verheiratet sein und dennoch die Gesellschaft anderer Männer vorziehen, oder etwa nicht?«

»Jetzt hör auf damit!« Himmel, diese Frau war unmöglich. Sie redete über das Thema, als ginge es um die Planung eines normalen Abendessens. Dennoch mußte er sich eingestehen, daß es ihn auch amüsierte. Sie hatte noch viel zu lernen.

»Ja, Mylord«, sagte sie wieder in demütigem Tonfall, aber Geoffrey beschlich die dumpfe Ahnung, daß sie ihn nur besänftigen wollte. Nun fügte sie hinzu: »Verzeih mir, Geoffrey. Ich habe dich von dem eigentlichen Thema abgelenkt.«

Geoffrey knurrte, setzte sich und überlegte, wo er stehengeblieben war, bevor sie so unerhörte Äußerungen von sich gegeben hatte.

»Ich sage dir, zu welchem Schluß ich bislang gekommen bin. Dein Onkel ist ein Schwächling. Und er ist dumm.«

»Darf ich eine Frage stellen?« fragte Elizabeth freundlich.

»Du darfst«, erwiderte er gnädig.

»Wirst du ihn töten, oder muß ich es tun?«

Wieder war Geoffrey mit einem Satz auf den Füßen. »Weder noch«, fauchte er sie an. Dann erinnerte er sich, daß es sich für einen gerechten Herrscher gehörte, gelassen zu bleiben, und so ließ er sich resigniert wieder in seinen Stuhl sinken. »Wir brauchen ihn noch. Und jetzt will ich keine weiteren Fragen hören, bevor ich ausgeredet habe.«

Elizabeth nickte.

»Ich glaube nicht, daß er derjenige ist, der die Tat geplant hat, obwohl er bestimmt etwas damit zu tun hatte. Er ist ein Gefolgsmann und zu dumm, um sich so etwas auszudenken.«

Elizabeth wußte, daß ihr Mann die Wahrheit sagte, auch wenn es ihr schwerfiel, es zuzugeben. Während sie die ganze Zeit über ihren Haß auf ihren Onkel konzentriert hatte, war in ihrem Hinterkopf immer ein nagender Zweifel gewesen, ob Belwain wirklich imstande war, einen derartigen Plan zu schmieden. Doch bisher hatte sie sich einfach geweigert, die Möglichkeit in Betracht zu ziehen, daß jemand anderer dahinterstecken könnte.

»Wir brauchen Belwain als Köder, Frau. Ich glaube, er wird uns zu dem führen, der sich verborgen hält. Ich habe schon einen Plan.« Er sah sie eindringlich an, als er fortfuhr: »Und du wirst mir versprechen, daß du mir bei der Ausführung hilfst und dich nicht dagegen sträubst.«

»Aber wer sonst, außer Belwain, hätte von dem Tod meiner Familie profitiert?« fragte Elizabeth, die nicht länger schweigen konnte.

»Da gibt es noch jemanden«, sagte Geoffrey düster. »Aber ich werde noch keinen Namen nennen. Ich könnte mich irren. Du wirst mir vertrauen müssen.«

Elizabeth sagte nichts dazu, sondern sah ihn nur abwartend an.

»Der Plan, den ich habe, wird dir einiges abverlangen«, sagte Geoffrey nun. »Du wirst viel Mut brauchen.«

»Und was soll ich tun?«

»Du hast gesehen, was geschehen ist, und du weißt, wie die, die keine Kapuzen trugen, ausgesehen haben«, sagte Geoffrey zögernd. »Heute abend lasse ich Belwains Soldaten in die Burg.«

Elizabeth riß die Augen auf, aber Geoffrey sprach schnell weiter. »Hab keine Angst, denn meine Männer sind in der Überzahl. Es besteht keine Gefahr. Du wirst mit uns zu Abend essen und dich umsehen, ob du einen der Soldaten wiedererkennst.«

»Belwain wird mit uns essen?« preßte Elizabeth hervor.

»Ja.« Geoffrey stieß geräuschvoll den Atem aus. »Er soll glauben, daß ich ihn für unschuldig halte, Elizabeth. Wenn er sich in Sicherheit wiegt, macht er eher einen Fehler.«

»Du verlangst wirklich viel«, flüsterte Elizabeth. »Ich weiß nicht, ob ich – «

»Wärest du mit Belwains Tod zufrieden, wenn du wüßtest, daß der wahre Schuldige am Leben bleiben kann?« fragte Geoffrey.

Elizabeth blickte auf ihre Hände hinab und schwieg

eine lange Weile. Dann endlich antwortete sie: »Nein. Ich will die Wahrheit wissen!«

»Wirst du es schaffen?«

»Aye«, sagte Elizabeth, obwohl sie sich ganz und gar nicht sicher war. »Aber könnten wir nicht zu ihrem Lager reiten, statt sie in unsere Mauern zu lassen?«

»Nein. Du bist hier sicherer.«

Elizabeth straffte die Schultern und stand auf. »Bis heute abend ist noch viel zu tun«, sagte sie. »Ich werde mit der Köchin über das Essen reden.« Sie ging ein paar Schritte auf die Tür zu und verschränkte die Hände fest ineinander, um das Beben einzudämmen. Ihre Gedanken rasten in ihrem Kopf herum, und sie wünschte sich nichts mehr, als zu ihrer Hütte am Wasserfall flüchten zu können.

»Komm her, Elizabeth«, befahl Geoffrey mit sanfter Stimme.

Elizabeth nickte wie betäubt, ging zu ihm und blieb vor ihm stehen. Geoffrey zog sie auf seinen Schoß und küßte sie auf die Lippen. Sein Atem war warm und roch nach Minze. Elizabeth konnte nicht anders: Sie mußte den Kuß erwidern. Endlich löste er sich von ihr und sah sie lächelnd an. »Habe ich dir weh getan gestern nacht?«

Elizabeth errötete. »Nicht so sehr«, sagte sie und starrte auf sein Kinn. Sie spürte, daß er leise lachte, und sah ihm wieder in die Augen. Es war vor allem Zärtlichkeit, was sie darin las.

»Habe ich dir denn weh getan?«

Als Geoffreys Verblüffung sich legte, antwortete er: »Nicht so sehr.« Er mochte es, wenn sie ihn neckte, er mochte es, wenn ihre Augen schelmisch funkelten. Gott, wenn er in der Lage wäre, sie den Schmerz über den Tod ihrer Familie vergessen zu machen – er würde es augenblicklich tun! Er wollte sie nur glücklich sehen, wollte ihr Lachen hören.

Schließlich hob er sie von seinem Schoß und stand auf. »Wir können uns jetzt nicht lieben, Frau. Es ist hellichter Tag.«

»Wir dürfen uns also nur nachts unsere Zuneigung zeigen?« Sie hatte die Frage als Scherz gemeint, aber Geoffrey nickte heftig. »Meinst du das ernst?« fragte sie, wobei sie sich mühsam das Lachen verkniff.

»Selbstverständlich meine ich das ernst!« sagte er in einem Tonfall, bei dem Elizabeth das Lachen verging. »Mach dich nicht über mich lustig, Frau! Wenn meine Männer in der Nähe sind, wirst du dich hüten, mir deine Zuneigung zu zeigen! Sieh zu, daß du das lernst!« Er hörte sich nicht verärgert an, aber Elizabeth war unwillkürlich an einen Lehrer bei Hof erinnert, der einem dummen Kind eine Strafpredigt hielt. Und als er noch herablassend hinzufügte: »Merk dir, wo dein Platz ist!«, erwachte in ihr augenblicklich der Zorn.

»Und wo ist mein Platz?« fragte sie trotzig und stemmte die Hände in die Hüften.

Geoffrey ging zur Tür und öffnete sie, wandte sich aber noch einmal zu seiner Frau um.

»Ich fragte, wo mein Platz ist!« fauchte Elizabeth. »Wo stehe ich?«

Geoffrey verstand nicht recht, warum seine Frau auf einmal so aufgebracht war. Er hatte doch nur Tatsachen festgestellt, hatte nur noch einmal betont, was sie eigentlich als Tochter seines Vasallen hätte wissen müssen. Aber im Augenblick bockte sie wie sein Hengst, wenn ein Steinchen sich unter den Sattel verirrt hatte.

»Was soll das heißen ›wo stehe ich‹?« fragte er mit gerunzelter Stirn. »Was meinst du damit?«

»Genau das, was ich gefragt habe«, brüllte sie. »Ich will wissen, wo mein Platz ist! Wo? Gib mir eine Antwort darauf!«

»Nun, natürlich hinter mir. Das wirst du ja wohl begreifen!« Aus ihrer Miene schloß Geoffrey, daß sie das nicht tat. Und offensichtlich gefiel ihr seine Antwort auch nicht, denn sie öffnete den Mund um zu protestieren. Hastig schlüpfte Geoffrey durch die Tür und ließ sie krachend hinter sich zufallen. Kopfschüttelnd machte er sich auf den Weg zur Großen Halle. Lieber Himmel. Diese Frau hatte wirklich noch viel zu lernen! Verdammt viel!

Als die Tür hinter ihm zufiel, warf Elizabeth in einer wütenden Geste die Haare zurück. *Du irrst dich, mein lieber Gemahl,* dachte sie. *Ich werde mich ganz sicher nicht hinter deinem Rücken ducken. Wie meine Mutter, werde ich* neben *dir stehen, verlaß dich drauf!*

Oh, dieser Mann hatte wirklich noch viel zu lernen. Verdammt viel!

KAPITEL 6

Guyton, der Verwalter des gesamten Anwesens, war bei dem Überfall getötet worden, genau wie Angus, der die Bebauung der Felder beaufsichtigt hatte. Und es wurden noch weit mehr Leute vermißt, die gewisse wichtige Aufgaben erfüllt hatten. Nun mußten die Verluste vermerkt, die Posten neu besetzt und die Aufgaben neu verteilt werden. Die Atmosphäre war so durchsetzt mit Verwirrung und Anspannung, daß Elizabeth es förmlich schmecken konnte.

Obwohl sich ihr Mann um all diese Dinge kümmerte, war Elizabeth der Meinung, daß es in ihrer Verantwortung lag, zu helfen, wo immer sie konnte. Ihre Mutter hatte an der Seite ihres Mannes geherrscht und oft bemerkt, daß es ihr Los war, ihrem Mann die Last, die er zu tragen hatte, zu erleichtern. Elizabeth würde nicht weniger tun.

Dazu gehörte auch, daß sie das Versprechen hielt, das sie ihrem Mann gegeben hatte. Sie suchte nach Sara und übertrug ihr die Aufgabe, sich um die nötigen Vorbereitungen zum Abendessen zu kümmern. Elizabeth war zuversichtlich, daß Sara all ihre Befehle sorgsam ausführen würde, und nachdem die Dienerin sie ihr bis in jede Einzelheit wiederholt hatte, war Elizabeth ganz sicher, daß alles zu ihrer Zufriedenheit erledigt werden würde.

»In Belwains Augen wird die Mahlzeit ärmlich sein, Sara. Wir werden zwar genug Wildschwein, Fasanenpasteten und Tauben auftragen, aber es wird keine Delikatessen wie Pfau oder Schwan geben. Sorg dafür, daß es nachher genug Süßigkeiten gibt. Die Diener sollen Ingwer und Nelken auftragen.«

»Dann werden wir aber sehr viel Ale brauchen, Mylady. Die süßen Sachen und die Gewürze werden die Männer furchtbar durstig machen«, gab Sara zu bedenken.

»Und genau das soll geschehen, Sara. Weise die Diener an, daß kein Becher leer sein darf. Das Ale wird sie benebeln und ihre Zungen lösen.«

Sara nickte heftig. »Ja, jetzt verstehe ich, Mylady, und ich muß Euch sagen, daß ich unglaublich erleichtert bin. Zuerst habe ich überhaupt nicht fassen können, daß dieser ... dieser Mann am Tisch Eures Vaters sitzen darf.« Sie brach ab, senkte den Blick und setzte dann flüsternd hinzu: »Ich glaubte schon, Ihr seid abtrünnig geworden.«

»Nun, jetzt weißt du, daß dies nicht der Fall ist«, sagte Elizabeth sanft. »Sara, du mußt Vertrauen zu mir haben. Du darfst nicht an mir zweifeln. Verstehst du?« *Das hast du doch vor nicht allzu langer Zeit auch gehört,* dachte Elizabeth zynisch. Bekannte Worte, leicht ausgesprochen und schwer hinzunehmen.

Elizabeth tätschelte abschließend den Arm der Frau und verließ die Kammer. Sie wollte zum Hof, in dem Geoffrey sich um die Belange der Freisassen kümmerte. Aber auch die Leibeigenen, die für ihren Vater gearbeitet hatten, aber dennoch kleine Landstriche zum eigenen Nutzen bebauen durften, und die unfreien Kleinbauern, die keinerlei Anrecht auf das Land besaßen, ihrem Vater aber treu gedient hatten, waren anwesend, da man ihnen mitgeteilt hatte, daß der Baron sich alle Klagen anhören und Recht sprechen würde. Elizabeth war begierig darauf, ihren Mann bei dieser Aufgabe zu beobachten. Sie war neugierig, wie er die Befragung vornahm, wollte erfahren, wie er zu seinen Entscheidungen gelangte.

Auf der Treppe, die zum Hof hinunterführte, blieb sie stehen, um die Szene in sich aufzunehmen. Ein langer Holztisch war in einer kurzen Entfernung zu der Treppe aufgestellt worden, und Geoffrey, der ihr den Rücken zuwandte, saß in demselben hochlehnigen Stuhl, den ihr Vater auch immer dazu benutzt hatte. Roger stand neben dem Stuhl und hatte die Hand locker auf seinen Schwertgriff gelegt. Um den Tisch herum hatte sich eine Menschenmenge versammelt, die jedoch sorgsam darauf achtete, den Platz direkt vor Geoffrey freizuhalten. Ein einzelner Mann – Elizabeth erkannte ihn als einen der Ledergerber – stand an dieser freien Stelle vor Geoffrey und hielt den Kopf gesenkt.

Geoffreys Knappe winkte ihr und wies auf den Hokker, neben dem er stand. Elizabeth ging zu ihm hinüber. »Ihr sollt hier sitzen«, sagte er.

»Befehl meines Mannes?« fragte Elizabeth flüsternd. Sie wollte die Befragung nicht stören.

Gerald nickte, zufrieden, daß sie gleich verstanden hatte.

Elizabeth wandte den Kopf und starrte den Rücken ihres Mannes intensiv genug an, daß es sie nicht gewundert hätte, wenn er es gespürt und sich zu ihr umgedreht hätte. *Also soll ich hinter dir sitzen, Geoffrey? Hinter dir stehen, hinter dir sitzen, ist es das, was du willst?* Wieder erwachte der Zorn in ihr. *Nein, ich glaube, da haben wir beide ganz unterschiedliche Vorstellungen, Mylord.* Dieser hochnäsige Kerl, der ihr Mann war, mußte wirklich noch viel lernen. Und genau jetzt würde die erste Lektion erfolgen.

Elizabeth schenkte dem grinsenden Gerald ein liebreizendes Lächeln und griff dann nach dem Hocker. Der Knappe konnte nur mit aufgerissenem Mund zusehen, wie seine Herrin den Hocker zum Tisch trug. Sie bemerkte, daß Roger sie beobachtete und schaute auf, um seine Reaktion zu sehen. Er schüttelte leicht den Kopf, um ihr deutlich zu machen, daß sie einen Fehler beging, aber Elizabeth lächelte nur noch eine Spur liebreizender und nickte, um *ihm* zu bedeuten, daß sie sich dessen durchaus bewußt war. Roger setzte augenblicklich eine gleichgültige, ja fast gelangweilte Miene auf – ein Ausdruck, den zu perfektionieren ihn sicher Jahre gekostet hatte. Aber Elizabeth ließ sich nicht täuschen. Sie sah das Lachen in seinen Augen.

Hoffentlich würde Geoffrey keinen Anfall bekommen. Sie wußte ja nicht einmal, ob er Frauen schlug. Sie hatte zwar gehört, daß er ein aufbrausendes Temperament haben sollte, aber zum Glück hatte sie damit bisher noch keine Bekanntschaft machen müssen.

Nun, es war zu spät, es sich noch einmal anders zu überlegen. Sie holte tief Luft und stellte den Hocker mit Nachdruck neben ihn auf den festgestampften Sand. Dann setzte sie sich, strich ihr Kleid glatt und faltete demütig die Hände in ihrem Schoß. Und obwohl sie sich nichts mehr wünschte, als einen Blick in das Gesicht ihres Mannes zu werfen, wagte sie es nicht. Konzentriert schaute sie stur geradeaus und wartete ab.

Geoffrey hatte gerade etwas zu sagen begonnen, als seine Frau an seiner Seite auftauchte. Er verstummte, während er aus dem Augenwinkel beobachtete, wie sie sich neben ihm niederließ. Ihre Frechheit hatte ihm kurzfristig die Sprache verschlagen.

Elizabeth konnte die Wut, die sich in ihm aufbaute, förmlich spüren. Innerlich bebend wappnete sie sich gegen die Explosion, die gewiß gleich folgen würde. Hatte sie sich so in ihm getäuscht? Wenn sie ehrlich war, hatte sie geglaubt, daß er zu stolz war, um sich vor den Augen seiner Männer so weit gehen zu lassen, daß er sie anbrüllen würde. *Egal,* dachte sie. Es ließ sich nicht mehr verhindern. Wenn er toben und zetern würde, dann würde sie es eben über sich ergehen lassen. Aber wenn er sie ins Haus bringen lassen würde, dann würde sie wieder herauskommen. Wieder und wieder. Bis er entweder begriff . . . oder sie in Ketten legte.

Geoffrey hätte am liebsten laut gebrüllt, schaffte es aber mit einiger Anstrengung, sich zusammenzureißen. Das letzte, was er wollte, war, daß die Zuschauer im Hof zu dem Schluß kamen, seine Frau sei ungehorsam und – noch schlimmer! – respektlos. Innerlich knurrend schwor er sich, ihr später eine gewaltige Strafpredigt zu halten. Sie mußte verdammt noch mal lernen, wie man sich einem Ehemann gegenüber zu verhalten hatte!

Elizabeth spürte, daß die Gefahr vorüber war. Zumindest im Augenblick brauchte sie kein Donnerwetter zu befürchten. Die Erleichterung war enorm. Seltsam, aber bis zu diesem Moment war ihr gar nicht aufgefallen, wie verkrampft sie gewesen war. Himmel, wenn sie es nicht besser gewußt hätte, wäre sie zu dem Schluß gekommen, sie hätte eben Angst gehabt. Nun, sie *wußte* es besser, rief sie sich in Erinnerung.

Es fiel ihr nicht leicht, ihr Lächeln zu unterdrücken, aber Elizabeth gab ihr Bestes. Also war es doch gar nicht schwer, ihren Mann umzuerziehen. Eigentlich war es sogar ganz einfach!

In Geoffrey brodelte es immer noch. Dieses verfixte Weib! *Oh, warte nur, bis wir heute abend allein sind,* dachte er grimmig. Dann räusperte er sich und versuchte, sich daran zu erinnern, was er hatte sagen wollen, als sie ihn mit ihrem Erscheinen unterbrochen hatte. »Wo war ich stehengeblieben?« murmelte er über seine Schulter zu Roger. Der Vasall beugte sich vor und begann, ihm etwas ins Ohr zu flüstern, brach aber sofort ab, als sein Herr nickte.

Geoffrey wandte sich wieder dem Mann vor dem Tisch zu, der weder den Kopf gehoben, noch sich sonst bewegt hatte. »Die Anschuldigung, die gegen dich vorgebracht wurde, ist in der Tat schwer. Du weißt, daß es verboten ist, in den Wäldern deines Lords zu jagen?«

»Ja, das weiß ich, Baron«, antwortete der Mann. »Ich bin Thomas Montwright immer treu ergeben gewesen.«

Einige Männer, die in Hörweite standen, nickten. Elizabeth erinnerte sich nun wieder an den Namen des Mannes, der vor dem Tisch stand. Er hieß Mendel und war, soweit sie es wußte, ein äußerst umgänglicher und sanftmütiger Mensch. Sie konnte sich überhaupt nicht vorstellen, daß er etwas Verwerfliches getan haben sollte. Sie hätte ihren Mann zu gerne gefragt, was Mendel zur Last gelegt wurde und wer die Anschuldigung vorgebracht hatte, aber sie ließ es. Die Aussicht, vor den Augen einer Menschenmenge erdrosselt zu werden, schien ihr wenig anziehend.

Geoffrey tat ihr zum Glück den Gefallen, die Klage zu wiederholen. »Du wirst beschuldigt, im Wald gejagt zu haben. Wie ich gehört habe, erlaubte Lord Thomas – möge seine Seele in Frieden ruhen – die Jagd auf verschiedenes Kleingetier, der Hirsch aber war für ihn allein bestimmt. Dennoch wurdest du gesehen, wie du den Kadaver fortgeschleppt hast.«

»Ich will es ja nicht leugnen, Mylord«, entgegnete Mendel. »Ich habe das Tier tatsächlich getötet. Aber ich hatte einen guten Grund dafür.«

Elizabeth hätte ihm fast aufmunternd zugenickt, hielt sich aber gerade noch rechtzeitig zurück. Es fiel ihr unglaublich schwer, unbeteiligt zu bleiben und nur zuzusehen, obwohl sie am liebsten eingegriffen hätte. Und zum ersten Mal begriff sie, was für eine harte Arbeit Geoffrey da leisten mußte: Er durfte sich nicht von Sympathien leiten lassen, mußte ganz allein auf seinen Verstand hören.

»Dann sag mir den Grund«, befahl er nun dem Mann.

»Der Hirsch war verletzt und litt«, antwortete Mendel. »Der eine Vorderlauf war gebrochen. Ich weiß nicht, wie es geschehen ist, aber als ich auf das Tier stieß, hinkte es. Ich tötete es rasch und war auf dem Weg, den Kadaver zur Burg zu bringen, als Eure Soldaten mich aufgriffen. Und das ist die Wahrheit.«

»Ist jemand hier, der die Aussage des Mannes bestätigen kann oder bereit ist, für seine Aufrichtigkeit zu bürgen?« rief Geoffrey in die Menge.

»Aye, Mylord«, kam die Antwort. Die Menge teilte sich, und Maynard, der Stallmeister, trat vor.

»Sprich«, forderte Geoffrey ihn auf.

»Ich kenne Mendel seit vielen Jahren, Mylord. Ich habe noch nie einen Grund gehabt, ihn der Falschheit zu bezichtigen.«

»Roger? Hast du den Hirsch untersucht, wie ich es dir gesagt habe?«

»Aye, Baron. Der Lauf war in der Tat gebrochen«, antwortete sein Freund.

Geoffrey wandte sich wieder an den Gerber. »Sag mir eins, Mendel«, sagte er sanft. »Warum warst du überhaupt im Wald. Vielleicht um Kaninchen zu jagen?«

»Nay, Mylord«, antwortete der Mann. »Ich habe eineinhalb Pence bezahlt, damit ich zwei Schweine in dem Gebiet halten darf, und ich habe nur nach ihnen gesehen.«

»Hmm«, machte Geoffrey. Er starrte den Mann eine ganze Weile an, während die Leute begannen, unruhig von einem Fuß auf den anderen zu treten.

»Ich denke, du bist unschuldig, Mendel!«

Hochrufe und Jubel ertönten, und Mendel stieß erleichtert den Atem aus. Auch Elizabeth war erfreut. Neugierig wartete sie auf den nächsten Bittsteller oder Ankläger.

Die folgenden zwei Stunden saß Elizabeth gespannt und fasziniert neben ihrem Mann und hörte zu, als einer nach dem anderen vor den Oberherrn trat, um sein Anliegen vorzubringen. Als der letzte zufrieden abmarschierte, wußte Elizabeth endlich mehr über ihren Mann. Sie hatte Einblick in seine Denkungs- und Handlungsweise erhalten, und was sie gesehen und gehört hatte, gefiel ihr gut. Geoffrey stellte präzise Fragen, durch die er auch dann die Wahrheit herausfand, wenn zwei Männer zwei widersprüchliche Aussagen machten. Seine Rechtsprechung miterlebt zu haben, bestärkte sie in dem Glauben, daß er in der Lage war, die zu finden, die ihre Familie ermordet hatten. Er würde *alle* Verantwortlichen finden und sie bestrafen.

Die Menge zerstreute sich, und Elizabeth hielt es für klüger, sich auch rasch aus dem Staub zu machen, bevor ihr Mann seine Aufmerksamkeit *ihr* zuwenden konnte.

Dummerweise war sie nicht schnell genug. Bevor sie noch aufstehen konnte, legte sich die Hand ihres Mannes auf ihren Arm. »Nur weil Belwain und seine Männer sich hier aufhalten, hast du dir heute diese Frechheit herausnehmen dürfen.« Er drückte ihren Arm und fügte hinzu: »Dies war eine Ausnahme. Hast du verstanden, Frau?«

»Ja, habe ich, Mylord, obwohl ich nicht verstehe, warum du so verärgert bist. Meine Mutter saß immer an der Seite meines Vaters. So wie es sein sollte!«

»So sollte es *nicht* sein«, fuhr Geoffrey sie an. Die Narbe auf seiner Wange trat hervor, was, wie Elizabeth in der kurzen Zeit bereits erfahren hatte, ein todsicheres Anzeichen dafür war, daß er wirklich wütend war. Er drückte ihren Arm fester, und sie vermutete, daß er sie dazu zwingen wollte, ihre gelassene Miene aufzugeben.

»Nicht? Warum nicht?« fragte Elizabeth und blickte ihn mit großen, unschuldigen Augen an. Dann legte sie ihre Hand auf seine. »Ich habe nur das Beispiel meiner Eltern, dem ich folgen kann, Mylord.«

Geoffrey entzog ihr seine Hand und ließ ihren Arm los. »Und es schickt sich genauso wenig, daß du mich in aller Öffentlichkeit so berührst«, sagte er und seufzte, als sie ihn erstaunt ansah. »Elizabeth, das ist nicht der rechte Augenblick, um uns darüber zu unterhalten. Heute abend werde ich mir ein wenig Zeit nehmen, um dich in deine Pflichten als meine Ehefrau einzuweisen.«

»Vielen Dank. Ich weiß es zu schätzen«, sagte sie, ohne sich viel Mühe zu machen, ihre Verärgerung zu unterdrücken. *Warte nur, Gemahl, heute abend werde ich dir ein paar Dinge erklären!*

Geoffrey setzte zu einer Bemerkung an, klappte aber resigniert den Mund wieder zu. Verstand sie denn nicht, wieviel Geduld er für sie aufbrachte? Er hätte sie längst viel grober auf ihren Platz verweisen können. Aber natürlich wußte er, daß sie in den letzten Wochen Schreckliches durchgemacht hatte. Ihre Nerven waren gewiß bis zum Zerreißen gespannt. Und daher würde er auch noch weiterhin Geduld mit ihr haben.

Elizabeth fragte sich inzwischen, woher er seine höchst seltsamen Ansichten herbekommen hatte. In der Öffentlichkeit bloß nicht berühren. Nur nachts Zuneigung zeigen. Lächerlich! Was war denn daran falsch, wenn ein Mann seine Frau – oder andersherum – mit einem Kuß begrüßte, wenn man sich zum ersten Mal an einem Tag begegnete? Wer hatte diesen Mann bloß erzogen? Ein Rudel Wölfe vielleicht? Roger hatte ihr erzählt, daß Geoffreys Eltern tot waren, aber wie waren sie miteinander umgegangen, als der Baron noch ein kleiner Junge war? Hatten sie denn nie öffentlich gezeigt, daß sie einander mochten? Nun, vielleicht hatten sie sich ja gar nicht gemocht.

Sie durfte natürlich auch nicht vergessen, daß Geoffrey und sie sich nicht liebten. Wenigstens noch nicht. Dazu war es schließlich noch viel zu früh, oder etwa nicht? Aber waren Berührungen, die kleinen Beweise der Rücksichtnahme, nicht die notwendige Basis, damit wahre, dauerhafte Liebe entstehen konnte? O Gott, war das verwirrend! Ihr war fast schwindelig von all diesen Regeln und Verboten, von denen ihr Mann ständig sprach. *Bin ich denn wirklich diejenige von uns beiden, die die falsche Denkweise hat? Ist es falsch, daß ich lachen will, Geheimnisse teilen möchte und mir wünsche, durch kurze Umarmungen oder züchtige Küßchen spüren zu dürfen, daß ich nicht irgendein Untertan bin, sondern seine Frau?* Die Sehnsucht nach all diesen Kleinigkeiten erzeugte in ihr plötzlich das Gefühl von Einsamkeit und Trauer. Sie mußte ihr ganzes Leben mit ihm verbringen. Konnte er nicht verstehen, daß es scheußlich war, am Tag ignoriert zu werden und nur nachts eine gewisse ›Verwendung‹ zu finden?

Ohne ein weiteres Wort stand Elizabeth auf und ging langsam zurück in die Halle. Dort fing Sara sie ab, und Elizabeth war froh, ihre bedrückenden Gedanken beiseite schieben und sich auf die Arbeit stürzen zu können. Es gab viel zu tun.

Eine Stunde später fühlte Elizabeth sich wie ein ausgewrungener Putzlappen. Es kam ihr vor, als würde kein einziger Befehl ausgeführt werden, bis sie ihn nicht genau erklärt und am besten mehrmals ausgesprochen hatte. Die Diener schienen einfach nicht zu begreifen, was sie wollte. Aber die meisten waren auch ursprünglich nicht für die Aufgaben ausgebildet, die man ihnen nun übertragen hatte, und daher wollte Elizabeth sich in Geduld üben. Die Leute gaben schon jetzt ihr Bestes.

»Wenn Gerty noch einen Becher kaputtmacht, dann haben wir nicht mehr genug für die Gäste, Sara« murmelte Elizabeth, als sie schon wieder das charakteristische Scheppern vernahm.

Sara wollte etwas antworten, doch ihre Worte wurden von dem Gejammer, das plötzlich von draußen zu ihnen hereindrang übertönt. Elizabeth erkannte sofort Thomas' Stimme und wollte alarmiert auf die Türen zustürmen, als diese auch schon aufflogen. Der Junge rannte, Roger und die Wolfshunde dicht auf den Fersen, in die Halle hinein. Während Thomas durch den ausgedehnten Raum floh, versuchte Roger die Hunde zu packen, die das Spiel wiederum so lustig fanden, daß sie versuchten, Thomas zu packen und ihn niederzureißen.

»Thomas!« brüllte Elizabeth über den Lärm hinweg. »Sie tun dir nichts!« Sie packte Thor, der gerade an ihr vorbeijagte, beim Nackenfell und beobachtete, wie Roger mit einem Kopfsprung versuchte, den anderen Hund zu erwischen, ihn jedoch verfehlte und mit einem lauten Rumms zu Boden ging. Elizabeth wäre es beinahe genauso gegangen, denn in diesem Moment warf sich der kleine Thomas gegen ihre Kniekehlen und klammerte sich brüllend an ihrem Rock fest. »Hör auf zu schreien!« gellte Elizabeth. »Oder ich gebe dir einen echten Grund dazu!«

»Das wäre fein«, murmelte Roger, der sich alle Mühe gab, sich wieder aufzurappeln, was jedoch dadurch erschwert wurde, daß Garth mit den Vorderpfoten auf seiner Brust stand und ihn begeistert anbellte.

»Was ist denn hier los?«

Rogers und Elizabeth' Köpfe fuhren herum, als Geoffreys Stimme von der Tür her erklang. Selbst Thomas spähte um Elizabeth' Beine herum. Trotz Geoffreys kämpferischer Haltung – er stand breitbeinig und mit vor der Brust verschränkten Armen da –, machte er auf Elizabeth irgendwie einen verzweifelten Eindruck, aber sie konnte es ihm nicht verübeln. Als nun wieder ein Scheppern und Klirren in ihrem Rücken ertönte, hätte sie am liebsten laut gekreischt.

»Thomas, komm her«, sagte Geoffrey barsch. So barsch, daß Elizabeth augenblicklich den Drang verspürte, ihren Bruder zu beschützen. Sie glaubte zwar nicht, daß ihr Mann ihm ein Leid zufügen wollte, aber sie befürchtete, daß sich der sensible Junge nur noch mehr aufregen würde.

Geoffrey zerrte den Hund mit einem Ruck von seinem Ritter. »Sitz«, befahl er dem Tier, und – oh Wunder! – der Hund gehorchte tatsächlich. »Ich warte, Junge«, knurrte Geoffrey, als er sich wieder zu dem Jungen umwandte.

Konnte er nicht ein wenig Freundlichkeit zeigen, wenn er mit einem so kleinen Jungen sprach? Sie sah ihren Mann düster an und hoffte, daß er es bemerken und seiner Stimme ein wenig mehr Sanftheit verleihen würde.

Mit einem ängstlichen Blick auf die beiden Hunde, die sich wieder beruhigt hatten, bewegte sich Thomas in einem großen Bogen um sie herum und rannte die letzten Meter zu Geoffrey hinüber.

»Warst du das, den ich da eben wie ein Kleinkind habe wimmern hören?« fragte Geoffrey den Jungen.

In dieser Hinsicht war Thomas nicht anders als alle Kinder: Er fand es beleidigend, als Baby bezeichnet zu werden. Er schaute zu Geoffrey auf und wischte sich die Tränen von den Wangen. »Ich kann sie nicht leiden«, stammelte er. »Sie wollen mir den Arm abbeißen.«

Elizabeth konnte nicht länger den Mund halten. »Das ist Unsinn, Thomas«, fuhr sie das Kind an. »Siehst du, wie sie mit dem Schwanz wedeln? Sie freuen sich, weil sie glaubten, du wolltest mit ihnen spielen.«

»Ich werde die Hunde noch eine Weile an der Leine lassen, Thomas«, sagte Geoffrey ernst. »Aber von heute an ist es *deine* Aufgabe, sie zu füttern. Und wenn mir zu Ohren kommt, daß du diese Pflicht vernachlässigst, dann werde ich dich bestrafen. Hast du verstanden?«

»Ja, Mylord«, sagte Thomas kleinlaut. Doch dann straffte er die Schultern und hob stolz das Kinn. »Und ich habe auch gar keine Angst. Wenn die Hunde angebunden sind, dann können sie mich nicht beißen.«

Geoffrey stieß einen lauten Seufzer aus und nickte. »Nein, das können sie nicht. Und wenn du ihnen ab heute das Futter bringst, dann werden sie auch nie wieder auf die Idee kommen, es zu versuchen.«

»Herrin?« rief Sara von der Küchentür her. »Das Alefaß ist versehentlich umgestoßen worden. Verzeiht, aber wir brauchen ein neues.«

Elizabeth schloß entnervt die Augen. »Sieh zu, daß alles sorgfältig aufgewischt wird«, sagte sie, ohne sich umzudrehen.

»Ich mache die Hunde wieder fest«, verkündete Roger, der sich inzwischen aufgerappelt hatte. »Junge, du gehst mit mir.«

Von den Mauern erklang der Ruf, daß jemand sich den Toren näherte, und Roger hielt mitten in der Bewegung inne. Er warf Geoffrey einen Blick zu, dann packte er

Thomas, wirbelte ihn hoch und warf ihn sich über die Schulter. Der Junge quiekte vor Vergnügen – alle Angst war vergessen.

»Wir haben Besuch«, sagte Geoffrey sanft und wandte sich zu Elizabeth um. »Dein Großvater.«

Die Nachricht vertrieb Elizabeth' Müdigkeit und Resignation mit einem Schlag. Erfreut riß sie die Augen auf und wäre ihrem Mann fast um den Hals gefallen. »Er ist hier? Ist das wahr?« fragte sie atemlos, während sie, ohne es zu bemerken, ihr Haar glättete.

Geoffrey beobachtete seine aufregte Frau und verkniff sich ein Lächeln. Er mußte feststellen, daß es ihm ausnehmend gut gefiel, wenn sie so strahlte wie im Augenblick. Bald würde sie sicher begreifen, wie gut sie es bei ihm hatte, und ihn oft so anlächeln. Nicht, daß es ihm wirklich etwas ausmachte, ob sie ihn anlächelte oder nicht, aber es würde ihr Zusammenleben natürlich vereinfachen. »Freust du dich?« hörte er sich fragen.

»Oh, ja, Mylord, und wie«, sagte Elizabeth und klatschte in die Hände. Sie setzte sich in Bewegung, um ihren Großvater zu begrüßen, aber Geoffrey hielt sie auf.

»Wir gehen zusammen hinaus«, verkündete er.

Selbst Elizabeth erkannte an, daß es sich so gehörte, und so nickte sie. Geoffrey ließ ihren Arm los, und sie traten gemeinsam hinaus, um auf der Treppe stehenzubleiben.

Geoffrey gab den Befehl, die Tore zu öffnen, und ihr Großvater galoppierte auf einem weißen Pferd, das Elizabeth noch nie gesehen hatte, herein. Wie immer war er in Grau gekleidet und trug einen bodenlangen Umhang aus Tierfell um seine Schultern. Fell verbarg auch sein weißblondes Haar und verlieh ihm ein stolzes, verwegenes Aussehen.

Falls Geoffrey beim Anblick der Gestalt, die nun vom

Pferd stieg, überrascht war, so ließ er sich nichts anmerken. Elizabeth schaute lächelnd zu ihm auf.

Ihr Großvater war ein riesiger Mann, dessen Gehabe genauso imposant war wie seine Größe. Als er abgestiegen war, versetzte er seinem Pferd einen festen Klaps auf das Hinterteil, und während das Tier durch den Hof davonstürmte, wandte der Mann sich um und ging mit wehendem Umhang auf Elizabeth zu.

»Als ich Eure Nachricht erhielt, habe ich mich sofort auf den Weg gemacht« sagte er, wie üblich mit dröhnender Stimme. »Ihr seid der Baron?«

»Der bin ich«, erwiderte Geoffrey.

Der Riese nickte, während er den Mann, der neben seiner Enkelin stand, eingehend musterte. Anscheinend war das, was er sah, zu seiner Zufriedenheit, denn er nickte wieder, bevor er sich an seine Enkelin wandte. »Willst du deinen Großvater nicht begrüßen?« fragte er.

Elizabeth brauchte keine weitere Aufforderung. Ohne sich um die Erlaubnis ihres Mannes zu kümmern, stürmte sie die Treppe hinunter und warf sich in die ausgebreiteten Arme ihres Großvaters. »Gott sei Dank, daß du da bist«, flüsterte sie ihm ins Ohr, als er sie vom Boden hob.

»Wir werden uns später unterhalten, Kindchen«, flüsterte der alte Mann zurück. Lauter sagte er: »Geht es dir gut, kleiner Wikinger?«

»Ich bin kein kleiner Wikinger mehr, Großvater. Ich bin eine Baronin. Laß mich runter, und ich stelle dir meinen Mann vor.« Sie warf einen Blick über die Schulter zu Geoffrey, sah seine finstere Miene und setzte grinsend hinzu: »Mein Gemahl beweist wirklich höchste Geduld, wenn ich gelegentlich vergesse, was sich gehört!«

Geoffrey hätte es vermutlich anders ausgedrückt. Obwohl er genau wußte, daß der Mann, der seine Frau in den Armen hielt, ihr Großvater war, stellte er fest, daß er es als ausgesprochen störend empfand, wenn jemand anderer sie anfaßte.

Der Großvater stellte Elizabeth auf die Füße zurück, drückte sie noch einmal fest an sich und wandte sich dann Geoffrey zu.

Ohne den Blick von dem Krieger zu lassen, fragte er seine Enkelin: »Kind, ist diese Eheschließung erzwungen worden?« Der drohende Unteron in der Stimme des alten Mannes war nicht zu überhören, aber Geoffrey blieb ruhig. Auch er sah nun seine Frau an. Von ihrer Antwort hing seine Reaktion ab.

»Nein, Großvater«, erwiderte Elizabeth. »Er hat mich nicht gezwungen. Ich bin sehr zufrieden.«

Geoffrey schien sich ein wenig zu entspannen, oder zumindest glaubte Elizabeth das. Er lächelte zwar nicht, aber wann lächelte er schon einmal? So sehr sie auch mit ihren Erziehungserfolgen, Geoffrey betreffend, zufrieden war, die Aufgabe, ihn zu einer freundlicheren Grundhaltung zu bringen, schien genauso einfach, wie die Sonne mit purer Willenskraft hinter den Wolken hervorzulocken. Kurz: es war schlichtweg unmöglich.

Ihr Großvater unterbrach ihren Gedankengang. »Und wozu dann die Eile? Ich wäre gerne dabei gewesen, wenn du heiratest.«

»Hier herrschte ein solches Durcheinander, daß mein Mann es für besser hielt, unseren Bund schnell zu besiegeln. Und, Großvater«, setzte sie hinzu, »es wäre nicht recht gewesen, nach dem, was hier geschehen ist, ein großes Fest zu feiern.«

»Was nur ein weiterer Grund zu warten gewesen wäre«, argumentierte ihr Großvater. Er hatte noch nicht ein einziges Mal seinen Blick von dem Krieger genommen, und seine Stimme hatte nichts Freundliches mehr.

Er will ihn provozieren, dachte Elizabeth, während sie zusah, wie er seine Arme vor der Brust kreuzte. *Er tut es schon wieder!* Mit wachsender Besorgnis wanderte ihr Blick zwischen ihm und Geoffrey hin und her.

»Es war *meine* Entscheidung«, sagte Geoffrey nun. Sein Tonfall stand dem ihres Großvaters an Kälte nichts nach. »Wagt es nicht, sie in Zweifel zu ziehen.«

Geoffrey wußte durchaus, daß man ihn auf die Probe stellen wollte, obwohl er nicht verstand, was dieser Mann im Sinn hatte. Aber im Grunde war das auch unbedeutend – hier war er, Geoffrey, der Baron und Overlord, und es war an der Zeit, dem Älteren zu zeigen, wer hier das Sagen hatte.

»Kein Kniefall«, stellte Geoffrey fest. »Kein Treueschwur. Ihr laßt es an Respekt fehlen, obwohl Ihr wißt, daß ich hier Baron bin.« Seine Hand legte sich wie zufällig auf den Griff seines Schwerts – eine Geste, die nicht zu mißdeuten war.

»Ich bin ein Verfemter«, erwiderte ihr Großvater. »Würdet Ihr meinen Treueschwur akzeptieren? Ihn als bindend betrachten?«

Geoffrey nickte. »Ja, das würde ich.«

Die Stirn des alten Mannes glättete sich, während er nachdachte. »Kennt Ihr die Tatsachen, Mylord? Ich bin Sachse, ein Sachse reinen Blutes, und einst auch von Adel. Dennoch wollt Ihr meine Lehenstreue? Ich habe kein Land zu beschützen.«

»Eure Loyalität oder Euer Leben. Ihr habt die Wahl.«

Elizabeth begriff nicht, was sich zwischen den beiden Männern abspielte. Furcht packte sie, als sie Geoffreys Worte hörte. Sein Leben? Er hatte seine Treue oder sein Leben verlangt? *Bitte, Geoffrey, verlang das nicht,* flehte sie stumm. Ihr Großvater war ein freier Mann, der nur sich und seiner Familie treu ergeben war. Familie!

Das war es! Wollte Geoffrey die Anerkennung des alten Mannes, daß er nun zur Familie gehörte? Aber wenn dem so war – warum?

Geoffrey entging Elizabeth' Angst nicht. Er hoffte inständig, daß sie sich nicht einmischen würde. Ob sie seine Gründe nun verstand oder nicht – es war zwingend notwendig, daß sie sich aus dieser Sache heraushielt.

»Geh zu deinem Mann«, sagte ihr Großvater leise, doch Geoffrey hörte es dennoch.

Elizabeth fühlte sich, als würde sie in zwei Stücke gerissen. Sie wünschte, sie hätte die Zeit gehabt, ihrem Großvater zu erklären, was Geoffrey für ein Mensch war, und Geoffrey, wie man mit ihrem Großvater umgehen mußte, aber natürlich war das im Augenblick nicht möglich. Widerwillig machte sie sich von ihrem Großvater los und ging die Treppe hinauf, um sich neben ihren Mann zu stellen.

Schweigen legte sich über den Hof, während die beiden Riesen einander abschätzten. Elizabeth glaubte, die Spannung nicht länger ertragen zu können. Sie wußte nicht, was sie tun sollte, falls ihr Großvater sich weigern würde, vor Geoffrey zu knien. Würde Geoffrey seine Drohung wirklich wahrmachen?

Dann war es plötzlich vorbei. Fast beiläufig nahm der alte Mann die Pelzkapppe ab und beugte das Knie. Er legte die rechte Hand auf sein Herz und sagte mit lauter Stimme: »Ich, Elslow Kent Hampton, schwöre Euch hiermit meine Treue. Von diesem Tag an braucht Ihr von mir keinen Verrat zu fürchten.«

Elizabeth war ebenso gerührt wie erschüttert. Sie hatte ihren Großvater noch nie so entschlossen gesehen. Sein Wort war alles, was er zu geben hatte. Es war seine Ehre, seine Seele. Konnte Geoffrey das spüren? Nein, wie hätte er, denn er kannte den alten, stolzen Mann ja kaum. Er konnte nicht wissen, daß Ihr Großvater genauso so bedinglos treu war wie sie selbst.

»Steht auf«, sagte Geoffrey, nun gar nicht mehr barsch. Er ging die Stufen hinab und legte seinem neuen Verwandten eine Hand auf die Schulter. »Es gibt vieles, was ich mit Euch besprechen will, bevor die Nacht hereinbricht.«

Auf den gewaltigen Schlag, der seine Schulter traf, war Geoffrey nicht vorbereitet, genauso wenig wie auf das tiefe, dröhnende Gelächter, das dem folgte. »Oh, ich habe viel Zeit, Mylord – tatsächlich ist Zeit sogar das einzige, das ich jemandem geben kann! Im übrigen habe ich auch ein paar Dinge, die ich mit Euch besprechen will.«

»Um so besser«, erwiderte Geoffrey.

»Und Ihr hättet mich wirklich zum Kampf herausgefordert?« fragte der alte Mann leise lachend.

»Aye. Und ich hätte gewonnen«, erwiderte Geoffrey lächelnd.

»Seid Euch da nicht so sicher. Meine alten Knochen sind noch recht beweglich. Zumal ich den Vorteil der Weisheit besitze, die erst mit dem Alter kommt.« Seine Augen funkelten vergnügt.

Nun mußte auch Geoffrey lachen. »Vergeßt es«, sagte er. »Meine Knochen sind jung und stark, und ich hätte Euch den Kopf abgetrennt, bevor Ihr Euch damit noch eine List hättet ausdenken können.«

»Ha! Das werden wir nun niemals herausfinden, nicht wahr?« neckte der alte Mann ihn. Er legte ihm den Arm um die Schultern, als wären sie alte Freunde, und wechselte das Thema, bevor Geoffrey noch eine Bemerkung machen konnte. »Wißt Ihr eigentlich, was für eine Kostbarkeit Ihr da geheiratet habt?« Wieder ließ er Geoffrey keine Chance zu antworten, sondern setzte hinzu: »Ich habe entsetzlichen Durst, Mylord. Kommt und laßt uns auf Eure Heirat trinken.«

Geoffrey gluckste, als die beiden Männer die Stufen hinaufgingen und an Elizabeth vorbeiwanderten. Ihr Großvater sagte leise etwas zu ihrem Mann, woraufhin dieser laut auflachte. Er *lachte*! Elizabeth blickte zum Himmel und sah, daß die Sonne schien. *Erstaunlich*, dachte sie. Es war keine einzige dunkle Wolke in Sicht!

Es war schon fast Essenszeit, aber Geoffrey und Elslow unterhielten sich noch immer angeregt. Sie saßen sich an dem langen Tisch gegenüber, die Ale-Becher vor sich. Zweimal hatte Elizabeth versucht, sich an dem Gespräch zu beteiligen, aber jedesmal, wenn sie zu einer Bemerkung angesetzt hatte, hatten die beiden Männer zu reden aufgehört und sie angestarrt. Es bestand kein Zweifel darüber, daß sie nicht erwünscht war.

Sie wußte, daß das Gespräch sich um Belwain und den ›anderen‹ drehte, von dem Geoffrey gesprochen hatte, und kam zu dem Schluß, daß die beiden versuchten, sich über eine Vorgehensweise zu einigen. Elizabeth dachte wieder an das kommende Essen und spürte, wie sich ihr Magen zusammenzog. *Gott, bitte gib mir die Kraft, das durchzustehen. Und laß mich stark genug sein, Belwain nicht sofort das Messer ins Herz zu stoßen, wenn ich ihn sehe.*

Elizabeth wurde immer unruhiger. Sie beschloß, ein wenig hinauszugehen, um in Ruhe nachdenken zu können, und verließ die Große Halle. Sie schlug die Richtung ein, in der der kleine Friedhof von Montwright lag, obwohl sie wußte, daß sie sich noch nicht würde dazu durchringen können, die Gräber zu besuchen. Die untergehende Sonne tauchte den Horizont in ein organgefarbenes Licht. Vor ihr erhob sich der Hügel mit den Gräbern ihrer Familie; sie konnte die dunklen Kreuze, die aus der frisch aufgeworfenen Erde ragten, sogar aus dieser Entfernung erkennen.

»Elizabeth?«

Sie wandte sich um und sah schweigend ihrem Großvater entgegen, der auf sie zukam.

»Kannst du Gedanken lesen? Eben gerade habe ich mir gewünscht, daß du bei mir wärest«, sagte sie mit einem traurigen Lächeln. »Großvater, ich bin so froh, daß du gekommen bist.« Sie ergriff mit beiden Hände die seine und hielt sie fest.

»Wolltest du zu den Gräbern hinauf?«

Elizabeth schüttelte den Kopf. »Ich kann noch keinen Abschied nehmen.«

»Hast du um deine Eltern, deine Schwester geweint?« fragte er zärtlich.

»Nein. Vielleicht, wenn alles vorbei ist, wenn Belwain seine Strafe bekommen hat . . .«

»Warte nicht damit«, sagte ihr Großvater. »Schieb es nicht auf. Beweine sie, bevor die Trauer sich in deinem Inneren festsetzt und dich vergiftet. Schmerz, den man in sich hineinfrißt, macht einen Menschen verbittert und hart. Deine Mutter hätte das nicht gewollt.«

Elizabeth dachte einen Moment über seine Worte nach und nickte dann. »Ich werde es versuchen, Großvater, wenn du es für richtig hältst. Ich möchte nicht, daß du unzufrieden mit mir bist.«

»Das kann überhaupt nicht sein, mein Kind, und das weißt du.«

Elizabeth lächelte. Ja, das wußte sie. Wenn ihr Großvater liebte, dann liebte er ohne Einschränkungen, ohne Wenn und Aber. Er liebte und akzeptierte sie genau so, wie sie war.

»Für dich hat ein neues Leben begonnen, Elizabeth. Bist du wirklich zufrieden?« fragte er nun, während er sie prüfend betrachtete.

»Es ist noch zu früh, um das mit Sicherheit zu sagen«, gab sie zu. Sie ließ seine Hand los, und sie setzten sich Seite an Seite in Bewegung. »Eine Ehefrau zu sein, ist wohl nicht ganz so einfach. Ich versuche, dem Beispiel meiner Mutter zu folgen, aber Geoffrey ist ganz und gar nicht wie Vater. Er ist so hart ... so unnahbar. Er verbirgt seine Gefühle vor anderen – vor mir ganz besonders –, und ich weiß nie genau, was er denkt. Ich glaube nicht, daß er zufrieden mit mir ist, aber auch darüber bin ich mir nicht wirklich sicher.«

»Wie kommst du auf die Idee, daß er unzufrieden mit dir ist?« fragte ihr Großvater. Mit einem kleinen Lächeln fügte er hinzu: »Ihr seid doch erst einen Tag verheiratet.«

»Fast zwei, Großvater«, berichtigte sie ihn, »aber du hast natürlich recht. Wie ich schon sagte, es ist zu früh, um unsere Ehe zu beurteilen. Allerdings sind da seine Regeln, seine seltsamen Auffassungen von dem, was ich darf und was nicht, was ich tun muß und was ich lassen soll ...« Sie brach ab. War es ein Treuebruch Geoffrey gegenüber, wenn sie mit ihrem Großvater solche Themen besprach? Durfte sie etwas, was nur sie und ihren Mann betraf, jemand anderem erzählen?

»Was meinst du mit Regeln?« drängte Elslow und nahm ihr die Entscheidung ab.

»Nun ja«, sagte Elizabeth, »Regeln, wie ich mich verhalten soll. Offenbar ist er der Meinung, daß ich auf meine Aufgaben und Pflichten als Ehefrau schlecht vorbereitet gewesen bin, und eigentlich hat er recht. Es ist nur eine Rolle, die ich spiele, und ich weiß nicht, wie lange ich diese Rolle durchhalten kann, verstehst du?«

»Nein, wenn ich ehrlich bin.«

»Ich darf mich nicht mehr so geben, wie ich bin. Seit ich Geoffrey kennengelernt habe, muß ich mich ständig beherrschen. Ich gebe mir größte Mühe, bescheiden und sittsam zu sein.« Sie sah, daß ihr Großvater sich das Lachen verbiß, und sah ihn düster an. »O doch. In den vergangenen Tagen war ich ganz die gehorsame, devote Ehefrau.«

»Die Anstrengung muß entsetzlich gewesen sein«, sagte ihr Großvater lächelnd. Dann wurde er wieder ein wenig ernster und fügte hinzu: »Ich verstehe, was du meinst. Man verlangt Sanftmut von dir, aber es liegt einfach nicht in deiner Natur.«

»Genau«, sagte Elizabeth, erfreut, daß ihr Großvater es mit so einfachen Worten hatte zusammenfassen können. »Es ist wirklich schwierig. Ich muß sogar meine Gedanken für mich behalten.«

»Das heißt, du möchtest hier am liebsten die Herrschaft übernehmen«, stellte er in gutmütigem Spott fest.

»Nein, natürlich nicht!« Elizabeth war überrascht von seiner Bemerkung. »Bitte mach dich nicht über mich lustig, Großvater. Es ist mein Ernst, wirklich.«

»Was möchtest du denn dann?«

Elizabeth blieb stehen und sah den alten Mann an. »Ich möchte eine gute Ehefrau sein, an der Seite meines Mannes stehen und mit ihm gemeinsam über Haus und Land herrschen.«

»Und du befürchtest, daß dein Mann das nicht zuläßt?« fragte ihr Großvater.

»Das ist es«, entgegnete sie seufzend. »Manchmal denke ich, er würde mich am liebsten einsperren, damit ich mich bloß nicht irgendwo einmische. Und wenn er bald noch herausfindet, daß ich für Näharbeiten und andere häusliche Pflichten gänzlich ungeeignet bin, dann rauft er sich bestimmt die Haare. Oh, jetzt wünschte ich, ich hätte mehr Zeit mit Mutter verbracht. Geoffrey weiß es bestimmt nicht zu schätzen, daß ich dafür bei der Jagd genauso geschickt bin wie der Beste seiner Männer, daß ich mindestens genauso viel Beute mit heimbringen könnte, wenn ich mitreiten dürfte. Nun, das würde er mir natürlich niemals erlauben. Und wenn irgendwann mein Temperament mit mir durchgeht, dann –«

»Was glaubst du, warum er dich geheiratet hat?« unterbrach er sie.

»Wegen meines Vaters. Er möchte wiedergutmachen, daß er ihm nicht hat beistehen können, als es nötig war«, sagte sie erstaunt. In ihren Augen war das so offensichtlich, daß sie nicht verstehen konnte, warum er überhaupt fragte.

»Du gehst also davon aus, daß er jedesmal heiratet, wenn er mit einer solchen Situation konfrontiert wird?«

»Unsinn«, erwiderte Elizabeth verärgert. »Selbstverständlich nicht. Aber dies war insofern eine Ausnahme, als –«

»Elizabeth«, unterbrach er sie. »Du machst dir eine Menge vor. Dein Mann hatte keine Schuld an dem, was hier geschehen ist, und es ist gewiß nicht seine Aufgabe, seinen Vasallen *innerhalb* ihrer eigenen Mauern Sicherheit zu garantieren. Das war ganz allein die Pflicht deines Vaters, und das weißt du selbst. Deine Familie ist durch Verrat umgekommen, und Geoffrey hatte keinerlei Möglichkeit, den Überfall vorherzusehen oder gar zu verhindern.«

»Und was ist dann deiner Meinung nach der Grund, warum er mich geheiratet hat?« fragte Elizabeth gereizt.

»Ich kann mir nicht vorstellen, daß Geoffrey irgend etwas tut, was er nicht wirklich will. Was bedeutet, er *wollte* dich heiraten, Eliazebth. Er wollte, daß du und niemand anderes seine Frau wird.«

»Weil er sich verantwortlich fühlte«, setzte Elizabeth dickköpfig hinzu. »Er hielt es für seine Pflicht!« Sie seufzte und schloß dann: »Das Ehrgefühl ist der Grund. Denn man kann sagen, was man will: Geoffreys Ehrgefühl ist sehr ausgeprägt.«

»Ich stimme dir zu, daß er dich bisher noch nicht wirklich kennengelernt hat, aber ich denke, daß es ihm sehr gut gefallen würde, wenn du deine ›Maske‹ absetzt und dich so gibst, wie du wirklich bist. Versuch nicht, deine Mutter nachzuahmen. Mit der Zeit wirst du lernen, was eine gute Ehefrau ausmacht, und Geoffrey wird genauso lernen, ein guter Ehemann zu sein.«

Elizabeth dachte eine Weile darüber nach, dann fragte sie plötzlich: »Magst du ihn, Großvater?« Seine Antwort war ihr sehr wichtig, denn sie hatte immer schon viel auf Elslows Meinung gegeben. Ihr Großvater war ein Menschenkenner, den man nicht leicht täuschen konnte, und sie hoffte, daß seine Antwort zu Geoffreys Gunsten ausfallen würde. Dann erkannte sie mit einem Mal, daß sie sich sogar wünschte, ihr Großvater würde Geoffrey Bewunderung entgegenbringen. Warum ihr das wichtig war, verstand sie selbst nicht.

»Ja, ich mag ihn. Er scheint ein Ehrenmann zu sein. Nach dem, was ich über ihn habe herausfinden können, ist er weit jünger als die meisten Barone in ähnlicher Position. Es heißt, daß der König sehr viel von ihm hält.«

Stolz schwellte Elizabeth' Brust, als sei sie es, die gelobt wurde. Sie nickte und sagte: »Roger hat einmal angedeutet, daß Geoffrey dem König das Leben gerettet hat.«

»Ja, das glaube ich sogar«, erwiderte ihr Großvater. »Ich denke, daß dein Mann viele gute Eigenschaften besitzt, Kind.«

»Ja, aber er hat auch Fehler«, warf Elizabeth ein, um dem Lob den Überschwang zu nehmen. So sehr sie seine positive Meinung auch zu schätzen wußte – ihr Großvater mußte Geoffrey ja nicht gleich auf ein Podest stellen. Immerhin war er auch nur ein Mann. Und von Podesten konnte man stürzen. »Er ist unglaublich dickköpfig.«

»Ah, und du nicht?«

»Nein! Ich bin ein überaus umgänglicher Mensch.«

»Nun, dann dürftest du doch gar keine Schwierigkeiten damit haben, dich den Regeln des Barons anzupassen, nicht wahr?« meinte ihr Großvater mit einem Augenzwinkern.

»He! So meinte ich das auch wieder nicht!« Elizabeth mußte lachen. Dieser Schuft verdrehte ihr die Worte im Mund. »Vielleicht wäre es leichter, wenn ich mich überhaupt nicht um seine merkwürdigen Regeln kümmern würde. Was meinst du dazu?«

»Elizabeth, dieser Mann wird seine Prinzipien nicht so schnell aufgeben«, gab er zu Bedenken. »Aber andererseits ist dies eine Herausforderung, die dir gefallen müßte.«

»Hast du Thomas schon gesehen?« fragte sie nun.

»Ja, man hat ihn zu mir gebracht. Er hat mich nicht erkannt, und am liebsten wäre ich wie eine Frau in Tränen ausgebrochen.«

Elizabeth schüttelte den Kopf. Sich ihren Großvater in Tränen aufgelöst vorzustellen, schien ihr ein Ding der Unmöglichkeit. »Auch du schließt deinen Kummer in deinem Inneren ein, Großvater. Ich habe dich bisher nur ein einziges Mal weinen sehen, und da hattest du Vater so gründlich an der Nase herumgeführt, daß du darüber Tränen gelacht hast!«

Er grinste, doch dann wurde seine Miene ernst. »Sie werden mir sehr fehlen.«

»Selbst mein Vater?«

»Ganz besonders dein Vater. Ich werde unsere Wortgefechte vermissen, die dummen Streiche, die wir einander gespielt haben. Er war ein würdiger Gegner und der beste Ehemann für meine Tochter. Sie war glücklich.«

»Ja, sie waren glücklich«, sagte Elizabeth traurig.

»Es tut mir in der Seele weh, daß der kleine Thomas nichts von ihnen weiß.«

»Aber, Großvater. Er hat gesehen, wie es geschehen ist. Es war einfach zuviel für ihn. Wenn er sich an sie erinnert, dann auch an die entsetzliche Tat.« Sie hielt inne, um einen Augenblick nachzudenken, dann fügte sie hinzu: »Geoffrey meint, daß die Erinnerung irgendwann zurückkehrt. Er glaubt, Thomas' Geist weigert sich bisher, weil der Kleine die Wahrheit noch nicht ertragen könnte.«

»Wir werden diese Kerle finden«, murmelte ihr Großvater. »Und dann werden sie alle dafür bezahlen.«

»Hat Geoffrey dir erzählt, was er denkt? Ich bin der Meinung, daß Belwain der Verantwortliche ist, aber Geoffrey hält ihn für einen Mitläufer. Er glaubt, daß ein Klügerer hinter dem Überfall steckt.«

»Aye, wir haben uns darüber unterhalten. Er sagte, man müsse alle Möglichkeiten in Betracht ziehen.«

»Und was hältst du davon, Großvater?«

»Ich bin ein alter Mann. Ich brauche mehr Zeit, um darüber nachzudenken«, antwortete er ausweichend.

»Dir fällt immer dann ein, wie alt du bist, wenn es dir gerade gut in den Kram paßt«, sagte Elizabeth klagend.

Er grinste. »Du kennst mich zu gut. Aber sag mir eins, Elizabeth. Kannst du dich an die Geschichten über Hereward den Wachsamen erinnern?«

»Nur daran, daß er im Krieg um die Herrschaft über England am ausdauerndsten kämpfte.«

»Er war ein mächtiger sächsischer Edelmann, der bis zuletzt gegen die eindringenden Normannen Widerstand leistete. Er kämpfte in den Niederungen um Ely.«

»Ja, ich habe Balladen über seine Heldentaten gehört«, flüsterte Elizabeth. »Ich fürchte, unser König wäre ziemlich erbost darüber, denn man preist ja schließlich seinen Feind.« Sie sah ihren Großvater stirnrunzelnd an. »Aber wie kommst du jetzt auf dieses Thema? Was hat Hereward mit den Montwrights zu tun? Gibt es da eine Verbindung?«

»Vielleicht«, sagte ihr Großvater. »Hereward ist schon lange tot, hat aber immer noch treue Anhänger. Seit einiger Zeit werden es sogar immer mehr – die Zahl derer, die William die Macht entreißen und zu der alten Ordnung zurückkehren möchten, wächst ständig. Geoffrey weiß von diesem Zusammenschluß von Männern und zieht wohl in Betracht, daß diese den Überfall geplant haben, um ihm, der bekanntermaßen königstreu ist, zu schaden.«

Elizabeth riß die Augen auf. »Und woher weißt *du* von den Rebellen?«

»Man hat mich gefragt, ob ich mich ihnen anschließen will«, gab der alte Mann zu. Dabei betrachtete er Elizabeth aufmerksam, damit ihm keine ihrer Reaktionen entging.

Sie war entsetzt. »Aber das ist Verrat, von dem du da sprichst«, flüsterte sie. »Oh, aber du würdest doch niemals –«

Elslow lächelte und schüttelte den Kopf. »Nein, ich

würde nicht. Ich habe William als meinen König akzeptiert, und es wäre mehr als schändlich, nun zur anderen Seite überzutreten.«

»Hast du Geoffrey erzählt, daß –?«

»Nein, mein Kind, ich habe nichts davon erwähnt, daß einer der Anführer an mich herangetreten ist. Aber ich habe deinem Mann sehr wohl gesagt, daß diese Leute gefährlich sind. Man darf sie nicht unterschätzen. Ich fühle mich wie zwischen zwei Stühlen, Elizabeth. Einige der Männer sind schon alt. Sie wurden vertrieben, entwurzelt, und haben so vieles aufgeben müssen. Sie empfinden nur noch Haß auf den, den sie dafür verantwortlich machen. Ich denke nicht, daß ich ihnen gegenüber loyal sein müßte, aber ich bin auch nicht bereit, Namen zu nennen.«

Elizabeth griff nach seiner Hand und drückte sie.

»Aber ich verstehe es dennoch nicht. Wieso gibt es noch immer Rebellen? William ist doch schon seit vielen Jahren König. Warum können sie ihn nicht akzeptieren?«

»In der Vergangenheit hat es immer wieder Aufstände gegeben, die meisten davon in den ersten zwei Jahren von Williams Herrschaft. Doch ich fürchte, nichts davon ist mit dem zu vergleichen, was uns noch bevorsteht. Und ich denke, bei den meisten ist Habgier die Triebfeder. Das Ziel vieler dieser Rebellen ist nicht ein besseres Leben für alle, sondern Macht und Reichtum für ein paar wenige . . . für sich selbst. Um neue Anhänger zu gewinnen, machen sie großartige Versprechen, die oft gar nicht durchführbar sind. Ja, angeblich soll sogar das Danegeld abschafft werden, wenn William erst einmal entmachtet worden ist.«

»Aber ist diese Steuer nicht schon vor William erhoben worden?« fragte Elizabeth erstaunt. »Vielleicht hieß sie da noch anders, aber –«

»Das ist nicht von Bedeutung, Kind. Wichtig allein ist, daß diese Rebellen Narren sind, aber weder dumme noch harmlose. Sie wollen Blut vergießen.«

»Großvater, aber was ist mit dir? Sie haben dich gefragt, ob du dich ihnen anschließt. Du weißt nun von ihnen, bist du jetzt nicht in Gefahr? Werden sie dir die Ablehnung nicht übelnehmen?« Elizabeth bemerkte, daß sie die Hände rang, und preßte sie fest zusammen.

»Das weiß ich nicht«, sagte ihr Großvater leise. »Vielleicht ist es kein Zufall, daß man meine einzige Tochter und ihre Familie nur wenige Tage, nachdem man an mich herangetreten ist, umgebracht hat.« Er schüttelte langsam den Kopf. »Ich weiß es wirklich nicht. Aber Gott sei mein Zeuge: Ich werde die Wahrheit herausfinden.«

In diesem Moment erklangen Schritte auf dem Pfad hinter ihnen. Beide drehten die Köpfe und sahen, daß Roger herankam.

»Das ist Roger«, erklärte Elizabeth ihrem Großvater. »Hast du ihn schon kennengelernt? Er ist ein treuer Vasall meines Mannes und meistens an seiner Seite zu finden.«

»Ja, wir sind einander schon vorgestellt worden.« Der alte Mann schwieg, bis Roger vor ihnen stehenblieb.

Roger wandte sich zunächst an Elizabeth. »Der Baron wünscht Euch zu sprechen.«

Elizabeth nickte und setzte sich ohne zu Zögern in Bewegung. Nach ein paar Schritten drehte sie sich um und fragte: »Großvater?«

»Geh du nur, Kind. Ich gehe hinauf zu den Gräbern. Ich möchte meiner Tochter Lebwohl sagen.«

Elizabeth nickte. Sie ahnte, daß ihr Großvater ein paar Momente Einsamkeit brauchte. Sie winkte Roger, ihr zu folgen, und ging neben ihm zur Großen Halle zurück.

Impulsiv stellte sie ihm die Frage, die ihr schon seit

einer Weile immer wieder in den Sinn kam. »Ist es wahr, daß Geoffrey das Leben des Königs gerettet hat?«

»Aye. Und damals war er noch ein Junge«, antwortete Roger.

»Bitte erzählt es mir«, forderte Elizabeth ihn auf.

»Geoffrey sollte dem König einen Becher Wein bringen. Dieser war jedoch vergiftet, wie der Junge sehr wohl wußte, denn er hatte einen Edelmann beobachtet, wie er etwas in den Wein gekippt hatte, als er sich allein wähnte. Geoffrey ging auf den König zu, tat, als würde er stolpern, und verschüttete den Wein auf den Boden. William wurde wütend und wollte den Jungen gerade bestrafen, als einer der Hunde die Flüssigkeit vom Boden aufleckte. Kurz darauf fing er an zu jaulen, wand sich und starb. Es bestand kein Zweifel, daß der Wein die Ursache gewesen war. William ließ alle bis auf Geoffrey hinausgehen und fragte ihn über das, was er gesehen hatte, aus. Der Schuldige konnte bestraft werden.«

»Aber warum hat Geoffrey nicht einfach schon vorher erzählt, was er gesehen hatte?« fragte Elizabeth.

»Geoffrey war zu dem Zeitpunkt ein Page und noch nicht lange an Williams Hof. Dennoch wußte er bereits, daß er nicht sprechen sollte, bis er dazu aufgefordert wurde. Das war eine Regel, die er stets strikt befolgt hat.«

»Aye, mein Mann scheint großen Wert auf Regeln zu legen«, sagte Elizabeth lächelnd.

»Nun, so sollte es ja auch sein«, bemerkte Roger. »Ohne Regeln würde überall nur Chaos herrschen.«

»Aber immer nur starr dem zu folgen, was vorgeschrieben ist, macht das Leben aber doch berechenbar und langweilig«, sagte Elizabeth übermütig. »Hin und wieder eine kleine Überraschung würde die tägliche Mühsal doch viel erträglicher machen, findet Ihr nicht?«

Roger warf ihr einen unschlüssigen Blick zu und schüttelte den Kopf. »Überraschungen setzen voraus, daß jemand nicht vorbereitet ist. Geoffrey ist immer und auf alles vorbereitet!«

»Und daher kann ihn nichts überraschen?«

»Nichts.«

»Ihr sagt also, daß mein Mann überaus berechenbar ist«, folgerte Elizabeth.

»Ja. Ein lobenswerter Zug.«

Elizabeth fand ganz und gar nichts Lobenswertes daran – im Gegenteil. Ein in Regeln erstarrtes Leben ließ keinen Raum für Unbeschwertheit. Was war falsch daran, impulsiv zu tun, wonach einem gerade war? Sie seufzte innerlich. Nein, Berechenbarkeit war nicht lobenswert – es war sterbenslangweilig!

»Und alle befolgen diese Regeln? Immer?« fragte sie, bevor sie sich daran hindern konnte.

Roger sah sie erstaunt an. »Selbstverständlich«, antwortete er. »Er will es so. Und wir auch. Er ist unser Anführer! Unser Lord!«

»Seht mich nicht so verärgert an, Roger. Ich wollte weder an der Herrschaft meines Mannes noch an Eurer Loyalität Zweifel äußern. Ich möchte nur soviel wie möglich über Geoffrey erfahren.«

Roger sah beruhigt aus, aber sie hielt es dennoch für günstiger, das Thema zu wechseln. »Roger, ich möchte Euch danken, daß Ihr Euch so gut um meinen Bruder kümmert. Ich weiß, Ihr tut es, weil mein Mann es Euch befohlen hat, aber es ist sicher sehr anstrengend, und ich –«

Roger hustete, und Elizabeth nahm an, daß er versuchte, seine Verlegenheit zu überspielen. »Ich tue nur meine Pflicht«, murmelte der Vasall. »Ich würde den Jungen mit meinem Leben beschützen.«

Sie lächelte ihn warm an, denn sie wußte, daß er meinte, was er gesagt hatte. »Seit ich weiß, daß Ihr auf ihn achtgebt, mache ich mir nicht mehr so große Sorgen«, gestand sie ihm. »Heute abend –«

»Wir werden gut auf ihn aufpassen«, unterbrach Roger. »Ihr braucht keine Angst zu haben.«

»Ich habe keine Angst, wenn Ihr in seiner Nähe seid. Vielen Dank, Roger.«

Er wollte gerade wiederholen, daß er nur tat, was sein Herr ihm befohlen hatte, als er plötzlich erkannte, daß es nicht wahr war. Er würde den Jungen auch dann beschützen, wenn man ihm die Aufgabe nicht übertragen hätte. War nicht Elizabeth auch zur Stelle gewesen, als er Hilfe gebraucht hatte? Als sein Herr im Sterben gelegen hatte und er, Roger, nicht gewußt hatte, was er tun mußte, um Geoffrey zu retten? Hier nun hatte er eine Gelegenheit, es wiedergutzumachen. Er konnte ihr ein wenig von der Furcht nehmen. Ja, er war nicht nur seinem Herrn treu ergeben. Auch sie besaß seine Loyalität.

So nickte er nur, um ihr zu bedeuten, daß er ihren Dank hinnahm.

Um ihn nicht noch verlegener zu machen, wechselte Elizabeth erneut das Thema. »Ich fürchte, daß das Zimmer meiner Eltern voller Ratten ist«, sagte sie und seufzte. »Mein Großvater soll darin schlafen, und ich kann mir nicht vorstellen, daß er auf eine solche Gesellschaft Wert legt. Wir müssen etwas dagegen unternehmen.« Als Roger nur grunzte, verstummte sie. Offenbar war er an solch banalen Dingen, die den Haushalt betrafen, nicht interessiert.

Zum Glück brauchte sie sich nichts Neues einfallen zu lassen, denn sie hatten nun die Türen erreicht. Roger geleitete sie in die Halle, wo Geoffrey wartete. In der Halle befanden sich noch einige Krieger, die alle ernste Mienen zur Schau trugen. Zudem lag eine unangenehme Spannung in der Luft, die Elizabeth zu dem Schluß führte, daß man sich über schwerwiegende Probleme unterhielt.

Später würde sie ihr Verhalten mit ihren überspannten Nerven entschuldigen, würde vorbringen, daß das bevorstehende Treffen mit Belwain sie hatte überreagieren lassen, aber sie mußte sich eingestehen, daß dies nur die halbe Wahrheit war. Ihr Mann sah einfach so kraftstrotzend, so unglaublich beherrscht und unbeugsam aus, wie er dastand. Und seine Hände, diese zärtlichen Hände, die er zu eisenharten Fäusten geballt und in seine Hüften gestemmt hatte, als stünde er kurz vor einem gewaltigen Wutausbruch! *Oh, er ist wirklich berechenbar, mein frischangetraute Gemahl,* dachte sie, während sie im Eingang stand und darauf wartete, daß er seine Aufmerksamkeit ihr zuwendete. Berechenbar ... in der Tat. Und das war der wahre Grund dafür, warum Elizabeth sich zu einer Tat genötigt fühlte, von der sie wußte, daß sie ihn wütend machen würde. Er war so überzeugt, die Menschen, ihre Reaktionen zu kennen, glaubte stets zu wissen, was sie tun würden. Er war so schrecklich überzeugt von sich selbst. Viel zu überzeugt, nach Elizabeth' Geschmack!

Und sie war es leid zu warten. Sie wußte, daß er sie bereits wahrgenommen hatte, auch wenn er scheinbar hochkonzentriert einem Ritter zuhörte, der auf ihn einredete. Elizabeth strengte sich an, etwas zu hören, aber die Entfernung war zu groß.

Als Geoffrey seinem Vasallen zunickte, ging Elizabeth davon aus, daß dieser von seiner Aufgabe, sie herzubringen, entbunden war, und setzte sich augenblicklich in Bewegung. Geoffrey drehte sich um und starrte sie an, als sie auf ihn zuging. Wie immer war seine Miene vollkommen beherrscht. Konnte er die Entschlossenheit in ihren Augen erkennen? Sie ging schneller, immer schneller, bis sie fast rannte. Dann war sie bei ihm und warf sich ihm in die Arme.

Geoffreys Reaktion geschah instinktiv: Er packte sie um ihre Taille, um sie festzuhalten. Die Überraschung in seinem Gesicht freute Elizabeth gewaltig. *Siehst du, Liebster? Meine Reaktionen sind doch nicht so vorhersehbar,* dachte sie. *Und ich lasse mich nicht so leicht in deine Regeln zwingen . . .*

Im übrigen war sie noch nicht fertig. Bevor er sich wieder fassen und sie von sich schieben konnte, schlang sie ihre Arme um seinen Nacken und stellte sich auf die Zehenspitzen, um ihn auf die Wange zu küssen. »Guten Abend, Mylord«, flüsterte sie ihm zu. Sie ließ ihn los, als er scharf Luft holte, lächelte ihn aber an. Sie wich einen Schritt zurück, nahm eine, wie sie hoffte, devote Körperhaltung an und sagte: »Du wolltest mich sprechen?«

Der fast unmerkliche neckende Unteron ihrer Stimme, das Funkeln ihrer Augen . . . Geoffrey hatte das Gefühl, als wäre die Sonne soeben durch die Wände gedrungen. Es überraschte ihn selbst, wie sehr sich ihre Anwesenheit auf die Stimmung in der Halle auswirkte. Als er sich vorsichtig umsah, entdeckte er, daß alle seine Männer herübersahen und lächelten.

Aber natürlich konnte er das keinesfalls durchgehen lassen. Was trieb sie nur dazu, sich ständig seinen deutlichen Anweisungen zu widersetzen? Warum war sie ständig darauf bedacht, in aller Öffentlichkeit ihre Unabhängigkeit zu beweisen? Sie trotzte ihm, sie wollte ihn ärgern. Ja, das war offensichtlich. Aber warum? Was bezweckte sie nur damit?

Ihre abwartende Haltung verriet ihm, daß sie eine

Reaktion von ihm verlangte. Er setzte schon an, sie mit leisen Worten zu tadeln, anzudeuten, daß er sie nachher bestrafen würde, als er das spöttische Blitzen in ihren Augen bemerkte. Das war exakt das, was sie erwartete! Und nun begriff er auch, was sie mit ihrem Trotz erreichen wollte. Sie spielte mit ihm! Da sie zu wissen glaubte, was er tun würde, provozierte sie ihn!

Seine Miene wurde wieder vollkommen emotionslos, und so war Elizabeth überhaupt nicht auf das vorbereitet, was nun geschah. Geoffrey legte ihr die Hände auf die Schultern und zog sie an sich. Ihr verdutztes Gesicht gefiel ihm, und so schenkte er ihr ein kurzes, aber strahlendes Lächeln, bevor sich seine Lippen auf die ihren preßten. Es war kein zärtlicher Kuß, sondern ein fordernder, fast brutaler. Er zwang seine Zunge zwischen ihre Lippen und drückte ihre Hüften gegen seine Lenden. Elizabeth schoß das Blut in die Wangen, als ihr einfiel, daß alle Anwesenden sie anstarrten. Sie versuchte, sich von ihm loszumachen, aber es gelang ihr nicht. Er war zu stark.

Dieser Schuft! Wie konnte er es wagen? Sie versuchte seine Zunge mit ihrer fortzudrücken und seine Hände von ihren Hüften zu lösen. Aber ihr Widerstand schmolz, als ihr Bilder der vergangenen Nacht durch den Kopf schossen, als sie daran dachte, wie er sie gestreichelt, geliebt hatte ... Plötzlich bemerkte sie, daß sie sich nicht mehr wehrte, sondern seinen Kuß erwiderte! Und das entsetzte sie mehr als die Tatsache, daß sie es vor allen Augen tat.

Geoffrey spürte, daß ihr Widerstand nachließ. Er lokkerte seinen Griff und konzentrierte sich statt dessen auf den Kuß. Sie schmeckte so gut und fühlte sich so herrlich an ..., sie war wie ein berauschendes Gift, nach dem man sich wider besseren Wissens immer wieder sehnte ...

Geoffrey ließ von ihren Lippen ab und küßte sie abschließend auf die Stirn. Als er ihren verschleierten Blick entdeckte, lachte er leise und riß Elizabeth damit wieder in die Realität zurück.

»Ihr vergeßt Euch, Mylord«, zischte sie wütend und schob seine Hände fort, die noch immer locker auf ihren Hüften lagen.

»Ich vergesse mich niemals«, antwortete Geoffrey grinsend. »Die Art deiner Umarmung hat mich zu dem Schluß geführt, daß du gerne behandelt werden möchtest wie eine –«

Weiter kam er nicht. Elizabeth' Fuß landete zielsicher auf seinem. »Dirne?« stieß sie empört hervor. »Wolltest du Dirne sagen? Nun, du irrst dich gewaltig, Baron! Ich wollte Zuneigung spüren, aber du hast mich fast vergewaltigt!«

Als er keine Antwort gab, sondern nur weiterhin grinste, ging Elizabeth' Temperament mit ihr durch. »Fein, mein Herr und Meister! Ich habe meine Lektion gelernt. In Zukunft werde ich niemals wieder auch nur andeutungsweise zeigen, daß du mich nicht anekelst. Ich werde dir genauso kalt und gleichgültig begegnen, wie du es offenbar haben willst!«

Nach diesen Worten wollte sie einen effektvollen Abgang machen, wollte mit hocherhobenem Kopf und voller Würde die Große Halle verlassen, doch Geoffrey wußte es zu verhindern: Er hielt sie fest.

»Ich habe schon von deinem hitzigen Temperament gehört«, sagte er sanft und freundlich – was genau das Gegenteil von dem war, was sie mit ihren Worten bezweckt hatte. »Vielleicht haben wir später Zeit, uns über dein undamenhaftes Gebrüll zu unterhalten. Du hast

Glück, daß du mit einem so sanftmütigen Mann verheiratet bist.«

Elizabeth konnte ihn nur mit offenem Mund anstarren. Ihr wollte einfach keine passende Antwort einfallen.

Und dann ließ er sie stehen. Er entfernte sich von ihr, trat durch die Tür aus der Halle hinaus, und nur sein tiefes Gelächter hallte noch eine geraume Weile von den Wänden wider.

Elizabeth schüttelte fassungslos den Kopf. *So weit zum Thema berechenbar,* dachte sie. Dieser Mann war wirklich das Letzte!

KAPITEL 7

Nachdem Elizabeth den Dienern geholfen hatte, das Ungeziefer aus der ehemaligen Kammer ihrer Eltern zu vertreiben, begab sie sich in ihr eigenes Schlafzimmer. Sie sah aus wie ein Staublappen! Nachdem sie sich gewaschen hatte, streifte sie sich ein blaßgrünes Kleid über und wählte ein Bliaut in einem dunkleren Grünton als Überkleid. Sara half ihr, ihr Haar zu einem Krönchen am Oberkopf festzustecken, und beteuerte dabei immer wieder, wie hübsch die kleinen Löckchen aussähen, die sich nicht befestigen ließen, sondern ihr immer wieder ins Gesicht fielen.

Elizabeth wartete, bis Sara die Kammer verlassen hatte, dann befestigte sie einen Dolch mit einem Band um ihren Oberschenkel. Anschließend schlang sie sich eine Silberkette als Gürtel um ihre Taille und schob ihren zweiten Dolch hinein. Niemand würde es für merkwürdig halten, daß sie ihn dabei hatte. Beinahe jeder, der es sich leisten konnte, trug ein kleines Messer bei sich, denn es war im alltäglichen Leben vielseitig einsetzbar. Zum Beispiel zum Fleischschneiden beim Essen. *Zum Beispiel um seinen Erzfeind zu töten,* dachte sie grimmig.

Der kleine Thomas und Gerald, Geoffreys Knappe, warteten im Flur, als sie die Tür öffnete. Hinter ihnen standen drei Soldaten mit gezogenen Schwertern. »Mit Eurer Erlaubnis, Mylady, werden wir in Eurer Kammer warten, bis die Gäste wieder fort sind«, sagte Gerald. »Ich soll Eurem Bruder Gesellschaft leisten, und die drei –« er wies mit einer Kopfbewegung auf die Soldaten »– werden hier draußen die Tür bewachen.«

Elizabeth trat einen Schritt zur Seite, um die beiden einzulassen. Sie tätschelte ihrem Bruder kurz den Kopf und sagte zu Gerald: »In der Truhe neben dem Kamin befinden sich ein Schach- und ein Damespiel.«

»Oh, fein. Ich kann beides sehr gut«, sagte der Knappe stolz.

»Ich nicht. Ich kann keins davon spielen«, meldete sich Thomas zu Wort.

»Doch, kannst du doch«, widersprach Elizabeth. »Du hast es nur vergessen, Thomas. Fangt erst einmal an, und dann wirst du dich schon wieder erinnern.«

Elizabeth verließ das Zimmer und ging langsam zum Treppenabsatz. Aus den Geräuschen, die von unten heraufdrangen, schloß sie, daß Belwain und seine Männer bereits eingetroffen waren. Sie blieb zögernd auf der obersten Stufe stehen, als sie spürte, daß ihr Mut sie verlassen wollte, doch dann atmete sie ein paarmal tief durch und packte entschlossen das Geländer. Dennoch war sie ehrlich genug, sich einzugestehen, daß sie sich keinesfalls sicher war, ob sie diesen Abend durchstehen würde. Konnte sie sich wirklich soweit beherrschen, daß sie nicht wenigstens versuchen würde, sich auf ihren Onkel zu stürzen?

Sie tätschelte den Dolch an ihrer Seite, als wäre es ein lebendes Wesen, und flüsterte ihm zu: »Unsere Zeit wird kommen.«

»Mit wem sprichst du?« erklang die Stimme ihres Großvaters hinter ihr.

Elizabeth drehte sich um und lächelte gezwungen. Es war erleichternd zu wissen, daß er hier war, denn er würde ihr helfen, dieses Abendessen zu überstehen. »Mit meinem Dolch«, gab sie zu. »Ich tröste meine Waffe.

Wahrscheinlich hältst du mich jetzt für vollkommen verrückt.«

»Nein, das tue ich nicht«, antwortete er sanft. »Hat dein Dolch auch einen Namen?«

»Du machst dich über mich lustig«, sagte Elizabeth. Ihr Lächeln war nun etwas natürlicher.

»Gar nicht«, erwiderte ihr Großvater. »Es ist nicht ungewöhnlich, daß man Schwert oder Dolch einen Namen gibt.«

»Ich dachte, das machen nur Könige und Helden.«

»Die natürlich vor allem. Erinnerst du dich an die Legende vom mächtigen Karl dem Großen? Es gibt Balladen, die sein geliebtes Schwert Joyosa besingen. Ernsthaft.«

»Aha? Ich wußte nur von Roland und seinem Schwert Durandarte«, sagte sie.

»Siehst du? Du befindest dich in bester Gesellschaft, wenn du mit deinem Dolch sprichst.« Ihr Großvater lächelte. »Wetten, Geoffrey tut das auch?«

Elizabeth bezweifelte es. »Ich weiß zwar, daß er seine Waffe verehrt, aber ob er sich mit ihr unterhält –« Sie brach ab und kicherte. Was für eine alberne Unterhaltung. »Ritter sind oft ziemlich abergläubisch, findest du nicht?«

»Das Töten ist eine höchst ernsthafte Angelegenheit, Elizabeth. Der Ritter weiß, daß er ohne Waffe machtlos ist. Deswegen legt er viel Wert auf seine Ausstattung. Jedes einzelne Teil seiner Rüstung kann ihm das Leben retten und hat daher eine besondere Symbolkraft. Er ehrt es damit.«

»Hör auf.« Elizabeth grinste. »Du willst mich nur aufziehen. Es hört sich ja an, als würdest du von Kindern sprechen, die ihre Spielzeuge für lebendig halten.«

»Da scheinst du eine bedauerliche Wissenslücke zu

haben, liebes Kind«, sagte ihr Großvater. Er nahm ihre Hand und begann, die Treppe hinabzusteigen. »Nimm zum Beispiel den Speer eines Ritters«, fuhr er fort. »Eine höchst nützliche Waffe, nicht wahr?«

»Aye.«

»Die Geradlinigkeit des Speers symbolisiert für den Ritter die Wahrheit, die Echtheit. Die eiserne Spitze wird mit Stärke gleichgesetzt.«

»Also käme ein gebogener Speer niemals in Frage«, sagte Elizabeth und mußte selbst über ihre absurde Bemerkung lächeln.

»Natürlich nicht. Und er wäre auch kaum zu gebrauchen.«

»Was ist mit den anderen Teilen der Rüstung?«

»Der Helm steht für Demut, die Sporen für Fleiß . . .«

»Mein Mann trägt seinen Helm nicht immer. Heißt daß, er ist nicht demütig genug?« fragte Elizabeth mit neckendem Unterton.

»Wirst du wohl aufhören, dich über mich lustig zu machen, während ich versuche, dir etwas beizubringen?« schimpfte ihr Großvater in gespielter Entrüstung.

Sie waren am Fuß der Treppe angekommen und gingen nun auf die Große Halle zu. Elslow spürte, wie die Hand seiner Enkelin sich fester um seine krampfte, und ahnte, was sie empfinden mußte. Umso wichtiger erschien es ihm, ihre lockere Plauderei fortzuführen. »Der Schild ist übrigens beinahe genauso wichtig wie das Schwert«, sagte er. »Auch wenn man den Ritter nicht damit begräbt.«

»Und wofür steht der Schild?«

»Für Loyalität. Und zwar schützt der Schild den Körper des Ritters, der wiederum verpflichtet ist, den Körper seines Herrn zu schützen. Im Falle deines Mannes ist das also König Williams Körper.«

Elizabeth war einerseits froh über die Ablenkung, andererseits wirklich neugierig. »Die Pfeile und der Bogen, die du mir geschenkt hast – haben sie auch eine Bedeutung?«

»Na ja, Soldaten benutzen natürlich nicht so kleine Bogen«, neckte ihr Großvater sie. »Sie sind eher für freche Mädchen gedacht.«

»Mein Vater hielt die neue Waffe für –«

»Unwirksam?«

»Nun ja, eigentlich sagte er, sie sei vollkommen unsinnig. Unbrauchbar.«

»Genug! Das trifft mich tief, denn ich habe jeden einzelnen Pfeil selbst geschnitzt!« Dann lachte er und flüsterte: »Warum, glaubst du, habe ich dir ein solches Geschenk gemacht?«

»Um meinen Vater zu ärgern, natürlich«, antwortete Elizabeth lächelnd. Sie blickte ihrem Großvater in die vergnügt funkelnden Augen, wobei sie kaum darauf achtete, daß sie bereits mitten in der Großen Halle standen und sowohl Geoffreys als auch Belwains Männer sich interessiert zu ihnen umwandten.

»Ich gestehe es«, antwortete er lachend.

»Und deswegen hast du mir auch die Hunde geschenkt! Sie waren süß und klein, als du sie in meine Obhut gabst, aber du wußtest es, nicht wahr? Du wußtest genau, was für Ungeheuer daraus werden würden.«

»Na, sicher«, gab ihr Großvater sofort zu. »Natürlich habe ich das deinem Vater gegenüber nicht erwähnt, als ich ihn fragte, ob du die Welpen haben dürftest.«

»Es überrascht mich, daß er Euch dafür nicht zum Kampf herausgefordert hat.« Geoffrey hatte sich neben Elizabeth gestellt und lächelte ihren Großvater an.

»Ach, wir haben nur ein Spiel gespielt«, erklärte Elslow ihm. Er nahm Elizabeth' Hand von seinem Arm und legte sie auf Geoffreys. »Thomas hat nicht nur sehnsüchtig auf meine Besuche gewartet, er hat sie mir sogar befohlen!« Elizabeth riß überrascht die Augen auf, und ihr Großvater nickte. »Wirklich. Er hat nach mir schikken lassen. Meinst du, ich bin nur zu Besuch gekommen, wenn mich gerade die Lust gepackt hat?«

Als sie langsam nickte, fuhr er fort: »Meistens ließ mir Thomas durch einen Boten mitteilen, daß ich meine Pflichten als Vater seiner Frau vernachlässigte. Ich machte mich also auf nach Montwright, wo ich von der Familie stets überrascht empfangen wurde. Thomas tat jedesmal, als wenn er von nichts wüßte und genauso erstaunt wäre!«

Ihr Großvater zwinkerte ihr zu, dann wandte er sich wieder zu Geoffrey. »Ich habe sie die Treppe heruntergezerrt. Nun überlasse ich Euch die Aufgabe, ihr den Dolch abzunehmen.«

Geoffrey zog Elizabeth an sich. »Willst du mich heute abend denn nicht begrüßen?« fragte er sanft.

»Nein«, schnappte Elizabeth. »Und meinen Dolch behalte ich auch.«

»Nur, wenn ich es dir erlaube«, antwortete er freundlich. »Ich mag es nicht, wenn dein Haar so streng nach oben gesteckt ist. Trag es offen, wenn wir zusammen sind.«

Elizabeth' Hand glitt instinktiv zu ihrem Kopf, dann wurde sie sich dessen bewußt. »Du bist genauso unmöglich wie mein Großvater! Du bringst mich mit Unsinn durcheinander, obwohl viel wichtigere Dinge besprochen werden müssen.« Sie brach ab und betastete ihr Krönchen am Kopf. »Magst du das wirklich nicht?« Sie biß sich auf die Lippe und verfluchte sich innerlich. Wie hatte sie nur so eine dämliche Frage stellen können?

»Nein. Und deine Kleider auch nicht.« Er sah, wie seine

Frau empört die Schultern zurückbog, und gab sein Bestes, nicht zu grinsen. »Morgen werde ich veranlassen, daß dir neue Kleider genäht werden.«

»Gibt es überhaupt etwas, das dir an mir gefällt?« fauchte Elizabeth.

»Könnte sein«, antwortete Geoffrey. »Ich werde darüber nachdenken.«

Seine Strategie wirkte. Er hatte vorgehabt, seine Frau von dem bevorstehenden Essen abzulenken, so daß sie keine Gelegenheit hatte, ihren Zorn auf Belwain zu schüren. Im Augenblick war sie wie ein kleines Feuer, das man eingedämmt hatte, und solange er und ihr Großvater immer wieder kleine Wassergüsse in ihre Richtung schütteten, konnte dieses kleine Feuer nicht wachsen, sich ausdehnen und schließlich außer Kontrolle geraten.

Elizabeth schaute sich in der Halle um. Geoffreys Soldaten gingen recht freundlich mit Belwains Männern um. Man plauderte und stieß die Ale-Becher aneinander. Die Atmosphäre war angenehm entspannt und gelöst.

»Wo ist er?« fragte sie tonlos.

»Draußen«, sagte Geoffrey. »Er sieht sich die Reparaturen und Veränderungen an.«

»Vielleicht sollte ich hinausgehen und ihn begrüßen«, schlug sie vor.

»Nein, ich denke nicht«, erwiderte Geoffrey. Auf ihren fragenden Blick hin setzte er hinzu: »Ich habe dein Wort, daß du ihm nichts antun wirst, und ich weiß, daß du dein Wort halten wirst.«

»Und warum darf ich dann nicht –«

»Komm, setzen wir uns an den Tisch«, unterbrach er sie. »Du wirst heute abend nicht von meiner Seite weichen.«

Elizabeth nickte und ließ sich von ihm durch die Menge führen, die ihnen respektvoll Platz machte, als sie auf den langen Tisch zugingen und sich niederließen. Geoffrey beugte sich zu ihr und flüsterte: »Sieh dich gut um. Erkennst du einen der Männer?«

»Nein, bisher noch nicht.« Sie fühlte sich sicher und geborgen so dicht neben ihm, und das gab ihr den Mut, sich umzuschauen und jeden Neuankömmling genau zu mustern. »Viele trugen Kapuzen«, rief sie ihrem Mann in Erinnerung.

Als Geoffrey ihr wie zufällig einen Arm um die Taille legte und ihre Hand nahm, wußte sie, ohne zur Tür zu sehen, daß Belwain in die Halle gekommen war. Sie spürte, wie die Hand ihres Mannes sich auf den Griff ihres Dolches legte.

Elizabeth straffte die Schultern und drückte sanft seinen Arm um ihre Taille weg. »Ich vertraue dir, Geoffrey, und du wirst mir vertrauen müssen.«

Geoffrey sah sie an und nickte schließlich.

Endlich drehte sie den Kopf, um ihrem Onkel entgegenzusehen. Er kam, begleitet von Roger, auf den Tisch zu.

Mit eiskaltem Blick und ohne mit der Wimper zu zukken, studierte Elizabeth die Erscheinung ihres Onkels. Seine Kleider waren leuchtendrot, auf seinem gewaltigen Bauch prangte ein fetter brauner Fleck, und er stolzierte durch die Halle wie ein Gockel über den Hühnerhof.

Als Belwain seine Augen hob und Elizabeth' stechendem Blick begegnete, wurden seine Schritte zögernd. Unsicher sah er den Baron an.

»Guten Abend, Mylord«, sagte er bemüht würdevoll, als er am Tisch angelangt war. Dann mußte er sich gezwungenermaßen seiner Nichte zuwenden, denn so gebot es die Höflichkeit. »Du siehst gut aus, Nichte.«

Elizabeth gab keine Antwort, sondern starrte ihn nur weiterhin an. Belwain räusperte sich und setzte sich dann dem Paar gegenüber. »Mein Beileid für deinen schrecklichen Verlust, Elizabeth. Auch ich trauere um die Familie.«

Ein Becher Ale wurde vor ihn hingestellt, und Belwain, dankbar etwas zum Anfassen und Anblicken zu haben, hätte das Gefäß fast umgestoßen. Er kippte den Inhalt mit zwei riesigen Schlucken in seine Kehle und versuchte erfolglos, den Rülpser zu unterdrücken, während er sich mit seinem Ärmel über die Lippen wischte.

»Wo ist der Junge?« fragte er, als er das Schweigen nicht mehr ertrug.

»Du wirst ihn nicht zu Gesicht bekommen«, zischte Elizabeth.

»Es ist Schlafenszeit für kleine Jungen«, sagte Geoffrey beinahe fröhlich.

Das kann ich nicht, dachte Elizabeth, während sie den verhaßten Mann vor ihr betrachtete. *Ich kann mit diesem widerlichen Kerl keine Mahlzeit teilen.* Sie warf ihrem Mann einen kurzen Blick zu, hoffte inständig, daß er verstehen würde, und setzte schon an, aufzustehen. Geoffrey, der es offenbar geahnt hatte, ließ sie jedoch nicht. Er legte ihr eine Hand auf die Schulter und hielt sie auf der Bank. Für Belwain und die anderen, die in ihrer Nähe saßen, mußte es wie eine ungeschickte Geste der Zuneigung aussehen.

Belwains Augen schossen von einem zum anderen und zurück, während Schweißperlen auf seine Stirn traten. Er schickte ein stummes Dankgebet zum Himmel, daß er diesem Baron gegenüber nicht ausgesprochen hatte, was er wirklich von Elizabeth hielt. Aus irgendeinem unerfindlichen Grund schien der Mann einen Narren an dieser Dirne gefressen zu haben und wäre wahrscheinlich empört gewesen, wenn er gewußt hätte, wie Belwain über sie dachte.

Belwain zwang sich, seine Nichte anzusehen, und lächelte. Eine Schande, daß sie nicht mit den anderen umgekommen war. Sie war immer schon ein ungehorsames, aufsässiges Ding gewesen, das sich nie von seinen Versuchen, sie zu umgarnen, hatte beeindrucken lassen. Sie schien in ihn hineinsehen zu können, und er wußte, daß sie seinen Haß spüren konnte. Es war nicht so, daß er sie einfach nicht mochte . . . nein, er haßte sie aus tiefstem Herzen. Sie und ihre verfluchte Familie. Sie alle hatten ihr Bestes gegeben, um ihm das vorzuenthalten, was sein war. Aber wenn er erst einmal diese Burg übernahm, dann war er sie endlich alle los. Sie würde mit dem Baron verschwinden. Andererseits war das eigentlich auch schade, denn er hätte sich gerne an ihr für all das gerächt, was er durch ihre Familie hatte erleiden müssen. Hätte er sie für sich haben dürfen, dann hätte er ihr ihre Arroganz schon ausgetrieben. Er hätte ihr diesen Ausdruck der Verachtung aus ihrem Gesicht gewischt, er hätte ihr *Respekt* eingeflößt, sie gelehrt, was wahres Entsetzen bedeutete! Anschließend hätte er sie mit einem seiner Freunde verheiratet. Er kannte einen, der gerne Frauen quälte, und ganz gewiß hätte sie bei ihm ihre Lektion sehr schnell gelernt. Die Vorstellung war so angenehm, daß sein Grinsen noch breiter wurde, und er hätte fast laut gekichert. Er fing sich gerade noch und hustete, um das zu überdecken.

»Habt Ihr schon über mein rechtmäßiges Gesuch nachgedacht?« fragte Belwain Geoffrey, wobei er das Wort ›rechtmäßig‹ betonte.

Was für ein Gesuch? Elizabeth wandte sich fragend ihrem Mann zu.

»Der heutige Abend ist nicht der richtige Zeitpunkt,

um über Gesetze und Gesuche zu sprechen«, antwortete Geoffrey. Dann winkte er einem Diener und deutete auf Belwains leeren Becher.

Belwain war nicht so dumm, um auf eine Entscheidung zu drängen, und so nickte er zustimmend. Er konnte warten. Er hatte weiß Gott lange genug gewartet. Aber diesmal würde er gewinnen, dessen war er sich ganz sicher. Das Gesetz war auf seiner Seite.

Er warf Elizabeth einen weiteren Blick zu, sah aber hastig wieder weg. *Sie weiß es,* dachte er hämisch, *aber sie kann nichts unternehmen.* Seine Augen verengten sich zu Schlitzen, und seine Schultern begannen unter der Anstrengung, sein Lachen zu unterdrücken, zu beben. *Du kannst nichts tun, du kleine Dirne,* wiederholte er immer wieder. *Nichts, gar nichts. Du hast keine Beweise.* Der Gedanke war so erregend, daß er eine Erektion bekam. Er ließ seine Hand unter dem Leinentuch zwischen seine Beine gleiten und streichelte sich.

Oh, daß er es ihr nicht sagen durfte! Wie gerne hätte er ihr erzählt, wie es gewesen war. Daß er bei der Planung geholfen hatte, welche guten Einfälle er gehabt hatte! Er war es doch gewesen, der den Männern gesagt hatte, wie man die Festungsmauern am leichtesten überwinden konnte. Wie gerne hätte er ihr erzählt, wie leid es ihm getan hatte, nicht bei dem Gemetzel dabei sein zu dürfen. Doch allein die Berichte hatten ihn derart erregt, daß er gleich alle drei seiner Freunde herbeigerufen hatte, um sich an ihnen auszutoben. Oh, es war ein wundervoller, *befriedigender* Tag gewesen!

Er warf dem Baron einen verstohlenen Blick zu, und sein Lächeln schwand. Dieses Miststück hatte ihn um den Finger gewickelt. Sie mußte ihm Lügen über ihn erzählt haben! Nur so war der Abscheu zu erklären, den Belwain in Geoffreys Augen lesen konnte.

Aber es war nicht von der Bedeutung, tröstete er sich. *Gesetz ist Gesetz, Baron! Auch du kannst nichts gegen mich ausrichten; du bist zu ehrenhaft, um Gesetze zu brechen.* Belwain hätte fast verächtlich geschnaubt. Ja, dieser Baron würde erst einen Beweis haben wollen, bevor er verurteilte. Und somit bestand für ihn keine Gefahr. Es *gab* keine Beweise.

Elizabeth mußte ihren Blick abwenden. Sie konnte ihren Onkel keinen Augenblick länger ansehen! So senkte sie ihre Augen auf den Teller und schwieg, bis die Mahlzeit überstanden war. Essen konnte sie nichts, und sie wollte es auch gar nicht. Belwains Anwesenheit am Tisch hatte die Mahlzeit ungenießbar gemacht, doch er schlang das Fleisch in sich hinein, als wäre es das letzte Essen, das er bekommen würde. *Vielleicht war es das ja auch,* dachte sie haßerfüllt. Vielleicht würde Geoffrey zu dem Schluß kommen, daß Belwain doch derjenige war, der den Überfall geplant und ausgeführt hatte. Doch im gleichen Moment wußte sie schon, daß sie sich selbst etwas vormachte. Geoffrey hatte recht. Belwain war dumm, dumm und widerlich, aber das Warten wurde langsam unerträglich.

Als der Tisch abgeräumt wurde, stand Belwain auf und begann in der Halle herumzuwandern. Mit jedem Becher Ale wurden seine Sprüche großspuriger, wurde sein Verhalten anmaßender. Mit einem Wort: peinlicher.

Elizabeth schloß die Augen, um ihn nicht mehr sehen zu müssen, und wünschte sich, daß sie auch die Ohren hätte verschließen können. Belwains Männer waren angetrunken, und die Stimmen wurden immer lauter.

Und dann hörte sie es. Das Lachen. Es war mehr ein Kreischen, schrill in den Ohren und ungewöhnlich genug, daß sie es auch in einer noch größeren Menschenmasse herausgehört hätte. Es war dasselbe Lachen, das sie am Tag des Massakers vernommen hatte! Elizabeth' Lider flogen auf. Sie versuchte, den Mann auszufindig zu machen, der das Gelächter ausgestoßen hatte, aber zu viele versperrten ihr die Sicht. *Du mußt ihn finden! Du mußt!* Sie erhob sich mit einem Ruck, so daß sie gegen Geoffrey stieß, doch sie blickte ihn nicht an, sondern suchte den Raum weiterhin ab, wartete ...

Da war es wieder. Und sie sah ihn. Er stand neben dem Eingang, unterhielt sich mit anderen Männern, lachte. Elizabeth prägte sich das Gesicht ein, dann setzte sie sich wieder. Äußerlich gelassen, wandte sie sich an ihren Mann. »An der Tür. Er war hier.«

Geoffrey atmete tief durch. Als Elizabeth aufgesprungen war, hatten all seine Sinne sofort Alarm gegeben. Sie war plötzlich leichenblaß geworden, und die Anspannung, die sie empfand, drückte sich in ihrer ganzen Haltung aus. Am liebsten wäre auch er aufgesprungen, hätte sein Schwert gezogen und sich schützend vor sie gestellt, aber das durfte er nicht. Nicht, wenn sie einen Beweis finden wollten! Und so blieb er sitzen, setzte eine gleichgültige, fast gelangweilte Miene auf und hoffte, daß niemandem Elizabeth' seltsames Verhalten auffiel.

Und nun hatte sie offenbar einen der Täter gefunden! Die Erleichterung überspülte ihn wie eine Woge. Er brauchte sie nicht zu fragen, ob sie sich sicher war – er wußte es! »Habe ich dir nicht gesagt, daß dein Onkel ein Dummkopf ist?« fragte er leise.

Elizabeth sagte nichts. Ihre Augen waren auf das Gesicht des Soldaten fixiert.

»Nur ein Narr würde einen Mann mitbringen, der bei der Ausführung des Verbrechens dabei war«, murmelte er.

»Er trug eine Kapuze«, erwiderte Elizabeth tonlos.

»Aber sein Lachen war so schrill und so häßlich ... Ich habe es nicht vergessen können. Was wirst du nun tun?«

»Ich werde mich darum kümmern«, sagte er grimmig.

»Du hast mir nicht richtig geantwortet«, erwiderte sie. Sie wandte sich ihm zu, und er sah die Tränen, die in ihren Augen standen. Sie konnte nicht mehr. Sie war mit den Nerven am Ende.

Geoffrey strich ihr sanft über die Wange und wischte eine Träne ab. »Laß ihn nicht sehen, daß du weinst. Es würde ihn freuen – er würde lächeln. Und dann müßte ich ihn töten, und wir finden niemals heraus, wer noch hinter der Tat steckt.«

Elizabeth war überwältigt von seinen zärtlichen Worten, seiner sanften Berührung. Sie sah ihm in die Augen, und zum ersten Mal entdeckte sie den Mann, der er wirklich war. Zum ersten Mal erlaubte er ihr, hinter die Maske aus Stärke und Gleichgültigkeit zu blicken, die er gewöhnlich zur Schau trug.

Einen Augenblick war sie versucht, ihn zu fragen, ob er das wirklich für sie tun würde, doch es war nicht nötig. Sie *wußte* es! Statt dessen flüsterte sie: »Du redest Unsinn, Mylord. Ich habe dir doch gesagt, daß ich niemals weine.«

Sie schenkte ihm ihr wunderbares Lächeln, und Geoffrey fand, daß dies das kostbarste Geschenk war, das er jemals bekommen hatte. Er mußte sich zurückhalten, um sie nicht zu berühren. In letzter Zeit schien er ohnehin nichts anderes zu machen, als sie zu berühren, zu tätscheln, zu streichen – ja, er hatte sie sogar vor den Augen seiner Männer geküßt! Er verstand sich selbst nicht so recht, aber wenn sie in seiner Nähe war, schien nichts anderes mehr Bedeutung zu haben. *Wenn ich nicht aufpasse, dann schleift sie mich bald wie einen*

Hund an der Leine hinter sich her. Und ich mache mich zum Gespött der Leute . . .

Geoffrey räusperte sich, verdrängte die unangenehmen Gedanken und sagte: »Und du stellst unsinnige Fragen, Mylady. Habe ich dir nicht gesagt, du sollst mir vertrauen?«

»Das tue ich ja«, antwortete sie entrüstet. »Und ich akzeptiere deine Entscheidungen. Wenn es nicht so wäre, dann wäre Belwain bereits ein toter Mann.«

Geoffrey konnte sich das Lächeln nicht verkneifen. Sie war wirklich von sich überzeugt, und seltsamerweise gefiel ihm das. Er stand auf und nahm ihren Ellenbogen. »Heute abend hast du sehr viel Mut bewiesen, Elizabeth. Ich habe zwar nichts anderes erwartet, möchte dir aber trotzdem sagen, daß ich zufrieden mit dir bin.«

»Also hast du doch etwas gefunden, das dir an mir gefällt?« fragte sie, dankbar, daß er einen lockeren Ton angeschlagen hatte.

Als Geoffrey nickte, fuhr sie fort: »Nun, da du so zufrieden mit mir bist, willst du mir nicht sagen, was du mit diesem Mann –«

»Ich sage es dir bald«, unterbrach er sie. »Zunächst muß ich ein paar Vorkehrungen treffen. Aber ich denke, für dich ist es Zeit, dich zurückzuziehen. Die Lieder werden langsam zu derb, und deine Anwesenheit hier dämpft die Stimmung.«

»Dämpft die Stimmung! Du glaubst doch nicht ernsthaft, daß ich mir etwas daraus mache, ob –«

»Elizabeth«, unterbrach Geoffrey sie wieder. »Das Ale löst ihre Zungen. Wenn du einmal fort bist, wird ihr Gerede sorgloser, weniger zurückhaltend sein.«

Sie mußte zugeben, daß er recht hatte. Widerstrebend nickte sie. »Aber ich werde warten, bis du zu mir kommst«, sagte sie. »Egal, wie spät es wird, ich bleibe auf. Und dann erzählst du mir, was du vorhast, ja?«

»Wir werden sehen«, sagte er ausweichend. Dann führte er sie hinaus und hinauf zu ihrer Kammer. Als sie an der Tür angelangt war, machte sie keinen Versuch, ihn zu küssen, und seltsamerweise enttäuschte es ihn ein wenig. Verblüfft gestand er sich ein, daß er sich an ihr dreistes und unziemliches Verhalten ihm gegenüber gewöhnt hatte. Wie war denn das möglich? Er war doch ein Mann, der Disziplin und absoluten Gehorsam verlangte! . . . Nun, dies war nicht der richtige Moment, um darüber nachzudenken. Es gab viel zu tun, und es mußte geschehen, bevor die Nacht um war.

Als Elizabeth eintrat, lag ihr kleiner Bruder zusammengerollt mitten auf ihrem Bett und schlief tief und fest.

»Er hat Alpträume«, sagte Gerald. »Er schreit ab und zu im Schlaf.«

»Vielen Dank, daß du auf ihn aufgepaßt hast, Gerald.« Elizabeth lächelte ihn an. »Da ich wußte, daß du bei ihm warst, hatte ich auch keine Angst um ihn.«

Der Knappe errötete vor Verlegenheit. Er erbot sich, den Jungen in seine Unterkunft zu bringen, aber Elizabeth sagte ihm, daß Roger und ihr Großvater das nachher übernehmen würden.

Als der Knappe gegangen war, zog sie ihre Schuhe aus und löste ihr Haar. Ihre Hände bebten entsetzlich, und so dauerte es eine Weile, bis sie es geschafft hatte.

Wo war ihr Großvater? Er hatte nicht an dem Essen teilgenommen! Sie hatte Geoffrey nach ihm fragen wollen, jedoch keine Gelegenheit dazu bekommen. Doch es war gut, daß ihr Großvater sich nicht hatte blicken lassen. Sie konnte sich nicht vorstellen, daß er sich bei Belwains Anblick im Zaum hätte halten können.

Ihr Bruder schien wirklich einen schlimmen Traum zu haben. Er wälzte sich hin und her und wurde immer unruhiger. Elizabeth streckte sich neben ihm aus und streichelte ihn sanft, wann immer er aufschrie. Bald schon hatte ihre tröstende Stimme ihn etwas beruhigt, und er atmete regelmäßiger. Kurz darauf war auch Elizabeth fest eingeschlafen.

Als Geoffrey in den frühen Morgenstunden in die Kammer zurückkehrte, fand er seine Frau angezogen auf der Decke liegend vor. Ihr Bruder hatte sich an ihre Seite geschmiegt. Dann entdeckte er ihre nackten Füße und lächelte. *Ohne Schuhe wirkt sie noch verletzlicher*, dachte er, während er ihren Bruder aufhob und zur Tür trug, wo Roger wartete. »Bring ihn zu seinem Großvater und laß ihn dort schlafen«, befahl er leise.

Dann schloß er die Tür und drehte sich wieder zu seiner Frau um. Im Schlaf sah sie so friedlich und unschuldig aus! Das Ausziehen gestaltete sich schwierig, da er seinen Blick nicht von ihr nehmen konnte, und als er den Gürtel löste, fiel sein Schwert polternd zu Boden. Der Lärm hätte eigentlich ausgereicht, um Tote aufzuwecken, aber Elizabeth rollte sich nur im Schlaf auf den Bauch.

Als er sich ausgezogen hatte, begann er, Elizabeth die Kleider abzustreifen. Der kleine Verschluß im Rücken ihres Kleides widersetzte sich seinen Bemühungen, aber er versuchte hartnäckig weiter, bis er es geschafft hatte. Er hielt in seiner Aufgabe inne, um sie zu berühren, und sah mit Begeisterung, daß seine Finger überall dort, wo sie sie streichelten, eine Gänsehaut hinterließen. Dann erschauderte sie, und Geoffrey beeilte sich, ihr das Kleid auszuziehen. Nachdem er ihr auch das Hemd über den Kopf gezogen hatte, hielt er erneut inne, um sie zu betrachten. Er mußte grinsen, als er den Dolch an ihrem Oberschenkel sah. Dieses kleine Biest. Sie schien keinen Moment daran zu zweifeln, daß sie sich selbst verteidigen konnte. Er fragte sich, ob sie noch nie auf die Idee gekommen war, daß man ihr den Dolch leicht abnehmen und gegen sie richten konnte. Aber wahrscheinlich nicht. Es gefiel ihm, daß sie in dieser Hinsicht ein unerschütterliches Selbstvertrauen besaß, aber es machte seine Arbeit, sie zu seiner Ehefrau zu erziehen, auch schwieriger. Sollten nicht alle Frauen dazu neigen, beim Anblick von Gewalt und vergossenem Blut in Ohnmacht zu fallen? Hatte eine Frau als schwaches und verängstigtes Wesen nicht dankbar zu sein, wenn ein starker und furchtloser Krieger sie heiratete, ihr alle Entscheidungen abnahm und sie mit sicherer Hand führte? Doch, Geoffrey war der festen Überzeugung, daß dies die natürliche Ordnung war, auf der sich die Welt gründete. Nur schien seiner Frau das entgangen zu sein. Elizabeth begriff ja noch nicht einmal, daß Schwäche im weiblichen Wesen verankert war, aber natürlich hatte es ihr auch niemand beigebracht. Seltsam, aber er war fast ein wenig froh über das Versäumnis ihrer Eltern, ihr diese essentielle Wahrheit beizubringen. Es genügte ihm, zu wissen, daß sie ihn brauchte ... selbst wenn das gar nicht so war!

Nachdem er sich lange mit ihrem Großvater unterhalten hatte, fiel es Geoffrey nicht schwer, sich vorzustellen, wer Elizabeth' radikales Selbstbewußtsein geprägt hatte. Elslow war – nicht nur, was seine Kleiderwahl betraf – ein wenig verschroben, aber er besaß eine Menge guter Eigenschaften, zu denen auch absolute Loyalität gehörte. *Gut, daß ich einen Menschen nicht nach dem Äußeren beurteile,* dachte Geoffrey selbstzufrieden und mußte über sein Eigenlob grinsen.

Geoffrey gähnte herzhaft und streckte sich. Er war

dankbar, daß seine Frau schlief, denn wäre sie wach gewesen, hätte sie ihm ohne Zweifel hundert Fragen gestellt, und er war zu müde, um ihr die langen Erklärungen zu geben, derer es bedurft hätte. Unter normalen Umständen hätte er ohnhin nicht einmal daran gedacht, solche Dinge mit seiner Frau zu erörtern, aber in diesem Fall hielt er es nur für richtig. Ihre Familie war es, die auf dem Hügel begraben lag, und so hatte sie ein Recht darauf, über seine Pläne informiert zu werden.

Elizabeth erschauerte wieder, und er hob sie hoch, zog mit einer Hand die Decke beiseite und legte sie wieder hin. Ein bißchen verärgert nahm er zur Kenntnis, daß sein Körper sofort auf den Hautkontakt mit ihr reagierte, und während seine Finger über ihren Schenkel glitten, schalt er sich, daß sie ihren Schlaf dringend nötig hatte. Und er auch. Seufzend bückte er sich, um sein Schwert aufzuheben, deponierte es an seiner Bettseite und schlüpfte unter die Decke neben sie.

Die heilende Wunde in seinem Rücken juckte, und er wälzte sich ein paarmal hin und her, bevor er die richtige Schlafposition gefunden hatte. Er wollte seine Frau gerade in die Arme ziehen, um sich an sie zu schmiegen, als Elizabeth auch schon dieselbe Idee hatte. Sie drehte sich auf die Seite, verbarg ihren Kopf an seiner Brust und warf ein Bein über seine Schenkel. Dann preßte sie ihre Hüften gegen seine, und Geoffrey stöhnte laut auf.

Elizabeth versuchte, sich ihr Kichern zu verkneifen, hatte aber wenig Erfolg damit.

»Bist du wach, Frau?« Sein Erstaunen brachte sie erst recht zum Lachen.

»Bei dem Lärm, den du veranstaltest ...«, entgegegnete sie.

»Wie lange schon?« fragte er und schob sie auf den Rücken, um in ihr Gesicht zu sehen.

»Von dem Moment an, als du die Tür geöffnet hast, Mylord«, gab sie zu. Sie grinste und wollte sich wieder in seine Arme schmiegen, aber Geoffrey hielt sie mit beiden Händen fest und sah sie mißmutig an.

»Und da läßt du dich von mir ausziehen, wo du doch mich ausziehen solltest?« knurrte er.

»Ach, ist das wieder eine deiner Regeln?« neckte sie ihn.

»Allerdings. Und du hast dich mal wieder darüber hinweggesetzt.« In seinen Augen erschien nun ein vergnügtes Funkeln, während er seinen Oberkörper langsam über ihre Brüste rieb.

»Und wirst du mich nun bestrafen?« flüsterte Elizabeth, der es auf einmal sehr schwerfiel, den lockeren Plauderton beizubehalten. Seine Nähe verwirrte sie auf sehr angenehme Weise, und ihr wurde plötzlich wunderbar warm. Sie wollte ihn küssen.

Geoffrey spürte ihre aufkommende Begierde und lächelte. »Ja, aber du darfst die Strafe selbst bestimmen«, sagte er heiser.

»Dann werde ich dich küssen müssen«, sagte sie mit einem gespielten Seufzer.

»Und das soll eine Strafe sein?« Geoffrey zog eine Augenbraue hoch.

Elizabeth antwortete nicht, sondern bedachte ihn nur mit einem derart intensiven Blick, daß er spürte, wie er hart wurde. *Langsam,* ermahnte er sich. *Gib ihr die Zeit, die sie braucht.* Er holte bebend Luft und rollte sich auf den Rücken. »Dann küß mich, Elizabeth. Aber zuerst sagst du Geoffrey zu mir.«

»Warum?« fragte Elizabeth. Sie stützte sich auf einen Ellenbogen und betrachtete ihn nachdenklich.

»Weil ich es mag, wenn du meinen Namen aussprichst, und du sagst ihn nicht oft genug. Ich mag es, wenn du mir beweist, wie vertraut ich dir bin.«

»Wie du willst, Geoffrey«, flüsterte Elizabeth in sein Ohr. »Und jetzt küsse ich dich.« Sie rückte ein Stück von ihm ab und grinste breit. »Ich habe doch deine Erlaubnis, Geoffrey?«

»Du hast sie.«

»Dann komm her«, sagte Elizabeth. Geoffrey rührte sich nicht. Elizabeth trommelte ungeduldig mit den Fingern auf seine Brust, aber auch das nützte nichts. Er blieb liegen.

»Ich bin zu erschöpft«, sagte er schließlich. »Du mußt zu mir kommen.«

»Zu erschöpft, um deinen Kopf in meine Richtung zu drehen?« fragte sie drohend.

»Aye. Im übrigen kommt die Frau immer zu ihrem Mann, Elizabeth. So ist das nun mal.«

Elizabeth setzte sich auf und schob sich die Haare aus dem Gesicht. Geoffrey mußte sich zusammenreißen, um sie nicht zu berühren. Aber er wollte, daß sie diejenige war, die ihn verführte, also verschränkte er die Hände hinter dem Kopf und lächelte.

Die Vorfreude, ihn zu berühren, erregte sie. Doch es war besser, sich nicht übereifrig zu zeigen, dachte sie sich, denn wenn er begriff, welche Reaktionen er in ihr auslöste, dann hatte er schon wieder ein Mittel, das er gegen sie einsetzen konnte. Ha, das würde sie niemals zulassen! Bevor sie ihm also zeigte, wie sehr sie ihn wollte, würde sie ihn erst einmal dazu bringen, daß er *sie* mindestens genauso wollte.

Sie legte ihre Hände auf seine Brust und beugte sich langsam zu ihm hinab. Aber als sie nur noch ein winziges Stück von seinen Lippen entfernt war, überlegte sie es sich anders und küßte sein Kinn. Er hätte eine Rasur nötig gehabt, und seine Bartstoppeln kitzelten ihre Lippen. Sie lächelte und küßte seine Brust, wobei sie absichtlich mit ihren Brüsten über seine Haut strich. Geoffrey sagte kein Wort, doch sein Atem beschleunigte sich. Ihre Lippen wanderten abwärts zu den Brustwarzen, die unter dem dichten schwarzen Haar verborgen waren, und als ihre Zunge begann, kleine Kreise darum zu ziehen, zuckte Geoffrey zusammen. Dennoch schwieg er stur, und Elizabeth stieß ein kehliges Lachen aus. Sie kam sich plötzlich wie eine erfahrene Verführerin vor, und das Gefühl, absolute Macht über den Mann in ihrem Bett zu besitzen, war aufregend und überwältigend. Er reagierte auf jede ihrer Liebkosungen, und sie wußte, daß sie ihn in ihrer Gewalt hatte.

Geoffreys Hände berührten ihre Wangen, und er zog sie behutsam zu sich hinauf. »Ich warte immer noch auf meinen Kuß«, sagte er heiser.

»Hier hin?« fragte sie unschuldig und tippte ihm auf die Lippen. »Oder vielleicht hier?« schlug sie vor und deutete auf seine Nasenspitze. Dann ließ sie ihre Hand zwischen seine Schenkel gleiten. »Oder lieber hier?«

Geoffreys Blick verriet ihr, daß er nicht mehr lange passiv würde bleiben können. Mit jeder Berührung löste sich ein Stückchen seiner Selbstbeherrschung auf. Mit jeder Liebkosung lieferte er sich ihr mehr aus . . .

Geoffrey wußte, was sie vorhatte. Er hätte niemals gedacht, daß sie sich so ungehemmt geben konnte, und sein Verstand hätte gerne ausprobiert, wie weit sie gehen würde . . ., doch sein Körper ließ ihn schmählich im Stich. Mit jedem Augenblick wuchs sein Verlangen nach ihr, sein Bedürfnis, seine Lust zu befriedigen, und er wußte, daß es bald unerträglich werden würde. »Du küßt mich jetzt sofort«, sagte er barsch.

»Wie du wünschst, Geoffrey«, flüsterte sie. Das Lächeln war verschwunden, als sie sich über ihn beugte und seine Lippen mit ihren berührte. Und das war für beide das Ende des aufreizenden Spiels. Ihr Mund öffnete sich, um seine Zunge einzulassen, ihre Hände legten sich an seine Wangen, um seinen Kopf stillzuhalten. Und dann stieß seine Zunge in sie hinein, und der Funke der Leidenschaft sprang auch auf Elizabeth über. Der Kuß wurde heißer, wilder, bis Elizabeth nichts mehr sah, spürte, hörte, nichts mehr wahrnahm außer Geoffrey, seinen Geschmack, seinen Duft und das Gefühl seiner Hände auf ihrem Körper.

Geoffrey rollte sie auf den Rücken und legte sich auf sie, ohne seine Lippen von ihren zu nehmen. Sie schmeckte so süß, daß er sich nach mehr sehnte. Seine Hände strichen fast grob über ihren Körper, glitten abwärts zwischen ihre Schenkel, und als er die Nässe dort fühlte, wußte er, daß auch sie bereit war.

Er konnte nicht länger warten. Aber er brauchte es auch nicht: Elizabeth spreizte die Beine und bog sich ihm entgegen. Geoffrey keuchte so sehr, daß er kein Wort hervorbringen konnte, obwohl er ihr so gerne gesagt hätte, wie wunderbar sie war, wie aufregend er sie fand und wie verrückt sie ihn machte. Er stieß mit einem Stöhnen in sie hinein und hörte sie aufschreien. Ihre Nägel krallten sich plötzlich in seine Schultern, als sie versuchte, ihn wegzudrücken.

»Tu tust mir weh«, schluchzte sie und wand sich unter ihm.

Geoffrey hielt augenblicklich still. Er stützte sich auf die Ellenbogen ab und sah ihr in die Augen, aus denen die Tränen hervorquollen. »Sch«, tröstete er sie. »Es wird nicht lange dauern. Gleich ist der Schmerz vorbei, Elizabeth.« Er beugte den Kopf, um sie zu küssen, aber sie drehte ihr Gesicht zur Seite.

»Es tut weh«, flüsterte sie. »Ich glaube, ich bin wund. Bitte hör auf!« Die Tränen strömten ihr über die Wangen, als sie hinzufügte: »Aber ich will doch gar nicht, daß du aufhörst.«

Er konnte es gar nicht. Er hätte es ihr gerne gesagt, aber sie hätte es nicht verstanden. Sie hatte zuwenig Erfahrung mit Männern, um das begreifen zu können. Seufzend hielt er sie an den Hüften fest, rollte sich, ohne sich aus ihr herauszuziehen, auf die Seite und zog sie dabei mit sich. Dann packte er ihren Schenkel und legte ihn sich über die Hüfte, während er sanfte, zärtliche Worte in ihr Ohr flüsterte. »Jetzt geht es besser«, sagte er. Dann küßte er sie lang und ausdauernd, um ihr die Furcht zu nehmen, von dem Schmerz abzulenken und ihre Leidenschaft neu zu entflammen. Es dauerte nicht lange, und Elizabeth reagierte auf den Kuß. Der Druck ihrer Hände gegen seine Schultern ließ nach, und sie begann wieder, ihn zu streicheln.

»Besser jetzt?« flüsterte er.

Elizabeth stöhnte als Antwort und begann, ihre Hüften zu bewegen. Das war alles, was Geoffrey brauchte. Seine Lippen legten sich über ihre und erstickten ihr Stöhnen, während er ihre Hüften packte und sie fest an sich zog. Er hatte vorgehabt, sich langsam zu bewegen, aber er konnte es nicht. Seine Stöße wurden heftiger, schneller, und als er sie aufschreien hörte, fürchtete er, ihr erneut Schmerzen zugefügt zu haben. Doch so gerne er es auch getan hätte, er war einfach nicht mehr in der Lage, sich zurückzunehmen. Er bewegte sich weiter, immer wilder, bis die Explosion in seinem Inneren seinen Körper erbeben ließ. Er spürte ihr Schaudern unter sich und bemerkte erst jetzt, daß er sie auf den Rücken geworfen hatte und ihre Beine sich um seine Taille klammerten.

Als sein Atem etwas ruhiger ging und Elizabeth' Umklammerung nachließ, fragte er: »Alles in Ordnung?«

Sie nickte an seiner Schulter, und Geoffrey entspannte sich. Er rollte sich auf die Seite, zog sie neben sich und sah ihr in die Augen. Sie wirkten immer noch verschleiert vor Leidenschaft, und Geoffrey kam zu dem Schluß, daß sie keine Erfüllung gefunden hatte. »Habe ich dich nicht befriedigt?« fragte er besorgt.

Elizabeth rückte ein Stück näher und legte ihren Kopf an seine Brust. »Ich bin vollkommen befriedigt, Geoffrey«, flüsterte sie. Ein Gefühl der Wärme, der Geborgenheit überspülte sie wie eine Woge, als sie begriff, daß er sich Gedanken um sie machte, daß er sich sorgte, ob er ihr auch wirklich Vergnügen bereitet hatte. Bald würde er erkennen, wieviel sie ihm bedeutete. Und eines Tages – eines Tages würde er die Worte sagen.

»Habe ich dich denn befriedigt?« fragte sie, obwohl sie die Antwort wußte. Sie hatte gehört, wie er ihren Namen geschrien hatte, hatte gespürt, wie er sich, nur kurz bevor sie selbst den Höhepunkt erreicht hatte, in ihr entladen hatte. Aye, und wenn sie sich recht erinnerte, dann hatte auch sie seinen Namen hinausgeschrien.

Elizabeth war schon eingeschlafen, bevor Geoffrey noch antworten konnte. Er lachte leise und schloß die Augen. Er empfand einen tiefen inneren Frieden, jetzt und hier, doch plötzlich erkannte er, daß er das immer empfand, wenn sie bei ihm war.

Ohne den Versuch zu machen, diese Erkenntnis zu leugnen, schlief er ein.

KAPITEL 8

Als Elizabeth am folgenden Morgen die Augen aufschlug, gingen ihr Hunderte von Fragen durch den Kopf. Geoffrey schlief noch immer tief und fest, einen Arm um ihre Taille geschlungen.

Sie beschloß, ihn noch eine Weile schlafen zu lassen, und schlüpfte so behutsam wie möglich, um ihn nicht zu wecken, aus dem Bett. Ihre Kleidungsstücke lagen unordentlich auf dem Boden verstreut, und nachdem Elizabeth ihre Robe gefunden und angezogen hatte, machte sie sich ans Aufräumen. *Ich werde ihm sagen müssen, daß er schnarcht,* dachte sie lächelnd. Das würde er natürlich gar nicht gerne hören, und diese Tatsache steigerte ihr Vergnügen nur noch. Ach, wie sehr sie es liebte, ihn aufzuziehen! Wahrscheinlich hatte sie viel vom Charakter ihres Großvaters geerbt, der ein echter Meister dieses Spiels war. Geoffrey dagegen gab ein herrliches Opfer ab; seine Angewohnheit, sich immer überaus ernst zu geben und den größten Teil des Tages eine finstere Miene zur Schau zu tragen, forderte es ja förmlich heraus! Das Wesen ihres Mannes reizte einfach zum Sticheln, und es machte ihr viel zuviel Spaß, um sich zu beherrschen.

Elizabeth ging zum Fenster und hob das Fell an. Es schien ein herrlicher Tag zu werden. Die Sonne strahlte aus einem wolkenlosen Himmel herab und das Lüftchen, das hereinwehte, war lau und duftig.

Und aus noch einem Grund würde der Tag heute etwas Besonderes werden: Sie würde endlich Antworten auf ihre nagenden Fragen erhalten. Und Belwain würde seine gerechte Strafe bekommen!

Ihr Blick suchte den Rand des Waldes ab, der kurz hinter dem anderen Flußufer begann. Irgend etwas stimmte nicht, aber sie kam nicht sofort darauf, was es war. Doch während ihr Blick über die Wiese und den Wald glitt, traf die Erkenntnis sie wie ein Schlag: Dort hätten Belwain und seine Männer lagern sollen, aber am Waldrand war niemand. Belwain war fort!

Nein, das konnte nicht wahr sein. Sie riß das Fell vom Fenster und beugte sich weit hinaus, um besser sehen zu können. Doch es blieb dabei: Dort, wo die Krieger gelagert hatten, war niemand mehr. Sie waren in der Nacht verschwunden.

Empört wirbelte sie zu Geoffrey herum. Oh, was würde er toben! Warum hatte niemand Alarm geschlagen, als Belwain das Lager hatte abbrechen lassen? Wieso hatte niemand Geoffrey Bescheid gegeben? »Geoffrey! Sie sind weg!« rief sie. »Alle sind weg!«

Die Reaktion ihres Mannes war ganz und gar nicht so, wie sie es erwartet hatte. Er öffnete ein Auge, knurrte und wälzte sich auf die Seite, so daß er ihr den Rükken zukehrte.

Er schläft noch, dachte Elizabeth. *Er hat nicht begriffen, was ich ihm gesagt habe.* Sie stürzte zum Bett, kniete sich darauf und piekte ihm in die Schulter: »Sie sind weg, Geoffrey! Wach endlich auf! Du mußt sofort aufstehen! Tu doch etwas!«

Geoffrey stöhnte und rollte sich wieder auf den Rükken. »Hör auf zu schreien!«

»Du hörst mir nicht zu! Belwain ist weg, begreif es doch endlich! Fort! Geflohen! Was weiß ich!« Sie schnappte nach Luft und brüllte dann weiter: »Steh auf und zieh dich an. Wir müssen sie verfolgen! Wir –«

»Ich weiß, daß er weg ist«, sagte Geoffrey. Als er ihren verdutzten Blick sah, seufzte er und schwang die Beine aus dem Bett. »Ich habe ihn nach Hause geschickt!«

Er hatte was? Elizabeth konnte es nicht fassen. Er hatte diesen Schuft ziehen lassen? »Und der Soldat, den ich dir gestern beim Essen gezeigt habe?« preßte sie mühsam beherrscht hervor. »Den hast du auch gehen lassen?«

»Richtig.« Geoffrey gähnte herzhaft. Er ging zur Truhe, auf der die Waschschüssel stand, und spritzte sich kaltes Wasser ins Gesicht.

Elizabeth sah ihm stumm zu. Sie versuchte, sich zu beruhigen, indem sie sich einredete, daß Geoffrey einen guten Grund gehabt haben mußte. Der Zorn, der sich in ihrem Inneren aufbaute, war mächtig, doch sie schaffte es, ihn zu unterdrücken.

Schließlich ertrug sie das Schweigen nicht länger. »Würdest du mir bitte sagen, warum du es getan hast?« fragte sie. Sie kniete noch immer auf dem Bett, aber nun hielt sie den Kopf gesenkt, so daß die Haare ihr Gesicht verbargen.

Geoffrey brauchte ihr Gesicht nicht zu sehen; aus ihrer Stimme war der mühsam beherrschte Zorn herauszuhören. Und plötzlich hatte er genug. Ohne daß er es verhindern konnte, brüllte er heraus: »Mußt du eigentlich immer alles wissen, Weib? Gott, ich weiß, wie wichtig es für dich ist, und aus diesem Grund werde ich dir auch sagen, was geschehen ist und was ich vorhabe!« Er trat zum Bett, nahm ihr Kinn und zwang sie, ihn anzusehen. Etwas leiser setzte er hinzu: »Aber zuerst wirst du dich abregen und mich richtig wach werden lassen, ist das klar?«

Elizabeth konnte nur nicken. Sein Wutausbruch hätte sie erschreckt, wenn sie nicht selbst so zornig gewesen wäre. Ihr zärtlicher Krieger hatte sich also wieder in den Barbaren verwandelt, aber es kümmerte sie nicht. Sollte er brüllen, soviel er mochte – sie würde zurückbrüllen, wenn seine Antworten sie nicht zufriedenstellten. Sie hatte lange genug gehorcht und vertraut. Vertrauen, ha! Ständig verlangte er es, doch welchen Grund hatte sie eigentlich, ihm zu vertrauen? Was gab er ihr dafür? Nein, nun war Schluß damit.

Ihre Stimme klang genauso hart und kalt wie seine, als sie nun sagte: »Ich habe dir mein Vertrauen geschenkt, Geoffrey, und ich will *jetzt* wissen, ob es ein Fehler war.«

Geoffrey reagierte nicht, sondern zog sich schweigend an. Er hatte sein Gesicht abgewandt, so daß seine Miene ihr auch nichts verraten konnte. Nun, ganz gewiß hatte er sie deutlich gehört. Aber er konnte sie ignorieren, soviel er wollte, sie würde nicht aufgeben! Sie würde schon eine Reaktion aus ihm herauskitzeln. Entschlossen krabbelte sie vom Bett und stellte sich davor. Sie verschränkte die Arme vor der Brust und starrte ihn trotzig an.

Als Geoffrey sein Schwert an seinem Gürtel befestigt hatte, hob er den Kopf und kam langsam auf sie zu. Sein Gesichtsausdruck war diesmal nicht maskiert, denn er wollte, daß sie sah, wie wütend er war. Er blieb vor ihr stehen, und bevor sie noch reagieren konnte, schossen seine Hände vor, packten sie an den Schultern und rissen sie vom Boden, bis ihre Augen auf gleicher Höhe mit seinen waren. »Niemals«, sagte er in einem heiseren Flüstern, daß ihr einen kalten Schauer das Rückgrat herablaufen ließ, »niemals wieder wirst du etwas von mir *verlangen*!« Er schüttelte sie einmal, während er ihr in die Augen starrte, und das Aufblitzen in seinen Augen verriet ihr, daß er kurz davor stand, die Beherrschung zu verlieren. Dennoch dachte sie nicht daran, klein beizugeben. Sie öffnete den Mund, um zu protestieren, aber er schüttelte sie wieder, diesmal so heftig, daß ihre Zähne aufeinanderschlugen. »Sag kein Wort«, zischte er, »es sei denn, du willst dich entschuldigen!«

Prompt klappte Elizabeth den Mund zu. Sie würde sich *nicht* entschuldigen. Er war derjenige, der um Verzeihung bitten sollte, nicht sie!

»Also gut«, knurrte er. Geoffrey hatte noch nie Gewalt gegen eine Frau angewendet, aber dieses freche, aufsässige Biest machte den Gedanken daran fast verlockend. Dann schüttelte er angewidert den Kopf. Er durfte so etwas nicht einmal in Erwägung ziehen. »Du bist so stur wie ein Maulesel«, murmelte er, stellte sie wieder auf die Füße und wandte sich um. Ohne ein weiteres Wort zu sagen, verließ er die Kammer und ließ die Tür krachend hinter sich zufallen.

»Also gut«, murmelte er wieder, als er die Treppe hinunterpolterte. Dieses verfluchte Biest! Noch nie hatte ihn jemand so aufregen können. Nun, wenn sie so stur und ungehorsam sein wollte, dann mußte sie eben auch dafür büßen. Er würde sie den ganzen Tag zappeln lassen. Er würde kein Wort mehr mit ihr sprechen. Spätestens bei Einbruch der Nacht würde sie zerknirscht angekrochen kommen.

Geoffrey stieß die Doppeltür zum Hof mit einem gezielten Tritt auf und stampfte hinaus. Ein scharfer Ritt durch den Wald würde seine Gedanken klären und seine Wut verrauchen lassen. Entweder das, oder er würde zu ihr zurückkehren und sie erdrosseln! Dann mußte er über diese alberne Idee grinsen, denn er wußte ganz genau, daß er ihr niemals etwas antun würde. Er spürte, wie sein Zorn in der Wärme der Morgensonne verging, und verlangsamte seinen raschen Schritt. *Ach, Frau,* dachte er, als er die Stallungen betrat, *du mußt noch viel über Demut und Gehorsam lernen!*

Sobald die Tür hinter ihm zufiel, rupfte Elizabeth sich die Robe vom Körper. Leise fluchend – auf Latein, falls irgend jemand in Hörweite war – zog sie sich an. Sie wählte eine dunkelblaue Tunika, die perfekt zu ihrer Stimmung paßte: düster und nüchtern wie ihre Gedanken! Sie war so aufgebracht, daß sie kaum wußte, was sie unternehmen sollte. Sie mußte ins Freie, soviel stand fest. Sie brauchte die Wärme der Sonne in ihrem Gesicht, den Wind in ihren Haaren und das Gefühl von Freiheit, das ihr nur ein schneller Ritt auf ihrer Stute verschaffen konnte. Die Bewegung und die frische Luft würden sie beruhigen, ihre Wut verpuffen lassen und ihre Gedanken klären.

Sie bürstete sich mit wenigen Strichen das Haar, griff nach dem Bogen und dem Köcher mit Pfeilen, den ihr Großvater gefertigt hatte, und machte sich auf den Weg zu den Ställen.

Geoffrey kam gerade heraus, als sie die Stalltür erreichte. Er tat so, als würde er sie nicht bemerken, obwohl es ihn zutiefst befriedigte, daß sie ihn jetzt schon suchte. Sie hatte ja nicht lange gebraucht, um die Zerknirschung zu empfinden, die er von ihr erwartete.

Ohne ein Wort ritt Geoffrey an ihr vorbei. Elizabeth war das nur recht. Sie warf ihm nur einen kurzen Blick zu, während sie den Stallmeister anwies, ihr Pferd zu satteln.

Der Stallmeister nahm fälschlicherweise an, daß der Baron seiner Frau die Erlaubnis gegeben hatte, auszureiten, und so beeilte er sich, ihre Befehle auszuführen. Ohne Zweifel wartete der Lord schon draußen auf sie, und es war sicher nicht gut, seine Geduld zu strapazieren.

Kurz darauf galoppierte Elizabeth in halsbrecherischer Geschwindigkeit durch die Tore.

Sie wollte sich nicht weit entfernen, denn selbst in ihrem Zorn wußte sie, daß es zu gefährlich war. Sie beschloß, in einem Bogen um die Festung herumzureiten, wobei sie stets in Sichtweite der Mauern bleiben würde. Gesetzlose würden sich niemals so weit heranwagen.

Geoffrey zügelte sein Pferd, als er das Geräusch herandonnernder Hufe hörte, und drehte sich um. Beim Anblick seiner Frau, die mit fliegenden Haaren die gewundene Straße entlanggaloppierte, verschlug es ihm den Atem. Er riß instinktiv an den Zügeln, und der Hengst blieb so abrupt stehen, daß Geoffrey fast aus dem Sattel gerutscht wäre. Ein Wutgebrüll entrang sich seiner Kehle, bevor ihm einfiel, daß er sie doch hatte ignorieren wollen. Zu spät.

Er wendete sein Pferd, trieb ihm die Fersen in die Flanken und jagte seiner Frau hinterher. Er hoffte inbrünstig, sie einzuholen, bevor der Pfad so schmal wurde, daß nur noch ein Pferd darauf entlanglaufen konnte.

Elizabeth warf einen Blick über die Schulter, entdeckte Geoffrey und zügelte ihre Stute. Nach Atem ringend wartete sie, daß er sie einholte, während sie sich gegen einen neuen Streit wappnete.

»Du widersetzt dich mir schon wieder!« brüllte er, sobald er in Hörweite war.

»Tu ich nicht!« schrie Elizabeth zurück. »Du hast mir nicht ver-«

»Schweig!« Das Brüllen klang so wütend, daß Elizabeth es für klüger hielt, zu gehorchen. Sie nickte und spürte plötzlich Furcht in sich aufsteigen. Vielleicht waren die Gesetzlosen doch die bessere Wahl. Würde er sie schlagen? Der Ausdruck in seinen Augen vorhin in der Kammer hatte ihr verraten, daß er es am liebsten getan hätte. Dennoch glaubte sie nicht, daß er sich wirklich so weit vergessen würde. Es war zwar ganz normal, daß Männer ihre Ehefrauen mit Schlägen zum Gehorsam erzogen, aber Geoffrey war kein normaler Mann.

Er hatte sie nun erreicht, und als sie sein wütendes Gesicht sah, zweifelte sie plötzlich an ihrer Argumentation. »Du wirst mich nicht schlagen«, sagte sie ruhig.

Geoffrey fühlte sich, als hätte sie ihm eine saftige Ohrfeige verpaßt. *Natürlich nicht!* hätte er am liebsten gebrüllt, doch statt dessen entriß er ihr die Zügel und atmete ein paarmal tief ein und aus, bis er seiner Stimme wieder traute. »Nein, ich werde dich nicht schlagen«, sagte er schließlich leise. »Ich bin ein vernünftiger Mann, Elizabeth, und vernünftige Männer schlagen ihre Frauen nicht! Vielleicht mögen sie es sich gelegentlich innig wünschen, aber sie tun es nicht!«

Er wartete einen Moment, damit sie seine Worte verarbeiten konnte, dann fuhr er fort: »Und sag doch einem *vernünftigen* Mann, wie du auf die schwachsinnige Idee kommst, allein auszureiten! Hattest du vor, mir zu folgen?«

Sie wagte nicht zu lächeln. Seltsam genug, daß sie Lust dazu hatte, aber anscheinend war ihr Zorn verraucht. Geoffrey dagegen sah so aus, als würde er noch mit seiner Beherrschung kämpfen. Diese Situation schien Sanftmut und Demut zu erfordern, und sie war durchaus willig, es damit zu probieren. Das Problem war nur, daß sie sich nicht ganz sicher war, ob sie ihm diese Demut auch glaubhaft vermitteln konnte. Sie schlug die Augen nieder und sagte: »Wenn ich dir eine ehrliche Antwort gebe, wirst du noch wütender.«

»Blödsinn«, fauchte er. »Noch wütender kann ich gar nicht werden! Und selbstverständlich hast du mir immer eine ehrliche Antwort zu geben, Elizabeth!«

»Also gut«, seufzte sie. »Ich hatte nicht die Absicht, dir zu folgen. Ich wollte nur ausreiten, mich frei fühlen, meine Sorgen und Ängste abschütteln.« Sie hob den Blick und sah ihm aufrichtig in die Augen. »Ich mag es nicht, wenn wir uns anbrüllen. Ich denke, daß es einer so jungen Ehe nicht guttut!«

Ihre Offenheit überraschte ihn. Plötzlich war sein Zorn wie weggeblasen.

»Geoffrey, es ist wichtig, daß wir lernen, nicht unbedingt alle bösen Worte auszusprechen, die wir denken. Das habe ich von meiner Mutter gelernt. Worte können furchtbar verletzen, und oft sagt man etwas, was man später bereut, aber dann ist es zu *spät*!« Sie schenkte ihm ein kleines Lächeln und setzte dann hinzu: »Natürlich können deine Worte mich nicht so sehr verletzen, da ich . . . ich meine, da wir uns ja nicht lieben, wie meine Eltern es getan haben. Aber sollte es soweit kommen, ähm . . . ich meine . . . Oh, verdammt! Was rede ich für ein wirres Zeug!« Sie griff sich verlegen in die Haare, ordnete sie über ihren Schultern und schaute überall hin, nur nicht in sein Gesicht. Himmel, wie hatte sie so etwas sagen können!

»Wünschst du dir denn, daß wir uns lieben?« fragte er. Er schien amüsiert über das, was sie eben gesagt hatte, und Elizabeth hätte die Arroganz am liebsten aus ihm herausgeschüttelt.

»Davon habe ich nichts gesagt«, beeilte sie sich zu erklären. »Ich wünsche mir nur, daß wir miteinander auskommen. Ich will *mit* dir leben, Geoffrey, und nicht wie eine Dienerin behandelt werden. Ich bin deine Frau und sollte an deiner Seite stehen . . . und nicht irgendwo im

Hintergrund herumlungern. Du hast ziemlich merkwürdige Ansichten über die Ehe, weißt du?«

»So? Da bin ich aber ganz anderer Meinung«, sagte er. »Ich finde, *du* hast überaus komische Ansichten«, sagte er. »Und weil es so schwierig ist, mit dir umzugehen, verliere ich langsam die Geduld. Meinst du, das wird sich ändern, wenn du dich erst einmal in meiner Burg auf Berkley eingelebt hast?«

Elizabeth zuckte mit den Schultern. »Offenbar liegt das Problem doch bei dir, nicht wahr, Gemahl?« fragte sie. »Oder hast du nicht gerade zugegeben, daß du Mühe hast, deine Geduld zu bewahren?« Sie lächelte über ihre kluge Argumentation und seinen dümmlichen Gesichtsausdruck. »Ich helfe dir gerne bei der Bewältigung dieses Problems, wenn du es möchtest.«

Geoffrey konnte nicht mehr ernst bleiben; auch er lächelte nun. »Du willst mich wieder dazu bringen, dich anzuschreien, nicht wahr? Warum? Was hast du vor?«

Elizabeth gab nicht sofort Antwort. Sie hob die Schultern und wandte sich ab.

»Du beißt den Löwen und riskierst damit, von ihm verschlungen zu werden«, sagte er.

»Und du bist der Löwe?« fragte sie in der Hoffnung, ihm eine neue Falle zu stellen.

Geoffrey ging nichtsahnend darauf ein. »Ja, sicher«, erwiderte er. Ihm entging das Funkeln in ihren Augen nicht, doch er wußte nicht, worauf sie hinauswollte.

»Dann wäre ich ja deine Löwin, ist es nicht so?« fragte sie mit sanfter Stimme.

Aha! »Ich habe noch nicht darüber nachgedacht, aber . . . ja, dann bist du meine Löwin«, grinste er.

»Interessant«, bemerkte sie beiläufig. »Wußtest du, daß die Löwin diejenige ist, die jagt, tötet und ihrem

Partner die Nahrung anschleppt, während er auf der faulen Haut liegt?«

»Nur, weil er es ihr zugesteht«, erwiderte Geoffrey im Brustton der Überzeugung.

»Würdest du es mir auch diesen einen Tag erlauben?«

Geoffrey runzelte die Stirn. »Was willst du von mir?«

»Reite mit mir in den Wald. Ich werde für dich jagen und dir dein Essen beschaffen. Dann kehren wir zu unseren Aufgaben zurück.« *Und vielleicht,* dachte sie, *wirst du mir dann auch erzählen, was du wegen Belwain zu unternehmen gedenkst.*

Geoffrey warf den Kopf zurück und brach in lautes Gelächter aus. Sein Hengst begann, nervös zu tänzeln. »Und du glaubst, du kannst so etwas?«

Elizabeth nickte, was ihn nur noch mehr zum Lachen reizte.

In der Festung war viel zu tun, und Geoffrey wußte, daß er eigentlich hätte zurückkehren müssen. Doch das Vergnügen, das ihm seine Frau da bot, war in der Tat verlockend. *Zu* verlockend, um den Augenblick ungenutzt verstreichen zu lassen. Dies war die Gelegenheit schlechthin, das kleine, überhebliche Biest, das er geheiratet hatte, in seine Schranken zu verweisen.

»Dann reite voran, Löwin«, sagte er und warf die Zügel zurück über den Hals ihrer Stute. »Dein Löwe hat Hunger.«

Elizabeth lachte fröhlich auf. Im Moment kam sie sich vor wie ein Kind, das ein neues Spiel spielen darf. Sie wußte, daß ihre Sorgen noch existent sein würden, wenn es vorbei war, aber die Ablenkung war wundervoll. Heute wollte sie zum ersten Mal seit langer, langer Zeit den Tag genießen, sich frei und ungebunden fühlen . . . Und diesem arroganten Mann ganz nebenbei ein oder zwei Dämpfer verpassen.

Sie trieb ihrem Pferd die Sporen in die Flanken, und Geoffrey folgte ihr. Sie ritten in den Wald hinein, und er konnte nicht umhin zu bemerken, wie schön ihr flatterndes goldenes Haar im Wind wehte und wie erfrischend ihr helles Lachen klang. Ihre Begeisterung war anstekkend, und er stellte fest, daß er sich so beschwingt und gelöst fühlte wie noch nie zuvor in seinem Leben.

Irgendwann hatte Elizabeth genug von dem wilden Galopp, und sie brachte ihr Pferd zum Stehen. Dann ließ sie sich vom Pferd gleiten, wartete, bis auch er abgestiegen war, und führte ihn zu einem Baum, wo sie ihn nötigte, sich zu setzen. Geoffrey protestierte jedoch.

»Ich verspreche dir, daß ich mich nicht einmische, wenn du jagst. Aber ich bleibe an deiner Seite.« Als er sah, daß sie Einwände vorbringen wollte, schüttelte er den Kopf. »Nein. Es bleibt dabei!«

»Dann mach ja kein Geräusch«, ermahnte sie ihn. »Sonst gibt es nichts zu essen!«

Geoffrey beobachtete, wie sie einen Pfeil aus dem Köcher zog und ihn an den albernen kleinen Bogen legte, und plötzlich konnte er sich wieder nicht halten. Er lachte erneut.

»Willst du etwa mit diesem . . . diesem Spielzeug Beute machen?« preßte er mühsam hervor, als er sich ein wenig beruhigt hatte.

»O ja«, fuhr sie ihn an.

»O Gott, ich muß verhungern«, rief er jammernd.

Elizabeth ignorierte seine Bemerkung würdevoll. Sie entfernte sich ein Stück von den beiden Pferden und blieb dann stehen. Sie hob den Bogen und verharrte absolut reglos in dieser Position. Alles war bereit. Blieb nur zu hoffen, daß die Hasen sie nicht im Stich ließen.

Geoffrey beobachtete, wie sie angespannt und konzentriert dastand, während er den Geräuschen des Waldes lauschte. Seine Hand lag auf dem Schwertgriff, bereit, es sofort zu ziehen, falls es nötig sein würde.

Wann würde sie aufhören, ihm etwas vorzuspielen? Wann würde sie zugeben, daß sie auch nur eine Frau war, die von der Jagd keine Ahnung hatte – daß sie seine Hilfe brauchte? Nun, bei ihr würde es gewiß noch eine Weile dauern. Sie war zu dickköpfig, um sich einfach zu ergeben. Er seufzte und verlagerte sein Gewicht von einem Bein aufs andere, was ihm einen bösen Blick von Elizabeth einbrachte. Fast reuig erstarrte er.

Elizabeth war der schadenfrohe Ausdruck auf seinem Gesicht nicht entgangen. Natürlich ... wie immer war er so selbstsicher, so überzeugt, daß er überlegen war, daß sie sich keinesfalls mit ihm messen konnte! Er wartete nur darauf, daß sie versagte, sie wußte es. *Wahrscheinlich überlegt er sich schon, wie er mich gleich am besten verspotten kann,* dachte sie.

Der Gedanke an seine Genugtuung bestärkte sie in ihrer Entschlossenheit. Und wenn sie den ganzen Tag und die Nacht auch noch hier stehen mußte ..., sie würde einen Hasen erlegen! Sie konnte sich keinen Mißerfolg erlauben – nicht, wenn sie ihren Stolz behalten wollte.

Endlich wurden ihre Gebete erhört. Ein fetter, allerdings überaus flinker Hase hoppelte über die kleine Lichtung. Elizabeth zielte und schoß. Der Pfeil sirrte durch die Luft, und wenn Geoffrey auch nur geblinzelt hätte, wäre ihm der Schuß entgangen. Der Hase bäumte sich auf, fiel in sich zusammen und blieb tot liegen.

Geoffrey öffnete den Mund, ohne zu wissen, was er überhaupt sagen wollte. Die Wahrheit war, wie er sich ein wenig verschämt eingestand, daß er schlichtweg sprachlos war.

Elizabeth sehnte sich danach, einen Blick über die

Schulter zu werfen, verkniff es sich aber. Wenn sie es tat, würde er den Triumph in ihren Augen sehen, und sie wollte doch kühl und gelassen bleiben, als hätte sie niemals an ihrem Erfolg gezweifelt! So zog sie einen neuen Pfeil aus dem Köcher, legte ihn an den Bogen und verharrte wieder reglos, wobei sie die Lippen zusammenpreßte, um nicht zu grinsen.

Elizabeth wartete, bis ihre Arme zu schmerzen begannen, dann beschloß sie, die Strategie zu wechseln. Unendlich langsam bewegte sie sich aufs Dickicht zu, in der Hoffnung, ein anderes Tier aus seiner Deckung aufzuschrecken. Es funktionierte, und einen Moment später lag ein zweiter Hase tot im Gras.

Elizabeth sammelte beide Tiere auf und wandte sich lächelnd zu ihrem Mann um. »Ein Glück, daß die zwei nicht bemerkt haben, daß ich nur ein Spielzeug benutze, findest du nicht auch?«

Geoffrey lachte. »Nun ja, es ist ja bekannt, daß diese kleinen Viecher ziemlich dumm sind. Dennoch, Frau . . . gut gemacht!«

Elizabeth verbeugte sich absichtlich steif und sagte: »Habt Dank für Euer teures Lob, Mylord! Mich deucht, es ist das erste Mal, daß mir von Eurer Seite eine solche Ehre zuteil wird! Euch mag nicht bewußt sein, wieviel Glückseligkeit Ihr mir damit beschert! Euch gebührt meine ewige Dankbarkeit!« Elizabeth' Augen funkelten vergnügt. Am liebsten hätte sie aus lauter Glück laut aufgelacht.

»Lieber hätte ich einen Kuß von dir«, sagte Geoffrey heiser.

Elizabeth überlegte, ob sie ihn darauf hinweisen sollte, daß man seiner Meinung nach nur des Nachts und in der eigenen Kammer küssen durfte, aber sie ließ es. Er brach eine seiner eigenen Regeln, und das war zu schön, um es durch eine spöttische Bemerkung zu verderben. »Auch den kannst du haben, Gemahl«, sagte sie. Dann ließ sie die Hasen fallen und ging mit aufreizend schwingenden Hüften auf ihn zu. Als sie vor ihm stand, legte sie ihm die Hände auf die Schultern, befeuchtete ihre Unterlippe und zog seinen Kopf zu sich herab. Der Kuß war wild, heiß und intensiv, doch unbefriedigend, und als sie sich voneinander lösten, sehnten sich beide nach mehr. Also küßten sie sich wieder. Das Spielerische verschwand aus ihren Liebkosungen, und Geoffrey zog sie grob an sich. Elizabeth reagierte sofort: Ihre Arme schlangen sich um seinen Nacken, ihre Zunge wand sich um seine, und ihre Hüften preßten sich gegen seine Lenden. Er schob sie behutsam gegen den Stamm des Baumes, ohne ein einziges Mal seine Lippen von ihren zu nehmen. Seine Hände glitten rastlos über ihre Brüste, aber es konnte sein Verlangen nicht stillen, sondern steigerte es noch, bis er nur noch einen Wunsch hatte . . .

Er stöhnte laut, und Elizabeth gab ein kleines Wimmern von sich. Das Bedürfnis, ihre seidige Haut zu fühlen, ließ ihn alle anderen Gedanken beiseite schieben. Er raffte den Saum ihres Kleides mit beiden Händen und liebkoste die weiche, warme Haut ihrer Schenkel, als er sie unter seiner Berührung erbeben spürte. Geoffrey stützte einen Arm gegen den Stamm über ihrem Kopf und versuchte, das schmerzende Verlangen in seinen Lenden zu unterdrücken. Er löste seine Lippen von ihren, ließ den Kopf an ihre Wange sinken und rang nach Atem. »Das ist Wahnsinn, Frau. Wir müssen aufhören. Es ist gefährlich hier draußen.« Seine Stimme, rauh vor Lust und enttäuschter Erwartung, klang, als käme sie aus weiter Ferne.

Elizabeth küßte seine Wange und zeichnete mit der

Zunge die Narbe nach. »Es ist nicht gefährlich«, flüsterte sie. »Es ist nie gefährlich, wenn du bei mir bist!« Dann suchte sie wieder seinen Mund und küßte ihn hungrig. »Bitte, Geoffrey«, stöhnte sie, als er sich von ihr losmachen wollte.

»Es gibt andere Wege, dir zu geben, was du willst«, flüsterte Geoffrey heiser. Er preßte seine Lippen auf ihren Mund und drang mit der Zunge ein, während seine Hand zwischen ihre Schenkel glitt. Als er die samtige Nässe zwischen ihren Beine zu streicheln begann, schrie sie vor Wonne auf. Geoffreys Zunge bewegte sich rhythmisch in ihrem Mund, während seine Finger die Bewegung zwischen ihren Schenkel imitierte. Elizabeth' Hüften bogen sich instinktiv seiner Hand entgegen, und sie verbarg ihr Gesicht in seiner Halsbeuge, als eine Woge purer Lust über ihr zusammenschlug und ihren ganzen Körper zum Zittern brachte. Die Erlösung kam mit einer solchen Gewalt, daß sie schließlich an seinem Körper zusammensank.

Geoffrey hatte geglaubt, daß es ihm gelingen würde, ihr Befriedigung zu verschaffen, ohne die Beherrschung zu verlieren, aber nun mußte er einsehen, daß das eine Illusion gewesen war. Er hielt sie fest, bis das Beben nachließ, dann wich er einen Schritt zurück. Ohne ein Wort streifte er seine Kleider ab und forderte sie mit einem intensiven Blick auf, dasselbe zu tun.

Sie war schneller als er, und als er sich aufrichtete, stand sie stolz, wenn auch ein wenig scheu vor ihm.

Geoffrey nahm sich Zeit, sie genau anzusehen. Sie war so schön, und ihr Körper versprach ihm Freuden, die er bisher noch nie in der Art hatte erleben dürfen. Er wandte sich um, legte seine Tunika auf den Boden und streckte ihr dann auffordernd die Hand entgegen.

Elizabeth warf sich in seine Arme. Einen Augenblick

schien er zufrieden, sie einfach nur festzuhalten, sie zu streicheln und ihren süßen Duft einzuatmen.

Geoffrey kniete sich auf die Tunika und zog sie zu sich herab. Sie legte sich auf den Rücken, und er streckte sich neben ihr aus, während seine Finger kleine Kreise um ihre Brüste zogen.

Elizabeth zog seinen Kopf zu sich und küßte ihn leidenschaftlich. Sie wollte, daß er seine Beherrschung verlor, daß er sie endlich nahm und ganz ihr gehörte . . .

»Oh, Gott, Elizabeth, du machst mich vollkommen verrückt«, flüsterte er.

»Du mich auch«, erwiderte sie und errötete. »Ich . . . ich habe Angst, daß du mich für wollüstig hältst«, gab sie zu, spreizte jedoch gleichzeitig die Schenkel und versuchte, ihn auf sich zu ziehen, doch Geoffrey schüttelte langsam den Kopf.

»Noch nicht«, sagte er, während seine Lippen zu ihren Brüsten wanderten. Seine Zunge strich erst über die eine, dann über die andere, umkreisten stets die Spitzen, ohne sie jedoch zu berühren. Bald hielt sie es nicht mehr aus und zerrte an seinem Haar, um ihn zum Aufhören zu bringen. Sie hörte sein weiches Lachen, und dann gab er ihr, wonach sie sich sehnte. Seine Lippen umschlossen eine der Spitzen, und er begann, sanft daran zu saugen.

Elizabeth seufzte zufrieden und gab sich dem herrlichen Gefühl, das sich in ihrem Körper ausbreitete, ganz hin. Ihre Glieder fühlten sich wunderbar weich und schlaff an.

Geoffrey hob den Kopf und sah in ihr Gesicht. Er wußte, was für ein Vergnügen er ihr bereitete, und war entschlossen, ihr noch mehr zu geben. Bevor er sich selbst holte, was er brauchte, wollte er ihr neue

Aspekte dieser sinnlichen Welt zeigen, in die er sie eingeführt hatte.

Geoffreys Lippen zogen eine Spur abwärts, umkreisten ihren Nabel und wanderten tiefer, bis er das weiche Dreieck aus Haar erreicht hatte. Er küßte sie dort leicht, wanderte dann noch tiefer und tauchte seine Zunge in die heiße Nässe zwischen ihren Schenkeln.

Elizabeth war entsetzt. Was tat er da? Das war doch bestimmt nicht richtig, durfte doch gar nicht sein, oder? Sie öffnete den Mund, um zu protestieren, doch bevor sie ein Wort äußern konnte, spülten die Wogen der Lust, die ihr Mann ihr bescherte, jeden Gedanken an Widerstand fort. Sie umklammerte seine Schulter, preßte ihm ihre Scham entgegen und kämpfte gegen die fast unerträgliche Spannung, die sich in ihr aufbaute. »Geoffrey!« keuchte sie.

Er wußte, was sie wollte, wußte, daß sie sich nach Erlösung sehnte, aber er wollte, daß sie vollkommen die Beherrschung verlor. Endlich sagten ihm ihr kehliges Stöhnen und die rastlose Bewegung ihrer Hüften, daß es soweit war. Er hob den Kopf, blickte in ihre verschleierten Augen und stieß nur ein einziges Mal seine Finger in sie hinein. Elizabeth bäumte sich auf. Eine heftige Explosion erschütterte ihren ganzen Körper, und sie glaubte, in einem Meer aus leuchtenden Farben zu schwimmen – Farben, die explodierten, sich vermischten und schließlich verblaßten.

Irgendwann öffnete sie die Augen und entdeckte das selbstzufriedene Lächeln ihres Mannes.

»Findest du mich schrecklich?« flüsterte sie verlegen.

»Ich finde dich wundervoll«, erwiderte er. Seine Stimme bebte, und Elizabeth empfand plötzlich Dankbarkeit, daß er sich selbst so gut zurückgehalten hatte.

Aber nun war er an der Reihe! Sie wußte nicht genau,

was sie tun sollte, und so sah sie ihm tief in die Augen und fragte leise: »Darf eine Frau ihren Mann auf die gleiche Weise liebkosen?«

Er stöhnte laut auf. »Aye«, preßte er hervor.

»So?« Sie nahm seine Hand, berührte einen Finger mit der Zungenspitze, schob ihn sich dann ganz in den Mund und begann, daran zu saugen.

Das gab Geoffrey den Rest. Sein Knurren war die einzige Warnung, als er sich schon über sie warf und in sie hineinstieß. Seine Lippen erstickten ihr Stöhnen, während er sich immer heftiger in ihr bewegte.

Elizabeth schlang ihre Beine um seine Oberschenkel und ließ sich von ihm zu einem neuen Höhepunkt treiben. Er war wieder ganz der Krieger, der siegen wollte, aber sie war bei ihm, würde es miterleben, würde bei ihm sein, wenn er seinen Sieg errang ...

»Mein zärtlicher Krieger«, murmelte sie, als der Sturm abebbte und die Sonne wieder durch den Schleier ihrer Lust dringen konnte.

Geoffrey hörte es und lächelte. »Du irrst dich, Frau. Ich habe langsam den Eindruck, *du* bist mein zärtlicher Krieger. Einen Dolch am Gürtel, den anderen unter dem Kleid verborgen ... aye, ich glaube, du wärest eine Kriegerin, wenn du könntest. Doch da hast du dir ein unerreichbares Ziel gesteckt, denn du wärest niemals in der Lage, dein Bedürfnis zu lieben und zu liebkosen zu unterdrücken.«

Er küßte ihre Schläfe und schloß aus den Tränen, die ihr in den Augen standen, daß seine Worte sie tief berührt hatten. Seltsamerweise freute er sich darüber; es fiel ihm immer leichter, ihr zu sagen, was er empfand, und das, ohne sich selbst wie ein Narr vorzukommen.

»Der Löwe hat einen Mordshunger«, brüllte er plötzlich in gespielter Wildheit, und versetzte ihr einen klatschenden Schlag aufs Hinterteil.

»Der Löwe hat immer Hunger«, erwiderte Elizabeth lachend und rieb sich ihre Pobacke. Sie stand auf, sah zu, wie auch er auf die Füße kam, und mußte ihn nur zweimal küssen, bis sie sich angezogen hatte.

»Sag mal, kannst du nicht einen Augenblick deine Hände von mir lassen?« fragte er mit einem verschmitzten Grinsen. Als sie ihn böse anfunkelte, setzte er hinzu: »Tu nicht so, als wärest du empört!« Er lachte leise. »Ich fürchte, ich muß mich daran gewöhnen, daß du wie eine Klette an mir hängst. Es ist natürlich schrecklich, aber ich bin stark und an Leiden gewöhnt.« Er seufzte theatralisch.

»Du Armer«, sagte sie. »Ist es denn so furchtbar, ständig jemanden bei sich zu haben?« Sie nahm die Hasen vom Boden auf und sah sich suchend nach einem Fleckchen um, an dem sie ein Feuer entzünden konnten.

»Nein, nur neu und fremd«, erwiderte Geoffrey. »Ich häute die Tiere, wenn du trockene Zweige für das Feuer sammelst.«

Elizabeth nickte und warf ihm die Hasen zu.

»Wieso fremd?« fragte sie, während sie den Saum ihres Kleides hob, so eine Art Schürze hatte und die aufgesammelten Zweige hineinlegen konnte.

»Was?« Geoffrey hockte auf dem Boden, hatte ein kleines Jagdmesser gezückt, blickte aber nun zu ihr auf. Er lächelte, als er bemerkte, daß sie noch immer barfuß war, und unwillkürlich verglich er sie mit einer bezaubernden Waldfee.

»Sich einander seine Zuneigung zu zeigen, Geoffrey, wieso kennst du das nicht? Gab es keine Liebe zwischen deinen Eltern?«

Die Frage überraschte Geoffrey, doch er konnte sich

nicht darauf konzentrieren, da er gerade ihre schön geformten Waden bewunderte. »Zieh deine Schuhe an, bevor du irgendwo hineintrittst.«

»Erst wenn du meine Frage beantwortet hast«, sagte sie. Als er weiterhin auf ihre Beine starrte, lächelte sie. »Ich gehe sehr gerne barfuß.«

»Meine Eltern starben, als ich sehr klein war. Ich habe keine Erinnerung an sie«, antwortete Geoffrey. »Und jetzt zieh deine Schuhe an, oder ich tue es für dich.«

Elizabeth ließ den Saum ihres Kleides los und die Zweige fielen neben Geoffrey ins Gras. Einen Schuh entdeckte sie am Baumstamm, doch den anderen konnte sie nirgends finden. »Wer hat dich dann erzogen?« fragte sie, während sie sich niederkniete und im Unterholz wühlte. Endlich sah sie die Spitze ihres dunklen Stiefels, aber sie mußte sich auf den Bauch legen, um sich unter den Busch zu schieben und ihn packen zu können. Keine besonders würdevolle Stellung, aber nichtsdestoweniger notwendig.

Geoffrey beobachete sie vergnügt. »Du hattest es verdammt eilig, deine Kleider loszuwerden«, bemerkte er mit einem Glucksen. »Du hast es immer eilig.«

Elizabeth hatte endlich ihren Schuh gepackt, wand sich unter dem Busch hervor, setzte sich auf den Boden und schüttelte den Stiefel aus, bevor sie ihn anzog. »Ich hasse es, zu warten«, gab sie zu. »Und noch mehr hasse ich es, wenn jemand ständig das Thema wechselt. Jetzt gib mir bitte eine Antwort.«

»Worauf?« fragte Geoffrey.

»Wer dich erzogen hat«, rief sie ihm ungeduldig in Erinnerung.

»Der König selbst«, antwortete Geoffrey. »Wirf mir mal deinen Dolch herüber«, befahl er. »Meiner ist zu groß.« Er hockte noch immer auf dem Boden und betrachtete nun eingehend die Pfeile, die er aus den toten Tieren gezogen hatte. »Hat dein Großvater sie geschnitzt?« fragte er, als er bemerkte, daß sie ihn beobachtete.

Elizabeth stand auf und klopfte sich die Erde von ihrem Kleid. »Nein, diese habe ich gemacht«, sagte sie stolz. »Mein Großvater hat es mir beigebracht! Sie sind gut, nicht wahr?«

»Ja, das sind sie. Allerdings zu winzig für einen Krieger.«

Elizabeth gab Geoffrey ihren Dolch und ließ sich dann neben ihm auf den Boden nieder, wo sie die Zweige geschickt aufschichtete. »Wie alt warst du denn, als du zum König geschickt wurdest? Bist du sein Page gewesen?«

»Einer von vielen«, antwortete Geoffrey. »Und ich war sechs, vielleicht sieben.«

»Sechs! So jung! Muß man nicht mindestens acht Jahre alt sein, ehe man Page werden kann?« Sie setzte sich auf ihre Fersen und sah ihn stirnrunzelnd an.

»Ja, normalerweise schon. Aber in meinem Fall gab es niemand anderen, der sich meiner hätte annehmen können, und der König war ein enger Freund meines Vaters.«

»Erzähl mir von deinen Eltern. Weißt du noch, wie sie aussahen?«

»Nein, ich kann mich nicht erinnern«, antwortete Geoffrey barsch. Er schien verärgert über ihre Fragen, aber sie begriff nicht, warum. »Jetzt hör mit dem Geplapper auf und sieh zu, daß ich etwas zu essen bekomme.«

Sie sprachen nicht mehr miteinander, bis das Fleisch gar war und sie es gegessen hatten. Geoffrey vertilgte das meiste davon, während Elizabeth zufrieden war, an einer Keule zu nagen.

Geoffrey stand auf, nahm einen Schlauch aus Schafhaut von seinem Sattel und bot Elizabeth etwas zu trinken an. In der Annahme, es befände sich Wasser darin, nahm sie einen anständigen Schluck und begann prompt zu husten. Geoffrey klopfte ihr zwischen die Schulterblätter, und Elizabeth überlegte trotz ihrer Not, was wohl schlimmer war: an dem Zeug, was sie getrunken hatte, zu ersticken, oder sich von ihm zu Tode prügeln zu lassen.

»Wie immer hattest du es zu eilig«, schimpfte Geoffrey sie aus, als sie aufhörte zu husten. »Erstaunlich, daß du bisher überlebt hast!« Er schüttelte den Kopf und beschloß, auch sie zu schütteln.

»Ich dachte, es wäre Wasser«, preßte Elizabeth nach Atem ringend hervor. »Ich hatte doch bloß Durst. Und du hast mir wahrscheinlich die Schultern grün und blau gehauen.«

»Dein Gesicht ist noch immer puterrot«, sagte Geoffrey trotzig. Grün und blau gehauen, also wirklich! Er hatte sie doch nur leicht geklopft, um ihr zu helfen! Aber schließlich hatte er ja bereits festgestellt, daß seine Frau gerne ein wenig übertrieb, und diese Schwäche würde er wohl oder übel tolerieren müssen. »Komm und setz dich wieder«, sagte er und zog sie in seine Arme.

Mit ihr auf dem Schoß setzte er sich mit dem Rücken gegen den Baumstamm. Elizabeth legte seufzend ihren Kopf an seine Schulter. Eine ganze Weile saßen sie in zufriedenem Schweigen da, jeder mit seinen eigenen Gedanken beschäftigt. Elizabeth überlegte, ob nun der geeignete Zeitpunkt gekommen war, ihn wegen Belwain auszufragen. Er hatte so gute Laune, wie sie es bisher bei ihm noch nicht erlebt hatte. Vielleicht war er in dieser Stimmung etwas mitteilsamer.

»Dein Bruder wird ebenfalls ein Page des Königs werden«, sagte er plötzlich. »Ich weiß nur noch nicht genau, wann. Vielleicht im Herbst!«

Seine Bemerkung schreckte sie aus den Gedanken, und sie antwortete, ohne nachzudenken. »Nein, das wird er nicht. Er ist doch fast noch ein Baby! Außerdem habe ich schreckliche Geschichten über den König gehört! Er wird nicht dorthin gehen!« Sobald sie die Worte ausgesprochen hatte, wußte sie, daß sie einen Fehler begangen hatte, denn Geoffrey versteifte sich.

Bevor er etwas sagen konnte, fuhr Elizabeth hastig fort: »Ich weiß, daß ich nichts von dir verlangen soll, daß ich kein Recht habe, dir etwas zu befehlen, aber ich kann einfach nicht glauben, daß du so etwas Grausames tun würdest. Du meinst das doch nicht ernst, oder?« Sie schaute hoffnungsvoll zu ihm auf und ließ einen Finger über die tiefe Falte zwischen seinen Augenbrauen gleiten. »Da ich jetzt sein Vormund bin, fühle ich mich verantwortlich, und er ist noch so jung, daß –«

»Elizabeth.« Er sprach ihren Namen wie einen Seufzer aus. »*Ich* bin sein Vormund, da wir nun verheiratet sind, und ich bin auch sein zukünftiger Overlord. Und was soll dieser Unsinn mit dem König schon wieder? Du solltest stolz sein, daß dein Bruder an den Hof geschickt wird. Es ist eine gewaltige Ehre!« Er nahm ihre Hand von seiner Stirn und drückte sie sich gegen die Brust. Ihre Berührung hatte einen verwirrenden Effekt auf all seine Sinne, und er mußte einen klaren Kopf behalten, wenn er sich mit seiner streitbaren Frau auseinandersetzen wollte.

Elizabeth nickte, während sie krampfhaft überlegte, wie sie es ihm erklären konnte.

»Was für Geschichten hast du denn über den König gehört?« fragte er, als sie stirnrunzelnd schwieg. Er zog sie wieder an sich und rieb ihr die Arme, die mit einer Gänsehaut überzogen waren.

»Es heißt, er wäre aufbrausend und jähzornig. Außerdem verzeiht er angeblich nichts«, sagte Elizabeth. »Ich möchte nicht, daß mein kleiner Bruder in eine so lieblose Umgebung kommt. Er hat doch schon genug durchgemacht!«

»Es gibt einige, die von *mir* behaupten, ich wäre jähzornig, aber du scheinst dich nicht übermäßig vor mir zu fürchten, Elizabeth.« Er lachte leise.

»Ich kenne dich ja auch, andere aber nicht«, argumentierte Elizabeth schwach. »Und du bist auch ein vernünftiger Mensch. Das hast du selbst von dir gesagt! König William dagegen . . .«

»Ja?« sagte er aufmunternd, als sie abbrach. »König William dagegen?«

»Kennst du denn die Geschichte von der Stadt Alençon nicht?« flüsterte Elizabeth. Sie schloß die Augen und wartete auf seine Antwort.

»Ah, Alençon. Das ist lange her. William war jung und eifrig darauf bedacht, seine Machtposition zu festigen«, sagte Geoffrey.

»Dann ist es also wahr? Er ist wirklich in Rage geraten, als ihn irgendein Narr Bastard nannte, und er hat tatsächlich sechzig Männern Hände und Füße abtrennen lassen? Sag es mir, Geoffrey, ist das wirklich wahr?«

»Nein, ist es nicht«, antwortete er. Elizabeth fiel ein riesiger Stein vom Herzen. Die Erleichterung währte allerdings nicht lange. »Es waren nur zweiunddreißig, nicht sechzig!«

»Das hat er wirklich getan?« Elizabeth war so entsetzt, daß sie fast von seinem Schoß gefallen wäre. Nicht nur die Tat des Königs verursachte ihr Übelkeit – auch die

Gleichgültigkeit, die gelangweilte Art und Weise, in der er sie eben korrigiert hatte. Er tat ja gerade so, als ob sie sich über tote Hühner unterhielten!

»Es ist doch schon so lange her«, fuhr Geoffrey mit einem Schulterzucken fort. »Inzwischen hat er seinen Jähzorn besser unter Kontrolle.«

»Gott sei's gedankt«, murmelte sie. »Und du willst meinen kleinen Bruder in *seine* Obhut geben?«

»Reg dich nicht auf. Wir warten ab, bis dein Bruder älter ist und entscheiden dann. Wie alt ist er jetzt übrigens?«

»Vier«, entfuhr es ihr. Vielleicht würde er es ihr sogar abnehmen. Ihr Bruder war recht klein.

»Eher sieben«, sagte Geoffrey. »Und lüg mich nie wieder an.«

»Das habe ich ja gar nicht. Ich habe nur ein bißchen untertrieben« erwiderte sie trotzig. Sie lehnte sich zurück, so daß ihr Scheitel direkt unter seinem Kinn lag. Plötzlich hatte sie einen Einfall. »Er könnte doch bei uns bleiben. Du könntest ihm soviel beibringen«, sagte sie in der Hoffnung, die Schmeichelei würde ihn umstimmen. »Es wäre bestimmt eine Ehre für ihn, wenn er dein Page werden dürfte, denn du bist doch ein –«

»Es reicht, Frau«, stöhnte Geoffrey. »Ich bin nicht ganz so dumm, als daß mir nicht auffallen würde, was du mit deinen schönen Worten bezweckst. Ich habe dir versprochen, daß ich mit meiner Entscheidung noch warte. Das muß dir im Augenblick genügen.«

»Ja, Geoffrey«, antwortete sie brav. Da er ihr Gesicht nicht sehen konnte, entging ihm ihr triumphierendes Lächeln. Es war wirklich nicht so entsetzlich schwer, mit ihm umzugehen. Er war schließlich ein vernünftiger Mensch. »Vielleicht hättest du jetzt Lust, mit mir über Belwain zu sprechen?« fragte sie sanft.

»Der Morgen ist zu schön, um ihn mit so etwas zu verderben«, sagte Geoffrey mit einem Seufzen.

»Aber du hast es mir versprochen, und ich habe dir im Gegenzug mein Vertrauen geschenkt. Schau, ich habe nicht einmal versucht, meinen Onkel umzubringen. Ich habe mein Wort gehalten, oder etwa nicht?«

»Hast du, und ich muß sagen, daß es überaus angenehm ist, dich gehorsam und so liebevoll zu erleben.« Er seufzte noch einmal. »Also gut. Ich werde es dir erzählen, und du wirst wütend werden. Natürlich ist es dein Recht, es zu erfahren –«

»Du weichst mir schon wieder aus«, sagte sie leise. Sie drehte sich in seinen Armen zu ihm und legte ihre Hände an seine Wangen. »Ich werde mich auch weiterhin liebevoll dir gegenüber benehmen, denn ich kann gar nicht anders. Und ich werde dir immer vertrauen.« Und das war die Wahrheit. Er war ein gerechter, aufrichtiger Mann. Sie wußte, daß er sie niemals absichtlich hintergehen würde.

Geoffrey sah das Vertrauen in ihren Augen und grunzte. Er schob ihre Hände weg, denn er wollte unbedingt einen klaren Kopf behalten, spürte jedoch, wie sich erneut die Lust in ihm regte. »Ich hatte drei Möglichkeiten, wie ich vorgehen konnte«, begann er. »Die erste war die einfachste und wahrscheinlich die, die du bevorzugt hättest: Ich hätte Belwain töten und die Sache damit aus der Welt schaffen können. Aber«, sagte er lauter, als er bemerkte, daß sie ihn unterbrechen wollte, »dann hätte ich nie herausgefunden, ob noch jemand hinter der Tat steckt. Wir beide sind zu dem Schluß gekommen, daß Belwain nicht intelligent genug ist, um einen so komplexen Angriff zu planen, woraus man folgern kann, daß mindestens noch eine Person beteiligt ist. Ergebnis: Die erste Möglichkeit wurde fallengelassen.«

»Warum hast du Belwain nicht einfach gezwungen, dir zu sagen, was du wissen wolltest?« fragte Elizabeth.

»Wenn du wüßtest, daß es deinen Tod bedeutet, wenn du ein Verbrechen gestehst, würdest du dann nicht auch den Mund halten?« Er wartete nicht erst auf eine Antwort von ihr, sondern fuhr geduldig fort: »Er kennt meinen Ruf. Nein, ich denke, er hätte niemals gestanden, nicht einmal unter Folter.«

»Die zweite Möglichkeit?« drängte Elizabeth ihn stirnrunzelnd.

»Ich hätte den Fall vor William bringen und Belwain in aller Öffentlichkeit anklagen können.«

Elizabeth begann sofort, heftig den Kopf zu schütteln, und er hob abwehrend eine Hand. »Aus zwei Gründen war diese Möglichkeit indiskutabel«, fuhr er fort. »Erstens möchte ich William nicht mit meinen Problemen belasten. Es ist meine Pflicht, mich selbst mit meinen Vasallen zu befassen. William hat im Augenblick auch ohne mich genug damit zu tun, den Frieden in seinem Land und in seinem Haus zu bewahren.« Er seufzte und fügte hinzu: »Er hat es im Moment gewiß nicht leicht. Zweitens«, nahm er seine Erklärung wieder auf, »bestünde die Gefahr, daß Belwain und seine Freunde – seine Zeugen – den König tatsächlich davon überzeugen könnten, daß sie nichts mit der Tat zu tun haben! Dann würde er den Jungen bekommen. Und dieses Risiko wollte ich nicht eingehen.«

»Aber der König würde doch bestimmt dir glauben«, warf Elizabeth ein. Nur für den Fall, daß sie ihn damit verärgert hatte und er deswegen nicht weitersprechen würde, fügte sie hastig hinzu: »Obwohl ich natürlich deine Entscheidung bewundere, solche Probleme vom König fernzuhalten! Außerdem«, sagte sie, bevor sie sich selbst daran hindern konnte, »soll Belwain zwar sterben, aber nicht durch ein Urteil des Königs.«

Geoffrey verdrehte die Augen. »Elizabeth. Du versteifst dich dickköpfig auf eine Sache und weißt gar nicht, wovon du sprichst. Heutzutage ist es nicht mehr üblich, daß der König irgend jemanden tötet.«

»Du hast recht, ich verstehe es nicht«, erwiderte Elizabeth mit einem Stirnrunzeln. »Was geschieht denn, wenn jemand für schuldig befunden wurde, ein scheußliches Verbrechen getan zu haben? Er wird also nicht getötet?«

»Der König hält nichts von so endgültigen Lösungen. Er hat seit Earl Waltheof niemanden mehr umbringen lassen.«

»Ja, aber was geschieht dann mit dem Verbrecher?« fragte sie gereizt. »Klopft er ihnen freundlich auf die Schulter und ermahnt sie, es ja nicht noch mal zu tun?«

»Kaum«, gab Geoffrey zurück. »Seine Methode ist meiner Meinung nach mindestens so hart wie die Todesstrafe. Meistens wird dem Täter ein Glied abgetrennt, oder er wird geblendet. Manchmal kommt der Verbrecher bei der Bestrafung um, manchmal nicht, aber ich kann mir vorstellen, daß einer, der es überlebt, lieber tot wäre.«

Elizabeth erschauderte. So genau hatte sie es doch nicht wissen wollen. »Und die dritte Möglichkeit?« fragte sie, bestrebt, das Gespräch wieder auf ihr usprüngliches Thema zurückzulenken.

»Warten. Ich habe beschlossen, im Augenblick nichts zu unternehmen.« In Erwartung einer fürchterlichen Explosion, nahm er ihre Hände und hielt sie fest.

Elizabeth runzelte die Stirn, schwieg aber. Gewiß würde er gleich weitersprechen und ihr sagen, was genau er vorhatte.

Geoffrey war erstaunt und auch erleichtert, daß der Wutausbruch ausblieb. Er wollte nicht mit ihr streiten. Also lächelte er sie an und küßte sie auf die Stirn. »Wie ich sehe, lernst du langsam, Geduld zu haben. Das freut mich«, sagte er. »Und jetzt erkläre ich dir den Rest meines Planes.«

Elizabeth schwieg weiterhin, nickte aber. Hoffentlich kam er endlich zu einem Schluß! Sie wollte ihn verstehen, wollte ja einsehen, daß er das Richtige tat, wollte wissen, daß sie Frieden finden und ihre Rache bekommen würde. Sie mußte zugeben, daß es in gewisser Hinsicht eine Erleichterung war, ihm die Bestrafung der Mörder zu überlassen.

»Du wolltest wissen, was mit dem Soldaten geschehen ist, den du mir gestern gezeigt hast«, fuhr er fort. »Auch er durfte gehen. Einer meiner Männer, der gerade seine vierzig Tage bei mir abgeleistet hat, ist mit Belwains Männern gezogen. Er erzählte herum, daß sein Dienst bei mir zu Ende sei und er sich ein paar Münzen hinzuverdienen wollte. Dieser Mann wird Augen und Ohren aufhalten und mir Bericht erstatten.«

»Und warum hast du den Soldaten nicht einfach dazu gebracht, dir die Wahrheit zu sagen?« fragte sie.

»Was schlägst du vor, meine süße Frau? Folter?« fragte er lächelnd.

»Grins mich nicht so an, Geoffrey. Ich bin normalerweise kein rachsüchtiger Mensch, aber du warst nicht dabei, du hast nicht erlebt, was ich erleben mußte. Ich habe nicht gesagt, daß du den Mann hättest foltern sollen, sondern nur –«

»Du hast recht. Es gibt nichts, worüber man grinsen könnte.« Er zog sie wieder in seine Arme und drückte sie. Es war seine Art, um Verzeihung zu bitten – etwas, das er noch nie getan hatte –, und er war der Meinung, daß sie sich damit zufriedengeben sollte.

»Ich nehme deine Entschuldigung an«, sagte Elizabeth nun auch leise. Geoffrey wollte sie gerade darauf hinweisen, daß er sich nicht wirklich entschuldigt hatte, aber dann entschied er sich dagegen. Ihre Miene war immer noch ernst.

Wieder las er das absolute Vertrauen in ihren Augen, und es wärmte sein Herz. Gott mochte verhindern, daß er sie jemals enttäuschen mußte. In kürzester Zeit hatte sie es geschafft, seine ganze Welt auf den Kopf zu stellen, hatte für ihn untypische Reaktionen aus ihm herausgelockt, hatte Zärtlichkeit in ihm geweckt. Er weigerte sich, über die Gründe dieser Veränderungen nachzudenken und hatte keinerlei Bedürfnis, seine Gefühle zu ihr zu analysieren. Sie war da, war bei ihm, und das gefiel ihm. Wozu darüber nachdenken?

»Und was ist mit Belwain?« unterbrach sie seine Gedanken.

»Ich habe es dir schon gesagt«, antwortete er. »Ich warte ab.«

»Geoffrey, ich gebe mir alle Mühe, dich zu verstehen«, begann Elizabeth, ohne sich die Mühe zu machen, ihre Verärgerung zu verbergen. »Aber dich dazu zu kriegen, mir eine vernünftige Erklärung zu geben, ist mindestens genauso anstrengend, wie jemandem einen Zahn zu ziehen! Wirklich!«

Geoffrey war der Ansicht, daß er ihr genug gesagt hatte. Soweit es Belwain betraf, so würde er ihn im Augenblick in Frieden lassen. Sie brauchte nicht zu wissen, daß er dem anderen eine Falle stellen würde ... Und wenn dieser andere hineingetappt war, dann würde er Belwain verraten. Wie auch immer, es war zu früh, um es ihr zu erklären. Sie würde warten müssen.

»Hab noch ein wenig Geduld«, sagte Geoffrey besänftigend. »Bald haben wir den Beweis –«

»Ach ja?« fauchte Elizabeth und wand sich aus seinen Armen. »Woher denn? Meinst du, er schießt aus dem Boden wie zarte Triebe im Frühling?« Sie stand auf und wandte ihm den Rücken zu. »Es kann Jahre dauern, bis ein solcher Beweis gefunden wird – gesetzt den Fall, du suchst überhaupt danach! Du legst all deine Hoffnung in diesen einen Mann, diesen Soldaten, den du in Belwains Truppe eingeschleust hast!« Ihre Stimme schwoll bedrohlich an, bis sie schließlich schrie. »Das ist nicht genug, hörst du? Ich habe mir etwas geschworen, Geoffrey! Ich habe mir geschworen, daß ich meine Familie rächen werde, und bei Gott, genau das werde ich auch tun! Hast du mich verstanden?«

»Du wirst gar nichts tun«, bellte Geoffrey. Er sprang mit einem Satz auf die Füße und packte sie an den Schultern. »Versprich es mir! Das ist meine Sache, verdammt noch mal!« Zum zweiten Mal an diesem Morgen brüllte er sie an. Zum zweiten Mal an diesem Morgen hatte sie ihn zur Weißglut getrieben. Das war entschieden zuviel. Sie mußte endlich lernen, wie sie sich ihm gegenüber zu benehmen hatte.

»Nein!« schrie sie, und ihr Trotz war wie ein brennender Span auf einem trockenen Scheiterhaufen.

»Oh, doch!« brüllte er. »Du gibst mir dein Wort, oder ich sperre dich ohne Wasser und Brot ein, bis du es tust!« Die Art, wie sie vor ihm stand – bebend vor Zorn, die Fäuste geballt –, machte ihn nur noch wütender . . . verblüffte ihn jedoch auch. Sie war einen ganzen Kopf kleiner als er, und doch lehnte sie sich hartnäckig gegen ihn auf. Wieso glaubte sie nur, sie hätte eine Chance gegen ihn?

Grob riß er sie in seine Arme und warf sie förmlich auf ihr Pferd.

Elizabeth rappelte sich hoch, bis sie richtig saß, und packte die Zügel so heftig, daß ihre Stute den Kopf hochwarf. »Dann wirst du schon bald Witwer sein«, schrie sie. »Ich verhungere lieber, als ein Versprechen zu geben, das ich nicht halten kann. *Ich* habe eine Ehre!«

»Willst du damit etwa behaupten, ich hätte keine?« brüllte Geoffrey so laut, daß die Stute einen Satz zur Seite machte.

Wenn er so weiterbrüllt, hat er spätestens heute Abend keine Stimme mehr, dachte sie. Aber das geschah ihm nur recht. Besser er war stumm, bevor sie von seinem Geschrei taub wurde.

»Für eine solche Unverschämtheit würde ich jeden Mann zum Kampf fordern!«

»Dann tu es doch«, fauchte sie.

»Schweig! Ich will kein Wort mehr hören! Und wehe, du brüllst mich noch einmal an.«

Tu dies nicht, tu das nicht . . . immer Befehle und Verbote! Sie hatte es satt, so satt. Konnte er denn nicht verstehen, was sie fühlte? Nein, er konnte wohl nicht, sonst würde er nicht von ihr verlangen, daß sie Geduld hatte.

Geoffrey versetzte ihrer Stute einen Schlag aufs Hinterteil, und das Tier stob los. Auf ihrem Heimritt drehte Elizabeth sich kein einziges Mal um. Ihre Gedanken rasten. *Es muß doch etwas geben, was ich tun kann. Ich muß mir etwas ausdenken. Wenn er mir nicht helfen will, dann, bei Gott . . . dann helfe ich mir selbst.*

KAPITEL 9

Kaum einer, der sich nicht einzumischen versuchte! Geoffrey hätte sich die Haare raufen mögen. Selbst die Diener kümmerten sich nicht sonderlich um seine Befehle. Eigentlich hätte er wütend darüber sein müssen, stellte aber zähneknirschend fest, daß er es nicht war.

Nach zwei zermürbenden Wochen war Geoffrey bereit, sich auf einen Waffenstillstand einzulassen; ja, er würde sogar – und er schämte sich nicht, es sich einzugestehen! – seine Niederlage bekennen, wenn er dafür nur ein einziges kleines Lächeln von seiner Frau hätte ergattern können.

Egal, was er tat, was er dachte – alles hing mit ihr zusammen. Seine Gedanken kreisten um sie, und mit jedem Tag, der verstrichen war, hatte er sich weniger auf andere Dinge konzentrieren können. Und das war mehr als ärgerlich.

Dementsprechend mißmutig betrat Geoffrey die Große Halle. Einige Diener fegten gerade die alten Binsen zusammen, um sie durch frische zu ersetzen, und am Tisch saßen zwei seiner Ritter und tranken Ale. Geoffrey wanderte zu dem Stuhl neben dem Kamin, den er immer dann benutzte, wenn er die Rolle des Richters annahm, setzte sich und wartete. Mit regloser Miene saß er da und beobachtete, wie sich einer nach dem anderen lautstark an eine wichtige Aufgabe, die es zu erledigen galt, erinnerte und aus der Halle floh. *Selbst meine Ritter lassen mich allein,* dachte er. Doch er lächelte dabei, denn er wußte sehr gut, warum die Leute sich aus dem Staub machten. Sie hatten Angst vor ihm, und das war ihm durchaus nicht unangenehm. In letzter Zeit war sein Temperament gelegentlich mit ihm durchgegangen, aber konnte man es ihm denn verdenken? Seine Frau trieb ihm zum Äußersten, und welcher Mann würde da nicht gelegentlich das Bedürfnis haben, sich abzureagieren?

Es war ohnehin nicht wichtig; er war es gewohnt, allein zu sein. Einsamkeit gehörte zu seinem Wesen. Als Kind hatte er nur die kampfgestählten Kriegsveteranen um sich gehabt, und nun war er sein eigener Herr, der nur noch seinem Overlord, dem König, verpflichtet war.

Und doch ... plötzlich erkannte er, daß er nicht wirklich allein war. *Sie* war stets bei ihm. *Sie verfolgt dich wie ein Geist, der nicht zur Ruhe kommt,* dachte er mürrisch.

Er begriff nicht, was sie mit ihm angestellt hatte. Es war, als hätte sie einen Bann über ihn gelegt. Als kleiner Junge schon hatte er gelernt, sich gegen Hunger und Durst zu stählen; als Knappe hatte er den eisigen Winternächten getrotzt, die seinen Körper abgehärtet und seinen Verstand auf Selbstdisziplin getrimmt hatten. Aber wie konnte man sich nur gegen Elizabeth stählen? Welche Art von körperlicher Ertüchtigung sollte er wählen, um ihr zu trotzen?

Er stützte die Stirn gegen seine Hand und schloß die Augen. Gott, er hatte es satt, mit ihr zu streiten, obwohl sie seit der Auseinandersetzung im Wald kaum ein Wort miteinander gesprochen hatten. Nur nachts, wenn ihre Körper sich vereinten, redeten sie. Er erinnerte sich mit arroganter Selbstzufriedenheit, aber auch mit ein bißchen Scham an die erste Nacht nach ihrem Streit. Er hatte sie nicht gezwungen – er würde sie niemals zwingen können! –, aber er war auch nicht gerade sanft mit ihr umgegangen. Ja, er konnte sich noch in allen Einzelheiten daran erinnern, was geschehen war, als er spät in ihre Kammer gekommen war. Ihr Anblick hatte ihn sofort erregt. Möglich, daß er einen Becher Ale zuviel getrunken hatte, aber sein Kopf war noch sehr klar gewesen. Sie jedoch hatte ihm vorgeworfen, daß er betrunken sei, und er hatte sich nicht die Mühe gemacht, es ihr auszureden . . .

Sie stand mitten im Zimmer, als er hereingestürmt kam. Der Ausdruck in seinen Augen ließ sie langsam zurückweichen, bis sie mit den Kniekehlen ans Bett stieß. »Du siehst mich an wie ein Panther seine Beute«, flüsterte sie. »Das mag ich nicht.«

»Jetzt vergleichst du mich also mit einem Panther, obwohl ich heute morgen noch dein Löwe war?« höhnte er, während er seine Kleider abstreifte. »Du bist ja ganz besessen von Tieren, Weib.« Sein Blick blieb an ihrem Mund hängen, denn ihre Lippen, die sie nun trotzig geschürzt hatte, kamen ihm noch verführerischer als sonst vor.

Elizabeth fuhr sich nervös mit der Zunge über die Lippen. Sein Verhalten war ihr nicht geheuer – ob er betrunken war? Sie zog die Robe enger um ihre Brüste, wie um sich gegen seinen Blick zu schützen.

»Ich will nicht, daß du mich anfaßt«, sagte sie. Sie versuchte, ihrer Stimme einen entschlossenen Klang zu verleihen, scheiterte jedoch kläglich. Jede Faser in ihrem Körper begann erwartungsvoll zu kribbeln, aber er wußte es Gott sei Dank nicht – oder vielleicht doch?

»Es ist mir egal, was du willst«, murmelte Geoffrey. Vollkommen nackt trat er auf sie zu und blieb nur ein winziges Stück von ihr entfernt stehen. »Zieh deine Kleider aus, Frau, oder ich reiße sie dir vom Körper. Ich will dich. Jetzt!«

Elizabeth wollte sich weigern, doch sein intensiver Blick sagte ihr, daß er tun würde, was er ihr angedroht hatte. Sie war seine Frau, rief sie sich in Erinnerung, als sie langsam ihre Robe abstreifte. Es war ihre Pflicht. Aber Pflicht oder nicht – sie würde dafür sorgen, daß er kein besonderes Vergnügen an dem Akt hatte!

Als sie ebenfalls nackt war, stellte sie sich trotzig vor ihn und warf den Kopf zurück. »Du bist ein arroganter, gemeiner Schuft, aber du bist mein Mann, und deswegen füge ich mich. Aber ich warne dich, Geoffrey – glaub ja nicht, daß ich mich heute abend anstrengen werde, es dir recht zu machen. Ich werde daliegen wie ein Brett! Du wirst wenig Vergnügen finden, verlaß dich darauf!« Ihre Brüste hoben und senkten sich, als sie vor Nervosität nach Atem rang.

Zu ihrer Überraschung warf er den Kopf zurück und lachte, bis ihm die Tränen die Wangen herabliefen. *Er ist wirklich betrunken,* dachte sie verächtlich. Wie sollte sie ihm eine Lektion erteilen, wenn er zu benebelt war, um es zu bemerken?

»*Wenig* Vergnügen, Frau? Ich denke, ›wenig‹ ist das letzte Wort, das ich benutzen würde, um deine Reaktion zu beschreiben, wenn ich dich berühre!« Er gab ihr keine Zeit, etwas zu erwidern, sondern riß sie grob an sich. Sie keuchte auf, und er lachte wieder. »Du willst heute also steif wie ein Brett daliegen?« fragte er drohend.

»Ja«, flüsterte Elizabeth und begann zu zittern, als ihr Mann nun ihren Hals küßte. Sie mußte sich an seine muskulösen Arme klammern, da ihre Knie einzuknikken drohten. Seine Zunge liebkoste die zarte Haut an ihrem Hals und entlockte ihr schon jetzt kleine stöhnende Laute. Sie schaffte es immerhin, starr in seinen Armen zu stehen, bis seine Hände ihren Rücken entlangglitten und er ihre Pobacken zu massieren begann. Als sie nicht mehr anders konnte, als sich an ihn zu schmiegen, hob er sie an und preßte sie gegen seine Erektion.

»Du wirst betteln heute nacht«, knurrte er und riß ihren Kopf zurück, um sie zu küssen. Bevor sie protestieren konnte, stieß er seine Zunge in ihren Mund.

Elizabeth begann instinktiv, an seiner Zunge zu saugen und nahm sein Aufstöhnen mit Befriedigung zur Kenntnis.

Plötzlich hob er sie hoch, trug sie zum Bett und legte sie auf den Bauch. Als er sich über sie warf, glaubte sie, ersticken zu müssen, doch dann hob er sich wieder von ihr und fuhr mit seiner Zunge ihr Rückgrat entlang. Bald krallten sich ihre Finger in das Kissen, und sie konnte das Wimmern nicht mehr unterdrücken. Geoffreys Hand glitt zwischen ihre Schenkel und streichelte sie dort, bis sie glaubte, es nicht mehr lange aushalten zu können.

»Sag mir, daß du mich willst«, verlangte er, und Elizabeth wußte, sie hätte alles gesagt, wenn er ihr nur die ersehnte Erlösung verschaffte.

»Ja, Geoffrey«, keuchte sie, als seine Finger in sie eindrangen. »Ich will dich.« Ein tiefes Stöhnen entrang sich ihrer Kehle. Sie versuchte, sich auf den Rücken zu rollen, und ihn in ihre Arme zu ziehen, aber er hielt sie fest. Dann drängte er sich zwischen ihre Beine und hob ihre Hüften an.

»Sag es noch mal!« befahl er rauh.

»Ich will dich«, schrie Elizabeth. »Geoffrey, bitte!« flehte sie. Es war ihr vollkommen egal, ob sie jammerte und bettelte – sie wollte nur noch ihn.

Geoffrey knurrte laut und drang in sie ein. Elizabeth begann zu schluchzen und schloß die Augen, als heiße

Lust ihren ganzen Körper durchdrang. Sie stand kurz vor der Erlösung, als Geoffrey aufhörte, sie umdrehte und in seine Arme zog. Er küßte sie wild, während er sich auf den Rücken rollte und sie auf sich zog. Dann drang er wieder in sie ein, und Elizabeth lehnte sich zurück, während er ihre Hüften festhielt und ihr zeigte, wie sie sich bewegen sollte. Sie tat es instinktiv, erst langsam, dann immer wilder, bis die Lust in ihrem inneren explodierte und sie schluchzend seinen Namen schrie. Mit einem letzten Stoß bäumte sich Geoffrey auf und krallte sich in ihre Hüften, bis das Beben ihrer Körper nachließ. Sie schlugen die Augen auf und ihre Blicke trafen sich. In seinen Augen lag kein Ausdruck des Triumphes, in ihren war keine Unterwerfung zu finden – sie starrten sich beide nur staunend und ein wenig verwirrt an.

Elizabeth ließ sich auf seine Brust sinken und versuchte, einen klaren Kopf zu bekommen, doch es wollte ihr nicht gelingen. Ihre Wahrnehmung war geschärft, aber auf sinnliche Reize eingestellt. Ihre Körper verströmten den Moschusduft ihres Liebesspiels, und es fiel ihr schwer, sich auf irgend etwas anderes zu konzentrieren. Selbst der goldene Schein der Kerze kam ihr wie ein erotisches Signal vor.

Bitte, Geoffrey, verhöhn mich nicht und lach mich nicht aus, dachte sie. Erst jetzt bemerkte sie, daß sie seine Brust streichelte, und hielt inne. »Jedes Mal ist es wie das erste Mal«, flüsterte sie und wünschte sich sofort, sie hätte ihren Gedanken für sich behalten. Er atmete bereits ruhiger, und sie hoffte, daß ihn der Schlaf gleich übermannen würde. Vielleicht hatte er bis morgen vergessen, wie kläglich sie in ihrem Bestreben, den Akt nur reglos über sich ergehen zu lassen, gescheitert war. Er hatte es ihr prophezeit und triumphiert.

»Nein, Geliebte, es ist jedes mal ein bißchen besser«, sagte er heiser. Seine Hand streichelte zärtlich ihren Schenkel. »Sieh mich an, Elizabeth«, befahl er plötzlich. »Ich will wissen, ob ich dir weh getan habe.«

Sie stützte ihren Kopf auf eine Hand und sah ihm in die Augen. Am liebsten hätte sie ihn wieder geküßt, beherrschte sich jedoch. »Du hast mir nicht weh getan«, sagte sie sanft.

Seine Hände strichen ihr das Haar aus dem Gesicht und streichelten so zärtlich ihre Wange, daß Elizabeth die Tränen in die Augen stiegen. Er hob den Kopf und küßte sie mit weichen Lippen. »Das, was zwischen uns ist . . . Es wäre wie eine Blasphemie, dies als Waffe zu benutzen, um dem anderen weh zu tun. Du darfst mir niemals verweigern, was mir gehört«, sagte er. In seiner Stimme lag keine Verärgerung, sondern nur Zärtlichkeit, als er fortfuhr: »Und ich werde dir niemals verweigern, was dir gehört.«

»Aber, Geoffrey«, flüsterte Elizabeth. »Wie können wir –«

»Der Streit endet an der Tür unserer Schlafkammer, Frau.«

»Und beginnt jeden Tag aufs neue, wenn wir die Kammer verlassen?« fragte sie traurig.

»Wenn du willst«, erwiderte Geoffrey.

Elizabeth fiel darauf keine Antwort ein. Sie schloß die Augen und legte ihre Wange auf seine Brust. Im Augenblick verstand sie gar nichts. Vielleicht, dachte sie gähnend, vielleicht werde ich morgen früh alles klarer sehen.

Geoffrey war vollkommen sicher gewesen, daß seine Frau am Morgen nach jener Nacht zu ihm kommen und ihn um Verzeihung bitten würde. Ha! Er schnaubte verächtlich! Wie hatte er bloß auf eine so alberne Idee kommen können? Als er sie aufgefordert hatte, ihm endlich das Versprechen zu geben, das er am Tag zuvor eingefordert hatte, war sie nur wortlos zum Fenster gegangen und hatte auf die Sonne gezeigt. Ein neuer Tag, der Streit ging weiter! Oh, am liebsten hätte er sie verprügelt! Stattdessen war er hinausgegangen, hatte sie eingesperrt und verkündet, daß sie weder Wasser noch Essen noch Besuche haben dürfte. Anfangs schienen alle seinen Anweisungen zu folgen; wahrscheinlich hatten sie geglaubt, daß der Zank zwischen Mann und Frau spätestens in der folgenden Nacht vergessen sein würde.

In der Tat war die Nacht auch wieder ein Erlebnis gewesen . . . Doch am nächsten Morgen hatte sich der Streit fortgesetzt. Und kurz darauf hatte die Dienerschaft begonnen, sich ihm zu widersetzen. Die Tür war immer öfter unverschlossen gewesen, Mahlzeiten waren auf mysteriöse Weise in ihrer Kammer aufgetaucht, obwohl jeder, den er fragte, beteuerte, er könne sich nicht erinnern, irgendwelche Teller hineingebracht zu haben. Doch seine Frau weigerte sich ohnehin, auch nur einen Bissen zu sich zu nehmen. Am dritten Tag war es Geoffrey selbst gewesen, der sie zum Essen zu überreden versuchte. Als der vierte Tag zu Ende gegangen war, hatte er es ihr befohlen. »Du wirst mir hier nicht Hungers sterben«, hatte er sie angebrüllt. Und als sie ihn mit einer hochgezogenen Augenbraue angesehen hatte, hatte er nur gemurmelt, er hätte keine Lust, ihrem Großvater und ihrem Bruder Kummer zu bereiten.

Schließlich hatte er sich eine andere Strategie ausgedacht, mit der er sie wieder für sich gewinnen wollte. Oh, er war tatsächlich überzeugt gewesen, daß es funktionieren würde. Bei anderen Frauen hätte es das auch, aber er war nun einmal mit Elizabeth verheiratet, und sie war nicht wie andere Frauen. Sie hatte nicht einmal einen Blick auf die herrlichen Stoffe geworfen, und die Näherin war verzweifelt zu ihm gekommen, um ihn anzuflehen, er möge seiner Frau befehlen, sich für die Anproben zur Verfügung zu stellen...

Natürlich hatte er genau das getan, und inzwischen war er längst wütender auf sich selbst als auf sie gewesen. *Lerne deinen Gegner kennen.* Wie oft hatte er diesen Satz selbst gesagt. Das Problem war nur, daß er einfach nicht begriff, was in ihrem Kopf vorging. Und er hatte auch keinerlei Bedürfnis, seine Frau als Gegner zu sehen!

»Verzeiht, Geoffrey«, riß ihn eine Stimme wieder in die Gegenwart. »Ich würde gerne mit Euch reden.« Geoffrey blickte auf und sah, daß Elslow, Elizabeth' Großvater, vor ihm stand.

»Ihr bewegt Euch mit der Lautlosigkeit eines Jägers«, murmelte Geoffrey mürrisch. »Ich habe Euch nicht kommen hören.«

»Das liegt wohl eher daran, daß Ihr mit Euren Gedanken in weiter Ferne wart«, erwiderte Elslow lächelnd.

»Ja«, gab Geoffrey seufzend zu.

»Ohne Zweifel bei meiner Enkelin«, stellte Elslow fest und wedelte abwehrend mit der Hand, als Geoffrey zum Widerspruch ansetzte. »Vergeßt es, Geoffrey. Ihr benehmt Euch wie ein Kind!«

Geoffrey war derart verdattert über die Bemerkung seines neuen Freundes, daß er nur den Kopf schütteln konnte. »Ihr riskiert eine Menge mit solch unverschämten Worten, Elslow«, sagte er verärgert, als er sich wieder gefaßt hatte.

Elslow ließ sich durch die Drohung nicht beirren. »Unsinn, Geoffrey, ich riskiere gar nichts! Aber Ihr – Ihr riskiert alles!« Er zog sich einen Stuhl heran – ohne um

Erlaubnis zu fragen, wie Geoffrey sehr wohl bemerkte! – und setzte sich ihm gegenüber. In aller Seelenruhe streckte er die Beine vor sich aus und rutschte ein wenig auf dem Stuhl herum, bis er bequem saß, dann erst sah er den Baron wieder an. »Sie hat ihre Sturheit von der Familie ihres Vaters geerbt, wißt Ihr?« sagte er mit einem Grinsen.

Geoffrey konnte nicht anders – er mußte lachen. »Ganz bestimmt.« Dann wurde er wieder ernst. »Ja, sie ist in der Tat stur, Elslow, aber ich kann ihr noch nicht geben, was sie haben will. Noch nicht. Und deswegen will sie mir nicht mehr vertrauen.«

»Sie glaubt, daß es Euch egal ist, was sie denkt«, sagte Elslow. Es war das erste Mal seit zwei Wochen, daß Geoffrey sich auf ein Gespräch über seine Frau einließ, und Elslow war entzückt. Er spürte, daß der Mann seiner Enkelin gerne Frieden schließen wollte.

»Aber wie kann sie auf einen solchen Gedanken kommen«, stieß Geoffrey empört hervor. »Ich habe sie einen Abend sogar ›Geliebte‹genannt. Ja, in Ordnung, ich befand mich gerade in einem Zustand . . . ähm, höchster Leidenschaft, aber es war doch immer noch ein . . . ein Kosewort. Sie ist die einzige Frau, der ich je –«

Elslow gab sich redlich Mühe, nicht laut loszuprusten. »Redet mit ihr. Verwendet noch mehr süße Worte. Erklärt, warum Ihr so handelt, wie Ihr es tut«, drängte er.

»Nein!« In der Weigerung lag kein Trotz, kein Zorn. »Ich brauche nichts zu erklären«, sagte er ruhig. »Sie muß lernen, sich in Geduld zu fassen. So muß es sein.«

»Und habt Ihr Eure Sturheit von väterlicher oder mütterlicher Seite?« fragte Elslow grinsend.

Geoffrey sah ihn verdutzt an. »Weder noch. Ich kann mich an meine Eltern nicht erinnern.«

»Nun, das erklärt zumindest, warum Eure Gefühle

Euch derart verwirren«, bemerkte Elslow trocken. »Aber ich sage Euch eins, Geoffrey: Im Laufe der Jahre habe ich gelernt, daß wir genau die Fehler der anderen nicht leiden mögen, die in uns selbst stecken.«

Geoffrey stand auf und wäre fast über Elslows Füße gefallen. »Laßt uns ein Stück gehen. Dann könnt Ihr mir Eure rätselhaften Worte erklären.«

Elslow nickte und folgte Geoffrey hinaus. Er schwieg, bis sie den Hof verlassen hatten und in südlicher Richtung weitermarschierten.

»Ihr seid beide entsetzlich dickköpfig, Geoffrey, und das ist eine Tatsache, die Ihr kaum abstreiten könnt«, begann Elslow und verschränkte die Hände auf dem Rücken, während sie den kleinen Hügel hinaufstiegen. »Geoffrey, Ihr seid sowohl älter und erfahrener als auch gefestigter als Elizabeth. Deswegen solltet Ihr es sein, der Frieden anbietet. Wenn Ihr ihr etwas beibringen wollt, dann tut es mit freundlichen Worten und Sanftheit, ansonsten werdet Ihr sie verlieren.«

»Habe ich sie denn je gehabt?« murmelte Geoffrey.

»Oh, ja, mein Sohn.« Elslow lächelte leicht. *Sie wissen beide nicht, daß sie einander lieben,* dachte er, *und das ist ihr größtes Problem. Statt es sich einzugestehen, wehren sie sich dagegen, um sich zu schützen.* »In dem Augenblick, in dem sie den Eid der Ehe gesprochen hatte, war sie Euer.«

Geoffrey schüttelte den Kopf und beschleunigte seinen Schritt. »Ihr irrt Euch«, sagte er. Als Elslow darauf keine Antwort gab, warf er dem alten Mann einen Seitenblick zu und fuhr fort: »Ständig redet sie davon, wie sehr ihre Eltern sich geliebt haben. Ich kann das nicht glauben. Eine solche Liebe ist mir noch nie begegnet. Nicht einmal zwischen William und Matilda, möge sie in Frieden ruhen, hat es so etwas gegeben.« Wieder bedachte er Elslow mit einem Blick. »Manchmal denke ich, Elizabeth hat sich die Geschichten ausgedacht. Wie können sich zwei Menschen so aneinander binden, so abhängig voneinander machen ... Das ist doch verrückt!«

»Sie hatten keine Wahl«, sagte Elslow ruhig. »Aber es ist natürlich nicht über Nacht geschehen, wie meine Enkelin Euch glauben machen will. Euer König hat meine Tochter mit Thomas verheiratet, um Montwright zu bekommen, und ich kann bezeugen, daß die zwei Frischvermählten sich anfangs nur stritten, daß die Fetzen flogen.« Er lachte laut auf. »Sie ist zweimal weggelaufen. Mit seinen beiden Töchtern!«

»Erzählt mir mehr davon«, bat Geoffrey grinsend. Diese Geschichte gefiel ihm wirklich, und er fragte sich, ob Elizabeth davon überhaupt etwas wußte.

»Thomas hatte zwei kleine Mädchen, die bemitleidenswert aussahen«, begann Elslow. »Nicht, daß sie nicht hübsch waren oder schäbige Kleider trugen ..., nein, es war ihr Blick. Sie wirkten wie Waisenkinder, so traurig, daß es einem das Herz zerreißen konnte. Als ihre Mutter starb, waren sie fast noch Säuglinge, und man riß sie aus ihrer vertrauten Umgebung, um sie nach Montwright zu verfrachten – ein Ort, der damals noch kalt und freudlos war. Meine Tochter brauchte nur etwa einen Monat, um die zwei aus ihrer Lethargie herauszuholen. Als sie das erste Mal mit ihnen von Montwright ausriß, kam sie zu mir nach London. Es war verblüffend, wie sehr die Mädchen sich verändert hatten. Meine Tochter liebte sie, und unter ihrer Fürsorge blühten sie richtiggehend auf.«

»Aber was hat Thomas unternommen?« fragte Geoffrey.

»Nun, er kam ihr natürlich hinterher«, antwortete Elslow. »Er schob seine Töchter als Grund vor, warum er seine Frau nicht verpügelte. Aber ich wußte es besser. Er hätte nie die Hand gegen sie erhoben. Er hatte sie von Anfang an geliebt, war aber viel zu stur, um es sich selbst einzugestehen.«

Geoffrey blieb stehen und wandte sich Elslow zu. »Ich verstehe nicht, warum Ihr ihn nicht gehaßt habt. Er hat Euch genommen, was Euer war, und Euch hinausgeworfen.«

»Anfangs war ich gegen ihn eingenommen, das ist wahr«, gab Elslow zu. »Aber dann sah ich meine Tochter mit seinen beiden Mädchen. Die Kleinen vergötterten sie. Sie war ihr ein und alles. Und ich bemerkte, wie Thomas sie ansah, erkannte, wieviel sie ihm bedeutete. Einmal sagte ich ihm, daß ich ihn umbringen würde, wenn er ihr etwas antäte, und statt zornig zu werden, antwortete er mir nur, das wäre dann in der Tat das Beste, was ich tun konnte. Er gab mir sein Wort, sie zu lieben und zu ehren, und er hielt es, bis er starb.«

Geoffrey versuchte, Thomas' Bild vor seinem inneren Auge heraufzubeschwören, aber es blieb vage. »Er war ein bescheidener Mann, wenn ich mich recht erinnere. Und ruhig.«

»Er war zufrieden.«

»Wie ich bisher auch«, fauchte Geoffrey plötzlich. »Bis Eure Enkelin in mein Leben marschiert ist. Dieses Durcheinander muß ein Ende haben, Elslow. Bald wird alles wieder sein wie früher.«

Elslow wußte, daß es im Augenblick keinen Sinn hatte, noch mehr zu sagen. Er nickte, wandte sich um und entfernte sich von Geoffrey. Der Mann seiner Enkelin brauchte Zeit, um über dieses Gespräch nachzudenken. Später würde Elslow es erneut versuchen. Die Rolle des friedenstiftenden Vermittlers war ihm vollkommen neu, und er stellte fest, daß sie ihn ziemlich durstig gemacht hatte. Der Gedanke an ein kühles Ale beflügelte seinen Schritt, als er auf die Festung zuging. Vielleicht konnte er Roger überreden, mit ihm eine Partie Schach zu spielen. Ja, ein Ale und eine Partie Schach, das war nun genau das, wonach es ihn gelüstete.

Geoffrey verharrte immer noch dort, wo Elslow ihn stehengelassen hatte, und dachte über die Worte des alten Mannes nach. Dann straffte er die Schultern, verschränkte die Hände auf dem Rücken und setzte sich langsam in Bewegung. Er wollte einen Moment allein sein.

Der kleine Thomas rief ihm etwas zu, und Geoffrey blieb stehen und beobachtete, wie der Junge mit einem kleinen Speer in der Hand auf ihn zugelaufen kam. Elslow hatte den Spielzeugspeer erst gestern abend zurechtgeschnitzt.

»Und was hast du damit vor?« fragte Geoffrey in einem Tonfall, den er für freundlich hielt.

»Ich darf an der Strohpuppe üben!« schrie der Junge begeistert.

»Und wer übt mit dir?«

»Gerald«, erwiderte Thomas und deutete hinter sich. Der Knappe, der gerade um die Ecke bog, führte sein Pferd am Zügel. »Seht nur, was er gemacht hat«, sagte Thomas begeistert und zeigte in eine andere Richtung.

Geoffrey folgte seinem ausgestreckten Finger und sah einen Pfahl, etwa fünf Fuß hoch, der in den Boden gerammt worden war. Oben war ein Querbalken befestigt, an dessen einem Ende eine Strohpuppe hing, während an dem anderen ein Sandsack befestigt war. Zweck dieser Konstruktion war das Üben von Wendigkeit und Schnelligkeit: Im Vorbeireiten stieß man die Lanze in die Puppe, doch da der Sandsack augenblicklich herumschwang, mußte man geschickt ausweichen, um nicht aus dem Sattel gehauen zu werden. Diese Übung war für älterere, etwas erfahrenere Knappen gedacht, aber für einen kleinen Jungen zu gefährlich. Geoffrey lächelte den Jungen an und sagte: »Heute wirst du nur zusehen, einverstanden? Später überlegen wir, ob du vielleicht vorne bei Gerald im Sattel sitzen darfst, wenn er diese überaus schwierige Übung ausführt.«

Gerald schwang sich in den Sattel seines Pferdes und zeigte Thomas, wie man es machte. Das Kind war so beeindruckt, daß es den Speer fallen ließ und begeistert in die Hände klatschte. »Noch mal«, rief Thomas und rannte auf den Knappen zu. »Mach das nochmal.«

Gerald, der sah, daß er die ungeteilte Aufmerksamkeit seines Herrn besaß, ließ sich das nicht zweimal sagen. Dies war die Gelegenheit, dem Baron zu beweisen, wie gut und behende er war! Er wendete sein Pferd und stürmte auf den Balken zu. Er zielte mit der Speerspitze auf den Brustbereich der Puppe, schätzte in seinem Eifer jedoch die Entfernung falsch ein und traf die Puppe unterhalb des Helmes. Die Wucht des Speers trennte den Strohkörper ab, während der Kopf am Balken hin- und herpendelte.

Gerald wäre am liebsten in den Boden versunken! Vor den Augen des Barons hatte er sich vollkommen lächerlich gemacht! Wie furchtbar. Er wollte gerade zu einer Erklärung für den verdorbenen Wurf ansetzen, als sein Blick den Jungen streifte. Er sah in Thomas' Gesicht, und was er darin las, ließ ihn mitten in der Bewegung erstarren. Und dann löste sich der Schrei aus der Kehle des Jungen, ein Schrei, der so gequält klang, daß es Gerald das Blut in den Adern gefrieren ließ. Der Knappe riß instinktiv die Hände an die Ohren, um diesen furchtbaren Laut zu dämpfen.

Geoffrey reagierte als erster. Er rannte zu dem Kind

hinüber, packte es bei den Schultern und drehte den Jungen herum, damit er in sein Gesicht sehen konnte. Die Qual, die er darin las, verursachte ihm beinahe Übelkeit. Das Kind schrie und schrie, und Geoffrey konnte es nur an sich ziehen, festhalten, und hoffen, daß es vorbeiging.

Von irgendwo her stürmte Roger, dicht gefolgt von Elslow, heran. Geoffrey bedeutete ihnen mit einer Geste, daß nichts geschehen war, und hob den Jungen auf die Arme. Der Junge hörte auf zu schreien und begann herzzerreißend zu schluchzen. Sein Kopf fiel erschöpft gegen Geoffreys Brust, doch sein kleiner Körper verkrampfte sich, als die verdrängten Bilder der scheußlichen Tat auf ihn einstürmten. »Meine Mama«, weinte er. »Mama!«

»Es ist vorbei, Thomas, alles ist vorbei«, flüsterte Geoffrey immer wieder, während er den Kopf des Jungen streichelte. Es kam ihm wie eine Ewigkeit vor, bis seine Worte Wirkung zeigten, und der Junge sich ein wenig beruhigte. Die Schluchzer ließen langsam nach.

Roger und Elslow traten beiseite, um Geoffrey mit dem Jungen in den Armen durchzulassen. Er wollte ihn zu Elizabeth bringen, doch in diesem Augenblick kam sie bereits angerannt.

Der Ausdruck in ihrem Gesicht machte ihm das Herz genauso schwer wie der Kummer des Jungen. Sie blieb stehen, als sie sah, daß er auf sie zukam, doch die Furcht und das Entsetzen in ihrer Miene blieb.

Geoffrey schloß aus der Art und Weise, wie sie auf Thomas' Rücken starrte, daß sie glaubte, er sei verletzt. Als er sie erreicht hatte, schüttelte er leicht den Kopf und flüsterte: »Er hat sich erinnert.«

Elizabeth verstand. Tränen schossen in ihre Augen, als sie nickte und mit zitternder Hand den Rücken des

Jungen berührte. Geoffrey nahm ihre Hand und zog seine Frau an seine Seite. Einen Arm um ihre Taille gelegt, setzte er sich wieder in Bewegung.

Während sie zu dritt auf die Burg zugingen, lehnte sich Elizabeth gegen ihn. Seine Nähe und seine Umarmung waren tröstend, und sie war mit dem vorübergehenden Waffenstillstand mehr als einverstanden. Der Schock, als sie geglaubt hatte, daß Thomas ernsthaft verletzt worden war, saß noch tief. Außerdem war Thomas' Wohlbefinden nun das allerwichtigste. Nur gemeinsam konnten Geoffrey und sie den verstörten Jungen wieder auffangen ...

»Thomas, geh sofort von dem Sims herunter«, befahl Elizabeth. »Wenn du die zwei Stockwerke runterfällst, dann flick ich dich nicht wieder zusammen.« Der Junge ignorierte Elizabeth' Ermahnung und bespuckte weiterhin seine unschuldigen Opfer, die unter dem Fenster von Elizabeth' Kammer entlanggingen. Gerade hatte er wieder einen Treffer gelandet und kicherte vor Vergnügen.

Geoffrey, der soeben die Tür öffnete, hörte die nächsten Worte seine Frau noch. »Wenn du da nicht sofort herunterkommst, dann sag' ich es deinem Lord, und er wird sehr böse auf dich«, drohte sie. »Und wenn ich ihn darum bitte, setzt es auch noch eine Tracht Prügel.«

Die Drohung wirkte, denn der Siebenjährige kletterte hastig zu Boden, wobei er den Stuhl, auf dem er gestanden hatte, umstieß. »Vielleicht hört er ja gar nicht auf dich«, sagte Thomas mit einem Kichern. Es machte ihm Spaß, seine Schwester zu ärgern, besonders wenn es so ein langweiliger Tag war wie dieser.

»Oh, er wird, verlaß dich drauf.« Die Überzeugung in

ihrer Stimme ließ sein Grinsen verblassen, und als er sich schmollend zum Bett begeben wollte, entdeckte er Geoffrey an der Tür. Augenblicklich wurde er feuerrot.

Geoffrey warf dem Jungen einen finsteren Blick zu und wandte sich dann an seine Frau. Vollkommen ernst fragte er sie: »Soll ich ihn verprügeln oder nicht?«

Elizabeth sah an dem vergnügten Funkeln seiner Augen, daß er nur Spaß machte, aber das brauchte ihr aufsässiger kleiner Bruder ja nicht zu wissen. »Ich werde darüber nachdenken, Geoffrey«, sagte sie genauso ernst. »Seit gestern macht dieser Bengel nur Unsinn. Er hat Honig in Geralds Hemd geschüttet –«

»Aber ich dachte doch, er fänd' das lustig«, protestierte ihr Bruder aufgebracht.

»Gerald fand das überhaupt nicht lustig«, fuhr Elizabeth ihn an, »und heute hat Roger ihm gesagt, er solle sich für den Rest des Tages nicht mehr aus dem Zimmer wagen, weil er versucht hat, auf den Hunden zu reiten! Und nun«, schloß sie, »bespuckt er deine Soldaten, obwohl ich es ihm verboten habe. Was sagst du dazu, Mylord?«

Geoffrey schüttelte den Kopf. Es war erst fünf Tage her, seit Thomas sein Gedächtnis zurückerhalten hatte, und in dieser kurzen Zeit war eine totale Veränderung in ihm vorgegangen. Er war zu einem ungebärdigen, vollkommen sorglosen Kind geworden, das mindestens zweimal am Tag durch seine Unvorsichtkeit in Lebensgefahr geriet und gerettet werden mußte.

»Was hast du zu deiner Verteidigung zu sagen?« fragte Geoffrey das Kind. Der Drang zu lachen wurde schier übermächtig, aber Thomas mußte begreifen, daß es gewisse Grenzen gab, innerhalb derer er bleiben mußte, falls er irgendwann zum Ritter geschlagen werden wollte. Das Leben war gefährlich, und es war dringend notwendig, daß er das lernte. Im übrigen befürchtete Geoffrey, daß seine Frau *ihm* eine Tracht Prügel verabreichen würde, wenn er auch nur die Andeutung eines Grinsens zeigte.

Thomas kniete vor ihm nieder und legte eine Hand auf sein Herz. Er spähte von unten hinauf, um zu sehen, ob seine dramatische Geste den gewünschten Effekt hatte, mußte aber feststellen, daß der Baron noch immer die Stirn runzelte. Also kniff Thomas fest die Augen zu und sagte schnell: »Ich bitte Euch um Verzeihung. Ich tu's nie wieder. Versprochen«, setzte er hoffnungsvoll hinzu.

»Du bist absolut disziplinlos, und ich frage mich ernsthaft, wie du jemals ein Ritter werden willst«, schimpfte Geoffrey. »Jetzt steh auf und komm mit. Ich werde dir eine Arbeit geben, damit du keinen Unsinn mehr machen kannst.«

»Geoffrey? Kann ich einen Moment mit dir sprechen?« fragte Elizabeth sanft.

»Verschwinde und warte auf mich an der Treppe!« befahl Geoffrey dem Jungen. Sobald die Tür hinter dem Kind zugefallen war, begann Geoffrey leise zu lachen.

»Es ist wirklich nicht so lustig«, sagte Elizabeth halb verärgert, halb verzweifelt. »Vater hat ihm immer alle Freiheiten gelassen. Er hat absolut kein Benehmen.«

»Ach, so übel ist er gar nicht«, antwortete Geoffrey. »Mit der Zeit wird er schon lernen, was von ihm erwartet wird.«

»Sara hat mir gesagt, daß gepackt werden soll«, sagte sie. »Was –«

»Ich wollte es dir heute abend erzählen, wenn wir allein sind«, antwortete Geoffrey. Er war immer noch sehr wachsam, wenn er zu seiner Frau ging, denn ihm gefiel der momentane Frieden sehr gut, und er wollte ihn nicht durch eine unbedachte Bemerkung zerstören. »Wir werden in zwei Wochen nach Berkley reisen. Ich muß mich vorher noch um etwas anderes kümmern, so daß ich ein paar Tage weg sein werde, aber es wird nicht besonders lange dauern. Und wenn ich zurückkomme, möchte ich, daß du zur Abreise bereit bist.« Er hoffte, daß sie nicht fragen würde, wohin er wollte und was er vorhatte, doch ihre Gedanken waren schon woanders.

»Und was ist mit Thomas?« fragte sie. Sie faltete die Hände hinter dem Rücken, damit er ihr Zittern nicht bemerkte, aber er wußte, daß sie seine Antwort fürchtete.

»Er wird hier bei deinem Großvater bleiben. Ich habe Elslow vorübergehend als seinen Vormund bestimmt«, sagte Geoffrey. »Ich möchte ihn jetzt nicht aus seiner vertrauten Umgebung herausreißen. Er hat in letzter Zeit genug durchgemacht.« Als er ihre überraschte Miene sah, lächelte er. »Hältst du mich für so ein Ungeheuer, daß ich mich einfach über die Bedürfnisse eines kleinen Jungen hinwegsetzen würde?«

»Nein«, flüsterte sie und erwiderte sein Lächeln. »Ich glaube, du bist wirklich ein vernünftiger Mensch.«

»Im nächsten Sommer werden wir Thomas dann zu uns holen. Das sollte mir genug Zeit geben, meinen Besitz rundum zu verstärken und zu vernageln, so daß er ihn nicht in Schutt und Asche legen kann.«

Ihr Lächeln wurde noch ein wenig breiter. »Ich werde dir dabei helfen, Geoffrey.« Sie ging zu ihm und legte ihm schüchtern die Arme um die Taille. »Dann wirst du meinen Bruder nicht zum König schicken?« fragte sie. »Du hast deine Meinung geändert?«

»Ja«, sagte Geoffrey. Er streichelte ihr übers Haar und fügte hinzu: »Mir ist aufgefallen, daß ich in letzter Zeit öfter meine Meinung ändere.«

»Zum Beispiel?« fragte Elizabeth lächelnd.

Er setzte zu einer Antwort an, aber Elizabeth stellte sich auf die Zehenspitzen und küßte ihn, bevor er ein Wort sagen konnte. Es war ein zärtlicher Kuß, den er sofort erwiderte.

»Zum Beispiel gefällt es mir inzwischen, wenn du mir deine Zuneigung zeigst«, antwortete er schließlich. »Ich habe mich an die Frechheiten, die du dir herausnimmst, gewöhnen können. Natürlich nur deswegen, weil ich weiß, daß du gar nicht anders kannst!«

Elizabeth lachte, und da war wieder das Funkeln in ihren Augen, das er so gerne sah. Geoffrey kannte diesen Blick nun schon und wappnete sich innerlich gegen den kessen Spruch, der nun kommen würde, oder die Falle, die sie ihm stellen wollte.

Aye, dachte er, er lernte seine Frau tatsächlich langsam kennen.

»Hältst du dich für so unwiderstehlich?« fragte sie ihn.

»Eigentlich tat ich das nicht, bis du in mein Leben getreten bist«, antwortete er. »Weißt du, es liegt an der Narbe. Viele Frauen mögen sie nicht.« Er brach ab, als sie begann, eben diese Narbe mit kleinen, hauchzarten Küssen zu bedecken. »Aber du ...« Plötzlich wußte er nicht mehr, was er hatte sagen wollen, denn seine Frau hatte sein Ohr erreicht, und ihr heißer Atem ließ sein Blut in Wallungen geraten. »Hör auf damit, Frau«, schimpfte er. »Es ist heller Tag, und ich habe viel zu tun.« Er versuchte, seiner Stimme einen kraftvollen, entschlossenen Klang zu verleihen, scheiterte aber kläglich.

Elizabeth machte sich los und bedachte ihn mit einem

Blick, der sehr deutlich verriet, woran sie gerade dachte. »Aye, Geoffrey«, flüsterte sie verführerisch. »Es gibt viel zu tun.«

Geoffrey riß sie zurück in seine Arme und küßte sie hungrig. »Du bist furchtbar, Weib«, seufzte er.

Elizabeth hatte ihn ursprünglich nur dazu bringen wollen, daß auch er zugab, wie unwiderstehlich sie für ihn war, doch nun hatte dies keine Bedeutung mehr. Das Spiel aus Geplänkel und Neckerei war vorbei, als er ihr erregende Versprechungen ins Ohr flüsterte . . .

Später wußte sie nicht mehr, wer wen ausgezogen hatte, erinnerte sich nur noch an das Feuer, das sofort aufflammte, als ihre Haut die seine berührte, als sie sich aneinanderschmiegten und ihre Körper sich vereinten.

»Oh, Geoffrey«, stöhnte sie dicht an seinem Ohr. »Du machst mich –«

Seine Zunge stieß in ihren Mund und erstickte ihre Worte. Elizabeth gab sich ganz ihrer Lust hin. Ihre Nägel gruben sich in seine Schultern, als er sie aufhob, sie gegen die Wand drückte und in sie eindrang. Er ging nicht sanft mit ihr um, und sie nicht mit ihm. Sie hatte die Beine um seine Hüften geschlungen, und er hielt sie an sich gepreßt, während er versuchte, sein Tempo zu verringern, damit sie vor ihm kam. Doch ihre wilden, rastlosen Bewegungen an seinem Körper ließen ihn diesen Gedanken rasch vergessen. Er stieß wieder und wieder in sie hinein, bis er glaubte, verrückt werden zu müssen.

»Ich liebe dich, Geoffrey«, schrie sie, als ihre Sinne explodierten. Sie konnte die Worte nicht mehr zurückhalten, und als sie spürte, wie der Körper ihres Mannes sich erst verspannte und dann zu zittern begann, flüsterte sie: »Es ist wahr, O Gott, es ist wahr.«

Elizabeth legte ihren Kopf an seine Schulter und zog mit ihrer Zunge kleine Kreise über seine Haut, kostete den salzigen Geschmack, inhalierte den schweren, sinnlichen Duft, den er ausströmte, und genoß das Gefühl der absoluten Befriedigung. Er hielt sie so fest an sich gepreßt, daß sie schließlich kaum noch Luft bekam, aber sie gab keinen Laut von sich. Statt dessen schloß sie die Augen und lockerte ihre Finger, die noch immer seine Schultern umklammert hielten.

Geoffreys Atem beruhigte sich wieder, doch er hielt sie weiterhin fest. Dieser Augenblick war so schön, daß er sich wünschte, er könnte sie bis in alle Ewigkeit so festhalten. »Du berauschst mich«, flüsterte er heiser.

»Du berauschst *mich*«, gab sie zurück. Sie fühlte sich so herrlich entspannt und leicht, daß sie lächeln mußte.

Geoffrey richtete sich auf und ließ Elizabeth zu Boden gleiten. Dabei sah er ihr intensiv in die Augen, als würde er darin etwas suchen.

»Was ist?« fragte sie ein wenig verunsichert. »Bist du nicht zufrieden?« Warum sah er sie nur so seltsam an?

Geoffrey legte ihr beide Hände an die Wangen. »Du hast gesagt, daß du mich liebst, Elizabeth. War das dein Ernst, oder ist es nur im Rausch der Leidenschaft geschehen?« Immer noch sah er sie an, doch nun runzelte er die Stirn, während er auf eine Antwort wartete.

»Ich liebe dich«, sagte sie leise und wandte den Blick ab. Die ganze Zeit, seit sie sich kannten, war sie sorgsam darauf bedacht gewesen, ihre Gefühle vor ihm zu verbergen, und nun öffnete sie sich ihm zum ersten Mal und ließ ihn ihre Verletzlichkeit sehen. Unter seinem intensiven Blick fühlte sie sich fast vollkommen schutzlos. »Ich wußte es auch nicht, bis ich es ausgesprochen habe«, flüsterte sie.

Geoffrey lächelte, und seine Augen waren voller Zärtlichkeit. Er legte ihr die Hand an die Wange und rieb mit dem Daumen über ihren Wangenknochen, bevor er den Kopf senkte und sie küßte. »Das ist sehr schön, Frau«, flüsterte er. »Ich weiß nicht soviel über die Liebe wie du. In den Jahren der Ausbildung habe ich gewiß vieles gelernt, aber solche Gefühle gehörten nicht dazu. Ich habe niemals Liebe kennengelernt.« Geoffrey ließ sie los und bückte sich, um seine Kleider aufzusammeln. Elizabeth blieb stehen und beobachtete ihn stumm. Sie wollte, daß er weitersprach, daß er noch ein paar Worte sagen würde.

Geoffrey wußte, auf was sie wartete. Und es ärgerte ihn. Warum wollte sie schon wieder mehr? Warum konnte sie sich nie mit dem zufriedengeben, was er ihr zu bieten hatte? Er ignorierte sie, während er sich anzog, dann wandte er sich schließlich wieder zu ihr um. »Ich freue mich wirklich, daß du mich liebst«, sagte er. »Und vielleicht werde ich dir eines Tages, wenn ich ein alter Mann bin, dieselben Worte sagen!«

Seine arrogante Bemerkung weckte augenblicklich Elizabeth' Kampfgeist, und sie verschränkte trotzig die Arme vor der Brust. Dann fiel ihr auf, daß sie ja noch immer splitternackt war, und sie hastete zum Fuß des Bettes, wo ihre Robe lag. Als sie wieder anständig bedeckt war und der Gürtel an seinem Platz saß, drehte sie sich zu ihm um. »Ich habe nicht um deine Liebe gebeten, Geoffrey, und Gott sei mein Zeuge – ich habe nicht die geringste Ahnung, warum ich ausgerechnet dich liebe!«

»Du verstehst mich nicht, Frau«, versuchte Geoffrey sie zu besänftigen. »Im Leben eines Kriegers ist kein Platz für Liebe. Nur Narren lassen es zu, daß Gefühle sie beherrschen. Wenn ich erst einmal alt bin und viele Söhne habe, dann werde ich vielleicht –«

»Ein Narr?« beendete Elizabeth den Satz für ihn. Sie stellte fest, daß ihr Zorn sich verflüchtigt hatte. Statt dessen hätte sie am liebsten laut aufgelacht. *Armer Geoffrey,* dachte sie. Du mußt noch viel lernen. Du wirst mich lieben, mein lieber Gemahl, du wirst. Oder ich erwürge dich!

»Wag es nicht, mich auszulachen, wenn ich dir gestehe, was in mir vorgeht«, fauchte Geoffrey sie an. Dann schüttelte er den Kopf. Wie leicht es ihr gelang, ihn aufzuregen.

»Ich habe dich nicht ausgelacht«, sagte Elizabeth und versuchte, ihrer Stimme einen reuigen Unterton zu verleihen. »Ich habe nur ein wenig gelächelt.«

»Du sollst mich nicht immer berichtigen«, murrte Geoffrey.

Ein Klopfen erklang an der Tür. Geoffrey dankte dem Himmel für die Unterbrechung. »Ja, was ist?« brüllte er lauter, als er beabsichtigt hatte.

»Beide Boten sind zurückgekehrt, Mylord«, rief ein Soldat von draußen.

Elizabeth runtzelte die Stirn. Boten? Woher? Wo waren sie hingeschickt worden? Sie wollte Geoffrey schon danach fragen, überlegte es sich aber anders, als sie seine säuerliche Miene wahrnahm. Es gibt einfachere, weniger geräuschvolle Methoden, um es herauszufinden, dachte sie.

»Geoffrey?« rief sie ihm hinterher, als er sich auf die Tür zubewegte.

»Was ist denn?« fuhr er sie an. Seine Laune verschlechterte sich rapide, und alles nur, weil sie versuchte, in seiner Seele herumzustochern und ihm Worte zu entreißen, die zu sagen er noch nicht bereit war. Und eigentlich war er sich noch nicht einmal sicher, ob es diese Worte überhaupt in seinem Inneren gab.

Es bestand durchaus die Möglichkeit, daß sie dort nicht existierten. Und plötzlich erkannte er schockiert, daß er sich weit mehr davor fürchtete, zur Liebe nicht fähig zu sein, als ihr die Verwundbarkeit zu offenbaren, die sie von ihm forderte. Geoffrey hatte sich noch nie zuvor gefürchtet! Es gab so viel, worüber er nachdenken mußte, und je eher er aus ihrer Nähe fortkam, desto eher würde er sich seinen verwirrten Gefühlen stellen können. Er haßte das Chaos, in das sie ihn stürzte, und es machte ihn wütend, daß sie überhaupt in der Lage war, ihn derart durcheinanderzubringen. Damit mußte jetzt Schluß sein. »Wir werden dieses Thema jetzt beenden, Weib, es sei denn, *ich* beschließe, wieder davon anzufangen. Hast du verstanden?« Er wandte sich wieder um und stürmte aus der Tür, bevor Elizabeth sich rühren konnte.

»Geoffrey!« schrie sie so laut, daß ihre Stimme kippte. Dann schlug sie sich rasch die Hände vor den Mund, um nicht in lautes Gelächter auszubrechen.

Ihr Mann erschien noch einmal im Türrahmen. Seine Fäuste waren in die Hüften gestemmt, und dicke Gewitterwolken hingen über seinem Kopf. »Was ist?« brüllte er derart laut, daß ein ausgewachsener Mann leicht hätte in die Knie gehen können.

Elizabeth dagegen zuckte nicht einmal zusammen. Oh, bei Gott, er würde ihr dieses Grinsen aus dem Gesicht wischen und ihr Respekt vor ihm einflößen oder . . .

»Du hast deine Stiefel vergessen, Mylord!«

Elizabeth konnte nicht aufhören zu lachen. Während sie das Zimmer in Ordnung brachte, mußte sie ein paarmal innehalten, um sich die Tränen von den Wangen zu wischen. Aye, sie liebte ihn. Diese neue Erkenntnis gab ihr eine merkwürdige Freiheit, und sie fühlte sich leichter und beschwingter als die ganzen letzten Wochen zuvor. Sie dachte wieder an seinen Gesichtsausdruck, als er festgestellt hatte, daß er barfuß war, und prompt bekam sie einen neuen Lachanfall.

Und dann fielen ihr wieder die Boten ein. Sie wollte doch herausfinden, woher sie gekommen waren und was sie zu berichten hatten! Rasch bürstete sie sich ihr Haar und strich ihr neues, lavendelfarbenes Kleid glatt.

So lautlos wie möglich huschte sie die Treppe hinunter, hielt aber am Eingang zur Halle inne, als sie die wütende Stimme ihres Mannes vernahm. »Er weigert sich also, herzukommen, ja? Er mißachtet meinen Befehl?«

Elizabeth preßte sich rasch an die Wand, damit ihr Mann sie nicht entdeckte. Sie war viel zu neugierig, um ein schlechtes Gewissen zu haben, weil sie heimlich lauschte. Und was hieß überhaupt ›heimlich lauschen‹? Geoffrey brüllte wie immer laut genug, um Tote damit zu wecken, also konnte sie sich ja förmlich gar nicht dagegen *wehren*, etwas mitzuhören . . .

»Ich habe nicht mit ihm direkt gesprochen, Mylord«, sagte der Bote nun. »Einer seiner Männer sagte mir, daß er sich in seiner Kammer eingeschlossen hat. Er soll halb verrückt vor Kummer über den Verlust seiner Frau sein. Angeblich verweigert er jegliches Essen und versucht, sich zu Tode zu hungern.«

Geoffrey lehnte sich an den Kamin und rieb sich nachdenklich das Kinn. Als er aufblickte, erhaschte er einen Blick auf etwas Lavendelfarbenes an der Tür. Er wartete eine Weile, doch als der Farbtupfer sich nicht bewegte, huschte ein Lächeln über sein Gesicht. Seine Frau lauschte also! Dieses Biest! Nun, dann wollte er ihr etwas zu lauschen geben – etwas, das sie genauso verärgerte wie ihn die Tatsache, daß sie lauschte! Langsam fand er Gefallen an diesem Spielchen, das sie beide ständig miteinander spielten. Er räusperte sich und sagte: »Verrückt vor Kummer? Das kann ja wohl nicht wahr sein! Kein Mann wird verrückt vor Kummer, nur weil er seine Frau verloren hat!« Er hielt inne, um seine Worte wirken zu lassen, dann setzte er hinzu: »Meine Güte, sie lassen sich doch leicht ersetzen, diese Weiber. Also, wenn es um ein Pferd gehen würde . . .«

Elizabeth reagierte mit einem empörten Aufkeuchen. Nun war sie es, die mit Gewitterwolken über dem Kopf und in die Hüften gestemmten Fäusten im Türrahmen stand. »Ein *Pferd*?« brüllte sie ihn an. »Du schätzt ein Pferd höher ein als mich? Oh, du . . . du . . .!«

»Aber, aber, Elizabeth, du hast doch nicht etwa gelauscht?« fragte er in gespielter Überraschung, aber Elizabeth entging das vergnügte Funkeln in seinen Augen nicht. Sie spürte, wie ihr das Blut in die Wangen stieg. Und als sich seine Lippen nun zu einem unverschämten Grinsen verzogen, wußte sie, daß sie mitten in die Falle getappt war, die er ihr gestellt hatte.

»Kannst du durch Wände sehen?« fauchte sie gereizt. Wütend stampfte sie quer durch den Raum, bis sie vor ihm stehenblieb.

»Es täte dir zumindest gut, wenn du es glauben würdest«, antwortete er. Elizabeth konnte es kaum glauben, als er ihr nun zuzwinkerte. Vor den Augen des Boten – ein Fremder! – eine solche Vertraulichkeit! Unglaublich!

Als sie sich ein wenig gefaßt hatte, lächelte sie ihn an. »Ich bitte um Verzeihung für die Unterbrechung«, sagte sie brav.

»Und?« Geoffrey zog eine Augenbraue hoch.

»Und dafür, daß ich gelauscht habe«, murmelte sie.

»Obwohl ich es höchstwahrscheinlich wieder tun würde.«

»So etwas ist würdelos«, erwiderte Geoffrey.

»Stimmt«, gab sie zu, »aber es ist auch die einzige Möglichkeit für mich, herauszufinden, was vor sich geht.« Zufrieden mit ihrer Argumentation, blickte sie sich um. »Woher kommt dieser Bote? Und wo ist der andere? Habe ich ihn schon verpaßt?«

»Das hast du«, sagte Geoffrey, unglaublich erleichtert. Der Bote war nämlich von Belwain gekommen, und das brauchte sie im Augenblick nicht zu wissen. »Und jetzt gerade habe ich mir einen Bericht über deinen ›vor Kummer verrückten‹ Schwager Rupert angehört.« Geoffrey gelang es nicht, die Verärgerung aus seiner Stimme herauszuhalten.

»Rupert«, flüsterte sie gequält. Oh, der arme Rupert! Plötzlich schämte sie sich entsetzlich, und das schlechte Gewissen nahm ihr fast den Atem, als sie sich bewußt machte, daß sie seit der Tragödie noch keinen einzigen Gedanken an den Mann ihrer Schwester verschwendet hatte. Aber war sie nicht einfach zu sehr in ihrem Kummer gefangen gewesen, um auch noch an das Leid anderer zu denken? Lieber Gott! Wie würde sie sich fühlen, wenn sie Geoffrey verloren hätte? Rupert hatte seine Frau innig geliebt . . . und verloren! Elizabeth senkte den Kopf, sprach ein stummes Gebet für ihn und bat ihn in Gedanken um Vergebung.

Der letzte Satz des Boten holte Elizabeth in die Realiät zurück ». . . und das ist alles, was ich in Erfahrung bringen konnte«, sagte er abschließend.

»Gut gemacht«, erwiderte Geoffrey. »Geh und laß dir etwas zu essen und zu trinken geben.«

Der Bote beugte das Knie vor Geoffrey, dann verließ er die Halle.

Geoffrey wandte sich augenblicklich zu seiner Frau um. »Elizabeth, erzähl mir, was du über Rupert weißt!«

»Gott, Geoffrey, ich schäme mich so. Ich hätte zu ihm gehen und ihm meinen Trost anbieten sollen! Er war der Mann meiner Schwester, und an der Art und Weise, wie die zwei miteinander umgegangen sind, wenn sie uns besuchten, konnte man sehen, wie sehr sie aneinander gehangen haben. Sie paßten sehr gut zusammen, wie meine Mutter zu sagen pflegte.«

»Aber was ist mit Rupert selbst?« fragte Geoffrey. »Kannst du mir über seine Person etwas sagen? Kann es wirklich sein, daß er ›vor Kummer verrückt‹ ist?« fragte er. »Ist er wirklich so ein Schwächling, daß er seine Kammer nicht mehr verlassen kann, um das Grab seiner Frau zu besuchen?« Aus seinen Worten triefte die Verachtung, und Elizabeth schüttelte traurig den Kopf.

»Du verstehst das nicht«, flüsterte sie. *Dafür verstehe ich jetzt bestens, worin dein Problem besteht,* dachte sie ohne Triumph. *Du liebst mich nicht, sonst würdest du begreifen. Vielleicht kannst du nicht lieben ...* Ein tonnenschweres Gewicht legte sich auf ihr Herz, und sie mußte das Gesicht von ihm abwenden, damit er nicht sah, wie erschüttert sie war.

Geoffrey mißverstand den Rückzug seiner Frau. Er nahm an, daß das Gespräch über ihre Verwandten den Schmerz wieder aufleben ließ, den sie so angestrengt zu vergraben versuchte. Er legte ihr eine Hand auf die Schulter und drehte sie langsam wieder zu sich. »Erzähl mir noch einmal, was hier geschehen ist, Elizabeth. Ich weiß, es tut weh, und es tut mir leid, aber ich muß es noch einmal hören. Nur um sicherzugehen.«

Elizabeth sah ihn verwirrt an. Was meinte er mit ›sichergehen‹? »Wird mein Bericht dir helfen, irgend etwas besser zu verstehen?« brachte sie mühsam hervor. Als Geoffrey nickte, sagte sie: »Dann werde ich es dir erzählen.« Sie holte tief Luft, schloß die Augen und wiederholte die Geschichte, die sie ihm damals schon am Wasserfall erzählt hatte. Es war nicht leichter als vorher, und sie war ihm dankbar, daß er sie nicht unterbrach, denn sie wollte so schnell wie möglich zum Ende kommen. Als sie fertig war, schlug sie die Augen auf und sah ihn forschend an. Seine Miene verriet ihr jedoch nicht, was er dachte.

»Du hast etwas ausgelassen«, bemerkte Geoffrey und rieb sich nachdenklich das Kinn.

Elizabeth runzelte die Stirn. »Was denn?«

»Als du es mir zum ersten Mal erzählt hast, sagtest du, daß einer der Männer mit den Kapuzen verwundet worden war . . . durch ein Messer, glaube ich.«

»Ja, richtig, das habe ich vergessen«, antwortete Elizabeth. »Margaret hat ihm die Wunde zugefügt. Warum? Ist das wichtig?«

»Vielleicht. Wo hat sie ihn getroffen?« fragte er. Obwohl seine Worte beiläufig klangen, sahen seine Augen sie wachsam an.

Elizabeth konzentrierte sich erneut auf das Bild, das in grausamen Einzelheiten vor ihrem inneren Auge aufstieg, und versuchte, es so distanziert wie möglich zu betrachten. Sie sah wie Margaret herumwirbelte, ihren Dolch hochriß und . . . »Knapp unter der Schulter. Unter der rechten Schulter. Ich sah, wie das Blut durch seine Kleider drang.« Sie sah ihn an, aber sein Gesicht verriet noch immer nichts. »Was denkst du?« fragte sie.

»Jetzt nicht«, wich er ihrer Frage aus. »Aber wenn ich von meiner Reise zurückkomme, dann gebe ich dir die Antworten, die du haben willst!«

»Immer verlangst du von mir, daß ich warte«, sagte sie verärgert.

»Du hast gesagt, daß du mir vertrauen willst«, rief Geoffrey ihr in Erinnerung. Er hätte fast hinzugefügt, daß sie ihm auch ihre Liebe gestanden hatte, beschloß aber, das Thema lieber zu vermeiden. »Du hast dich mir angeschworen«, sagte er statt dessen ein wenig steif.

Aber ich habe auch meiner Familie etwas geschworen, dachte sie. War dieser Schwur nicht wichtiger? Sie seufzte müde. Wenn er sie doch nur verstehen könnte!

»Ich habe geschworen, meine Familie zu rächen. Und das war, bevor ich dich kennenlernte«, flüsterte sie. Bevor er etwas darauf sagen konnte, wirbelte sie auf dem Absatz herum und floh aus der Halle. Es gab so vieles, worüber sie nachdenken mußte, und sie wollte unbedingt eine Weile allein sein.

In ihrer Kammer angekommen, setzte sie sich aufs Bett und starrte grüblerisch auf ihre Hände. War ihr Rachedurst zu einer Besessenheit geworden? War es denn so falsch, daß sie Gerechtigkeit wollte, so daß die Seelen ihrer geliebten Familie Frieden finden und in den Himmel gelangen konnten?

Die Tränen kamen, ohne daß sie es verhindern konnte. Sie vergrub ihr Gesicht in den Händen und weinte um ihre Familie, bis sie erschöpft war. »Ich werde euch nicht im Stich lassen«, flüsterte sie in die Stille hinein. *Ich finde einen Weg, um euch zu rächen, damit ihr in Frieden ruhen könnt.* Sie hatte den Schwur kaum erneuert, als ihr auch schon eine Idee durch den Kopf schoß. Rupert! Sie würde zu ihm gehen, ihm von dem Verrat ihres Onkels erzählen und ihn damit aus seiner Trauer reißen. Aye, sie würde ihm einen Grund geben, seine Kammer zu verlassen. Sie würde ihre Rache auf ihn übertragen. Und dadurch, gestand sie sich ein, würde sie endlich wieder frei sein.

Der Durst nach Rache hatte ihr ihre geistige Gesundheit bewahrt, als der Kummer so übermächtig zu werden drohte, daß sie darüber gewiß den Verstand verloren hätte. Der Durst nach Rache würde auch Rupert wieder einen Grund zum Leben geben. Rupert war auch stark und mächtig genug, Belwain zu stellen. Und, setzte sie in Gedanken hinzu, Rupert würde sich einen feuchten Staub um das Gesetz kümmern.

Sie tupfte sich das Gesicht ab und sprang vom Bett. Es gab viel zu tun. Sie mußte Hammond überreden, mit ihr zu reiten, und ihn anweisen, noch jemanden zu suchen, der gewillt war, ihr zu helfen. Wenn sie ihm drohte, alleine zu reiten, würde er sich nicht weigern können! Und er würde sie auch nicht an Geoffrey verraten. Nein, der Mann war in erster Linie ihr ergeben.

Sie würde die Festung verlassen, sobald Geoffrey und seine Männer abgereist waren – morgen in aller Frühe. Es war gar nicht so weit, wenn sie die Abkürzung nahm, die ihr Vater ihr einmal gezeigt hatte. Mit ein bißchen Glück würde sie zurück sein, bevor Geoffrey wieder nach Hause kam. Sie hoffte nicht darauf, daß man ihre Abwesenheit nicht bemerken würde. Aber wenn es jemandem auffiel, daß die Herrin verschwunden war, dann würde es bereits zu spät sein . . .

KAPITEL 10

Elizabeth saß in dem hölzernen Zuber und genoß die Wärme des dampfenden, nach Rosen duftenden Wassers. Geoffrey hatte sich gewaschen und umgezogen, und sie scheuchte ihn mit einer Handbewegung hinaus. »Ich komme später zu dir«, versprach sie ihm mit einem Augenzwinkern.

»Vielleicht komme ich jetzt zu *dir*«, neckte Geoffrey sie. Er stand im Türrahmen und konnte sich nicht von ihrem Anblick losreißen.

»Nein, kannst du gar nicht«, erwiderte sie lachend. »Deine Männer und mein Großvater warten in der Halle auf dich. Wenn du zu spät kommst, dann wissen sie . . ., dann würde mein Großvater sich denken . . .«

Geoffrey legte den Kopf in den Nacken und lachte laut.

Der nasse Lappen klatschte ihm vor die Stirn, und er sah sich gezwungen, Elizabeth aus dem Zuber zu ziehen und ihr einen langen Kuß zu geben. »Auf später«, sagte er mit heiserer Stimme, die voll Versprechen war.

»Ja«, flüsterte Elizabeth. »Auf später. Aber nun wirst du dich noch einmal umziehen müssen, Mylord, denn ich habe dir die Hälfte meines Badewassers abgegeben.« Sie lachte wieder, rutschte zurück in den Zuber und bespritzte ihn noch zusätzlich, während ihre andere Hand züchtig ihre Brüste bedeckte.

Ja, er ist wirklich ein attraktiver Mann, dachte sie, während sie sein Äußeres eingehend studierte. Er trug schwarze Kleider, auf denen die Wasserflecken kaum zu sehen waren. Sie freute sich, daß er sich schwarz angezogen hatte, denn es paßte wunderbar zu der Überraschung, die sie geplant hatte. Als Geoffrey hereingekommen war, um sich umzuziehen, hatten sowohl die schwarzen Beinlinge, der schwarze Bliaut als auch der weiße Chainse auf dem Bett ausgebreitet gelegen. Geoffrey hatte zwar erstaunt eine Augenbraue hochgezogen, als er entdeckte, daß seine Frau ihm seine Kleider herausgesucht hatte, hatte sich jedoch kommentarlos umgezogen.

Während Geoffrey sie betrachtete, dachte er einmal mehr, daß diese Frau ein einziger Widerspruch war. *Sie verbirgt scheu ihre Brüste vor meinen Blicken, und doch sieht sie mich an, als wollte sie gleich über mich herfallen.* »Man sieht, was du denkst«, sagte Geoffrey bedeutungsvoll. Dann schüttelte er den Kopf in gespielter Verzweiflung und ging wieder zur Tür. »Frauen wollen immer nur das eine! Immer hältst du mich von meinen Pflichten ab!«

Sie hörte sein Lachen durch die geschlossene Tür und grinste vor Vorfreude. »Heute abend, lieber Gemahl, wirst du mich vom Schlafen abhalten«, rief sie ihm hinterher. »Und wehe nicht!«

Elizabeth stieg aus dem Zuber, trockenete sich rasch ab und holte dann den knöchellangen schwarzen Chainse aus der Truhe. Er war ganz neu, und die Näherin hatte ihn ihr nur unter Protest angefertigt, denn normalerweise sollte ein Chainse eine hellere Farbe haben, um einen stärkere Kontrast zu dem Bliaut darüber zu bilden. Elizabeth hatte jedoch auf das Schwarz bestanden, und heute abend würde sie das Kleid zum ersten Mal tragen. Seufzend ließ sie es über ihren Kopf rutschen und über die nackte Haut fallen. Sie hatte beschlossen, auf das Unterhemd zu verzichten, und obwohl sie allein war, ließ der Gedanke sie schon erröten. *Oh, warte nur, was ich heute für Überraschungen für dich habe, Geoffrey,* dachte sie, während sie den knielangen Bliaut überstreifte. Dann bürstete sie ihr Haar, bis es glänzend über ihre Schultern fiel, und trat noch einmal an die Truhe, um den breiten Stoffstreifen herauszuholen, den sie dort versteckt hatte. Sie hatte ihn selbst entworfen, und obwohl die geschickte Näherin die meiste Arbeit geleistet hatte, war Elizabeth ausgesprochen stolz auf das Ergebnis. Es handelte sich um eine goldfarbene Schärpe, auf die mit schwarzen Fäden das Wappen ihres Mannes gestickt worden war.

Sie legte sich den Streifen über eine Schulter, drapierte ihn quer über der Brust und befestigte ihn an der Hüfte. Dann zog sie die schwarzen Stoffschuhe unter dem Bett hervor und schlüpfte hinein. Sie war fertig.

Sie trat zur Tür und öffnete sie, als Gerald, der Knappe, anklopfen wollte. Seine Hand blieb in der Luft hängen, als er seine Herrin sah, und in seinem Gesicht zeichnete sich pure Verblüffung ab.

»Ihr seht phantastisch aus«, entfuhr es ihm. »Ihr tragt sein Wappen!«

»Es ist angemessen, nicht wahr?« fragte Elizabeth mit einem Lächeln.

»Ja, ja, natürlich«, stammelte Gerald verlegen. »Ich ... ich wollte damit auch nicht sagen, daß es unpassend ist, Mylady.«

»Das weiß ich«, sagte Elizabeth. »Wolltest du etwas?« fragte sie dann.

»Äh ... ja«, antwortete Gerald, sprach aber nicht weiter. Er stand nur einfach da, grinste von einem Ohr zum anderen und starrte sie an. Elizabeth hätte am liebsten laut über sein dämliches Gesicht gelacht, tat es aber natürlich nicht. Sie wollte ihn nicht verletzen.

»Und was war es, was du von mir wolltest?« drängte sie ihn. Sie verschränkte die Hände vor der Brust und lehnte sich entspannt an den Türrahmen, um ihm zu bedeuten, daß sie durchaus den ganzen Abend hier auf eine Antwort warten würde, wenn es sein mußte. Zum Glück erinnerte sich der Knappe recht schnell an seinen Auftrag.

»Euer Gemahl. Er wartet schon ungeduldig auf Euch.«

»Ah ja. Dann gehe ich jetzt zu ihm«, antwortete Elizabeth.

Sie ging um Gerald herum und machte sich auf den Weg zur Halle. »Es ist ein herrlicher warmer Abend«, plapperte sie, um dem Knappen die Verlegenheit zu nehmen. »Der Duft der Blumen liegt in der Luft. Die Soldaten freuen sich bestimmt über das angenehme Wetter, nicht wahr?«

Als keine Antwort kam, drehte Elizabeth sich um und stellte fest, daß sie sich allein auf der Treppe befand. Gerald stand noch immer an der Tür und starrte ihr hinterher. Jetzt konnte Elizabeth ihr Lachen nicht mehr zurückhalten. Nachdem sie sich wieder beruhigt hatte, rief sie ihn und wartete, bis er sich zu ihr gesellte.

»Begleite mich in die Halle, Gerald. Dein Herr benötigt bestimmt deine Dienste.«

Gerald nickte, umklammerte ungeschickt Elizabeth' Arm und versuchte, sie möglichst würdevoll die Treppe hinabzuführen. Im stillen hoffte Elizabeth, daß ihr Mann genauso beeindruckt und entzückt über ihre äußere Erscheinung sein würde.

Sie sollte nicht enttäuscht werden. Als sie den Eingang der Halle erreicht hatte, löste sie sich behutsam von Gerald und blieb, äußerlich ruhig, im Türrahmen stehen. Der Lärm der Stimmen und des Gelächters ebbte ab, als einer nach dem anderen Elizabeth entdeckte, und als Geoffrey endlich aufschaute, herrschte im Saal absolute Stille.

Genau wie seinen Männern, verschlug es Geoffrey die Sprache, als er seine Frau im Türrahmen sah. Die Stuhlbeine scharrten laut über den Boden, als er aufstand und langsam durch die Große Halle auf sie zuging.

Das Wappen war sogar aus dieser Entfernung zu erkennen. Sie trug es, um jedem Anwesenden klarzumachen, zu wem sie gehörte! Geoffrey überkam ein Gefühl des Stolzes, wie er es noch nie empfunden hatte.

Direkt vor ihr blieb er stehen. »Mit jeder Stunde wirst du schöner«, sagte er leise.

»Danke, Geoffrey«, sagte sie sanft, legte ihm eine Hand auf den Arm und ließ sich von ihm zum Tisch führen.

Die Soldaten hatten ihre Fassung zurückerlangt, und einer nach dem anderen nahm nun das abgebrochene Gespräch wieder auf, doch Elizabeth spürte die Blicke, die sie ihr immer wieder zuwarfen. Es hat ganz wunderbar funktioniert, dachte sie lächelnd.

Ihr Großvater saß Geoffrey und Elizabeth gegenüber. »Du siehst ganz reizend aus, Enkelin«, sagte er. »Findet Ihr nicht auch, Geoffrey?«

»Ich habe mir noch keine Gedanken darüber gemacht«, erwiderte Geoffrey und grinste, als seine Frau ihm unter dem Tisch einen Tritt verpaßte. »Aber nun, da Ihr es erwähnt, denke ich, Ihr könntet recht haben. Sie ist nicht allzu häßlich.«

Elslows dröhnendes Lachen hallte von den Wänden wider, Geoffrey stimmte ein, und Elizabeth verdrehte die Augen zur Decke. Als sie ihren Mann kennengelernt hatte, war sie an seinem Mangel an Humor beinahe verzweifelt. Doch nun schien er sich zu einem Witzbold zu entwickeln, der ihrem Großvater in nichts nachstand.

Ein Diener schenkte Rotwein ein, und Elizabeth trank ihrem Mann und ihrem Großvater zu. Die ganze Mahlzeit über kicherte sie über die dümmsten Bemerkungen und wußte, daß sie berauscht war – weniger vom Wein, als von der Vorfreude auf die Nacht, die noch vor ihr lag. Sie schüttelte einen Schuh ab und begann, ihre Zehen an der muskelbepackten Wade ihres Mannes zu reiben. Obwohl er versuchte, sich ganz gelassen mit ihrem Großvater zu unterhalten, entging Elizabeth nicht, wie er sich ein paarmal versprach und seine Finger nervös auf die Tischplatte trommelten. *Versuch's nur,* dachte sie vergnügt, *tu ruhig so, als ob dich das ganz kalt läßt. Ich weiß es besser.*

»Hör auf damit«, flüsterte Geoffrey, als ihre nackten Zehen aufwärts wanderten. »Oder du wirst dafür bezahlen müssen.«

»Das ist es mir wert«, erwiderte Elizabeth ebenso leise. »Du nennst die Summe, ich zahle sie.«

»Und woher willst du ein solches Vermögen nehmen?« knurrte Geoffrey dicht an ihrem Ohr. Sein heißer Atem sandte ihr einen kleinen Schauder bis hinunter in die Zehenspitzen.

Sie rückte von ihm ab und sah ihn schelmisch und verführerisch zugleich an. »Weißt du, Mylord, ich handele mit Naturalien!«

Dann blinzelte sie ihm zu und schürzte die Lippen.

Geoffrey lachte laut genug, daß einige Köpfe sich erstaunt zu ihm umwandten. »Ich glaube, du willst mich verführen, Frau.«

»Aber nein«, sagte sie aufgesetzt unschuldig. Wie zufällig ließ sie ihre Hand in seinen Schoß gleiten. »Du glaubst es nicht – du weißt es!«

Geoffrey konnte sich nachher nicht mehr erinnern, was er gegessen hatte. Er wußte nur noch, daß er seine Portion in einem enormen Tempo hinuntergeschlungen und zahllose Male die Hand seiner Frau von seinen Beinen geschoben hatte, nur um sie einen Augenblick später wieder in seinem Schoß zu spüren. Bevor Elizabeth mehr als zwei Bissen zu sich genommen hatte, riß er sie auf die Füße und hob sie auf seine Arme. Unter dem Jubel seiner Männer und Elslows brüllendem Gelächter trug er sie aus der Halle. Ein nackter Fuß lugte unter dem Saum ihres Kleides hervor, und Geoffrey grinste. Ohne sich um ihren Protest zu kümmern, schleppte er sie die Treppe hinauf.

Was war sie bloß für eine verwirrende Frau. Am Morgen zankte sie sich mit ihm, am Nachmittag ignorierte sie ihn, und am Abend spielte sie die Verführerin. Es mußte einen Grund für diesen Wechsel in ihrem Verhalten geben, aber Geoffrey würde sich nur allzu gerne noch gedulden, um diesen herauszufinden. Im Moment wollte er nur eins: das Feuer löschen, das sie entzündet hatte.

Als die Zimmertür geschlossen war, lehnte Geoffrey sich dagegen, ohne sie jedoch auf die Füße zu stellen. Elizabeth legte ihm einen Finger an die Wange und drehte seinen Kopf zu sich. Sie lächelte voller Liebe und Zärtlichkeit. Dann befeuchtete sie ihre Lippen mit der Zunge und tat dasselbe mit seinen. Sie wußte, daß es ihm gefiel, wenn sie diejenige war, die anfing, und so war sie es nun auch, die ihn küßte, ihre Zunge in seinen Mund schob und ihre Hände in sein Haar wühlte. Erst als sie fürchtete, sie könnte schon jetzt die Kontrolle über sich verlieren, machte sie sich von ihm los. Sie lächelte ihn wieder an und begann, an den Bändern seiner Tunika zu nesteln, um sie zu öffnen.

Geoffrey sagte kein Wort. Endlich ließ er sie zu Boden gleiten und stand still wie eine Statue da, während seine Frau ihn entkleidete. Ihre Finger berührten ihn leicht wie die Flügel eines Schmetterlings. Er liebte dieses Spiel, liebte es, wenn sie ihn verführte, denn es erregte ihn mehr, als er sich es jemals hätte vorstellen können. Er wollte sehen, wie weit sie gehen würde, bevor sie sich seiner Erfahrung beugte. Es würde sicherlich nicht allzu lange dauern: schon jetzt überzog ein rosiger Schimmer ihre Wangen, als sie seinen nackten Körper betrachtete.

Elizabeth trat einen Schritt zurück und löste vorsichtig die Schärpe, die an der Hüfte befestigt war. Es machte sie verlegen, daß er sie beobachtete, aber sie wußte, daß er sich keine ihrer Bewegungen entgehen ließ, als sie sich nun die Tunika über den Kopf zog. Nun kam das Kleid an die Reihe. Sie sah schüchtern zu ihm auf und war sich auf einmal nicht mehr sicher, was er dazu sagen würde, daß sie darunter gar nichts trug. Dann faßte sie sich ein Herz und zog ganz langsam den Saum des Kleides hoch, zog es über die Hüften, über die Brüste und schließlich über den Kopf. Entschlossen ließ sie den Stoff zu Boden gleiten.

Geoffrey war wie vom Donner gerührt, daß sie unter dem Kleid nackt war. Sie stand nun vor ihm wie die Göttin, mit der er sie verglichen hatte, als er sie zum ersten Mal vor der Schlacht im Wald gesehen hatte. Ja, eine Göttin, dachte Geoffrey, stolz, wunderschön und strahlend.

Er streckte den Arm nach ihr aus, hielt aber mitten in der Bewegung inne, als sie den Kopf schüttelte. Sie lächelte nun nicht mehr, nicht einmal, als sie nach unten blickte, und feststellte, daß sie immer noch einen Schuh trug. Sie schüttelte ihn ab und schaute dann wieder auf.

»Du wirst rot, Elizabeth«, sagte Geoffrey heiser. »Und doch habe ich dich schon überall geküßt und angefaßt. Glaubst du, du kannst diese Schüchternheit jemals ablegen?«

»Ich werde mich bemühen, Mylord«, antwortete sie leise. Sie ging zum Bett und schlug die Decke auf. »Komm, Geoffrey. Heute will ich deine Geheimnisse kennenlernen, so wie du meine kennengelernt hast. Heute möchte ich dich überall küssen und sehen, ob du morgen bei der Erinnerung an diese Nacht errötest.«

Glaubte sie etwa wirklich, er würde erröten? Geoffrey grinste allein bei dem Gedanken. Dennoch erregten und faszinierten ihre Worte ihn. Er hatte ihr alles beigebracht, was sie über die Liebe wußte. Was für Versprechungen machte sie ihm da? Geoffrey ging zu ihr, hob ihr Kinn und küßte sie leicht. Dann legte er sich aufs Bett und zog sie auf seinen Körper. Er würde sie noch eine Weile mit ihrem Spiel fortfahren lassen, bis sie durch ihre anerzogene Schamhaftigkeit nicht mehr weitermachen konnte. Dann würde er übernehmen und ihr Wonnen verschaffen, wie sie sie sich nicht einmal in ihren kühnsten Träumen hatte vorstellen können.

Das war sein letzter zusammenhängender Gedanke.

Elizabeth begann ihre zärtliche Attacke an seinem Hals. Mit Lippen und Zunge kostete, tastete und erforschte sie, wobei sie sich langsam, ganz langsam abwärts bewegte. Sie ließ kein Fleckchen Haut aus, denn sie wollte ihm in dieser Nacht all das zurückgeben, was er ihr die vergangenen Nächte geschenkt hatte. Sie würde ihm soviel Lust bescheren, daß er ihr das vergeben würde, was sie am kommenden Morgen tun mußte. *Heute nacht, Geoffrey,* dachte sie, während sie ihre Hüften an seinen Beinen rieb, *heute nacht wirst du mich lieben. Und das wird deinen Zorn dämpfen, wenn du von meinem Ungehorsam erfährst.*

Sie hörte, wie er scharf die Luft einsog, als sie an seinen Hüften angelangt war, und sie lächelte in dem Wissen, daß er ihr im Augenblick ganz gehörte. Die Rolle der Aktiven gefiel ihr. Sie genoß es, daß sie es war, die die Situation beherrschte – sie, nicht Geoffrey.

Zweimal versuchte Geoffrey, sie auf seine Brust zurückzuziehen, um sie so lange zu küssen, bis sie genauso erregt war wie er. Doch beide Mal wehrte Elizabeth sich dagegen. Ihre Hand tastete sich zu seiner Erektion und umschloß sie, und er stöhnte auf. Und dann spürte er ihre Zunge, erst vorsichtig, dann forscher, ihr Mund schloß sich um ihn, und Geoffrey verlor fast den Verstand. Er tastete nach ihren Beinen, packte sie und zog sie mit einem kräftigen Ruck zu seinem Kopf hoch. Er wollte ihr das geben, was sie ihm gab. Elizabeth stöhnte kehlig und begann, sowohl ihre Hüften als auch ihren Kopf rhythmisch zu bewegen, und Geoffrey wußte, daß er gleich platzen würde. Er legte ihr eine Hand auf den Kopf, damit sie aufhörte, zog sie auf sich, so daß sie über ihm kniete und drang kraftvoll in sie hinein. Sie schrie auf, und er hielt augenblicklich inne, weil er glaubte, ihr weh getan zu haben, doch Elizabeth' Hüften bewegten sich rastlos auf ihm. »Hör nicht auf«, stöhnte sie, »nicht . . .«

Ihre Worte gaben ihm den Rest. Er stieß wieder und wieder zu, während um ihn herum alles in ein schwarzes Nichts versank. Für ihn existierte nur noch Elizabeth, die sich wild auf ihm auf und ab bewegte, die ihren Kopf zurückwarf, ihre Nägel in seine Arme grub und unverständliche Worte flüsterte. Dann bog sie plötzlich den Rücken durch, schrie ihre Lust heraus, und

Geoffrey hielt ihre Hüften fest, stieß ein letztes Mal in sie hinein und ergoß sich mit einem tiefen Stöhnen in ihr.

»Ich liebe dich, Geoffrey, mehr als mein Leben, ich liebe dich!« Elizabeth ließ sich vornüber fallen und schmiegte sich an seine Brust, doch er hatte bereits gesehen, daß ihr die Tränen über die Wangen strömten. Die plötzliche Entspannung brachte noch mehr Tränen, und obwohl sie es versuchte, war sie nicht in der Lage, die Schluchzer zu unterdrücken, die nun ihren ganzen Körper schüttelten.

Geoffrey hielt sie in seinen Armen, flüsterte ihr zärtliche Worte ins Ohr, aber es nützte nicht viel. Elizabeth schluchzte und weinte weiter, bis sie schließlich einen Schluckauf bekam. »Du sagst mir, du liebst mich, und dann brichst du in Tränen aus?« fragte Geoffrey, als sie sich endlich ein wenig beruhigt hatte. »Bist du nicht glücklich? Habe ich etwas falsch gemacht? Bist du nicht –?«

»Nein«, unterbrach Elizabeth ihn schniefend. »Es war wundervoll. Du warst wundervoll. So zärtlich und . . .« Wieder brach sie in Tränen aus, und Geoffrey schüttelte stumm den Kopf. Er verstand gar nichts mehr.

»Warum weinst du denn?« fragte er.

»Ich weine, weil ich glücklich bin«, antwortete sie.

Geoffrey rollte sich mit ihr herum, so daß sie nun unter ihm lag. Er legte ihr beide Hände an die Wangen und sah ihr tief in die Augen. »Du bist ein unmögliches Weib, und ich schwöre, ich werde Jahre brauchen, bis ich dich begreifen kann, aber ich glaube, es wird mir verdammt viel Spaß machen, deine seltsamen Gedanken und Regungen zu entwirren. Nun, was sagst du dazu?« Er senkte den Kopf, küßte sie und sah sie dann erwartungsvoll an.

»Ich denke, daß ich vermutlich zerquetscht werde oder ersticken muß, wenn du nicht endlich von mir runtergehst und mich atmen läßt«, antwortete sie und lächelte ihn ein wenig schüchtern an.

Geoffrey stützte sich sofort mit seinen Ellenbogen ab, so daß sie nicht mehr sein volles Gewicht zu spüren hatte, dachte jedoch nicht daran, sich von ihr herabzuheben. Als sie sich unter ihm wand, klemmte er ihre Füße mit seinen Waden ein und hielt sie so fest. »Ich will wissen, warum du weinst, wenn wir uns gerade geliebt haben«, sagte er hartnäckig.

»Ich . . . ich bin ein wenig durcheinander«, gestand sie.

»Wegen deiner Gefühle . . . zu mir?« fragte er. Der Gedanke gefiel ihm nicht, und seine Brauen zogen sich verärgert zusammen.

»Nein, Geoffrey«, sagte sie leise. »Ich liebe dich, und ich will diese Worte auch nicht zurücknehmen. Ich habe sie so gemeint . . . Und daran wird sich niemals etwas ändern.«

»Das ist gut.« Er grinste breit, rollte sich wieder auf den Rücken und hob seinen Arm, damit Elizabeth sich an seine Seite kuscheln konnte.

»Geoffrey?«

»Ja?« Geoffrey streckte die Hand aus und löschte die Flamme der einzigen Kerze, die auf dem Tischchen neben dem Bett stand. Sofort war die Kammer in tiefe Dunkelheit getaucht. »Ist es jetzt wieder an der Zeit, mich zu erziehen?«

Elizabeth konnte zwar sein Gesicht nicht mehr sehen, doch das Lachen in seiner Stimme war nicht zu überhören. Er hatte wahrhaftig eine Vorliebe dafür entwickelt, sie zu necken, und wenn sie nicht so sehr mit ihren eigenen Gedanken beschäftigt gewesen wäre, dann hätte sie sich sicher gerne auf das Spiel eingelassen.

»Wenn ein Vasall zu dir käme und dich um Hilfe bitten würde, oder wenn du einem Vasall versprochen hättest, daß du ihm etwas Bestimmtes geben würdest, und dann käme ein anderer Vasall und würde dich um das gleiche bitten, was würdest du dann tun?« *Bravo*, dachte Elizabeth, *wer soll denn das verstehen?* Ihre Frage hatte sich ja vollkommen chaotisch angehört! Wie konnte er ihr dabei helfen, eine Entscheidung zu treffen, wenn sie noch nicht einmal in der Lage war, zu erklären, worum es ihr ging?

»Man kann einem Mann nicht geben, was man schon einem anderen versprochen hat«, antwortete Geoffrey sachlich. »So ist das Gesetz!«

»Gesetz! Immer das Gesetz«, fauchte Elizabeth.

»Ohne Gesetze wären wir nicht mehr als Tiere«, erwiderte Geoffrey mit einem Gähnen. »Warum beschäftigst du dich mit den Problemen von Vasallen?«

»Es ist alles so verwirrend. Diese Versprechen, die Eide, die Sache mit der Ehre . . .«, flüsterte sie.

»Das liegt daran, daß du eine Frau bist«, antwortete Geoffrey ernsthaft und war froh, daß sie sein breites Grinsen nicht sehen konnte. Natürlich sprang sie auch direkt auf seine Bemerkung an.

»Frauen sind deiner Meinung nach also nicht in der Lage, solche Dinge zu verstehen?« fragte sie beißend, während ihr Körper sich versteifte.

»Richtig«, antwortete er ihr. Innerlich bereitete er sich auf ihren Wutausbruch vor. Als aber nichts geschah, fügte er hinzu: »Ein Pferd dagegen . . .«

Erst jetzt begriff Elizabeth, daß er sich nur über sie lustig machte. Ihr Körper entspannte sich, und sie seufzte übertrieben. »Mußt du mich immer aufziehen, Gemahl?«

Sein plötzliches Gelächter ließ sie heftig zusammenzucken. »Ich ziehe *dich* auf? Na, hör mal. Du weißt genau, daß es meistens andersherum ist!« Dann zog er sie fest an sich und setzte hinzu: »Genug geredet, Frau. Ich bin müde. Mach die Augen zu und schlaf!«

»Wieso wird ein Mann eigentlich immer müde, wenn er mit seiner Frau geschlafen hat? Sind Männer so schwach, daß sie sofort stundenlang schlafen müssen, um wieder Kraft zu schöpfen? Also, eine Frau dagegen . . .«

Geoffrey erstickte ihre Worte mit einem festen Kuß und legte dann seinen Kopf neben ihren.

»Träume schön«, flüsterte sie, als sie die Augen schloß.

»Wozu, wenn die Wirklichkeit schon so schön ist?« flüsterte Geoffrey. Und das war sie, wie er erkannte, das war sie wirklich. Mit einem zufriedenen Lächeln schlief er ein.

Geoffrey verließ noch vor der Dämmerung die Kammer, darauf bedacht, keinen einzigen Laut zu machen. Er küßte seine Frau leicht auf die Stirn, denn er hatte keine Lust, sie versehentlich aufzuwecken und sich ihren Fragen nach seinem Ziel und seiner Absicht stellen zu müssen.

Im Hof warteten Roger und fünfzig Soldaten. Geoffrey ging mit Elslow noch einmal seinen Plan durch, dann ritt er, gefolgt von seinen Männern, durch das Tor. Seine Miene war nun finster und grimmig; es war die Miene eines Kriegers, der in die Schlacht zog.

Elizabeth beobachtete von ihrem Fenster aus, wie Geoffrey davonritt. Sobald er außer Sicht war, begann sie, sich anzuziehen. Hammond und ein stämmiger Bauer namens Tobias warteten draußen, außerhalb der Mauern, mit den Pferden, und Elizabeth wußte, daß sie sich beeilen mußte, bevor die anderen Bewohner der

Burg sich an ihr Tagewerk machten. Sie streifte sich ein dunkelblaues Kleid über und wand ihr Haar zu einem Knoten zusammen. Dann hüllte sie sich in einen bodenlangen Umhang, obwohl es draußen warm genug war, um auch ohne zu reiten, doch die Kapuze, die sie sich nun über ihren Kopf zog, würde ihr helles Haar verbergen. Dann griff sie nach ihrem Dolch, dem Bogen und dem Köcher mit Pfeilen und verließ die Kammer.

Wie an jenem schrecklichen Tag, an dem ihre Familie ermordet worden war, nahm sie die Geheimtreppe, schlüpfte aus dem Seiteneingang, hastete über den noch leeren Hof und verschwand in den Stallungen, um durch eine Hintertür wieder hinauszutreten. Sie stand nun vor der Mauer, an die eine Leiter gelehnt worden war, und Elizabeth kletterte ohne Mühe auf die Brustwehr. Hammond stand auf der anderen Seite der Mauer und hielt eine zweite Leiter fest, als seine Herrin hinabstieg.

Er führte sie zu einer Stelle am Waldrand, wo die Pferde angebunden waren, half ihr in den Sattel und stieg selbst auf. Schweigend ritten sie in den Wald hinein.

Elizabeth ritt voran und konzentrierte sich auf den schmalen Pfad, der kaum sichtbar und den meisten in der Festung nicht bekannt war. Obwohl sie versuchte, ihre Gedanken nur auf ihr Ziel zu richten, ertappte sie sich immer wieder dabei, wie sie über Geoffrey und ihre Beziehung zu ihm nachdachte, wie sie darüber nachdachte, was sie hier tat, und als sie nach einem langen Tag ohne Rast und Mahlzeiten endlich haltmachten, war Elizabeth körperlich und seelisch vollkommen am Ende.

Sie schlugen noch vor Einbruch der Nacht ihr Lager

in einem dichten Wäldchen auf, das nur eine gute Stunde zu Pferd von dem Land ihres Schwagers entfernt war. Während Tobias die Pferde versorgte, öffnete Hammond den Rupfensack und verteilte das Brot, das er mitgenommen hatte.

Elizabeth hatte kaum Appetit und sprach kein Wort. Da sie es nicht wagten, ein Feuer zu entzünden, wurde es bald empfindlich kalt, und Elizabeth zog ihren dikken Umhang fest um ihre Schultern. »Mylady«, sagte Hammond, »wir sind so nah an unserem Ziel. Vielleicht könnten wir, wenn Ihr Euch ein wenig ausgeruht habt, doch noch weiterreiten, um das Haus Eures Schwagers noch vor Einbruch der Nacht zu erreichen.«

Elizabeth schüttelte stumm den Kopf. Mochte Hammond ruhig glauben, daß sie zu erschöpft sei, um weiterzureiten – Hauptsache, er fragte sie nicht noch einmal. Als er sagte, daß er die erste Wache übernehmen wollte, nickte Elizabeth nur und schloß die Augen. Sie fühlte sich elend, die Schuldgefühle plagten sie, und mit jeder Stunde, die verstrichen war, war ihre seelische Qual größer geworden. Sie spürte, daß sie die Schlacht verlor, denn so sehr sie auch versuchte, sich einzureden, daß sie das Richtige tat – sie schaffte es einfach nicht mehr, sich davon zu überzeugen. Etwas in der Kammer zu planen, war eine Sache, es dann auch auszuführen, eine ganz andere.

Und schließlich stellte sie sich der furchtbaren Wahrheit: Sie betrog ihren Mann. Sie mißbrauchte das Vertrauen, das er in sie gesetzt hatte. *Und das ist der Grund, warum du gestern nacht alles daran gesetzt hast, ihn zu verführen, warum du ihm alles gegeben hast, was du zu geben hattest. Du wußtest, daß du sein Vertrauen verraten würdest.* Die Erkenntnis entsetzte sie so sehr, daß sie nur mühsam ein Aufschluchzen unterdrücken konnte. *Ich kann nicht! Ich kann es nicht tun. Oh, Vater, bitte vergib mir, aber du mußt noch warten, genau wie ich noch warten muß. Ich kann nicht gegen meinen Mann handeln. Ich vertraue ihm aus tiefstem Herzen, und er wird dich rächen. Ich weiß, er wird sein Versprechen halten, und wenn es zwanzig Jahre dauert.*

»Hammond!«

Ihr heiseres Flüstern ließ ihn herumfahren. Mit einem besorgten Stirnrunzeln ließ er sich neben ihr auf die Knie nieder.

»Habt Ihr etwas gehört?« fragte er nervös. Er warf einen Blick über die Schulter und zog sein Schwert. »Ich fürchte, mein Gehör ist nicht mehr das, was es einmal war«, gab er nach einer Weile zerknirscht zu. »Ein jämmerlicher Beschützer, den Ihr Euch da ausgesucht habt.«

»Unsinn, Hammond, mach dir keine Gedanken. Und ich habe nichts gehört«, erwiderte sie und tätschelte ihm beruhigend die Schulter. Dann lächelte sie ihn an. »Glaubst du, wir könnten die noch verbleibende Stunde wieder in Richtung Montwright reiten?«

Hammond setzte sich auf seine Fersen und starrte sie entgeistert an. »Ich verstehe nicht«, gestand er ihr schließlich. »Ihr möchtet nach Hause zurück?« In seiner Stimme klang Hoffnung mit, und Elizabeth senkte den Kopf vor Scham. Sie hatte kaum einen Gedanken daran verschwendet, welche Schwierigkeiten Tobias und Hammond bekommen würden, wenn ihr neuer Herr, Lord Geoffrey, von diesem Ausflug erfuhr. Wieder einmal hatte sie nur an sich und ihre dumme Rache gedacht.

»Hammond«, begann sie, »mein Plan, zu Rupert zu reiten, war dumm und unüberlegt. Leider habe ich es gerade erst begriffen. Es wäre ein scheußlicher Treuebruch meinem Mann gegenüber, wenn ich das, was mich bedrückt, meinem Schwager unterbreite. Es tut mir sehr leid, daß ich dich und Tobias mit meiner Dummheit in eine so unangenehme Lage gebracht habe. Ich kann nur hoffen, daß mein Mann mir alle Schuld geben wird, und beten, daß ihr mir verzeiht!«

Bevor Tobias etwas antworten konnte, schlug Elizabeth den Umhang zurück und stand auf. »Komm. Versuchen wir, so weit wie möglich zu kommen, solange uns das Licht noch den Weg weist.«

Hammond schloß erleichtert die Augen. Seine Herrin war endlich zur Vernunft gekommen. Ganz bestimmt hatten seine Gebete an den Allmächtigen dazu beigetragen, daß sie ihren Plan nun doch aufgab! Hammond bekreuzigte sich dankbar, dann sprang er auf, um Elizabeth' Stute zu satteln.

Einen Augenblick später galoppierte das Trio durch den Wald. Damit es schneller ging, hatten sie auf die üblichen Vorsichtsmaßnahmen verzichtet und waren auf dem Pfad geblieben. Als das Licht des Tages verblaßte, entdeckte Elizabeth in der Ferne einen See. Sie zügelte ihre Stute ein wenig und rief über die Schulter: »Hammond! Können wir dort rasten?«

Hammond wollte gerade seine Zustimmung geben, da er wußte, daß es in der Nähe des Sees einige gute Verstecke gab, als lautes Hufgetrappel ihn verstummen ließ.

Auch Elizabeth hatte die Pferde gehört. Alle Farbe wich aus ihrem Gesicht, und ihr Körper versteifte sich, so daß die Stute nervös den Kopf zu werfen begann und seitlich ausbrach. Elizabeth vergeudete kostbare Augenblicke damit, daß Tier wieder unter Kontrolle zu bringen.

»Reitet zum See«, schrie sie Hammond und Tobias zu.

»Ich komme nach.« Tobias ließ sich nicht zweimal bitten und trieb sein Pferd in den vollen Galopp, doch Hammond schüttelte den Kopf. Er zog sein Schwert und lenkte sein Tier näher an Elizabeth heran. Zur Flucht war es nun ohnehin zu spät, und Hammond fand sich damit ab, daß er in wenigen Augenblicken mit seiner Herrin den Tod finden würde.

Dann donnerten die Pferdehufe heran. Die Truppe stob um die letzte Biegung der Straße, und der Führer ritt beinahe in Elizabeth hinein. Die Stute stieg erschreckt, und die Kapuze, die Elizabeth' Haar verdeckt hatte, rutschte vom Kopf. Während sie noch mit dem Pferd kämpfte, warf sie den Männern, die nun den Weg versperrten, einen Blick zu. Geoffrey! Gepriesen waren alle Heiligen dieser Welt, es war ihr Mann! Der Stein, der ihr vom Herzen fiel, war so gewaltig, daß sie unwillkürlich lächelte.

Geoffrey dagegen traute seinen Augen nicht. Er blinzelte ein paarmal, um seine offenbar gestörte Wahrnehmung zu klären, doch es nützte nichts. Seine Frau! Hier, inmitten der Wildnis, und nur mit einem alten Mann zu ihrem Schutz! War er jetzt vollkommen verrückt geworden? »Elizabeth?« hörte er sich fragen. Er erkannte seine Stimme kaum.

»Guten Abend, Mylord«, sagte sie liebreizend.

»Elizabeth!« Ah, ja, das war wieder seine Stimme. Sein lautes Gebrüll verschreckte Elizabeth' Stute einmal mehr, und wäre ihr Roger nicht zur Hilfe gekommen, wäre das Pferd sicherlich durchgegangen. Geoffrey beobachtete die Rettungsaktion reglos; er hätte zur Salzsäule erstarrt sein können, fand Elizabeth, wenn nicht sein Kiefermuskel so bedenklich gezuckt hätte.

Elizabeth war dankbar, daß sie nicht allein waren. Der

Ausdruck seiner Augen machte ihr, milde ausgedrückt, angst, und sie war plötzlich entsetzlich nervös. Sie wandte sich an Geoffreys Vasallen und gab sich alle Mühe, so zu tun, als wäre die Welt vollkommen in Ordnung. »Guten Abend, Roger. Es war ein schöner Tag heute, nicht wahr?«

Ihre Bemerkung brachte Roger vollkommen aus dem Konzept. Er öffnete den Mund, um etwas zu sagen, wußte aber nicht was, und klappte ihn wieder zu. Und dann verzog sich sein Gesicht zu einem breiten Grinsen. Obwohl er es versuchte – er konnte einfach nichts dagegen tun.

Elizabeth' Lächeln wurde etwas zuversichtlicher, und sie strich sich eine Locke aus der Stirn. Sorgsam darauf bedacht, nicht ihren Mann anzusehen, lächelte sie einfach weiter – sie nahm an, daß sie ein vollkommen schwachsinniges Bild bot – und betrachtete die Männer, die sich hinter Geoffrey und Roger aufgestellt hatten. »Ich bitte um Verzeihung, daß ich deinen Ritt unterbrochen habe, Mylord«, sagte sie, andeutungsweise in seine Richtung gewandt, »und wir werden uns jetzt auch mal wieder auf den Weg machen. Gute Reise, Mylord.«

Sie wußte, daß es nicht funktionieren würde, aber sie hatte es immerhin versucht, und etwas anderes fiel ihr ohnehin nicht ein. Also nahm sie die Zügel auf und trieb ihrer Stute die Sporen in die Flanken. Sie hoffte nur, daß sie weit genug kommen würde, so daß sie kein Publikum hatte, wenn er sie erwürgte!

Sie konnte das Pferd nicht einmal in den Galopp treiben. Geoffrey packte ihre Zügel, bevor sie noch um ihn herumreiten konnte, und zog sie wie einen Fisch an der Angel zu sich. *Und jetzt bringt er mich um,* dachte Elizabeth ein wenig hysterisch. *Und alles für nichts.*

Der schrille Schrei eines Falken erklang hoch über der Truppe, und Elizabeth blickte instinktiv hoch. »Roger«, hörte sie Geoffrey sagen. »Du solltest sie besser vor dem Falken beschützen.«

Elizabeth warf Geoffrey stirnrunzelnd einen Blick zu. »Mein Falke würde mir niemals etwas antun«, sagte sie, bevor sie wieder zum Himmel schaute. Die Falte zwischen ihren Brauen vertiefte sich, als sie erkannte, daß der Falke ziemlich aufgeregt schien.

»Er steht kurz davor, dich zu zerreißen.« Seine Stimme war ruhig, doch der Zorn darin war dennoch nicht zu verkennen.

Endlich dämmerte es ihr. Langsam wandte Elizabeth ihre Augen, die sich nun vor Furcht weiteten, ihrem Mann zu. Er bezog sich auf sich selbst, bezeichnete sich mit dem Namen, den seine Krieger ihm gegeben hatten.

»Geoffrey, ich kann das erklären!« brach es panisch aus ihr heraus.

»O ja, das hoffe ich«, fauchte Geoffrey, der sie in diesem Augenblick am liebsten am Hals gepackt und erdrosselt hätte. Doch er wagte nicht, sie auch nur zu berühren – er mußte warten, bis sich sein Zorn soweit gelegt hatte, daß er sich wieder ganz unter Kontrolle hatte.

Wieder kreischte der Falke. Sie beobachtete eine Weile, wie er über ihnen kreiste, und murmelte dann eher zu sich selbst: »Geoffrey, da stimmt etwas nicht. Er würde sonst herunterkommen.«

»Vorwärts!« Geoffreys Befehl versetzte alle augenblicklich in Bewegung. Blitzschnell zog er Elizabeth vor sich in den Sattel und warf Roger die Zügel der Stute zu. Dann trieb er seinen Hengst an, und Elizabeth klammerte sich an ihm fest, als sie auch schon in den dichten

Wald hineinstoben. Sie schloß die Augen und verbarg ihr Gesicht an Geoffreys Brust, so daß die Zweige sie nicht zerkratzten, doch es wäre nicht nötig gewesen: Geoffrey schützte sie beide mit seinem Schild.

Als sie sich dem Ufer des Sees näherten, befahl Geoffrey zu halten. »James, nimm dir zwei Männer und reite zurück zur Straße. Haltet euch versteckt und paßt auf, wer vorbeikommt.«

Geoffrey sah den drei Männern hinterher, bis sie im Dickicht verschwunden waren, dann wandte er seine Aufmerksamkeit seiner Frau zu. Sie barg ihr Gesicht immer noch an seiner Brust, und Geoffrey griff in ihr Haar und zog ihren Kopf grob zurück. Sie biß sich auf die Unterlippe, und er spürte ihr Zittern, doch es tat ihm gut, ihr weh zu tun. Es war nämlich nichts im Vergleich mit dem Entsetzen, das er eben verspürt hatte, als er sie im Wald entdeckt hatte. »Wenn wir erst einmal zu Hause sind, dann schließ ich dich ein und schmeiß den Schlüssel weg«, knurrte er, und Elizabeth wußte, daß es weiser war, nicht an seinen Worten zu zweifeln.

»Du wirst keine Klagen hören«, flüsterte sie. »Was immer du beschließt, mit mir zu tun – ich verdiene es und werde mich nicht beschweren.« Dann setzte sie nach einem Zögern hinzu: »Obwohl ich wünschte, du würdest es mich erklären lassen.«

Geoffrey beeindruckte ihre demütige Antwort überhaupt nicht. Er war noch immer zu wütend. »Was in Gottes Namen hast du hier draußen im Wald zu suchen?« fragte er.

»Ich war auf dem Weg zu Rupert«, sagte sie und wandte den Blick ab. Als Belohnung für ihre Ehrlichkeit riß er ihren Kopf erneut zurück, und Elizabeth schrie auf.

»Dann ist es verdammt noch mal dein Glück, daß ich

dich noch habe aufhalten können«, zischte er. Er lockerte seinen Griff, als er die Tränen in ihren Augen sah, doch er war keinesfalls besänftigt.

»Aber ich war doch wieder auf dem Heimweg«, preßte sie hervor.

»Du *warst* schon bei ihm?« fragte er ungläubig. Unwillkürlich zerrte er wieder an ihrem Haar.

»Nein«, antwortete sie. »Geoffrey, du tust mir weh! Laß mich los, bitte, dann erklär' ich es dir.«

Geoffrey gehorchte, packte aber statt dessen ihre Schultern. »Ich warte«, knurrte er. Sein Gesicht verriet keine Gefühlsregung, aber Elizabeth konnte seinen Zorn spüren.

»Es stimmt, ich war auf dem Weg, um Rupert zu besuchen, aber ich konnte es dann doch nicht. Ich meine, ich konnte ihn nicht besuchen. Ich hätte dein Vertrauen mißbraucht, es kam mir vor wie Verrat. Also kehrten wir um und wollten nach Hause zurückkehren, als du auf uns gestoßen bist.«

»Kein Verrat«, berichtigte er sie. »Ungehorsam. Dreister, aufsässiger Ungehorsam.« Er ließ ihre Schultern los und bemerkte, daß seine Hände zitterten. Sie wäre direkt in die Hölle geritten, wäre sie tatsächlich bis zu Rupert gelangt. Und Geoffrey wußte, er würde von nun an jeden Tag Gott dafür danken, daß sie vorher umgekehrt war.

»Nein, Geoffrey, es war auch eine Art Verrat«, gestand Elizabeth mit einem gequälten Flüstern.

»Oh, Gott, gib mir Geduld!« rief Geoffrey und blickte zum Himmel. Dann sah er wieder sie an. »Mußt du mir eigentlich ständig widersprechen?«

»Ich wollte nicht nur zu Rupert, um ihm in seinem Kummer beizustehen«, flüsterte sie. »Nein, ich hatte noch einen ganz anderen und furchtbar selbstsüchtigen

Grund, Geoffrey. Ich bin so ungeduldig gewesen, weil du mich die ganze Zeit immer hast warten lassen, so daß ich dachte, ich könnte Rupert für meine Zwecke einsetzen. Ich wollte ihm von Belwain erzählen, glaubte, er würde sich in seiner Trauer über Gesetze hinwegsetzen. Ich dachte, er würde zu Belwain reiten und ihn zu einem Geständnis zwingen.«

Tränen rannen ihr über die Wangen, aber sie wischte sie wütend weg. Endlich wagte sie es wieder, ihren Mann anzusehen, und ihr stockte der Atem. Geoffrey sah aus, als hätte er soeben einen gewaltigen Schlag in die Körpermitte erhalten. Ein Schluchzer entrang sich ihrer Kehle. *Sie* hatte seinen Zorn verursacht! *Sie* war für seine Pein verantwortlich. »Ich habe mich deinen Befehlen widersetzt, ich habe dich fast verraten, und ich habe dein Vertrauen mißbraucht. Ich gestehe alles, und wenn du willst, schneide ich mir mein Haar und gehe ein Jahr in Sack und Asche. Aber, Geoffrey, schon gestern abend wußte ich, daß ich meinen Plan nicht durchführen konnte. Ich habe dir gesagt, daß ich dir vertraue. Wenn ich zu Rupert gegangen wäre, hätte ich dir damit gezeigt, daß es nicht wahr ist, daß ich dir nicht vertraue. Geoffrey, ich war so durcheinander. Ich habe geschworen, daß ich meine Familie rächen würde, und dann habe ich dich geheiratet, *diesen* Eid geleistet, und ich wußte auf einmal nicht mehr, welcher an erster Stelle kam. Oh, Geoffrey, ich will gar keine Rache mehr. Belwains Tod wird mir meinen Papa nicht zurückbringen. Ich wußte bisher nicht, was an mir nagte, aber jetzt weiß ich es: dieses ständige Denken an Rache . . ., das bin nicht ich. Es geht gegen meine Natur.« Während sie sich ihre Wangen mit dem Saum ihres Umhangs abtupfte, wünschte sie sich, daß Geoffrey endlich etwas sagen würde. Oh, wie sehr sie sich danach sehnte, daß er sie anschrie.

Hauptsache, er reagierte. Hauptsache, er zeigte ihr, daß sie nicht jedes Interesse, das er je an ihr gehabt hatte, mit ihrer Tat ausgelöscht hatte. »Wenn du beschließt, die Sache mit Belwain ruhen zu lassen, dann soll es so sein.«

Geoffrey brauchte eine lange Weile, um sich zu beruhigen. Es hatte ihm einen tödlichen Schrecken versetzt, als ihre Worte ihm klargemacht hatten, daß er sie beinahe verloren hätte . . ., wenn sie nicht im letzten Moment ein schlechtes Gewissen bekommen hätte. Oh, Gott, die Gefahr! Und sie hatte nicht die geringste Ahnung! Und das war wahrscheinlich seine Schuld, wie er sich eingestehen mußte. Wenn er nicht so stur gewesen wäre, wenn er ihr nicht um jeden Preis hätte klarmachen wollen, wo ihr Platz war, dann wäre dies nicht geschehen. Dennoch: Sie hatte ihm gerade gestanden, daß sie auf dem Weg gewesen war, sich einem anderen anzuvertrauen. Wie konnte sie es wagen? Sie hatte sich doch ihm angeschworen! Aye, es war ein Treuebruch, ganz und gar. Er würde ihr das nicht durchgehen lassen, aber er brauchte erst Zeit zum Nachdenken. Es war unklug, Entscheidungen zu schnell zu treffen, Urteile überhastet zu fällen . . . Er konnte nicht sicher sein, daß er damit nicht alles zerstörte. Er brauchte Zeit . . . Zeit und Distanz zu seiner Frau, damit er seine verwirrten Gedanken und Gefühle verstehen lernen konnte.

»Elizabeth, es ist Rupert, der hinter der ganzen Sache steckt.«

Fassungslos sah Elizabeth ihn an. Sie verstand zuerst nicht, was er ihr sagen wollte. Dann begann sie, den Kopf zu schütteln, weigerte sich zu glauben, was er ihr begreiflich machen wollte. Nein! Rupert war doch Margarets Mann gewesen. Er würde doch nicht . . . konnte doch nicht . . .

»Er versteckt sich in seiner Kammer, bis die Messerwunde verheilt ist«, sagte Geoffrey kalt.

Elizabeth war wie vom Donner gerührt. Sie bekam keinen Ton heraus. Das, was sie da von Geoffrey hörte, war einfach zuviel, einfach zu grausam, um es zu verarbeiten . . .

Geoffrey ließ sich vom Pferd gleiten und hob sie aus dem Sattel. »Es ist die Wahrheit. Du wärst direkt in die Höhle des Löwen geritten und hättest nicht einmal etwas geahnt, bis es zu spät gewesen wäre.«

»Wie . . . wie hast du es herausgefunden?« brachte Elizabeth schließlich heraus.

»Von dem Augenblick an, als du mir zum ersten Mal die Geschichte erzählt hast, hatte ich Rupert in Verdacht. Die Tatsache, daß er plötzlich zu krank geworden war, um seine Frau nach Montwright zu begleiten, kam mir seltsam vor. Als Elslow dann kam, erfuhr ich von ihm, daß Rupert einer der Männer ist, die den Widerstand gegen William anführen – allerdings weiß Rupert nicht, daß Elslow ihn als Verräter entlarven könnte. Der Beweis aber kam von einem der Boten gestern. Ein Diener von Rupert war die Bemerkung entwischt, daß die Wunde seines Herrn sehr langsam heilte. Wenn man diese Information in Zusammenhang mit der Tatsache betrachtet, daß Rupert sich mit einer Ausrede geweigert hat, meinem Befehl nachzukommen . . . Aye, Elizabeth, er ist derjenige, der hinter der Tat steckt. Darauf würde ich mein Leben verwetten.«

»Lieber Gott! Er hat Maragert getötet«, flüsterte sie. »Und du warst auf dem Weg, um ihn zu stellen, richtig? Du wolltest diesem Alptraum und meiner Qual ein Ende machen. Geoffrey, ich –«

»Ich war auf dem Weg, ihn herauszufordern, ja«, sagte Geoffrey hart. »Aber nicht, um deiner Qual ein Ende zu bereiten, Frau. Du schätzt deinen Wert zu hoch ein, wenn du denkst, daß du meine Hauptsorge bist. Rupert hat eine Festung überfallen, die mir gehört – dein Vater war mein treuer Vasall. Montwright ist zwar nur eins von vielen Anwesen, aber ich kümmere mich um alles, was ich besitze. Und *ich* verrate niemanden, der mir seine Treue schwört. Dein Alptraum ist deine Sache, Elizabeth, deine Qual desgleichen. Du denkst immer nur in eine Richtung und vor allem nur an dich. Aye, du bist selbstsüchtig, engstirnig und dumm, und das ist eine verflucht gefährliche Kombination.«

Geoffrey wußte, wie weh er ihr mit seinen harten Worten tat, aber er war zu wütend, um sich zu beherrschen, und er konnte sie ohnehin nicht zurücknehmen. Sie hatte ihn zutiefst verletzt, und dafür mußte sie bezahlen. Sie hatte den Treuebruch eingestanden, und ihre Dummheit, sich freiwillig in solche Gefahr zu begeben, war offensichtlich ... Und alles nur, um zu einem Wahnsinnigen zu reiten, der nichts lieber getan hätte, als sie umzubringen! Das war einfach zu viel. Und so ließ Geoffrey seiner Wut freien Lauf und versuchte zu treffen, wo er treffen konnte, damit seine Furcht und sein Schmerz wenigstens ein bißchen gelindert wurden.

»Wie schätzt du denn meinen Wert ein?«

Er war auf alles gefaßt gewesen – nur nicht auf eine solche Frage und ihre weiche Stimme. Er hatte sie provozieren wollen, ihren Zorn wecken wollen, damit sie ihn anbrüllte! Doch nichts dergleichen geschah, und er war enttäuscht. Er hätte Geschrei – einen erlösenden Streit! – vorgezogen.

Sie stand aufrecht, mit erhobenem Kopf vor ihm. Ihre ganze Haltung drückte Stolz aus, doch er konnte keine

Arroganz, keine Wut, nicht einmal Trotz in ihren Augen erkennen. Sie war besiegt, und sie gab sich keine Mühe, es zu verbergen.

»Frag mich jetzt nicht so etwas«, fauchte Geoffrey, »oder ich sage etwas, das ich später bereue. Du hast ein Talent, mich zur Weißglut zu bringen, wie niemand anderer sonst.« Geoffrey verschränkte die Hände hinter dem Rücken und spürte, wie er sich etwas beruhigte. »Du wehrst dich nicht, streitest nicht mit mir, und ich kann nicht anders, als mich zu fragen, was du damit bezweckst. Oder solltest du diesmal tatsächlich das Gefühl haben, du seist zu weit gegangen?«

Elizabeth weigerte sich, darauf einzugehen. Sie konnte nicht noch mehr bittere Worte ertragen. »Warum Rupert?« fragte sie, um das Thema zu wechseln. »War er auch hinter Montwright her?«

»Ich glaube nicht«, antwortete Geoffrey. »Nein, ich denke, er wollte ein Chaos verursachen und einem königstreuen Vasallen schaden.«

»Margaret war so ein sanftmütiges, liebreizendes Wesen«, sagte Elizabeth. »Und er hat sie umgebracht!«

Rogers Ruf unterbrach ihr Gespräch. »Die Männer kommen zurück, Falke.«

Geoffrey und Elizabeth wandten sich um.

Der Soldat namens James sprang vom Pferd und kam mit schnellen Schritten auf sie zu. »Sie kommen auf uns zu und sind dreimal soviel wie wir. Sie sind aus Richtung Osten gekommen.«

»Rupert?« fragte Elizabeth. Plötzlich zitterte sie am ganzen Körper und wußte nicht, wie sie das Beben unterdrücken sollte.

Geoffrey gab keine Antwort. Er hob Elizabeth auf, setzte sie in den Sattel ihres Pferdes und rief Roger. »Du sorgst für ihren Schutz!« Dann zog er sein Schwert, wandte sich seinen Männern zu und begann, Anweisungen zu geben.

Die Sonne versank langsam am Horizont, und die letzten Strahlen tauchten den See in einen rötlichen Glanz. Nicht mehr lange, und im Wald würde tiefste Finsternis herrschen. Roger führte Elizabeth' Stute vom Ufer weg, einen Hang hinauf und zwischen zwei hohe Bäume, die eng beieinander standen und zusätzlichen Schutz boten. Er winkte James und zwei anderen, und kurz darauf war Elizabeth von Männern zu Pferd umringt. »Ihr weicht ihr nicht von der Seite«, mahnte Roger, und als die Männer ihn beleidigt ansahen, setzte er rasch hinzu: »Nun, das versteht sich ja von selbst.« Er wußte, daß die Krieger eher sterben als zulassen würden, daß ihrer Herrin etwas geschah. Genauso wie er selbst.

»Möge Gott Euch beschützen«, flüsterte Elizabeth Roger zu. Er nickte und trieb sein Pferd an. *Und du meinen Mann,* fügte sie im stillen hinzu.

Das Hufgetrappel, das in der Ferne zu hören war, kam rasch näher. Elizabeth nahm an, daß die Rebellen zum Wasser wollten, um ihre Schläuche aufzufüllen. Doch sie irrte sich; war eben nur das Donnern der Pferdehufe zu hören gewesen, so erklang im nächsten Augenblick schon das Getöse einer Schlacht. Die Feinde waren mit gezogenen Schwertern auf die Lichtung geritten – Geoffreys Männer hatten sie nicht überraschen können! Und noch schlimmer: der Feind war in der Überzahl, wie James bereits gemeldet hatte.

Sobald der Schlachtruf ertönt war, hatten die Männer ihre Schilde hochgerissen und versperrten Elizabeth nun die Sicht. Doch sie hörte die Schreie, das Klirren von Eisen auf Eisen, und sie konnte sich nicht dagegen wehren, als vor ihrem inneren Auge das Bild eines verletzten oder gar toten Geoffrey aufstieg. Verzweifelt preßte sie sich die Hände über die Ohren, doch es half nichts. Dann, plötzlich, hielt sie es keinen Augenblick länger aus. Sie stieß einen Soldaten an und verlangte, daß er den Schild ein wenig senken würde. Sie *mußte* ihren Mann sehen, mußte sich vergewissern, daß er gesund und munter war. Und da die Bäume und das schwindende Licht ihnen zusätzlichen Schutz boten, willigten die Soldaten schließlich ein.

»Sie brauchen eure Hilfe«, sagte sie, als sie sah, wie viele Gegner es waren. »Schnell, steht ihnen bei! Einer zu meinem Schutz ist vollkommen ausreichend.«

James ließ sich nicht zweimal bitten. Er war begierig darauf, sich in den Kampf zu stürzen, und außerdem hatte seine Herrin recht. In dieser Schlacht zählte jeder Mann! Er winkte dem einen der beiden Soldaten, und sie stoben schreiend den Hang hinab.

Elizabeth sah zu, wie ihr Mann mit einem der Rebellen kämpfte. Entsetzt hielt sie den Atem an, als ein Schwerthieb nur knapp seine Körpermitte verfehlte, und stieß ihn erst wieder aus, als Geoffreys Gegner fiel.

Schon kamen zwei andere auf Geoffrey zu. Der eine schwang eine Streitaxt in der Hand, der andere hielt eine Lanze. Doch Geoffrey tötete sie mit zwei schnellen Streichen.

Ihr Blick suchte Roger und entdeckte ihn am Seeufer, wo er gegen zwei feindliche Soldaten kämpfte. Während sie den Kampf beobachtete, gesellte sich ein dritter zu seinen Kumpanen, und sie sah, daß Roger zurückwich, bis er nicht mehr weiter konnte. Die Sonne, die in seinem Rücken stand, und das Wasser, das hinter ihm glänzte, machte ihn zu einem leicht zu treffenden Ziel für den Feind. Panisch blickte Elizabeth sich um, doch niemand schien Roger zur Hilfe kommen zu können. Dann fiel ihr ihr Bogen ein. »Zur Seite«, brüllte sie dem Krieger zu, der sich schützend vor sie gestellt hatte, während sie gleichzeitig schon einen Pfeil an den Bogen legte und die Sehne spannte. Einen kurzen Augenblick zögerte sie und betete, daß der Rebell still stehenbleiben würde und Gott ihr vergeben möge, daß sie einem Menschen das Leben nahm, dann ließ sie die Sehne los. Der Pfeil schoß sirrend durch die Luft und blieb im Hinterkopf des Rebellen stecken. Elizabeth bat Gott nochmals um Vergebung und dankte ihm gleichzeitig für ihre Zielgenauigkeit und die Dummheit des Rebellen, keinen Helm zu tragen, und legte den nächsten Pfeil an. Dieses Mal traf sie den Feind zwischen die Schulterblätter, und er brach schreiend zusammen. Elizabeth sagte sich grimmig, daß sie es *nicht* bereute, da er gewiß im nächsten Moment Roger getötet hätte, doch ihr Magen, der sich heftig zusammenkrampfte, strafte ihre Gedanken lügen.

Roger blickte verdutzt auf den Rebellen, der vor ihm auf den Knien lag und schrie. Erst als er vornüberfiel, sah Geoffreys Vasall den Pfeil, der aus seinem Rücken ragte. Die Verblüffung kostete ihn fast das Leben. Der dritte der Angreifer nutzte den Augenblick seiner Unaufmerksamkeit und stürzte auf Roger los.

Roger konnte gerade noch sein Schwert hochreißen, um den Stoß abzuwehren und die Lanze des Gegners in die Luft abzulenken, doch er verlor das Gleichgewicht und stürzte rückwärts in den See. Sein Angreifer machte augenblicklich kehrt, um sich den nächsten Feind vorzunehmen.

»Seine Rüstung zieht ihn runter!« brüllte der Soldat, der Elizabeth beschützen sollte. »Er wird ertrinken!«

»Das wird er nicht!« schrie Elizabeth. Ihr Blick flog zu Geoffrey, denn er würde gewiß wissen, was zu tun war. Doch sofort erkannte sie, daß er nicht in der Lage war, Roger zu helfen. Er war von Rebellen umzingelt und hatte alle Hände voll zu tun, sie abzuwehren.

»Hast du ein Seil?« brüllte Elizabeth den Soldaten an. Als er nickte, sagte sie: »Spring ins Wasser und binde es um Rogers Taille. Gemeinsam müßten wir ihn herausziehen können!«

»Ich trage auch eine Rüstung«, erwiderte der Soldat. »Es hätte keinen Sinn.«

»Dann mache ich es«, erwiderte Elizabeth entschlossen. »Schnell! Reite mit mir zum See und halte das eine Ende des Seils fest. Wenn ich daran ziehe, holst du Roger zurück an die Oberfläche.« Sie sah, daß er zum Protest ansetzte, und schrie: »Keine Widerrede. Mein Mann würde es so wollen!« Bevor er noch über ihren Vorschlag nachdenken konnte, rammte sie der Stute die Fersen in die Flanken und stürmte zum Ufer hinunter. Dort sprang sie vom Pferd und packte den Strick. »Halt gut fest«, sagte sie, holte tief Atem und verschwand mit einem sauberen Kopfsprung im dunklen Wasser.

Die Entfernung zum Grund war größer, als sie es erwartet hatte, aber sie entdeckte Roger fast sofort. Sie stieß ihn gegen die Schulter, aber er reagierte nicht. O Gott, hoffentlich war es noch nicht zu spät. So schnell es unter Wasser möglich war, schlang sie ihm das Seil um die Taille und verknotete es. Der Schlamm am Boden erschwerte ihre Arbeit, ihr vollgesogenes Kleid behinderte ihre Bewegungen, und ihre Lungen begannen bereits zu brennen, aber sie gab nicht auf. Sobald der Knoten auf dem Brustharnisch saß, zog sie mit aller Kraft am Seil und schob Roger an den Schultern hoch. Dann stieß sie sich kräftig vom Boden ab und kämpfte sich nach oben. Endlich durchbrach sie die Wasseroberfläche und rang verzweifelt nach Luft.

Der Soldat drängte sein Pferd langsam rückwärts, und einen Augenblick später wurde der schwere Körper von Geoffreys Vasallen aus dem Wasser gezogen. Rogers Oberkörper fiel nach vorne, und durch den Druck, den das festgezurrte Seil auf seine Brust ausübte, begann er plötzlich zu würgen und zu erbrechen, so daß das Wasser in gewaltigen Schwällen aus ihm herausschoß. Als er endlich am schlammigen Ufer lag, hustete, spuckte und würgte er immer noch.

Elizabeth bekam davon nichts mit. Sie versuchte, ans Ufer zu klettern, aber die Erschöpfung und die Schluchzer, die ihren Körper schüttelten, ließen sie immer wieder abrutschen. Ihr unbeherrschtes Weinen mischte sich mit dem Lärm der Schlacht, als sie aufgab und sich einfach zurückgleiten ließ. Sie war zu spät gekommen! Roger war tot, und das nur, weil sie nicht schnell genug bei ihm gewesen war!

Geoffrey hatte seine Gegner erledigt und wollte sich gerade auf den nächsten stürzen, als er sah, wie Elizabeth kopfüber ins Wasser sprang. Augenblicklich vergaß er den Feind um sich herum. Mit einem wilden Schrei setzte er sich in Bewegung und stürmte auf das Ufer zu, während links und rechts von ihm die Rebellen, die ihn aufhalten wollten, von seinem Schwert getroffen zu Boden fielen. Seine Männer deckten seinen Rücken, denn Geoffrey schien jede Kampftechnik vergessen zu haben. Dann, plötzlich, war die Schlacht vorbei, und die übriggebliebenen Rebellen rannten um ihr Leben.

Geoffrey indes zerrte im Laufen an den Lederbändern, die seine Rüstung zusammenhielten. Er wollte gerade ins Wasser springen, um Elizabeth herauszuholen, als sie nur ein paar Fuß von ihm entfernt durch die Oberfläche brach. Eine unfaßbare Erleichterung überkam ihn, seine Beine wollten ihn plötzlich nicht mehr tragen, und er sank auf die Knie, ließ den Kopf hängen und schickte voller Inbrunst ein Dankgebet zum Himmel.

Ihre Schluchzer gaben ihm neue Energie. Er dankte Gott, daß er sie am Leben gelassen hatte, so daß er, Geoffrey, sie umbringen konnte, und sprang vor Zorn brüllend auf die Füße. »Ich dachte, du bist ertrunken«, schrie er sie an, als er sie ans Ufer zerrte. »Ich dachte, verdammt noch mal, du bist ertrunken!« wiederholte er ebenso lautstark, während er sie so sehr schüttelte, daß ihr die Zähne aufeinanderschlugen. Plötzlich hielt er inne, sah sie an und riß sie in seine Arme.

Seine herausgebrüllte Qual, machte Elizabeth' Verzweiflung nur noch größer. »Nay, Geoffrey, es ist viel schlimmer«, preßte sie zwischen Schluchzern hervor. »Roger! Er ist ertrunken!«

Ihr Mann schien nicht zu begreifen. Wieder begann er sie zu schütteln und schrie dabei aus vollem Hals, aber Elizabeth verstand kein Wort. Dann drang Rogers Husten und Würgen an ihr Ohr, und sie weinte noch lauter. »Er ist gar nicht tot, Geoffrey. Er lebt! Du mußt nicht mehr wütend sein!«

»Du bist die dämlichste Frau, die ich je kennengelernt habe«, tobte Geoffrey. Er riß sie an seine Brust und sagte etwas, das sie nicht richtig hören konnte, dann stieß er sie wieder von sich und schüttelte sie erneut. Es war, als ob er sich nicht entscheiden konnte. Elizabeth begann, erneut zu weinen, ohne sich darum zu kümmern, daß Geoffreys Männer sich in einem Halbkreis hinter ihnen versammelten. Während sie versuchte, sich die

Masse an klitschnassem Haar aus dem Gesicht zu streichen, wimmerte sie: »Ich kann das erklären! Hör mir doch zu, Geoffrey!« Wenn sie sich doch nur irgendwo hätte verkriechen können!

»Das wirst du nicht!« bellte er, packte sie an den Schultern und zog sie einmal mehr an seine Brust. Etwas ruhiger sagte er: »Hör auf zu heulen, Frau. Es ist vorbei.«

Sie nickte, die Stirn an seiner Brust, während er tief Luft holte und versuchte, seinen zitternden Körper zur Ruhe zu zwingen. Himmel, je länger ich mit Elizabeth zusammen bin, desto mehr benehme ich mich wie ein Weib, dachte er und grinste widerwillig. Dann sah er Roger, vollkommen durchnäßt, aber ausgesprochen lebendig, und winkte ihn an seine Seite. »Es war diese dämliche, ungehorsame Frau hier, die dir dein Leben gerettet hat, Roger. Was sagst du dazu?«

»Ich kann gar nicht ausdrücken, wie dankbar ich dafür bin«, antwortete Roger. »Obwohl ich nicht bestätigen kann, daß sie dämlich ist.«

Geoffrey hätte fast gelacht.

Roger deutete auf die beiden Toten, die hinter ihm auf dem Boden lagen, und fragte: »Erkennt Ihr die Pfeile, Mylord?«

»Das sind meine«, sagte Elizabeth trotzig und machte sich aus den Armen ihres Mannes los. »Und wag es ja nicht, mich wieder anzubrüllen, Geoffrey. Meine Ohren klingeln schon von deinem Geschrei. Die Feinde waren in der Überzahl, und ich habe nur getan, was notwendig war.«

»Es ist meine Pflicht, dich zu beschützen, Frau, nicht andersherum«, antwortete er mit einem Anflug ärgerlicher Verzweiflung. »Du hast dein Leben aufs Spiel gesetzt!«

»Ja, aber es ist immerhin noch *mein* Leben, das ich riskiere«, fauchte sie ihn an. Sie warf sich mit einer heftigen Kopfbewegung das Haar aus dem Gesicht und sah ihn funkelnd an. »Glaubst du, es gehört dir, oder was?« Der erhoffte Effekt ihrer arroganten Bemerkung wurde durch den Nieser, den sie nicht zurückhalten konnte, ein wenig beeinträchtigt.

»O ja!« bellte Geoffrey. Er stemmte die Hände in die Hüften und sah sie drohend an. Seine kämpferische Haltung und sein eisiger Blick verfehlten ihre Wirkung auf Elizabeth nicht. Er wollte sie einschüchtern, und es gelang ihm. Ein kalter Klumpen setzte sich in ihrem Magen fest, und sie fühlte sich plötzlich sehr verwundbar. Mußte er denn vor all seinen Männern einen Streit anfangen? Denn obwohl sie alle sehr beschäftigt taten, die Verletzten zu versorgen oder die Toten zu begraben, war nicht zu übersehen, daß sie die Ohren ständig in ihre Richtung hielten. Aber Geoffreys Gebell und ihr Gekreische waren ohnehin nicht zu überhören.

Ihre Mutter hätte niemals in so einer Art und Weise mit ihrem Mann gestritten. Es war würdelos und zeugte von einem Mangel an Selbstbeherrschung. Nun, ihre Mutter hätte sich natürlich auch niemals in solch eine Lage hineinmanövriert.

Elizabeth ließ verwirrt die Arme an ihre Seiten sinken. Sie gab sich geschlagen. Nun ja, fast. »Du bist unmöglich«, sagte sie, wandte sich ab und setzte sich in Bewegung, um zu ihrem Pferd zu gehen. »Wahrscheinlich würdest du mich in Ketten legen und hinter dir herschleifen, wenn du es könntest«, murmelte sie über ihre Schulter.

Sie wurde zurückgerissen und herumgewirbelt, bevor sie noch einmal Atem holen konnte. »Wag es nicht noch einmal, mich stehenzulassen, wenn ich mit dir rede!« fuhr Geoffrey sie heiser an.

Als er sah, daß ihre Augen sich erneut mit Tränen füllten, schüttelte er sie – schon wieder! – und lockerte dann seinen Griff. »Deine Idee mit den Ketten hat seinen Reiz«, sagte er, während er sie auf die Bäume zuzog, wo sie in gewissem Maße unter sich waren. »Vielleicht bleibst du dann endlich da, wo du sein sollst!«

Elizabeth wußte durchaus, daß Schweigen im Augenblick die klügste Strategie gewesen wäre, doch sie konnte nicht anders, sie mußte sich verteidigen. »Geoffrey, wenn ich passiver Beobachter geblieben wäre, dann wäre dein treuer Vasall und mein Freund Roger jetzt tot. Kannst du nicht wenigstens das anerkennen?« Es war so ungerecht, daß er immer nur schimpfte, und sie ertappte sich dabei, wie sie teils aus Resignation, teils aus Zorn die Hände rang. Warum konnte sie etwas Ähnliches nicht mit seinem Hals machen? »Es tut mir leid, falls du es für unziemlich hältst, daß ich die Männer mit meinen Pfeilen umgebracht habe. Ich habe noch nie zuvor einen Menschen getötet, und ich weiß, daß ich mindestens hundert Jahre lang dafür im Fegefeuer bleiben muß, aber ob es dir gefällt oder nicht: Ich würde es wieder tun!« Sie begann wieder zu weinen und verachtete sich gleichzeitig für ihre Schwäche. Es lag nur daran, daß er sie mit seinen ungerechten Beschuldigungen in den Wahnsinn trieb! Und sie war so entsetzlich müde! Die Nacht war endgültig über dem Wald hereingebrochen, und Elizabeth stolperte über einen Stein. Geoffrey fing sie auf und hob sie auf seine Arme. Sie vergrub ihr Gesicht in seiner Halsbeuge und versuchte, den Tränenstrom einzudämmen.

»Was soll ich nur mit dir machen?« sagte Geoffrey über ihren Kopf hinweg. »Sieh mich an«, befahl er und fuhr fort, als sie gehorchte. »In einem Zeitraum von nur wenigen Tagen hast du dich wer weiß wie viele Male meinen Anordnungen widersetzt und eben offen eingestanden, daß du einen Treuebruch begangen hast.« Er stellte sie wieder auf den Boden und drehte sie zu sich. »Ich habe schon Männer getötet, die kleinere Verbrechen begangen haben.«

»Ich bin kein Mann, ich bin deine *Frau*!« erwiderte Elizabeth und schüttelte seine Hand von ihrer Schulter.

»Du bist diejenige, die diese Tatsache andauernd zu vergessen scheint«, gab Geoffrey bissig zurück. Er drehte sich um und rief nach seinem Knappen. »Wir lagern heute nacht hier. Kümmere dich um mein Zelt.« Als er sich wieder zu ihr umwandte, bemerkte er, daß sie zitterte, und nahm an, daß die Kälte dafür verantwortlich war. »Du siehst aus wie eine nasse Ratte, und dein Kleid klebt überaus unschicklich an deinem Körper. Hol deinen Umhang und hüll dich damit ein.« Seine Stimme klang so kalt wie ihre Kleider sich anfühlten, und Elizabeth hatte plötzlich nicht mehr das Bedürfnis, zu weinen. Oh, nein, bei Gott, sie wollte lieber wieder *schreien*!

Sie sah ihrem Mann hinterher, wie er nun, Anweisungen bellend, auf seine Männer zuging. Und sie hatte geglaubt, ihn zu kennen. »Ha«, murmelte sie. »Er ist der sturste, hartherzigste und unbegreiflichste Esel von Mann, der je auf dieser Erde gewandert ist.« Sie nieste wieder und begann, zwischen den Bäumen auf und ab zu gehen. »Wie bin ich nur auf die Idee gekommen, daß er meine selbstlose Tat anerkennen würde? Nein, natürlich tut er's nicht. Wie sollte er auch, denn er ist ungerecht, kalt und hat keine Ahnung von den Gefühlen anderer.« Das Quatschen ihrer durchweichten Schuhe unterstrich jedes ihrer Worte, mit denen sie alle negativen Eigenschaften, die ihr zu ihm einfielen, aufzählte.

»Herrin?« unterbrach Roger ihre Schimpftirade. Sie drehte sich um und sah, daß er ihren Umhang in den Händen hielt. »Ich dachte, nach Eurem Bad könntet Ihr den hier gebrauchen.«

Ha, es gab also doch noch zartfühlende Männer. Dankbar nahm sie ihm den Umhang ab und zog ihn sich fest um die Schultern. »Vielen Dank, Roger. Und wie geht es Euch nach *Eurem* Bad?« fragte sie freundlich. Roger brauchte nicht zu wissen, wie elend sie sich fühlte.

»Sehr gut«, erwiderte Roger. »Kommt. Gerald hat das Zelt des Falken errichtet. Ich werde Euch etwas zu essen besorgen, und wenn Ihr noch einen Wunsch habt, dann braucht Ihr ihn mir nur zu nennen. Nach den Ereignissen dieses Tages müßt Ihr entsetzlich erschöpft sein.«

»Ja, da habt Ihr recht«, antwortete sie sanft. Er machte eine auffordernde Kopfbewegung, und sie gingen nebeneinander zum Lager. Roger wirkte unruhig und wandte sich ein paarmal ihr zu, als wollte er etwas sagen, ging dann aber doch schweigend weiter. Elizabeth ahnte, woher seine Nervosität rührte, und legte ihm schließlich eine Hand auf seinen Arm, um ihn aufzuhalten. »Roger, Ihr seid natürlich froh, daß ich geholfen habe, Euch aus dem Wasser zu ziehen, nicht wahr?« begann sie zögernd. Bevor er etwas antworten konnte, fuhr sie fort: »Aber gleichzeitig wünscht Ihr Euch, daß ich mich nicht den Befehlen meines Mannes widersetzt hätte. Ist es das, was Euch beschäftigt? Seht Ihr mich deswegen immer so sorgenvoll an?«

Roger nickte. »Aber versteht mich nicht falsch. Ich bin Euch unendlich dankbar, daß Ihr mir mein Leben gerettet habt. Ich werde ewig in Eurer Schuld stehen«, setzte er inbrünstig hinzu.

Elizabeth war sich nicht sicher, wie sie auf die Bemerkung reagieren sollte. Wenn sie zustimmte, wenn sie ihm sagte, daß er ihr tatsächlich dankbar sein konnte, daß er noch am Leben war, dann würde das nicht besonders gut zu der Tugend der Bescheidenheit passen, die von ihr als wohlerzogene Tochter niederen Adels verlangt wurde. Wenn sie andererseits aber so tat, als wäre es nichts gewesen, dann war sie nicht ehrlich zu ihm . . . oder zu sich selbst. Noch schlimmer: Wenn sie ihre Tat herunterspielte und sich gleichgültig gab, sagte sie dem Vasallen damit nicht indirekt, daß sein Leben keine große Bedeutung für sie besaß? Ach, zum Teufel mit der Bescheidenheit. »Ich würde es wieder tun, ob mein Mann darüber nun wütend wird oder nicht. Bitte glaubt mir, Roger, Euer Herr ist nicht verärgert, daß Ihr am Leben seid. Ihm mißfällt nur mein unziemliches Verhalten. Man muß dabei in Betracht ziehen, daß er es nicht gewohnt ist, eine Frau zu haben, und daß er –«

»Ihr braucht Geoffrey mir gegenüber nicht zu entschuldigen«, unterbrach Roger sie lächelnd. »Er hat mit mir eben über diese Sache gesprochen, und er ist sehr froh, daß Ihr mich retten konntet.«

»Ist das wahr? Hat er das gesagt?« fragte sie staunend. Aber warum hatte er dann so getobt? Am liebsten hätte sie Roger diese Frage gestellt, hütete sich aber davor. Schließlich ging es ja nicht an, daß Roger ihr erklärte, wie *ihr* Gemahl dachte.

Roger nahm ihren Ellenbogen und sah sie fast liebevoll an. »Die Feuer werden entzündet. Kommt und stellt Euch an eines, damit Eure Kleider trocknen. Ihr zittert ja vor Kälte.«

»Feuer? Ist das nicht zu riskant?« fragte sie, während er sie durch eine Gruppe Soldaten führte. »Werden Ruperts Männer nicht –«

»Zerbrecht Euch darüber nicht den Kopf«, antwortete er ruhig. »Euer Gemahl, weiß was er tut. Habt Vertrauen.«

»Natürlich«, sagte Elizabeth rasch, peinlich berührt, daß sie die Frage überhaupt gestellt hatte.

Elizabeth und Roger näherten sich nun einem der Feuer und bahnten sich ihren Weg durch die zehn oder zwölf Männer, die um die Wärme herumstanden. Immer wenn Elizabeth mit einem von ihnen Augenkontakt hatte, lächelte dieser und senkte dann rasch den Blick. War es ein Zeichen von Ehrerbietung oder Verlegenheit? Elizabeth war sich nicht sicher, und sie war einerseits unangenehm berührt, andererseits ein wenig verletzt von ihrem Verhalten ihr gegenüber. Dieser Tag war anstrengend und verwirrend genug gewesen – mußten diese Soldaten ihr nun noch ein Rätsel aufgeben? »Meine Gegenwart scheint die Krieger zu verunsichern«, flüsterte sie Roger errötend zu.

»Nein. Es ist Ehrfurcht«, flüsterte Roger zurück und drückte ihren Ellenbogen leicht.

»Wie bitte?«

»Euer Mut hat sie erschüttert«, sagte er und lächelte über die Überraschung, die sich in ihrem Gesicht abzeichnete. »Sie haben noch niemals eine Frau wie Euch kennengelernt, denn . . . nun, Ihr seid gewiß nicht wie andere Frauen.«

»Meint Ihr das als Kompliment?« fragte sie.

»Ja«, erwiderte Roger. »Ihr seid ihrem Anführer eine würdige Gefährtin.«

Tja, nur teilt ihr Anführer diese Meinung nicht, dachte Elizabeth. Sie blickte sich nach Geoffrey um, aber Roger zog leicht an ihrem Arm, und so wandte sie ihre Aufmerksamkeit wieder ihm zu. Aus der Art, wie er sie ansah, schloß sie, daß er mit seiner Lobeshymne noch nicht am Ende war. »Es tut mir leid, daß Ihr Euch wegen mir in solch eine Gefahr begeben habt, aber nun, da es vorbei ist, bin ich nur noch froh. Ich werde Gott von nun an jeden Morgen dafür danken, daß Ihr den Mut besessen habt, zu tun, was Ihr getan habt.« Er lachte leise, als ihre Wangen nun tiefrot wurden, und fügte scherzhaft hinzu: »Ja, ich glaube, ich werde sogar Eure Eltern in mein Morgengebet mit einschließen. Ich muß ihnen dafür danken, daß sie Euch in weiser Voraussicht das Schwimmen beigebracht haben, denn schließlich habe ich davon profitiert!« Er grinste breit, und Elizabeth lächelte zurück.

Geoffrey war lautlos hinter Elizabeth getreten und hörte dem Gespräch der beiden zu. Unwillkürlich lächelte er bei Rogers letzter Bemerkung, und als er sich dabei ertappte, runzelte er augenblicklich die Stirn. Aber er konnte sich nichts vormachen – sein Zorn war so gut wie verraucht.

Er wollte gerade seine Frau in die Arme ziehen und zum Zelt führen, als ihre nächsten Worte ihn erstarren ließen.

»Ich fürchte, Eure Gebete würden meine Eltern nur in Verwirrung stürzen, Roger, denn ehrlich gesagt kann ich gar nicht schwimmen. Obwohl ich sagen muß, daß es mir gar nicht so schwierig vorkommt, wenn man nur daran denkt, den Atem anzuhalten und –«

Geoffreys Wutgebrüll ließ Elizabeth so heftig zusammenzucken, daß sie ein Stück in die Luft sprang. Sie preßte sich die Hände aufs Herz und wirbelte herum, wobei sie ihren Mann rammte und ihn fast von den Füßen stieß.

»Geoffrey! Was ist passiert?« preßte sie atemlos hervor.

»Schweig. Sag kein Wort. Sag einfach gar nichts mehr«, grollte er. »Sag ja nicht ...« Seine Wut war wieder da, frisch und neu und heftiger denn je. Er spürte, daß er kurz vor einer Explosion stand, und wenn es ihm nicht bald gelang, sie von den Männern wegzubekommen, sie in das Zelt zu schleifen, dann ... dann ... dann würde er vermutlich jemanden umbringen. Und vermutlich würde *sie* dieser jemand sein.

Elizabeth stolperte hinter ihm her, als er sie zum Zelt zerrte, die Plane zur Seite schlug und sie hineinstieß. Elizabeth ließ sich auf das weiche Tierfell fallen.

»Was habe ich denn jetzt wieder getan?« fragte sie verzweifelt, während sie sich den Arm rieb, an dem ihr Mann sie hergeschleift hatte. »Und warum mußt du immer so grob mit mir umgehen? Ich schwöre, ich brauche keinen Feind, wenn du mir schon ständig blaue Flekken verschaffst. Du scheinst nicht zu wissen, wie stark du bist«, setzte sie hinzu.

Geoffrey antwortete nicht sogleich. Er zündete zwei Kerzen an und setzte sich dann mit gekreuzten Beinen vor sie. Als Elizabeth verstohlen aufschaute und seinen Gesichtsausdruck sah, wünschte sie, sie würde die Frechheit besitzen, die Kerzen auszupusten. Oh, Himmel, wie wütend er war. Die Ader an seinem Hals trat dick hervor und pulsierte, während er sich offenbar zu beherrschen versuchte. Plötzlich hatte Elizabeth genug. Sie war es leid. Langsam rückte sie von ihm ab, bis ihre

Schultern die Zeltwand berührten, und wappnete sich innerlich gegen das Gebrüll, was garantiert wieder kommen würde.

Um so überraschter war sie, als Geoffrey mit ruhiger, wenn auch leicht bebender Stimme zu sprechen begann. »Du wirst meine Fragen jetzt mit einem schlichten Ja oder Nein beantworten«, begann er.

Sie sah ihn mißtrauisch an. Was war nun los? Was wollte er von ihr? »Geoffrey, ich –«

»Ein schlichtes Ja oder Nein!« fauchte er.

Elizabeth nickte und wartete. Geoffrey holte ein paarmal tief Atem und legte mit Bedacht, als würde es seine ganze Konzentration erfordern, die Hände auf seine Knie. »Dummerweise habe ich gerade dein Gespräch mit Roger mitgehört«, sagte er beängstigend sanft. »Aber vielleicht habe ich ja etwas falsch verstanden. So etwas kann ja sogar mir passieren, und ich möchte mir erst sicher sein.« Seine Stimme war im Laufe des letzten Satzes lauter und schriller geworden, und Elizabeth ertappte sich dabei, wie sie noch weiter zurückzuweichen versuchte. »Ich könnte schwören«, fuhr Geoffrey fort, »daß du Roger eben erzählt hast, du könntest gar nicht schwimmen.« Als sie den Mund öffnete, um etwas zu sagen, schoß Geoffreys Hand vor und preßte sie auf ihre Lippen. »Du wirst mir mit ja oder nein antworten, hörst du? Also . . . kannst du schwimmen?«

Da seine Hand über ihrem Mund lag, konnte Elizabeth nur den Kopf schütteln, doch es reichte aus. »Du bist ins Wasser gesprungen, obwohl du nicht schwimmen kannst?« fragte er, wobei seine Stimme sich überschlug.

Elizabeth schob seine Hand weg. »Ich hatte doch das Seil und –«

»Ja oder nein!« brüllte Geoffrey.

Wie sollte sie es ihm mit einem einfachen Ja oder Nein erklären? Aber sie wußte, daß es keinen Sinn hatte, ihm jetzt mit Vernunft zu kommen. Da er nicht die ganze Wahrheit hören wollte, dann sollte er sich doch ihretwegen weiter aufregen! Sollte er doch einen Anfall bekommen, wenn er so dickköpfig war – sie würde ihm keine Träne nachweinen, wenn er tot umfiel. »Ja«, antwortete sie und faltete die Hände im Schoß.

Ein Hüsteln von draußen ließ Geoffreys Kopf herumfahren. »Herein«, schrie er lauter, als er es beabsichtigt hatte.

Roger hob die Zeltklappe mit einer Hand und bückte sich darunter, während er mit der anderen Hand ein hölzernes Tablett balancierte. Ohne ein Wort zu sagen, stellte er es zwischen Geoffrey und Elizabeth ab und zog sich hastig zurück.

Auf dem Holzbrett lockte eine Überfülle an gebratenem Fleisch, dicken Scheiben Brot und orangefarbenen Beeren, doch weder Geoffrey noch Elizabeth machte Anstalten, danach zu greifen. Roger tauchte noch einmal auf und brachte einen Becher und einen Schlauch, der wohl mit Wasser oder Wein gefüllt war. Elizabeth lächelte ihn an, aber Roger hielt den Blick gesenkt, so daß er es nicht sehen konnte.

»Vielen Dank, Roger«, sagte sie, als er sich zum Gehen wandte. Obwohl er keine Antwort gab, sah sie sein leichtes Nicken.

»Man dankt einem Vasallen nicht dafür, daß er seine Pflicht tut«, grummelte Geoffrey. Er nahm ein dickes Stück Brot, riß es in zwei Hälften und reichte eine Elizabeth.

»Und warum nicht?« fragte sie, als sie das Brot nahm. »Er wollte uns einen Gefallen tun. Dafür sollte man durchaus ›danke‹ sagen.«

»Nein. Er hat seine Pflicht getan, Frau. Jeder von uns hat Aufgaben, Verpflichtungen . . . so ist es nun einmal«, sagte er nachdrücklich. »Wenn du ihm dankst, deutest du damit an, daß er vielleicht manchmal seine Pflicht *nicht* zu deiner Zufriedenheit erledigt – es kommt einer Beleidigung gleich. Um dem entgegenzuwirken, müßtest du also jedesmal danke sagen, wenn irgend jemand irgend etwas für dich tut.«

»Aha. Jetzt verstehe ich endlich, warum ich dieses freundliche Wort noch nie aus deinem Mund gehört habe. Von Lob, wenn jemand etwas gut gemacht hat, will ich schon gar nicht reden.« Elizabeth runzelte die Stirn, während sie darüber nachdachte. »Du brüstest dich, ein vernunftsbetonter Mensch zu sein, aber das, was du gerade gesagt hast, ergibt überhaupt keinen Sinn.« Mit sanfter Stimme setzte sie hinzu: »Dankbar zu sein und es auch zu zeigen, ist doch kein Zeichen von Schwäche.« Und weil es gerade so gut paßte, zitierte sie: »Dank ist der Welt Lohn!«

»Undank!« bellte Geoffrey. »*Undank* ist der Welt Lohn, Frau! Und ich bin weder schwach, noch undankbar, noch will ich Lohn von der Welt, verflucht!«

»Ich wollte damit ja auch nicht sagen, daß du –«

»Es reicht! Rede nicht von Dingen, von denen du nichts verstehst! Himmel, ich verliere langsam die Geduld mit dir! Vom ersten Tag an, als ich dich kennengelernt habe, schmeißt du mein Leben durcheinander, und ich habe jetzt ein für allemal genug. Mein Leben wird durch Disziplin geregelt! *Disziplin*! Ich weiß, daß dir dieser Begriff fremd ist, aber, und das schwöre ich dir, ich werde dir die Bedeutung schon beibringen! Impulsives Handeln, unüberlegte Reaktionen . . . dies alles kann tödlich sein, begreifst du das nicht? Wäre ich heute nicht zufällig auf dich gestoßen, dann wärst du jetzt höchstwahrscheinlich in Ruperts Händen! Hast du darüber einmal nachgedacht? Ich meine, *wirklich* nachgedacht?« Bevor Elizabeth antworten konnte, fuhr Geoffrey fort: »Und was wäre aus dir geworden, wenn der Soldat, der das Seil festgehalten hat, in der Zeit, die du unter Wasser warst, niedergemetzelt worden wäre?«

»Willst du mir das Eingeständnis abringen, daß ich mich wie eine Närrin verhalten habe?« fragte Elizabeth leise.

»Ich brauche nicht von dir zu hören, was ich bereits weiß«, fauchte er. »Hör zu, Frau. Das, was du heute für Roger getan hast, das war eine mutige Tat. Doch die andere, dein Plan, zu Rupert zu reiten, das, was du selbst einen Treuebruch mir gegenüber genannt hast . . .«, er brach ab und schüttelte den Kopf, »Das ist unverzeihlich!«

Elizabeth kam es vor, als hätte er gerade ein Urteil über sie gefällt. Eines, das ihre ganze Zukunft betraf. Wenn das, was sie getan hatte, unverzeihlich war, wie sollte sie dann mit Geoffrey weiterleben?

»Ich habe zugegeben, daß ich zu Rupert wollte, habe dir aber auch erklärt, daß ich gerade deswegen umgekehrt bin, weil ich erkannt habe, daß es einem Treuebruch gleichgekommen wäre«, erwiderte sie. »Und das findest du unverzeihlich?«

»Ja«, sagte er knapp. »In dem Augenblick, in dem du Montwright verlassen hast, hast du mein Vertrauen schon mißbraucht!«

»Vielleicht hast du recht«, erwiderte sie nachdenklich. »Aber ich habe es erst viel später erkannt. Dann aber bin ich sofort umgekehrt.«

»Ob du es nun zugibst oder nicht, kümmert mich wenig«, sagte er barsch.

»Und du wirst es mir niemals verzeihen?« fragte sie.

Sie wußte, daß sie ihm weh getan hatte, auch wenn er es nicht zugeben wollte, und sie schämte sich dafür, daß sie nicht einmal darüber nachgedacht hatte, ob sie ihn mit ihrem Plan verletzen würde oder nicht. Ihr war auch klar, daß er sich rächen wollte, indem er *ihr* weh tat, und sie konnte es in gewisser Hinsicht verstehen. Gleichzeitig aber machte es sie wütend, furchtbar wütend, daß er sich so dickköpfig auf ihre ursprüngliche *Absicht* versteifte. Himmel, wie oft würde sie ihm denn noch sagen müssen, daß sie diese *Absicht* ja nicht ausgeführt hatte?

»Ich weiß es nicht«, sagte Geoffrey nach einer Weile. »Die wenigen Männer, die etwas Ähnliches getan haben, sind tot – ich habe sie getötet. Wenn jemand einen Treuebruch begangen hat, will ich ihn in meiner Umgebung nicht mehr sehen.«

»Wie sollen wir dann weitermachen?« fragte sie, bemüht, genauso kühl und distanziert zu klingen wie er.

»Was geschehen ist, ist geschehen, wir können es nicht mehr ändern«, stellte er fest. »Du wirst lernen, welche Pflichten du als meine Frau hast, und du wirst sie gehorsam erfüllen, ohne nach dem Grund meiner Befehle zu fragen. Im übrigen hältst du dich aus meinem Leben in Zukunft heraus.« Er brach ab, dachte nach und setzte dann hinzu: »Deine erste Pflicht . . . nein, deine einzige Pflicht besteht darin, mir Söhne zu gebären.«

»Ist dir eigentlich noch nicht in den Sinn gekommen, daß ich dich hätte belügen können? Ich hätte dir erzählen können, daß ich nur deswegen zu Rupert wollte, weil ich ihm als Mitglied meiner Familie in seinem Kummer beistehen wollte.«

»Ich hätte die Lüge erkannt«, erwiderte Geoffrey stirnrunzelnd.

»Dadurch, daß ich vollkommen aufrichtig war, habe ich also diese Ehe zerstört? Ist es das, was du mir sagen willst?«

»Ich weiß es nicht. Ich muß darüber nachdenken. Ich urteile nicht so übereilt wie du.«

Elizabeth konnte sich nun nicht mehr beherrschen. »Fein. Wenn du schon nachdenkst, dann doch auch bitte über dies«, zischte sie. »Du behauptest, du kannst mir nicht verzeihen. Nun stell dir vor, auch *ich* kann dir nicht verzeihen! Ich habe dir meine Liebe geschenkt, obwohl ich wußte, daß du sie nicht erwidern würdest. Ich habe Verständnis für dich gezeigt, während du niemals auch nur *versuchst*, andere zu verstehen. Ich habe zugegeben, daß ich die Absicht hatte, den Eid der Treue, den ich bei der Eheschließung geleistet habe, zu brechen, aber doch nur, weil ich vor diesem schon einen anderen geleistet hatte – so dumm und rachsüchtig er auch war. Ich habe dir meinen Körper gegeben, meine Zukunft in deine Hände gelegt, habe dir mein Herz und meine Seele geschenkt, aber du redest von Pflichten und Disziplin. Du weist alles zurück, was ich dir zu geben habe, und verlangst das, was ich am wenigsten geben kann! Nun, von diesem Moment an sollst du deinen Gehorsam und deine Disziplin bekommen. Ich werde meine Pflichten erfüllen und deine Befehle befolgen. Ich werde meine Liebe in meinem Herzen verschließen – du brauchst dich nicht zu sorgen, daß ich dich mit impulsiven und ungehorsamen Bekundungen meiner Zuneigung verärgern werde. Ich weiß nicht, ob ich aufhören kann, dich zu lieben, aber – Gott sei mein Zeuge! – ich werde es versuchen! Dabei dürfte es noch nicht einmal schwer sein, denn du gibst mir gewiß keinen Grund, dich zu lieben!« Sie brach ab, um Luft zu holen, und fügte dann spöttisch hinzu: »Und *falls* du dich entschließt, mir doch zu verzeihen, dann werde ich mir vielleicht überlegen, ob ich mit der Tatsache leben kann, daß du alles, was ich dir zu geben hatte, herabwürdigst!«

»Abgemacht«, erwiderte Geoffrey, dessen Stimme nun genauso zornig klang wie ihre. »Tu nur das, was ich von dir verlange, und wir werden miteinander auskommen. Spar dir deine Liebe für deine Kinder auf. Ich brauche sie nicht!«

Gott hat Mitleid mit mir, dachte Elizabeth, denn Geoffrey wurde aus dem Zelt gerufen, bevor sie in Tränen ausbrach. Sie wollte nicht, daß er sah, wie verletzt sie war. Er würde ihre Tränen nur als eine weitere Schwäche werten, wovon sie seiner Meinung nach ja eine Überfülle besaß. War sie wirklich so ein fehlerhaftes Wesen? Man hatte ihr beigebracht, in den Menschen vor allem das Gute zu sehen und ihre Schwächen zu akzeptieren. Geoffrey hatte man anscheinend genau das Gegenteil beigebracht. Entdecke die Schwächen und greif sie an – war das seine Art zu denken? Sie war zu müde, um zu einem Schluß zu kommen, zu müde und erschlagen, um darüber nachzudenken, wie ihr Leben sich von nun an gestalten sollte. Sie zog sich die nassen Sachen aus, hängte sie über das Seil, das unterhalb des Zeltdachs gespannt war, und hüllte sich in ihren Umhang. Dann rollte sie sich auf dem Fell zusammen und weinte sich in den Schlaf.

KAPITEL 11

Alles war bereit.

Der Angriff auf Ruperts Besitz würde im ersten Licht des neuen Tages stattfinden. Zwanzig Männer waren abgestellt worden, um Elizabeth zu beschützen, denn es war keine Zeit, sie vor der Attacke nach Montwright zu bringen. Irgendwie hatte der Rebell Wind von Geoffreys Vorhaben bekommen – anders war die Schlacht am See nicht zu erklären –, und daher war es unabdinglich, sofort anzugreifen. Rupert war kein Narr, und wenn er genügend Zeit bekam, würde er mit Sicherheit eine recht stattliche Anzahl unzufriedener Männer zusammentrommeln, so daß er über eine eigene Armee verfügte.

Geoffrey wanderte, die Hände hinter dem Rücken verschränkt, im Licht des Mondes um den See, während er über die kommende Schlacht nachdachte. War es möglich, daß Ruperts Overlord – ein Adeliger, der Geoffrey in Besitz und Waffenstärke ebenbürtig war – seinen Vasallen vor der drohenden Gefahr gewarnt hatte? Geoffrey dachte eine Weile darüber nach, schüttelte aber schließlich den Kopf. Er kannte Owen of Davies zugegebenermaßen nicht besonders gut, aber das, was er über den Mann wußte, ließ es unwahrscheinlich erscheinen, daß er Geoffreys Vorhaben verraten würde. Ja, er hatte Owen einen Boten geschickt, nicht nur, um ihn über seine Absicht zu informieren, sondern vor allem, um ihm seine Beweggründe darzulegen. Owen hatte augenblicklich geantwortet: Er hatte Geoffrey versichert, daß er keinen Rebellen unterstützen würde, und dem Baron angeboten, Männer zur Verstärkung zu schicken. Nein, dachte Geoffrey noch einmal. Owen wäre selbst gegen Rupert gezogen, wenn er, Geoffrey, nicht beschlossen hätte, sich um den Verräter zu kümmern. Owen schätzte Loyalität ebenso hoch ein, wie Geoffrey es tat.

Nachdem Geoffrey seine Strategie für den folgenden Tag überdacht hatte, wanderten seine Gedanken zu seiner Frau. Stirnrunzelnd rief er sich ihr Gespräch in Erinnerung, die harten, bitteren Worte, die er ihr entgegengeschleudert hatte. Er wußte, daß er sie mit seinen Anklagen und Beleidigungen zutiefst verletzt hatte; der Schmerz war ihr deutlich in den Augen abzulesen gewesen. Eigentlich hatte er keinerlei Bedürfnis, ihr weh zu tun – soviel gestand er sich ein –, aber er wußte einfach nicht, wie er mit ihr fertigwerden sollte. Lieber Gott, sie war ein Risiko nach dem anderen eingegangen, ohne sich nur ein einziges Mal Gedanken um ihre Sicherheit zu machen! Ich kann das erklären, hatte sie gesagt. Ha! Natürlich! Sie sprang ins Wasser, ohne auch nur ansatzweise zu wissen, wie sie jemals wieder hinauskommen würde, verließ sich auf einen einzigen Soldaten mit einem Strick in der Hand – und das mitten in einer Schlacht, bei der der Mann leicht hätte umkommen können. Aber nein, Elizabeth dachte an so etwas ja gar nicht erst; dafür hatte sie immer eine Erklärung oder eine Entschuldigung parat. O ja, sie hatte ihm ja auch mit großen, unschuldigen Augen eine Erklärung dafür angeboten, wieso sie sich ohne seinen Schutz mitten in der Wildnis befand, in der es von Strauchdieben, Rebellen und wilden Tieren nur so wimmelte! Aye, schloß Geoffrey, während er sein Tempo beschleunigte, das war der Kern des ganzen Problems, der Grund, warum sein Zorn sich diesmal einfach nicht legen wollte. Sie ignorierte ihn. Sie ignorierte seine Macht, seine Position, seine Entscheidungsgewalt und handelte ganz nach eigenem Gutdünken. Sie war so überzeugt von sich und ihren Fähigkeiten, daß sie sich von den seinen nicht beeindrucken ließ. Sie tat, als ob sie absolut eigenständig war, als ob . . .

Die Erkenntnis traf ihn wie ein Blitzschlag, und er kam stolpernd zum Stehen. Sie tat, als ob sie ihn nicht brauchte!

Der Gedanke war mehr als unangenehm – er war abstoßend. »Unsinn«, murmelte er in die Stille hinein. »Natürlich braucht sie mich.« Sie war – wie jede Frau – körperlich schwach, hatte keine Ahnung vom Leben und war naiv, was Verrat und Betrug anging. Sie würde keinen einzigen Tag alleine überleben . . . Bis auf die Zeit, in der sie im Wald gelebt hatte, die Zeit, bevor er sie nach Montwright geholt hatte, rief ihm eine lästige innere Stimme in Erinnerung. Aber, bei Gott, jetzt brauchte sie ihn, sie wußte es bloß noch nicht! Oh, wenn man sie bloß vernünftig erzogen hätte! Würde sie denn nie lernen, wie das Leben zu funktionieren hatte?

Die Anstrengungen des Tages und das unentwirrbare Durcheinander seiner Gedanken hatten ihn ausgelaugt. Er setzte sich in Bewegung und nahm seine Wanderung um den See wieder auf, während er versuchte, die Handlungsweise seiner Frau zu verstehen. Wußte sie vielleicht gar nicht, in was für Gefahren sie sich begab? Begriff sie nicht, was er durch ihre impulsiven Taten durchmachen mußte? War es möglich, daß sie keine Ahnung hatte, wieviel sie ihm bedeutete?

Geoffrey blieb erneut stehen, als sich die Wahrheit mit unangenehmer Penetranz in sein Bewußtsein vorarbeitete. Nein, Elizabeth konnte noch nicht einmal *ahnen*, was sie ihm wert war. Er war stets sorgsam darauf bedacht gewesen, diese Tatsache vor ihr zu verbergen ... Vor ihr? Vor sich selbst vor allem! Der Schock heute hatte es ihm deutlich gemacht, und es hatte keinen Sinn mehr, sich dagegen zu wehren. Verdammt! Er liebte sie! Er liebte sie mit Herz und Seele. Er hatte gar nicht gewußt, daß er zu einem solchen Gefühl überhaupt fähig war, und nun mußte er feststellen, daß es sein ganzes Denken und Handeln beeinflußte. Dieses neue Wissen machte ihn nicht besonders glücklich, und er wußte, er würde erst über all die Konsequenzen, die ein solch starkes Gefühl mit sich brachten, nachdenken, bevor er ...

Plötzlich grinste er über das ganze Gesicht.

Er hatte seine Frau eine Närrin genannt, aber nun mußte er einsehen, daß vor allem er der Narr war. Er hatte sie beschuldigt, sich nur um ihre Rache zu kümmern, engstirnig auf ein einziges Ziel hinzuarbeiten und besessen von der Idee zu sein, den Tod ihrer Familie zu rächen. Doch nun gestand er sich ein, daß die Schwächen, die er seiner Frau vorhielt, auch in ihm steckten. Aye, er kritisierte seine eigenen Fehler. Nicht nur Elslow hatte es vor kurzem noch erwähnt. Auch William hatte ihm während seiner Ausbildung oft genug gesagt, daß sich die Fehler, die man im Gegner entdeckte oder bei anderen verabscheute, gewöhnlich in dem eigenen Wesen verbargen. Nun, er hatte diese Lektion als unwichtig verworfen, da er der Meinung gewesen war, daß sie auf dem Schlachtfeld nutzlos war. Aber es war eine Lektion für das Leben, und hätte er sie sich zu Herzen genommen, hätte er vielleicht schon eher begriffen.

Er war derjenige, der sich engstirnig nur auf ein eigenes Ziel konzentrierte: Er hatte die ganze Zeit nur versucht, Elizabeth auf Armeslänge von sich fernzuhalten und sein Herz gegen Zuneigung abzuschirmen. Und er hatte sie dumm, hatte sie eine Närrin genannt.

Wie hatte sie das bloß geschafft, fragte er sich. Wie war es ihr möglich gewesen, ihn einzufangen, sein Herz zu gewinnen, obwohl er sich derart dagegen gewehrt hatte? War es ihre Schönheit? Ja, sie war schön und schien jeden Tag noch ein wenig schöner zu werden, aber er hatte in der Vergangenheit schon Frauen gesehen und kennengelernt, die ihr mindestens das Wasser reichen konnten. Nein, seine Liebe zu ihr war nicht so schal. Es waren andere Eigenschaften – ihr lebendiger Geist, ihr Mut, ihr Verstand und ihre Treue –, die sein Herz erobert hatten. Sie war ihm ebenbürtig. In jeder Hinsicht.

Geoffrey nahm einen Stein auf, warf ihn in den See und beobachtete, wie sich immer weitere Kreise auf der Wasseroberfläche bildeten. Elizabeth war wie ein Kiesel, den man ins Wasser warf. Ihre Taten beeinflußten viele Menschenleben, ihr Handeln hatte Auswirkungen, die weite Kreise zogen, wie ein Steinchen, der einen See in Bewegung brachte. Sie war der Mittelpunkt seines Lebens – war es schon lange –, und es war pure Dummheit, diese Tatsache noch länger zu leugnen. Nur wenn er es endlich akzeptierte, konnte er damit leben. Und zwar besser als je zuvor.

Plötzlich hatte er es eilig, zum Zelt zurückzukehren. Während er über die Lichtung lief, dachte er an den Schmerz und die Verzweiflung, die er vorhin in ihren Augen gesehen hatte. Er war schuld daran, daß sie litt. In seinem Zorn hatte er sich einfach auf die Tatsache berufen, daß sie Absichten gehabt hatte, die einen Treuebruch bedeutet hätten. Er hatte sich geweigert, ihre

Erklärung anzuhören, hatte ihr Vergebung und Verständnis verweigert. Aber nun erkannte er, daß er sich mehr als ungerecht verhalten hatte. Er hatte gewollt, daß sie Scham empfand, daß sie sich schuldig fühlte – und warum? Damit sie darüber nachdachte und anschließend die gehorsame und unterwürfige Frau wurde, als die er sie sehen wollte!

Geoffrey lachte leise. Gehorsam und unterwürfig! Er war sich ganz und gar sicher, daß Elizabeth häßlich und fett werden würde, bevor sie auch nur in Betracht zog, sich unterwürfig zu geben. Und, lieber Gott, er war unendlich froh darüber!

Zweifellos würden sie sich über Dinge wie Gehorsam und Demut ein ganzes Leben lang streiten, und Geoffrey freute sich jetzt schon darauf! Er brach in Gelächter aus, das über den glatten See hallte, und erkannte, daß auch dies eine Veränderung war, die Elizabeth bewirkt hatte: Er konnte lachen. Und sie würde ihm wahrscheinlich auch noch beibringen, wie man durch einen brennenden Reifen sprang, wenn er sie nur ließ. Sie versuchte ihn zu erziehen, genau wie er versuchte, sie zu erziehen. Sie wollte ihn mit Zärtlichkeit und Zuneigung einwickeln, während er versuchte, sie mit seiner Kraft und Macht zu beherrschen. Aber waren sie nicht beide Sieger in diesem Wettstreit? War Liebe nicht Kraft und Zärtlichkeit zugleich? *Gott, ich bin froh, daß ich sie habe ...*

Wieder verschränkte er die Hände hinter dem Rükken und ging schnellen Schrittes durch das Lager.

Aber wie sollte er nun vorgehen? Er mußte ihr bald von seiner Liebe erzählen. Wenn sie erst einmal gepackt und Montwright verlassen hatten, wenn sie sich auf Berkley eingewöhnt hatte, dann würde er den Schaden wiedergutmachen, den er mit seinen grausamen Worten heute angerichtet hatte. Dann würde er es ihr sagen. Im Augenblick jedoch würde er weiterhin den Gleichgültigen spielen, denn sie hatte eine Lektion verdient. Mit ein bißchen Glück würde sein Mißfallen sie zum Nachdenken anregen, so daß sie sich in Zukunft mehr Gedanken um ihre eigene Sicherheit machte, anstatt stets impulsiv dem nachzugehen, was ihr als erstes durch den Sinn schoß. Die lästige Stimme in seinem Inneren mahnte, daß dies vielleicht nicht die beste Strategie war, aber er verdrängte den Gedanken. Ihm fiel nichts Besseres ein. Seltsam, aber er hatte immer geglaubt, daß die Liebe wie fesselnde Ketten war, die denjenigen, den es erwischt hatte, einschränkten und zu einem schwachen Gefangenen machten. Doch jetzt wußte er es besser. Die Erkenntnis, sie zu lieben, gab ihm eine Freiheit, wie er sie noch nie empfunden hatte. Und sie verlieh ihm Kraft. *Elizabeth* verlieh ihm Kraft. Ja, bei Gott, er fühlte sich unbesiegbar!

Geoffrey hatte das Zelt erreicht. Er trat ein und fand Elizabeth fest schlafend vor. Einen Moment sah er sie nur an und bewunderte sie, dann entledigte er sich rasch seiner Kleider. Das gelegentliche Schniefen und Hicksen, das von ihrem Fell zu ihm herüberdrang, verriet ihm, daß sie geweint hatte, nachdem er gegangen war. Tränen waren auch eine Sache, mit der er nicht gut zurecht kam, und Schuldgefühle oder nicht – er war froh, daß ihm ihr Weinen erspart geblieben war. Die Tatsache, daß er für ihren seelischen Schmerz verantwortlich war, hatte keine Bedeutung. Er würde ihr bald Trost genug spenden. Er würde alles wiedergutmachen, schwor er sich, als er sich neben ihr ausstreckte.

Sobald sein Kopf das Fell berührt hatte, rollte sich

seine schlafende Frau in seine ausgebreiteten Arme. Sie hatte sich in ihrem Umhang verheddert, und Geoffrey befreite sie behutsam daraus, um sie anschließend an seinen warmen Körper zu ziehen. Als sie sich an seine Brust kuschelte, seufzte sie leise, und Geoffrey lächelte in die Dunkelheit. »Wenigstens im Schlaf brauchst du mich, Weib«, flüsterte er. Und dann schlief er zufrieden ein.

Die Schlacht war rasch geschlagen. Rupert fand den Tod durch Rogers Hand. Geoffrey bedauerte das, denn er hätte den Verräter gerne selbst getötet. Er befahl, den Leichnam auszuziehen, wodurch die noch nicht vollständig verheilte Verwundung Ruperts an der Schulter sichtbar wurde. Der letzte Beweis.

Elizabeth hatte den lärmenden Aufbruch der Krieger in der Dämmerung verschlafen. Als sie endlich erwachte, war Geoffrey mit seinen Männer bereits wieder ins Lager zurückgekehrt.

Es war Roger, der sie über den Tod ihres Schwagers informierte. Elizabeth nahm die Nachricht ohne sichtbare Gefühlsregung zur Kenntnis. Sie nickte nur und machte sich dann daran, sich für den Heimritt fertigzumachen. Kein einziges Mal sah sie sich nach ihrem Ehemann um, dessen dröhnende Stimme unablässig Befehle über die Lichtung bellte und die Soldaten zur Eile antrieb.

Elizabeth ignorierte ihn auch noch, während sie darauf wartete, daß Gerald ihre Stute sattelte. Als der Knappe das Pferd heranführte und ihr in den Sattel half, sprach sie die ersten Worte an diesem Morgen: Sie dankte ihm. Doch sobald sie nach den Zügeln gegriffen hatte, trieb Geoffrey seinen Hengst an ihre Seite. Er pflückte sie so mühelos wie Beeren von einem Strauch von ihrer

Stute und setzte sie vor sich in den Sattel. »Du reitest mit mir«, sagte er knapp. Dann hob er den Schild, um sie vor den herabhängenden Zweigen zu schützen, und trieb das Pferd in den Galopp.

Elizabeth versuchte sich steif zu machen, um ihn so wenig wie möglich zu berühren, aber nach kurzer Zeit begann ihr Rücken zu schmerzen. Sie gab auf und lehnte sich an seine Brust zurück, ohne dem leisen Lachen, das daraufhin hinter ihr erklang, Beachtung zu schenken. Während des ganzen langen Heimritts nach Montwright fiel kein einziges Wort zwischen ihnen. Elizabeth war das nur recht. So hatte sie ausreichend Zeit, über ihre Gefühle nachzudenken und sich über verschiedenen Dinge klarzuwerden. Doch je länger und intensiver sie über den Streit vom Abend zuvor nachgrübelte, desto verwirrter wurde sie.

Ja, alles was sie geplant hatte, war gründlich danebengegangen, und sie gestand sich ein, daß Geoffrey mit vielem, was er ihr vorgeworfen hatte, im Recht war. Aber sie hatte es doch nur gut gemeint, oder etwa nicht? Und das, was geschehen war, nachdem ihr Wunsch nach Rache die Bedeutung verloren hatte, war aus reinen Motiven geschehen – sie hatte Menschenleben retten wollen. Es war einfach nicht wahr, daß sie nur engstirnig und selbstsüchtig handelte.

Du bist ein Starrsinniger, unbeugsamer Mensch, dachte Elizabeth. *Nun, du sollst haben, was du verlangst. Ich werde ganz genau die Frau werden, die du haben willst.*

Es würde sie eine Menge Selbstbeherrschung und Disziplin kosten, aber sie wollte sich der Herausforderung stellen. Von nun an würde sie nicht mehr versuchen, es ihrer geliebten Mutter nachzutun, von nun an würde sie nicht mehr danach streben, eine Ehe zu führen, wie ihre Eltern sie gehabt hatten. Sie würde sich in Gehorsam und Unterwürfigkeit üben, denn auf diese Eigenschaften schien ihr Mann ja gesteigerten Wert zu legen. Gott mochte ihr helfen, aber sie war sogar bereit, sich wieder mit Näharbeiten zu beschäftigen, obwohl sie genau wußte, daß sie für diese Art von Beschäftigung wenig Geduld aufbringen würde. Sie würde all das tun, all das sein, was ihr Mann von ihr verlangte – aber kein bißchen mehr! Er brauchte weder Liebe noch Freude, um seinem Leben Sinn zu verleihen, also würde sie ihm auch nichts davon aufdrängen. Diese Gedanken verschafften Elizabeth eine ganze Weile eine echte Befriedigung, bis sie erkannte, wie albern sie sich benahm. Wie sollte ihr Mann jemals begreifen, was ihm entging, wenn er behauptete, daß er es nicht wollte? *Indem ich ihm alles versage, was er in den letzten Tagen zu akzeptieren und zu genießen begonnen hat,* argumentierte sie mit sich selbst. Hatte er ihr nicht gesagt, daß es ihm inzwischen Spaß machte, wenn sie ihm seine Zuneigung zeigte? Fein, sie würde es von nun an eben nicht mehr tun. Gewiß würde er bald ihr Geplänkel, die zärtlichen Neckereien, das Lachen vermissen. Ihm *würde* etwas fehlen. Doch dann fiel Elizabeth ein, daß vor allem sie darunter leiden würde. Wenn sie tat, was er wollte – hatte sie dann nicht weit mehr zu verlieren als er? Nun, seine Liebe hatte sie ja nie besessen ...

Disziplin und Pflichterfüllung! Herrgott, das waren wahrhaftig seine Lieblingsworte. Im Prinzip wollte er keine Ehefrau; er wollte einen Schoßhund, der zu Füßen seines Herrn lag und nur darauf wartete, seine Befehle eifrig hechelnd auszuführen, wofür er von Zeit zu Zeit ein feines Knöchelchen hingeworfen bekam. *O ja, du kriegst deine Diszplin und deinen Gehorsam, Gemahl, und verflucht sei der Tag, an dem du mir ein solches*

Verhalten aufgezwungen hast. Ich kann genauso starrsinnig und unbeugsam sein wie du. Es ist Zeit, daß du deine Lektion lernst. Höchste Zeit!

Nachdem sie zu dieser Entscheidung gekommen war, fühlte Elizabeth sich ein wenig besser. Sie weigerte sich, den Punkt Treuebruch zu überdenken, weil sie wußte, daß sie dann wieder zu weinen beginnen würde. Sie hatte gegen das verstoßen, was sie in anderen Menschen am höchsten schätzte, hatte gegen ihren eigenen hohen Anspruch gehandelt und sich damit selbst erniedrigt. Und wenn sie nun weinen würde, dann würde Geoffrey wieder brüllen, und sie war heute einfach nicht in der Verfassung, sich noch mehr harte Worte anzuhören.

Sie war nicht so dumm, anzunehmen, daß Geoffrey ihr schnell verzeihen würde, doch es war immerhin möglich, daß er mit der Zeit wieder freundlicher zu ihr sein würde. Bis dahin würde sie eben tun, was er von ihr verlangte, und jeden Morgen dafür beten, daß er seinen Irrtum erkannte. Vielleicht konnte sie dem ein bißchen nachhelfen. Zuviel Gehorsam und Disziplin ... Bestimmt würde er es bald leid sein.

Und warum sollte dich das kümmern? schimpfte sie sich. Aber die Antwort war da, noch bevor sie die Frage zu Ende gedacht hatte. Ob sie ihn nun kaltherzig und stur nannte, ob sie ihm nun sagte, daß es nichts Liebenswertes in ihm gab – ihr Herz gehörte ihm, und sie war ehrlich genug, es sich selbst einzugestehen. *Bis daß der Tod uns scheidet,* wiederholte sie den Eid, den sie ihrem Mann geleistet hatte, in Gedanken. Die Frage war nur: Wer tötete wen zuerst?

Ihre Gedanken wanderten zum Hier und Jetzt zurück, als die Tore von Montwright sich weit öffneten, um die kleine Armee einzulassen. Elizabeth entdeckte Elslow, der mit Thomas an seiner Seite auf die Heimkehrer wartete. Ihr Großvater hatte die Hände in die Hüften gestemmt, und seine Miene verriet Erleichterung und – ganz wie Elizabeth erwartet hatte – Verärgerung. Sie hätte ihm eine Nachricht hinterlassen müssen, damit er sich nicht hätte zu sorgen brauchen! Aber dann, dachte sie trotzig, wäre er ihr natürlich sofort gefolgt.

Geoffrey ließ sich vom Pferd gleiten und hob Elizabeth aus dem Sattel. »Du hast deinem Großvater unnötige Sorgen bereitet. Geh hin und bitte um Verzeihung«, befahl er barsch.

Elizabeth nickte, wandte sich um und ging auf Elslow zu. In gut einem Schritt Entfernung blieb sie vor ihm stehen, hob den Kopf und sagte: »Bitte verzeih mir, daß du dich wegen mir geängstigt hast, Großvater. Es tut mir leid.« Dann senkte sie den Kopf und wartete auf seine Reaktion.

Elslow war unendlich erleichtert, daß sie gesund und munter zurückgekehrt war, aber wie ein Vater, der sein Kind auf dem dörflichen Jahrmarkt verloren und endlich wiedergefunden hatte, konnte er sich nicht entscheiden, ob er sie umarmen und herzen oder ohrfeigen und ausschimpfen sollte. »Hast du ein Schlammbad genommen?« fragte er statt dessen, um Zeit zu gewinnen, seine aufgewühlten Gefühle wieder unter Kontrolle zu zwingen.

Elizabeth klopfte sich den Dreck von ihrem Bliaut, bevor sie ihrem Großvater noch einen raschen Blick zuwarf. Da erst sah er die Traurigkeit in ihren Augen, und er erkannte plötzlich, daß sie doch nicht so gesund und munter heimgekehrt war. Mochte sie auch äußerlich unversehrt sein, sie hatte in der Tat eine Verletzung davongetragen, und zwar dort, wo es am meisten wehtat . . . im Herzen!

»Komm her und gib einem alten Mann einen Kuß«, sagte Elslow zärtlich. »Später ist noch genug Zeit für Erklärungen.«

Elizabeth raffte ihren Rock und warf sich in seine Arme. »Kannst du mir verzeihen, Großvater?« flüsterte sie, als er sie an sich drückte.

»Selbstverständlich . . ., was für eine Frage«, antwortete Elslow, während er ihr den Rücken tätschelte. »Geh jetzt rein und zieh dir etwas Sauberes an. Und dann mußt du dich um deine sturen Esel von Hunden kümmern. Sie haben keinen Happen ihres Futters angerührt, seit du verschwunden bist. Wenn ich es nicht besser wüßte, würde ich denken, sie waren genauso besorgt wie ich.«

Elizabeth seufzte und setzte sich in Bewegung. Thomas griff nach ihrer Hand, und Elizabeth blieb stehen und lächelte ihn an. Mehr Aufmunterung brauchte er nicht, und er begann sofort mit einer farbenprächtigen Schilderung des Anfalls, den ihr Großvater bekommen hatte, nachdem er festgestellt hatte, daß seine Enkelin verschwunden war. Elizabeth war ziemlich sicher, daß es sich um Thomas' ganz eigene Auslegung der Ereignisse handelte, und so hörte sie nicht richtig hin, bis ihr kleiner Bruder sie fragte, ob Geoffrey sie geschlagen hatte. »Natürlich nicht!« fauchte sie aufgebracht. »Wie kommst du denn auf so eine alberne Idee?«

»Großvater hat gesagt, daß er das tun soll«, erklärte der Junge sichtlich enttäuscht.

Elslow kreuzte die Arme vor der Brust und sah seiner Enkelin hinterher, bis sie in der Burg verschwunden war. Dann ließ er seinem Ärger freien Lauf und wandte sich zu Geoffrey um, der sich zu ihm gesellt hatte.

»Was habt Ihr ihr angetan?«

»*Ich*? Was ich *ihr* angetan habe?« Geoffreys ehrliches Erstaunen untergrub Elslows Überzeugung, daß Geoffrey derjenige gewesen war, der Elizabeth die Verletzung zugefügt hatte. Und als Geoffrey fortfuhr, war Elslows Verwirrung perfekt. »Ihr solltet lieber fragen, was sie *mir* angetan hat. Ich sage Euch, Elslow, wenn sie so weitermacht, dann bin ich tot und begraben, bevor unser erstes Kind geboren worden ist!«

»Was ist denn passiert?« fragte Elslow. »Meine Enkelin sieht vollkommen vernichtet aus, und das macht mir Sorgen. Elizabeth gibt nicht so leicht auf, also frage ich Euch, was soviel Schmerz verursacht hat!«

»Sie selbst hat es verursacht«, fuhr Geoffrey ihn an. »Sie rennt einfach los und in Ruperts Arme, ohne sich über die Gefahren –«

»Das ist nicht wahr! Lieber Himmel, sie hätte ja –« unterbrach Elslow fassungslos.

Geoffrey begann, auf die Burg zuzugehen. »Ja, ich weiß, ich weiß. Sie hatte nicht die geringste Ahnung, daß er hinter dem Massaker steckte. Außerdem ist sie bei dem Versuch, meinen Vasallen zu retten, in einen See gesprungen und besaß danach auch noch die Dreistigkeit, mir zu sagen, daß sie gar nicht schwimmen kann. Jetzt sagt mir, Elslow – könntet Ihr es mir verdenken, wenn ich sie geschlagen hätte?«

Elslow, der neben dem Krieger herging, antwortete ohne zu zögern. »Nein, wohl kaum. Ha, ich denke, ich würde Euch sogar noch applaudieren.«

Die Männer sahen sich an, erkannten die Wahrheit und brachen in Gelächter aus. »Keiner von uns könnte die Hand gegen Elizabeth erheben«, sagte Elslow.

Geoffrey nickte, dann wurde er wieder ernst. »Eins sollt Ihr noch wissen«, begann er. »Ich bin ziemlich hart mit ihr umgesprungen, habe ihr sogar einen Treuebruch vorgeworfen, und ich habe vor, mich ihr gegenüber weiterhin so hart und distanziert zu geben, bis sie gelernt hat, sich ein bißchen zusammenzunehmen. Disziplin und Zurückhaltung – das ist meiner Ansicht nach die einzige Möglichkeit, sie am Leben zu halten. Ich habe keine Lust, mir eine neue Frau zu suchen.«

»Und hat sie es geschafft?« fragte Elslow plötzlich.

»Geschafft? Was?«

»Den Vasallen zu retten?«

»Aye, sie hat es geschafft.«

»Daran habe ich keinen Augenblick gezweifelt«, erwiderte Elslow mit einem Leuchten in den Augen.

»Das ist nicht das wesentliche, alter Mann«, fauchte Geoffrey.

»Ohne Disziplin und Zurückhaltung?«

»Wie beliebt?« fragte Geoffrey mißtrauisch.

»Sie hat Euren Vasallen ohne Disziplin und Zurückhaltung gerettet?«

»Elslow, hört auf, Euch über mich lustig zu machen. Ich denke nur an die Sicherheit Eurer Enkelin. Sie muß mehr auf sich aufpassen.«

»Tut, was Ihr für richtig haltet«, meinte Elslow.

»Das tue ich ohnehin. Obwohl ich Euch verspreche, daß ich versuche, sie mit sanfter Hand dahin zu führen«, sagte Geoffrey etwas herablassend. »Es ist nicht einfach, jemandem eine alte Angewohnheit auszutreiben, ohne die Person dabei zu brechen. Elizabeth hat in der Vergangenheit immer getan, was sie wollte, ist stets frei und ungebunden gewesen. Das muß sich ändern.«

»Reden wir über meine Enkelin oder über eines Eurer Pferde?« fragte Elslow bissig.

»Ich tue, was ich für richtig halte«, gab Geoffrey zurück. »Ich will sie nicht verlieren.«

Elslow war scharfsichtig genug, um zu erkennen, daß Geoffrey dabei war, tiefere Gefühle für Elizabeth zu entwickeln, es sich aber noch nicht wirklich eingestehen konnte. So nickte er nur und wechselte dann rasch das Thema, indem er nach der Schlacht mit Rupert fragte.

Nun taute Geoffrey endlich auf und berichtete ihm in Einzelheiten, wie sie die Festung angegriffen hatten und wie der Kampf ausgegangen war.

»Wie wollt Ihr nun, da Rupert tot ist, Belwains Beteiligung an dem Überfall beweisen?« fragte Elslow schließlich.

»Ich habe darüber schon ausgiebig nachgedacht. Zerbrecht Euch nicht den Kopf darüber. Ich werde mich schon mit Belwain auseinandersetzen. Im Augenblick ist es mir am wichtigsten, daß Elizabeth sich in ihrem neuen Zuhause einrichtet.«

»Wann wollt Ihr abreisen?«

»Ursprünglich hatte ich morgen geplant, aber ich denke, daß Elizabeth sich erst ein wenig ausruhen sollte. Außerdem muß ich Owen Bericht erstatten, und ich halte es nicht für höflich, einen Boten zu schicken. Zehn, vielleicht zwölf Tage . . ., dann werden wir Montwright verlassen.«

»Und Ihr seid immer noch überzeugt, daß ich hierbleiben soll?« fragte Elslow.

»Ja. Der Junge ist im Augenblick bei Euch am besten aufgehoben. Wir werden ihn schon früh genug zu uns holen. Nun kommt und laßt uns etwas trinken. Begießen wir den Sieg.«

»Gerne. Und ich möchte noch auf etwas anderes trinken, Geoffrey. Auf Eure Zukunft. Möge sie so werden, wie Ihr es Euch wünscht.«

KAPITEL 12

Geoffrey ließ nicht viel Zeit verstreichen, bevor er sich auf den Weg machte, um Owen einen Besuch abzustatten. Owen war ein Gleichgestellter, und Geoffrey hielt es für seine Pflicht, den Bericht über den Angriff von Ruperts Festung persönlich abzugeben. Wäre die Situation umgekehrt gewesen, hätte er dasselbe von Owen verlangt. Alles andere wäre ein grober Verstoß gegen die Regeln gewesen, und Geoffrey tat selbstverständlich immer seine Pflicht.

In den zwei Tagen, in denen er die Vorbereitungen für seine Abreise traf, hatte er nur wenig mit Elizabeth zu tun oder zu besprechen gehabt. Er verließ Montwright in dem Wissen, daß Elizabeth glaubte, er wäre noch immer wütend auf sie, und obwohl ihm ihre stille Zurückhaltung und der Kummer, der ihr in den Augen abzulesen war, weh taten, unternahm er nichts, um ihre Qualen zu verringern. Statt dessen sagte er sich immer wieder, daß es nur zu ihrem eigenen Besten war. Wenn sie durch die Lektion lernte, in Zukunft vorsichtiger zu sein, dann war es den Preis wert gewesen. Doch obwohl er sich bemühte, seine wahren Gefühle vor ihr zu verbergen, konnte er doch nicht umhin, sie an sich zu reißen und sie zu küssen, bevor er die Festung verließ.

Elslow beobachtete den Abschiedskuß mit stillem Vergnügen. Er hatte Elizabeth immer für überdurchschnittlich intelligent gehalten und war erstaunt, daß sie ihren Mann nicht durchschaute. Sah sie denn nicht, was er wirklich für sie empfand? Dabei war es doch für jeden, der ein wenig Hirn besaß, mehr als offensichtlich, daß der Baron Hals über Kopf in seine Frau verliebt war.

Elizabeth, die Wildkatze ... Schon als Kind war Elizabeth ihrem Großvater immer sehr ähnlich gewesen – frei, unabhängig, eigenständig. Nun kam sie Elslow mehr wie ein geprügeltes Tier vor, und es tat ihm in der Seele weh, sie so zu sehen.

Er hatte beschlossen, sich einzumischen. Er wußte zwar, daß es ihm an sich nicht zustand, aber das interessierte ihn nicht im mindesten. Er wollte, daß die Tochter seiner Tochter glücklich war, so daß er diese Sorge vergessen konnte. Ja, in gewisser Hinsicht waren seine Beweggründe durchaus selbstsüchtig.

Elslow ließ seine Enkelin den ganzen Tag in Ruhe und wartete, bis sie sich in der verlassenen Halle zum Essen niedergelassen hatten. Geoffrey hatte die Hälfte seiner Männer mitgenommen, einschließlich Roger, und nach dem Lärm und dem Durcheinander der letzten Wochen war die Stille, die plötzlich herrschte, beunruhigend.

»Wie wäre es mit einer Partie Schach?« fragte Elslow Elizabeth, nachdem der Tisch abgeräumt worden war.

»Ich fürchte, daß mein Herz nicht ganz bei dem Spiel wäre«, erwiderte Elizabeth mit einem müden Seufzer. Offenbar hatte sie beschlossen, sich ihrer Melancholie hinzugeben, nun, da Geoffrey nicht anwesend war. Und Elslow hatte den Eindruck, daß sie ihre Verzweiflung gründlich genoß.

»Ich will auch nicht mit deinem Herzen spielen«, entgegnete Elslow, während er die Figuren schon auf das Brett stellte. »Gebrauche deinen Kopf, Enkelin. Für alle Dinge dieses Lebens solltest du deinen Kopf gebrauchen.«

»Du hörst dich an wie Geoffrey«, bemerkte Elizabeth

säuerlich. »Was hast du vor?« Mit einem mißtrauischen Blick auf ihren Großvater setzte sie einen Bauern, um das Spiel zu eröffnen.

»Nichts. Ich sage nur, daß du dein Herz über deine Taten entscheiden läßt, das ist alles«, gab er scheinbar gleichgültig zurück. Er wollte sie ein wenig aus der Reserve locken, und aus ihrer Miene zu schließen, gelang es ihm auch.

»Das tue ich nicht!«

Elslow lachte und setzte ebenfalls einen Bauern. »Elizabeth, versuche nicht, einen alten Mann zum Narren zu halten. Seit dein Mann heute morgen das Haus verlassen hat, tust du ganz so, als gäbe es für dich keinen Lebenszweck mehr. Man kann sich kaum mit dir unterhalten, weil dein Kopf auf deiner Brust hängt, während du sinnlos im Kreis umherschleichst. Liebe muß nicht so jämmerlich sein.«

»Jämmerlich? Willst du damit sagen, *ich* sei jämmerlich?«

»Nein, will ich nicht. Wirklich, manchmal benimmst du dich wie ein kleines Kind.« Er grinste, als sie ihm einen wütenden Blick zuwarf. Er verstand sehr gut, warum Geoffrey sie so gerne neckte, denn sie ließ sich so schön provozieren.

»Was, liebster Großvater, willst du mir eigentlich sagen?« fragte Elizabeth. Sie machte einen übereilten Zug mit dem Läufer und trommelte ungeduldig mit den Fingerspitzen auf die Tischplatte, als Elslow den Läufer schlug. Er würde diese Partie im Handumdrehen gewinnen, wenn sie ihre Züge nicht sorgfältiger plante. »Los, nun spuck's schon aus, damit ich mich endlich auf das Spiel konzentrieren kann«, fuhr sie ihn ungeduldig an, und Elslow stellte vergnügt fest, daß das schon wieder ein bißchen mehr nach Elizabeth klang. »Ich habe dich schon oft geschlagen«, rief sie ihm in Erinnerung, »und heute abend wird es nicht anders sein.«

»Ha!« schnaubte ihr Großvater. »Da täuschst du dich, fürchte ich. Dein Herz ist nicht beim Spiel.«

»Mein Herz hat damit nichts zu tun«, fauchte sie, während sie entsetzt zusah, wie Elslow ihr noch eine Figur abnahm.

»Hast du deinem Mann gesagt, daß du ihn liebst?« fragte Elslow so plötzlich, daß Elizabeth vollkommen überrumpelt war.

Als sie sich wieder gefaßt hatte, knurrte sie. »Ich habe keine Lust, über meinen Mann zu reden.« Mißmutig starrte sie auf das Schachbrett in der Hoffnung, das Thema wäre damit erledigt.

Elslow gab jedoch nicht so schnell auf. Seine Faust krachte auf die Tischplatte, so daß sowohl die Figuren als auch Elizabeth ein Stück hochsprangen. »Du wirst mir zuhören, wenn ich mit dir rede!« bellte er. »Ich bin dein Großvater, und du tust gut daran, das nicht zu vergessen. *Ich* will über deinen Mann reden, und du gibst mir gefälligst nicht so freche Antworten.«

»Also gut«, zischte Elizabeth zornig. »Ich habe keine Ahnung, wie du auf die Idee kommst, daß ich meinen Mann liebe, aber«, sie hob die Hand, als er unterbrechen wollte, »ja, du hast recht. Ich liebe ihn. So, zufrieden?«

»Und hast du es ihm gesagt?«

»Aye, das habe ich.« Elizabeth stellte die Schachfiguren wieder auf das Brett und sagte: »Du bist dran.«

»Ich weiß. Ich bin noch nicht fertig«, erwiderte Elslow etwas ruhiger. »War Geoffrey erfreut, als du es ihm gesagt hast?«

Die Frage weckte die Erinnerung an Geoffreys Zurückweisung, und in Elizabeth flammte der Zorn auf. »Nein, er war *nicht* erfreut!« platzte es aus ihr heraus. »Er macht sich überhaupt nichts aus Liebe und Zuneigung.« Als sie die ungläubige Miene ihres Großvaters sah, setzte sie fast trotzig hinzu: »Das hat er selbst gesagt! Ich soll mir meine Liebe für meine Kinder aufsparen. Liebe schwächt den Geist. Nur Narren lieben!« Sie hatte Geoffreys Aussagen derart heftig heruntergerasselt, daß Elslow ihren Schmerz fast körperlich spüren konnte. »Glaub mir, Großvater«, fuhr sie fort, »dieser Mann hat überhaupt keine Gefühle.« Dann fügte sie murmelnd hinzu: »Abgesehen von zornigen. Und davon hat er genug.«

»Ha!« jubelte Elslow. »Und das ist der Schlüssel, wetten?«

»Wie bitte? Ich verstehe nicht«, antwortete Elizabeth stirnrunzelnd. »Du lachst über mein Elend und sprichst in Rätseln. Geoffrey ist ständig wütend, und ich habe es bis hier oben stehen. Ich bin es leid! Er ist rücksichtslos, ungerecht und starrsinnig! Und weißt du, was ich tun werde, Großvater? Ich werde versuchen, meine Liebe zu ihm zu unterdrücken. Jawohl! Und es wird mir gelingen, verlaß dich drauf! Wie soll man jemanden lieben, der nicht geliebt werden will? Siehst du, so etwas ist vollkommen sinnlos. Ich bin wie ein Ritter, der von einer feindlichen Armee umzingelt wird. Ich weiß, wann ich mich geschlagen geben muß.«

»Unsinn, Kind. Hör auf, dich in Selbstmitleid zu suhlen. Ich werde dir jetzt ein Geheimnis verraten. Dein Mann liebt dich.« Elslow brüllte vor Lachen über Elizabeth' verwirrten Gesichtsausdruck. »Bevor die Partie zu Ende ist, werde ich es dir bewiesen haben«, versprach er ihr. »Aber du mußt auch alle meine Fragen beantworten, einverstanden?« Er wartete auf ihr Nicken, dann fuhr er fort, wobei er seiner Stimme einen überaus sachlichen Tonfall verlieh. »Jetzt erzähl mir, was genau geschah, als du Roger das Leben gerettet hast. Ich will jede Einzelheit wissen, also laß ja nichts aus.«

Elizabeth kannte ihren Großvater gut genug, um zu wissen, daß es keinen Sinn hatte, sich zu weigern. Wenn er sich etwas in den Kopf gesetzt hatte, dann war es unmöglich, es ihm auszureden. Also seufzte sie und begann, ihm mit kurzen Worten zu erzählen, wie es passiert war. Sie begann damit, wie sie die zwei feindlichen Soldaten mit Pfeil und Bogen beseitigt hatte – etwas, das ihrem Großvater ein breites Grinsen entlockte –, und endete mit Geoffreys überaus unbefriedigender Reaktion auf ihre Rettungsaktion. »Ich dachte, er würde sich freuen, daß ich seinen Männern geholfen habe, aber es war nicht so.«

»Erzähl mir, was er getan hat«, drängte Elslow sie. Nun war er derjenige, der mit seinen Fingern ungeduldig auf den Tisch trommelte.

»Ich weiß nicht, worauf du hinaus willst«, sagte Elizabeth gereizt. »Er war wütend und brüllte – natürlich, er brüllt mich ja ständig an – und ließ mich nicht einmal erklären!«

»Du hast meine Frage nicht beantwortet«, sagte Elslow sanft. Er wußte, daß das Gespräch sie aufwühlte, aber er mußte nun fortfahren. »Hat er dich an den Haaren aus dem Wasser gezerrt? Hat er dich zu Boden gestoßen und dich getreten?«

Elizabeth keuchte entrüstet auf. »Er würde mir niemals weh tun. Das weißt du, Großvater. Er ist ein ehrenhafter Mann, der –« Elslows Lächeln ließ sie verstummen. »Komm, erinnere dich genau an die Szene. Erzähl mir jede, aber auch wirklich jede Einzelheit.«

»Bestehst du darauf?« fragte Elizabeth unsicher.

»Ja!«

»Also gut. Er zog mich aus dem Wasser, aber nicht an meinen Haaren«, sagte sie kopfschüttelnd. »Und dann begann er, mich vor den Augen seiner Männer so fest zu schütteln, daß ich dachte, mir fallen die Zähne aus. Es war schrecklich peinlich vor all den Soldaten. Meine Güte, er hat mich so kräftig geschüttelt!«

»Weiter«, forderte Elslow sie auf.

»Nun, und dann . . .« Elizabeth' Augen weiteten sich vor Staunen, als sie sich erinnerte. Langsam, ganz langsam glättete sich ihre Stirn, und ein Funken der Hoffnung trat in ihre Augen.

Elslow bemerkte es und seufzte. Seine Enkelin begriff langsam.

»Und dann was?« fragte er, mühsam sein Lachen unterdrückend.

»Also er . . . er zog mich an sich und nahm mich in die Arme. Es ist wahr! Ich habe so laut geweint, daß ich nicht verstand, was er sagte.« Elizabeth packte die Hand ihres Großvaters und drückte sie begeistert. »Wirklich, Großvater, er hat mich wie eine Strohpuppe behandelt. Erst hat er mich geschüttelt, dann in die Arme gezogen, dann wieder geschüttelt und so weiter und so weiter. Es war, wenn ich jetzt darüber nachdenke, als könnte er sich einfach nicht entscheiden, was er tun sollte.«

»Aye, das ist genau das, was Roger mir auch erzählt hat«, bestätigte Elsow grinsend. »Sag mal, hast du nicht eben gesagt, er sei ein sturer, rücksichtsloser, ungerechter Mann?«

»Ja, das ist wahr«, gab Elizabeth zu. »Vielleicht habe ich mich geirrt.«

»Vielleicht«, sagte Elslow. »Ich werde dich nicht länger mit Fragen bestürmen, Kind. Aber du wirst jetzt anfangen, deinen Kopf zu gebrauchen und dir über ein paar Dinge Gedanken machen, verstanden?«

»Sag mir, was du darüber denkst«, bat sie.

»Was ich darüber denke, hat keine Bedeutung«, wich Elslow ihr aus. Ihre enttäuschte Miene entlockte ihm ein Seufzen. »Also gut. Für mich ist die Sache ganz klar. Der Mann liebt dich, ob er es nun will oder nicht.«

»Wenn es stimmt, was du sagst, dann gibt es noch imnmer ein Problem.«

»Aha?«

»Ja. Er weiß es noch nicht.«

»Nun, dann ist es deine Aufgabe, es ihm klarzumachen«, sagte Elslow mit einem vergnügten Funkeln in den Augen.

Sie wandten sich beide wieder ihrer Partie Schach zu, aber Elizabeth konnte sich jetzt noch weniger konzentrieren. Ihre Gedanken waren ganz bei dem Gespräch von eben, und sie versuchte, sich einen Plan zurechtzulegen, sich eine Strategie auszudenken, wie sie mit ihrem Mann umgehen sollte.

»Großvater?« unterbrach sie ihn in seiner Konzentration auf das Spiel. »Geoffrey glaubt, ich hätte ihm gegenüber einen Treuebruch begangen, und ich weiß nicht, wie ich ihm diese Idee austreiben soll.«

»Mit der Zeit wird er es von allein verarbeiten. Du hattest gute Gründe für das, was du getan hast, und er wird das sicher schon früh genug einsehen.«

Elizabeth dachte eine Weile darüber nach, dann unterbrach sie ihn wieder. »Du hast mir immer geraten, mir einen Plan zurechtzulegen, bevor ich etwas Größeres in Angriff nehme. Ich habe mir überlegt, daß ich –«

»Erzähl mir nicht, was du vorhast, Elizabeth«, sagte Elslow. »Ich halte mich lieber aus deinen kleinen Gemeinheiten heraus.«

»Kleine Gemeinheiten! Großvater, du beleidigst mich. Ich werde natürlich überaus korrekt vorgehen. Ich bin ein ehrenhafter Mensch!« Mit Nachdruck setzte sie hinzu: »Wirklich! Und wenn Geoffrey mich tatsächlich liebt, dann ist mein Plan auch ganz und gar ehrenhaft!«

»Schachmatt!«

»Wie beliebt?«

»Das Spiel, Elizabeth. Ich habe gewonnen.«

»Nay, Großvater«, sagte Elizabeth mit einem Lächeln. »Ich habe gewonnen.«

»Was erzählst du da? Ich habe deine Dame, und dein König kann sich nicht mehr rühren. Du hast verloren.«

»Vielleicht in dieser Hinsicht«, gestand sie ihm mit einem Nicken zu. »Aber der Springer – der Ritter – ist mein!«

Während Geoffrey zu Owen unterwegs war, leitete Elizabeth alles Nötige in die Wege, damit sie nach seiner Rückkehr zu seinem Anwesen abreisen konnten. Es war keine leichte Aufgabe. Jeden Morgen nach dem Aufstehen mußte Elizabeth gegen die Übelkeit ankämpfen, und meistens verlor sie den Kampf. Elizabeth beschloß, so wenig wie möglich zu essen, um dieser mysteriösen Magenkrankheit entgegenzuwirken, mußte sich dafür aber mehrmals am Tag ausruhen, um neue Kraft zu sammeln.

Sie wagte es nicht, einen Knoblauchkranz um den Hals zu tragen, denn sie wollte ihr Unwohlsein vor ihrem Großvater verbergen. Sie wollte ihn nicht beunruhigen, konnte aber nichts dagegen tun, daß sie sich selbst Sorgen machte. Denn merkwürdig war die Krankheit tatsächlich. Obwohl es ihr morgens so schlecht ging, fühlte sie sich den Rest des Tages ganz normal, bis es dann in den frühen Morgenstunden wieder losging. Sie kam zu dem Schluß, daß Geoffreys Abwesenheit daran schuld war: Die Liebe brachte nicht nur ihre Gefühle, sondern auch ihren ganzen Körper durcheinander. Doch als er schließlich wieder zurückkehrte, besserte sich ihr Zustand nicht. Geoffrey war viel zu sehr mit der bevorstehenden Abreise beschäftigt, um es zu bemerken, und Elizabeth war sowohl erfreut als auch verärgert, daß er ihr so wenig Aufmerksamkeit widmete. Bald wurde es deutlich, daß er ihr auswich. Er kam erst ins Bett, wenn Elizabeth schon längst schlief, und stand wieder auf, bevor sie erwachte.

Elizabeth blieb äußerlich ruhig, war aber immer froh, wenn ihr Großvater ihr mit einem Augenzwinkern oder einem verstohlenen Lächeln Mut machte. Jedes Nicken, jedes Lächeln erinnerte sie an ihr Gespräch, an das Wissen, daß ihr Mann sie liebte. Wenn er sich auch alle Mühe gab, so zu tun, als wäre das nicht der Fall.

Himmel, er war wirklich furchtbar stur! Er schien immer noch so verärgert zu sein, daß er sie kaum ansah, wenn sie sich in einem Raum aufhielten. Seit seiner Rückkehr hatte er sie auch nicht mehr angefaßt. Ihr Herz verkrampfte sich genauso wie ihr Magen, als sie erkannte, wie sehr sie sich nach seinen Küssen, seinen Umarmungen sehnte.

An dem Morgen, an dem sie und ihr Mann Montwright verlassen wollten, fiel es Elizabeth ausgesprochen schwer, sich nichts von ihrem Unwohlsein anmerken zu lassen. Es war ungewöhnlich heiß für den Frühsommer, und als es ans Abschiednehmen ging, wurde sie so schwermütig, daß sie am liebsten in Tränen ausgebrochen wäre. Da sie jedoch wußte, daß Geoffrey es mißbilligen würde, beherrschte sie sich so gut es ging, als sie ihren Bruder an sich drückte und ihn ein letztes Mal kitzelte. Schließlich wandte sie sich ihrem Großvater zu. »Du wirst mir fehlen«, flüsterte sie.

»Hast du das Banner eingepackt?« fragte ihr Großvater. »Eine kleine Erinnerung an die Vergangenheit wird dir helfen, mit den Unsicherheiten der Zukunft zurechtzukommen.«

»Ja, ich habe es bei mir«, antwortete sie. »Ich liebe dich, Großvater. Gott möge dich und Thomas beschützen.«

Elslow schlang seine Arme um sie und drückte sie fest, dann hob er sie in den Sattel ihrer Stute. »Du hast in den letzten Monaten vieles durchgemacht, mein Kind«, sagte er weich. Er nahm ihre Hand und drückte sie. »Aber Unkraut vergeht nicht! Es ist Gottes Wille, daß du dich deinem Schicksal stellst und deinem Mann folgst. Dein Schicksal und seines sind miteinander verwoben. Hab keine Angst, Elizabeth. Und denke immer daran: Vertrau deinem Herzen, aber gebrauche deinen Kopf!«

Elizabeth lächelte über Elslows etwas konfuse Rede. »Ich werde mein Bestes geben«, versprach sie.

Geoffrey stand auf der Treppe zur Burg und beobachtete das Abschiednehmen zwischen Großvater und Enkelin. Er war stolz auf Elizabeth, denn er wußte, wie schwer es ihr fiel, sich zusammenzureißen. Sie wirkte würdevoll und heiter, und doch mußte der Abschied ihr das Herz zerreißen. Sie verließ nun alles, was sie kannte, um einem Mann zu folgen, den sie für gefühllos hielt.

Geoffrey ertappte sich dabei, daß die Szene zwischen Großvater und Enkelin ihn sehnsüchtig machte. Er hätte lieber daran teilgehabt, statt nur zusehen zu dürfen, doch er wußte nicht, wie er es anstellen sollte, und so blieb er weiterhin auf der Treppe stehen und beobachtete sie.

Thomas stürzte nun auf Geoffrey zu und warf sich gegen seinen Schenkel. Mühelos hob Geoffrey das Kind hoch in die Luft, dann ließ er den Jungen langsam herab, bis ihre Augen sich auf gleicher Höhe befanden. »Du wirst brav sein und auf deinen Großvater hören, hast du verstanden?« Er hatte nicht beabsichtigt, so barsch mit dem Jungen zu reden, aber Thomas schien das nicht zu stören. Er grinste und nickte eifrig.

Geoffrey tat so, als wollte er den Jungen fallenlassen, und der Junge stieß ein entzücktes Quieken aus. Dann stellte der Baron ihn wieder auf die Füße, woraufhin Thomas sofort wieder sein Bein umklammerte. Geoffrey, der sich widerwillig eingestehen mußte, daß die Zuneigung des Jungen ihn rührte, tätschelte ihm verlegen den Kopf, während er Elslow entgegensah, der nun auf ihn zukam.

»Ich werde gut auf ihn aufpassen«, sagte Elslow.

»Und ich werde gut auf sie aufpassen«, versprach Geoffrey feierlich mit einer Kopfbewegung zu Elizabeth.

»Und damit haben wir beide alle Hände voll zu tun«, entgegnete Elslow und lächelte.

Geoffrey erwiderte sein Lächeln und wandte sich dann zu Elizabeth, um ihr einen Blick zuzuwerfen. Mochte sie ihren Kummer auch noch so angestrengt verbergen – er sah ihn in ihren Augen. »Ich beeile mich besser, bevor meine Frau sich doch entschließt, lieber hierzubleiben.« Er setzte sich in Bewegung, blieb jedoch noch einmal stehen und wandte sich zu Elslow. »Solange Belwain noch frei herumläuft, besteht eine gewisse Gefahr. Paßt auf Euch auf«, sagte er. Elslow wußte, daß das Geoffreys zurückhaltende Art war, ihm zu sagen, daß er sich Sorgen um ihn machte, weil er ihn in sein Herz geschlossen hatte.

Elslow selbst hatte dagegen keine Hemmungen. Er versetzte Geoffrey einen kräftigen Schlag auf den Rükken und schlang seinen Arm um Geoffreys Schulter. »Sohn, du wirst mich vermissen!« sagte er ernst.

Geoffrey grinste. »Ich fürchte es fast! Noch nie war ich von so vielen respektlosen Menschen umgeben. Es ist mir ein Rätsel.«

»Ach, das liegt doch nur daran, daß wir nun eine Familie sind«, sagte Elslow.

»Ja«, sagte Geoffrey und schwang sich auf sein Pferd. »Eine Familie.« Er bedachte Elizabeth mit einem Blick, dann wandte er sein Pferd um und trieb es an. Roger gesellte sich zu dem Paar, und kurz darauf ritten sie, flankiert von Elizabeth' Wolfshunden, durch die Tore von Montwright.

Geoffrey hatte Elslow die Hälfte seiner Männer dagelassen, so daß Montwright ausreichend gesichert war. Er fühlte sich wohl, blickte nach vorne und freute sich auf die Reise.

Elizabeth dagegen zog es vor, zurückzusehen, um sich den Anblick ihres Zuhauses noch einmal intensiv einzuprägen. Die Zukunft machte ihr angst, und sie empfand plötzlich eine so vernichtende Einsamkeit, daß sie am liebsten laut geschrien hätte.

Ihr körperliches Unbehagen lenkte sie jedoch schnell von Gedanken an Einsamkeit und Leere ab. Entweder war es ihr Magen oder ihre Blase, die Erleichterung forderten, und es war ihr ungemein peinlich, daß der Trupp so oft ihretwegen anhalten mußte. Ich hätte mir eine Dienerin als Begleitung aussuchen sollen, dachte sie. Eine Frau an ihrer Seite hätte ihr die Verlegenheit nehmen und vielleicht sogar ihre Sorgen vertreiben können.

Als die Sonne den Zenith erreichte, fühlte sich Elizabeth hundeelend. Ihr war heiß, ihr war übel, und sie war zu Tode erschöpft. Sie schloß einen Moment die Augen, um sich auszuruhen, und wäre fast aus dem Sattel gefallen, doch Geoffrey war plötzlich an ihrer Seite und richtete sie gerade noch rechtzeitig wieder auf. Ohne den Hengst auch nur für einen Moment zu zügeln, hob er sie aus dem Sattel und plazierte sie vor sich auf sein Pferd. Elizabeth seufzte erleichtert und schlief, den Kopf an seine Brust gelegt, einen Augenblick später ein.

Geoffrey hielt seine Frau mit einem Arm umschlungen und genoß das Gefühl ihres Körpers. Sie duftete nach Wildblumen, und er konnte nicht widerstehen und rieb sein Kinn an ihrem Scheitel. Er hörte sie im Schlaf seufzen und tat es ihr innerlich nach.

Elizabeth verschlief den ganzen Nachmittag. Eine Stunde vor Sonnenuntergang befahl Geoffrey anzuhalten und Rast zu machen. Als er Elizabeth zu Boden ließ, wollten ihre Beine sie nicht tragen, und sie mußte sich an seinen Arm festklammern, bis ihre Glieder wieder genug eigene Kraft besaßen.

»Bist du krank?« fragte Geoffrey. Elizabeth fand, daß er sich anhörte, als würde er ihr einen Vorwurf machen, und streckte augenblicklich den Rücken.

»Nein, bin ich nicht«, sagte sie. »Nur ein wenig unpäßlich. Das geht vorbei.«

Sie senkte die Augen, doch Geoffrey zog sie an den Schultern zu sich. Es war das erste Mal seit langer Zeit, daß er ihr seine Zuneigung zeigte, und Elizabeth war plötzlich verunsichert.

»Hast du deine monatliche Blutung?« flüsterte er sanft.

Elizabeth keuchte empört auf. Wie konnte er es wagen, ihr eine solch ungehörige Frage zu stellen? Ihre Verunsicherung war mit einem Schlag fort, und sie schüttelte heftig den Kopf. »Über so etwas spricht man nicht zwischen Mann und Frau«, sagte sie und wurde zu ihrem Ärger rot. »Das schickt sich nicht!«

Sie versuchte, sich von ihm loszumachen, aber Geoffrey hielt sie fest. »Wenn Mann und Frau nicht darüber reden dürfen, wie soll ich dann wissen, wann ich dich in Ruhe lassen muß?« fragte er.

»Oh! Ich weiß auch nicht«, flüsterte Elizabeth und blickte peinlich berührt zu Boden. Dann kam ihr plötzlich ein Gedanke, und sie sah ihn schüchtern an. »Ist das der Grund, warum du mich nicht . . . warum wir nicht, ich meine ...« Sie brach ab. Sie wußte einfach nicht, wie sie es ausdrücken sollte. Und so sah sie ihn nur an und hoffte, daß Geoffrey den Satz für sie beenden würde, aber er tat ihr den Gefallen nicht. »Ist das der Grund, warum du mich so lange nicht berührt hast?« brachte sie schließlich flüsternd hervor.

»Nein«, sagte er zärtlich, und diese Zärtlichkeit verwirrte Elizabeth nur noch mehr.

»Dann bist du immer noch böse auf mich?« fragte sie. »Das ist der Grund, ja?« Im stillen betete sie, daß sie recht hatte. Wenn Geoffreys Wut ihn davon abhielt, sie zu lieben, dann konnte sie damit umgehen. Aber wenn es einen anderen Grund gab, wenn er sie nicht mehr begehrenswert fand ...

Geoffrey beobachtete die Gefühlsregungen, die sich nacheinander auf dem Gesicht seiner Frau abzeichneten, und sehnte sich danach, sie in seine Arme zu nehmen und all ihre Zweifel und Ängste wegzuküssen. Er begehrte sie so sehr, daß er sich nicht sicher war, wie lange er sich noch würde zurückhalten können. Sein Vorhaben, zu warten, bis sie zu Hause waren, bis Elizabeth sich eingelebt hatte, bevor er ihr seine Liebe gestehen und zeigen würde, kam ihm nun überaus unsinnig, ja unvernünftig vor. Und, rief sich Geoffrey mit einem Grinsen in Erinnerung, handelte er nicht stets sehr vernünftig?

Elizabeth sah das Grinsen und verstand gar nichts mehr. Was um Himmels willen mochte nur in seinem Kopf herumgehen? Würde sie jemals begreifen können, wie sein Verstand arbeitete?

»Komm, Elizabeth. Wir haben uns in der Nähe eines klaren Baches niedergelassen. Geh dich erfrischen, während ich mich um meine Pflichten kümmere.«

»Kann ich ein Bad nehmen?« fragte Elizabeth freudig. Ihre Kleider waren verschwitzt und mit einer dikken Staubschicht bedeckt. Sie hob das schwere Haar von ihren Schultern und senkte den Kopf ein wenig, so daß die leichte Brise ihren Nacken kühlen konnte.

»Wenn du etwas gegessen hast«, sagte Geoffrey. »Ich werde mich umsehen, ob ich einen Platz am Wasser finde, den man nicht einsehen kann.« So wie seine Frau nun dastand, die schwere Haarmasse angehoben und den Rücken ein wenig durchgebogen, so daß ihre Brüste den Stoff spannten, fand er es auf einmal enorm schwierig, sie nicht zu packen und in den nächsten Busch zu zerren.

»Darauf freue ich mich«, sagte Elizabeth. Sie wandte sich um und ging zum Ufer, um ihrem Mann nicht im Weg zu stehen, wenn er sich um das kümmerte, um was sich ein Anführer in einem Lager eben kümmern mußte.

Ich freue mich auch darauf, dachte Geoffrey mit wachsender Erregung. *Heute nacht, Geliebte, heute nacht werde ich dir mein Herz schenken. Für immer und ewig.*

»Mylord?« Geralds Stimme durchdrang Geoffreys angenehme Gedanken, und er drehte sich mit einem mißmutigen Grunzen zu seinem Knappen um.

»Wünscht Ihr, daß ich das Zelt in der Mitte des Lagers errichte?« fragte Gerald.

»Nein, heute nicht«, erwiderte Geoffrey. Er schaute sich um und wies dann auf eine Baumreihe. »Weiter an den Rand, und die Bäume im Rücken«, wies Geoffrey ihn an. »Und beeil dich, Gerald. Ich will so schnell wie möglich mein Essen zu mir nehmen und meinen Schlafplatz bereit haben.«

Gerald legte die Hand aufs Herz und senkte leicht den Kopf, dann stob er davon, um die Befehle seines Herrn auszuführen.

Geoffrey kam es wie eine Ewigkeit vor, bevor man getrocknetes Fleisch, Brot und Früchte vor sie hinstellte. Geoffrey führte Elizabeth zum Zelt, nötigte sie, sich neben ihn zu setzen und zu essen, und als Elizabeth behauptete, sie habe keinen Hunger, zwang er sie förmlich, etwas zu sich zu nehmen.

»Mir scheint, daß du es eilig hast, Mylord«, bemerkte Elizabeth. »Willst du heute abend früh schlafen gehen? Ich kann auch ein anderes Mal baden, wenn es dir heute nicht recht ist.«

»Nein!« erwiderte Geoffrey schroff. »Iß jetzt, und dann nimm deinen Umhang und was immer du noch brauchst. Vor Sonnenuntergang solltest du fertig sein.«

Elizabeth beeilte sich, Seife und Umhang zu holen, und folgte Geoffrey dann zum Fluß hinab. Offenbar war er schon wieder wütend auf sie, aber so sehr Elizabeth auch grübelte, sie konnte sich nicht erinnern, etwas getan zu haben, das ihm einen Grund dazu gab. Sie mußte rennen, um mit Geoffrey Schritt zu halten, hatte aber kein Bedürfnis ihn danach zu fragen, warum er so ein Tempo vorlegte. Wenn er ihr seine Gedanken mitteilen *wollte*, dann würde er es schon tun. Das zumindest hatte sie in der kurzen Zeit, die sich kannten, bereits gelernt. Ihr Mann ließ sich nicht zwingen, und sie würde wohl oder übel Geduld haben müssen, bis er es ihr freiwillig sagte.

Elizabeth und Geoffrey gingen ein Stück am Ufer entlang, bis der Bach eine Biegung machte. Die Stelle, die Geoffrey ausgesucht hatte, war nicht leicht zu erreichen; sie mußten geduckt unter einigen dicken Ästen hindurchkriechen, und Elizabeth spürte, wie die Dornen ihr die Haut ritzten. Doch die Unanehmlichkeiten waren vergessen, als sie sich aufrichtete und die Schönheit des Fleckens in sich aufnahm. Der Bach plätscherte durch eine winzige Lichtung, die von riesigen Bäumen umgeben war. Das Blätterdach war so dicht, daß es nur wenig Sonnenlicht hindurchdrinngen ließ, und das Rot und Gold der untergehenden Sonne tauchte die kleine Lichtung in ein seltsam unwirkliches, fast mystisches Licht, in dem die Blätter und das Gras aus eigener Kraft zu leuchten schienen. »Oh, Geoffrey, wie wunderschön. Das ist ein magischer Ort«, flüsterte sie.

»Nicht magisch. Nur einsam«, korrigierte er sie lächelnd. »Ich bin mit deinen Hunden vor dem Essen den Bach entlanggegangen und habe dabei diese Stelle gefunden.«

Elizabeth ließ sich am Ufer nieder und zog ihre Schuhe aus. Als sie zu Geoffrey aufsah und bemerkte, daß auch er seine Stiefel abstreifte, hielt sie erstaunt inne. Wenig später hatte er alle seine Kleider abgelegt.

Sie spürte, wie sie rot wurde, konnte aber dennoch nicht den Blick von ihm abwenden. Sein Körper leuchtete golden im Abendlicht, und seine harten Muskeln zeichneten sich deutlich unter der schimmernden Haut ab. Er strahlte unbändige Kraft aus, und Elizabeth war plötzlich überwältigt von so viel vollendeter Schönheit.

»In dem Licht siehst du aus wie ein Gott«, flüsterte sie hingerissen.

Geoffrey schüttelte spöttisch den Kopf, wobei ihm das schwarze Haar in die Stirn fiel. »Du redest lästerliches Zeug. Paß auf, daß du dafür nicht ins Fegefeuer kommst«, tadelte er.

»Ich hatte es nicht als Blasphemie gemeint«, murmelte sie.

Geoffrey lächelte sie an. »Muß ich deine Zofe spielen, um dir beim Ausziehen zu helfen?« fragte er mit leiser, rauher Stimme. Er hatte sie necken wollen, doch sein Blick sprach von Begierde und Leidenschaft.

Elizabeth spürte die nun schon vertraute Wärme in sich aufsteigen. Sie erwiderte sein Lächeln nicht, sondern saß nur da und starrte ihn an. Dann streckte sie langsam den Arm nach ihm aus, und Geoffrey faßte ihre Hand und zog sie auf die Füße. Ohne ein Wort zu sagen, begann er, ihr die Kleider auszuziehen. Erst löste er den Ledergürtel um ihren Hüften, dann zog er ihr den Bliaut über den Kopf, streifte den Chainse ab und befreite sie schließlich vorsichtig von dem elfenbeinfarbenen Hemd. Die ganze Zeit war er bemüht, ihre Brüste nicht zu berühren, doch seine Finger streiften die Seiten mehrmals.

Schließlich standen sie sich gegenüber und sahen sich einen langen Augenblick schweigend an, während die Erregung in ihnen wuchs. Als Elizabeth es nicht mehr aushalten konnte, machte sie zögernd einen Schritt auf ihn zu. »Geoffrey?« sagte sie flehend, und er wußte, worum sie bat.

»Später«, flüsterte er. Er drehte sich um, ging ins Wasser und hielt nicht eher an, bis ihm das Wasser bis zur Brust reichte.

Elizabeth griff die Seife und beeilte sich, ihm zu folgen. Sie schnappte nach Luft, als sie bis zu den Hüften hineinplumpste. »Das ist ja eiskalt«, jammerte sie und wich einen Schritt zurück. Ganz behutsam schöpfte sie mit der hohlen Hand Wasser und befeuchtete ihre Arme damit. Zitternd tauchte sie die Seife ein und begann, sich hastig zu waschen. Aus Scheu vor Geoffreys Blick kehrte sie ihm den Rücken zu und schrubbte sich den Staub vom Körper.

»Komm zu deinem Gemahl, Elizabeth.«

Elizabeth drehte sich um, sah die Entfernung und machte ein finsteres Gesicht. »Das ist mir zu kalt, Geoffrey«, sagte sie noch einmal in der Hoffnung, daß er zu ihr kommen würde.

»Ich warte, Frau!« Hatte sie da ein Lachen in seiner Stimme gehört? Unwillkürlich reagierte sie mit einem zaghaften Lächeln. »Komm schon«, rief er noch einmal, und fügte dann mit gespielter Barschheit hinzu: »Es ist deine Pflicht!«

»Natürlich!« rief sie zurück. »Und ich erfülle natürlich immer meine Pflicht.«

Sie holte tief Luft und wagte sich mit Todesverachtung tiefer in das eisige Wasser hinein. Als es ihr bis zu den Schultern reichte, blieb sie in wenigen Schritten Entfernung stehen. »Den Rest mußt du auf mich zukommen«, sagte sie. Sie würde untergehen, wenn sie noch weiter vorwärtsging, und sie überlegte, ob sie ihn an die Tatsache erinnern sollte, daß sie nicht schwimmen konnte – nur für den Fall, daß er es vergessen haben sollte.

Doch Geoffreys Augen ließen ihr die Worte im Hals steckenbleiben. Sie konnte plötzlich im Kopf keine zusammenhängenden Gedanken mehr formulieren, und ihr Lächeln verblaßte, als sein glühender Blick sie in seinen Bann zog. Er rief sie, ohne ein Wort zu sprechen! Sie nahm den Befehl mit all ihren Sinnen wahr und zögerte nicht, ihm zu folgen.

Beide traten gleichzeitig einen Schritt auf den anderen zu. Und dann lagen seine Arme um ihre Taille. Er zog sie an sich, schlang ein Bein um ihre Unterschenkel und preßte sie gegen seine erregte Männlichkeit.

»Ich hatte vor, dich mit deiner Seife zu waschen, dich zu baden und jeden Flecken deiner Haut zu berühren und zu liebkosen. Und dann wollte ich dich mit all den Liebesworten baden, die eine Frau so dringend hören möchte.« Seine Stimme war schroff und stockend, als er fortfuhr. »Ich habe noch niemals jemanden so begehrt wie dich. Heute nacht wollte ich dich umwerben, wollte ein Liebhaber sein, der keine Wünsche offenläßt, der durch seine Gefühle überzeugt.«

Elizabeth konnte ihn nur mit aufgerissenen Augen anstarren. Träumte sie, oder war er dabei ihr etwas zu erklären, etwas, das . . .

»Und nun, da die Zeit gekommen ist, Frau, muß ich feststellen, daß ich die Worte der Werbung nicht kenne, und ich gebe auch zu, daß mir die Disziplin und die Geduld, die für diese Aufgabe nötig sind, fehlen. Hätte ich die Seife genommen und dich gewaschen, dann wären Bad und Werbung vergessen, und ich hätte dich augenblicklich genommen.«

Ein zögerndes Lächeln huschte über Elizabeth' Gesicht. »Du nennst Werbung eine Aufgabe, Mylord?« fragte sie sanft. Seine ernsthaften Worte amüsierten und verstimmten sie gleichzeitig. »Geoffrey, ich habe auch nicht die Geduld, eine endlose Werbung über mich ergehen zu lassen. Ich höre dir auch ohne blumige Worte zu, also wenn du mir sagen willst, was du fühlst, dann bin ich mit einer einfachen Ausdrucksweise schon sehr zufrieden.«

Er wirkte erst überrascht, dann runzelte er die Stirn. »Was weißt du denn von Werbung?« verlangte er zu wissen.

»Sehr wenig«, gab sie zu, während ihre Finger sanft über seine Brust glitten. »Ich finde nur, daß es nicht als ›Aufgabe‹ bezeichnet werden sollte, wenn man sich schöne Dinge sagt.« Sie zupfte an seinen Brusthaaren, um ihre Worte zu unterstreichen.

Geoffrey seufzte und begann, ihren Rücken zu streicheln. »Es ist ein bißchen wie der Schwertkampf«, bemerkte er.

»Bitte? Ich verstehe nicht, was du meinst.« Elizabeth legte den Kopf in den Nacken, um zu sehen, ob er Witze machte.

»Dieses Umwerben. Es braucht viel Übung«, erklärte er.

Elizabeth lachte, ohne sich um sein Stirnrunzeln zu kümmern. »Dabei ist es gar nicht nötig, Mylord. Man muß doch nur jemandem den Hof machen, den man noch überzeugen möchte. Ich habe dir doch bereits meine Liebe eingestanden.«

»Aber *ich* habe dir noch nicht gesagt, was ich für dich empfinde«, sagte Geoffrey halb verärgert, halb verzweifelt. Dann setzte er brummend hinzu: »Ich weiß, was du hören willst, und ich würde es jetzt gerne hinter mich bringen.«

»Bitte. Du besitzt meine volle Aufmerksamkeit«, forderte Elizabeth ihn sanft auf. Innerlich jubelte sie vor Freude. Am liebsten hätte sie gleichzeitig gelacht und geweint. Geoffrey liebte sie – ihr Großvater hatte recht gehabt.

»Aber du mußt ernst bleiben«, verlangte Geoffrey und kniff sie ins Hinterteil.

Elizabeth nickte und rieb ihr Gesicht an seiner Brust.

»Ich hatte mir eigentlich gedacht, daß ich erst im Alter die Zeit und die Muße finden würde, um dir zu sagen, daß ich mir durchaus etwas aus dir mache«, begann er. Seine Konzentration wurde durch die kleinen Küsse, die Elizabeth auf seine Brust plazierte, erheblich gestört. Nun begann sie auch noch, mit ihrer Zunge seine Brustwarzen zu umkreisen, und er sog scharf die Luft ein.

»Elizabeth!«

»Ich liebe dich, Geoffrey.« Nur ein kaum hörbares Flüstern, ein Hauch, den er wie ein Aphrodisiakum einatmete, der sein Herz befreite.

»Und ich liebe dich.«

Geoffrey wühlte seine Hand in ihr Haar und zog ihren Kopf zurück. Dann senkte er langsam den Kopf. Seine Lippen berührten ihre und seine Zungenspitze zeichnete langsam die Umrisse ihres Mundes nach. Elizabeth gab ein Geräusch von sich, das wie das Schnurren einer Katze klang. Nun nahm Geoffrey ihren Mund ganz in Besitz, stieß seine Zunge heftig hinein und streichelte die Wärme im Inneren. Seine Hände ließen ihr Haar los, glitten hinab und begannen, ihre Hinterbakken sanft zu kneten.

Der Kuß erregte und verzehrte sie beide, und als Geoffrey sich von ihr löste, öffnete Elizabeth den Mund, um zu protestieren. Sofort preßten sich seine Lippen wieder auf ihren Mund, um ihr zu sagen, was Worte nicht ausdrücken konnten.

Schließlich wanderten seine Lippen zu ihrem Hals. »Du bist so wunderschön«, wisperte er. Dann hob er sie hoch, bedeutete ihr, die Beine um seine Hüften zu schlingen, und kümmerte sich um ihre Brüste.

Als sein Mund sich um eine Brustspitze schloß, klammerte Elizabeth sich bebend an seine Schultern und stöhnte. Die rauhen Bartstoppeln auf ihrer empfindlichen Haut erregten sie nur noch mehr. Geoffrey saugte an dem harten Nippel, bis Elizabeth an seinem Haar zupfte. »Laß mich nicht zu lange warten, Geoffrey«, bat sie leise. »Es ist schon so lange her.«

Geoffrey hob den Kopf und sah sie mit vor Leidenschaft dunklen Augen an. Sie stieß mit einem kehligen Stöhnen die Luft aus. Die Liebe und die Begierde, die in seinem flammenden Blick lagen, verbrannten und liebkosten sie gleichzeitig, versprachen ihr Wonnen und verlangten Hingabe.

Geoffrey trug sie zum Ufer und ließ sie an sich hinabgleiten. Dann löste er sich sanft von ihr und nahm ihren Umhang, um ihn auf dem Boden auszubreiten. Er wandte sich um und wollte sie zu sich winken, doch seine Frau warf sich ihm bereits in die Arme. Er spürte ihr Beben und legte sie auf den Umhang. »Du frierst« flüsterte er. »Ich werde dich wärmen.«

»Ich friere gar nicht«, erwiderte sie ebenso leise. Sie zupfte mit den Zähnen an seinem Ohr und stieß ihre Zunge hinein. Geoffrey reagierte, indem er sich langsam auf ihr bewegte und seine Erektion an ihrem Schenkel rieb. Dann rutschte er tiefer, umkreiste mit seiner Zunge ihren Nabel, während seine Hand zwischen ihre Beine glitt und das goldene Dreieck liebkoste, das ihre feuchte Hitze verbarg. Seine Finger tasteten, suchten und fanden, streichelten immer fordernder, immer wilder. Elizabeth konnte ihre Hüften nicht stillhalten, und sie schloß die Augen vor Wonne. Sie hatte das Gefühl, als würde ihr Körper zerschmelzen, und ihr Stöhnen wurde lauter, flehte ihn an, ihr zu geben, wonach sie sich so sehnte.

Dann ersetzte Geoffrey seine Finger durch seine Zunge, und Elizabeth' Inneres verwandelte sich in flüssiges Feuer. Ihre Hände krallten sich in das Gras, und sie konnte sich auf nichts anderes mehr konzentrieren als auf seine heiße Zunge, die sie liebkoste. Und dann verzehrte das Feuer sie und schenkte ihr die ersehnte Erlösung von der süßen Qual, und ihr ganzer Körper krampfte sich zusammen. »Geoffrey!« schrie sie vor Glück und Furcht.

Geoffrey war bei ihr, sah ihre Verwirrung und murmelte ihr sanfte tröstende Worte ins Ohr. Er glitt aufwärts, legte sich auf sie und brachte sie dazu, ihn anzusehen. Tränen strömten ihr über das Gesicht, und er wischte sie zärtlich fort, bevor er sie auf beide Augenlider küßte. »Du mußt niemals Angst haben, wenn du mit mir zusammen bist!«

»Ich verliere alle Kontrolle, wenn du mich berührst«, flüsterte sie. Der Ausdruck männlicher Zufriedenheit in seinem Gesicht sagte ihr, daß er so etwas ausgesprochen gerne hörte. »In dieser kurzen Zeit gehört mein Körper nicht mehr mir, und was dann mit mir geschieht, ist so heftig, daß es mir manchmal Angst einjagt.« Während sie sprach, zeichnete sie mit dem Zeigefinger seine Lippen nach, und als sie ihm fast scheu in die Augen blickte, sah er ihre Verletzlichkeit, die sie nun nicht mehr zu verbergen versuchte.

»Ich empfinde es genauso«, sagte er heiser und bewegte die Hüften, damit sie seine Erektion spürte. »Ich kann mich ganz in dir verlieren, doch ich behalte meine Kraft. Du bist die Quelle meiner Energie geworden, Elizabeth. Deine Liebe erfüllt mich. Wenn wir so wie jetzt zusammen sind, dann fühle ich mich unbesiegbar. Laß mich jetzt zu dir kommen, Geliebte. Gib mir dein Feuer.« Seine Lippen legten sich auf ihren Mund, seine Zunge drang ein, und seine Hände glitten gierig und rastlos über ihren Körper. Er weckte ihre Lust erneut, und als er endlich mit einem gewaltigen Stoß in sie eindrang, tobte das Feuer der Liebe und der Leidenschaft mit einer Macht, die sie beide mitriß, beide verzehrte. Das Feuer war reinigend, vereinte sie, und gemeinsam erklommen sie den Gipfel der Erfüllung. Elizabeth öffnete die Augen und sah, wie sein Gesicht sich vor Lust und Glück verzerrte. Ja, es war ein Augenblick des Glücks, das nicht vergänglich war. Denn sie liebten sich.

Geoffrey ließ seinen Kopf an Elizabeth' Schulter sinken und seufzte zufrieden. Elizabeth schlang die Arme um ihn, drückte ihn fest an sich und kümmerte sich nicht um sein Gewicht.

Schließlich ließ sich Geoffrey von ihr gleiten und zog sie in die Arme. Er küßte ihre Wange, ihre Schläfe und flüsterte unanständige Komplimente und noch unanständigere Versprechen in ihr Ohr, bis ihr die Röte ins Gesicht stieg.

»Wann hast du festgestellt, daß du mich liebst?« fragte Elizabeth und strich mit einem Finger sein Kinn entlang. »Als du dachtest, daß ich ertrunken war?«

Geoffrey lachte in sich hinein und schüttelte den Kopf. »Da war ich zu wütend, um an Liebe zu denken«, gab er zu. Er rollte sich auf den Rücken, wartete, bis Elizabeth sich mit den Ellenbogen auf seine massive Brust gestützt hatte, und fuhr dann fort: »Krieger merken sich solche Dinge nicht. Wann ich herausgefunden habe, daß ich dich liebe, ist nicht von Bedeutung.«

Elizabeth lächelte. Die goldenen Sprenkel in seinen Augen faszinierten sie. Wie hatte sie ihn jemals für kalt und rücksichtslos halten können?

»Und wann hast *du* festgestellt, daß du mich liebst?« wollte er nun wissen. Seine Hand legte sich auf ihren Po, während er auf eine Antwort wartete.

»Ich weiß nicht mehr«, antwortete sie, doch er sah das Blitzen in ihren Augen und grinste. Sie wollte ihn mal wieder aufziehen. »Frauen von Kriegern merken sich so etwas nicht. Im übrigen ist das Wann nicht von Bedeutung«, antwortete sie kichernd.

Geoffrey drückte sie spielerisch. »Immer mußt du mich necken, Weib. Aber ich werde mir deine Dummheiten wohl bis ans Ende meines Lebens anhören müssen, denn ich werde dich niemals mehr gehen lassen. Ich liebe dich.«

»Ich dachte schon, daß ich diese Worte niemals würde hören dürfen«, flüsterte sie. Ihr Lächeln schwand, und sie beugte den Kopf, um ihn zu küssen.

»Ich hatte ein paar merkwürdige Ansichten, was die Liebe betrifft«, sagte er, als ihre Lippen von ihm abließen. »Ich dachte, die Liebe würde einen Mann schwächen, aber nun weiß ich, daß ich mich gründlich geirrt habe. Du gibst mir Kraft und einen neuen Lebenssinn,

Elizabeth. Ein Teil von mir möchte dich am liebsten in eine Kammer einsperren, um dich mit niemandem teilen zu müssen.«

»Ich werde immer nur dir gehören, Geoffrey.«

»Ja, das weiß ich. Und ich habe Vertrauen in dich und weiß, daß du es niemals enttäuschen wirst. Aber würdest du mir glauben, daß ich es sogar schon schwierig finde, dich mit deinem Großvater und deinem kleinen Bruder zu teilen? Früher habe mich immer über eifersüchtige Männer lustig gemacht, und nun stelle ich fest, daß ich gar nicht anders bin. Wenn ich nicht aufpasse, wird die Eifersucht mein ganzes Denken beherrschen.«

Elizabeth sah ihn erstaunt an, und er grinste wieder. »Ich habe niemals die enge Bindung innerhalb einer Familie kennengelernt«, erklärte er ihr. »Ich kann nur hoffen, daß ich immer der wichtigste Mensch in deinem Leben sein werde.«

»Es gibt verschiedene Arten von Liebe«, sagte Elizabeth sanft. Ihr Mann gewährte ihr Einblick in sein Seelenleben, zeigte ihr seine Verwundbarkeit, und sie wußte, daß sie diesen Moment ihr ganzes Leben lang in ihrem Herzen mit sich tragen würde. »Was ich für Großvater und Thomas empfinde, ist eine ganz andere Liebe. Ich glaube, daß du sie mit der Zeit genauso lieben wirst wie ich. Dieses Gefühl für die beiden ist nichts, was das, was ich für dich empfinde, verringern könnte.«

Geoffrey zog ihren Kopf zu sich herab und küßte sie, bis sie glaubte, ersticken zu müssen. Widerstrebend löste er sich von ihr.

»Es wird dunkel«, sagte er. »Beeil dich und zieh dich rasch an, damit ich dich möglichst bald wieder ausziehen kann.« Er versetzte ihr einen kräftigen Schlag auf den Po und lachte über ihre gespielte Empörung.

Keiner von ihnen sprach ein Wort, bis sie wieder auf

dem Weg zum Lager waren. Doch dann sprach Elizabeth die Frage aus, die ihr nicht aus dem Kopf gehen wollte: »Bist du wirklich eifersüchtig auf meine Familie?«

»Ich überwinde das schon«, sagte er und drückte ihre Hand. »Ein Ritter ist loyal und schwört einem Overlord – in meinem Fall ist es William – die Treue«, begann er zu erklären. »Du bist mir angelobt, aber natürlich erwarte ich nicht, daß du aufhörst, deine Familie zu lieben, weil du jetzt mich liebst. Aber ich muß die Sicherheit haben, daß ich immer das wichtigste in deinem Leben bin, daß ich stets an erster Stelle komme. So wie du mir das wichtigste auf Erden bist!«

Elizabeth unterdrückte ihr Lächeln. Sie wußte, daß die Liebe für ihren Mann etwas vollkommen Neues war, und daß er nur versuchte, damit auf die gleiche Art und Weise zurechtzukommen, wie er es mit allen Dingen in seinem Leben tat – er versuchte, eine Ordnung hineinzubringen und einen festen Platz dafür zu finden. Er hatte noch nicht erkannt, daß sich Gefühle nicht mit Vernunft angehen ließen.

»Es wird niemals eine Zeit geben, in der ich zwischen dir oder meiner . . . Verwandtschaft wählen muß.« Sie hatte ›Familie‹ sagen wollen, besann sich aber im letzten Augenblick. »Du bist jetzt meine Familie, Geoffrey. Und Elslow und Thomas – sie sind *unsere* Verwandten. Wir gehören alle zueinander, aber nicht im Verhältnis Vasall und Lord.«

»Du hast recht, Elizabeth. Du wirst niemals eine Wahl treffen müssen«, sagte er ernst. »Ich würde es nicht zulassen. Ich würde dir auch niemals einen solchen Loyalitätsbeweis abverlangen, denn ich beginne zu verstehen, was du meinst. Ich liebe dich, und das ist alles, was zählt.«

»Hast du deswegen Elslow bei Thomas auf Montwright

zurückgelassen? Weil du dir meiner absoluten Treue nicht sicher warst?«

Er schüttelte den Kopf. »Ich wollte dich eine Weile ganz für mich allein haben«, gestand er ihr dann.

Elizabeth lehnte sich an ihren Mann und dachte über das nach, was er eben gesagt hatte. An diesem Abend hatte er ihr seine bisher so sorgsam verborgenen, innersten Gefühle offenbahrt und ihr Herz mit Liebe und Glück erfüllt. Er hatte einen langen Weg zurückgelegt, hatte große Veränderungen mitgemacht, bis er ihr endlich Zugang zu seinen Gedanken und Emotionen gewährt hatte, und Elizabeth empfand ein tiefes Gefühl der Zufriedenheit. Aber sie erkannte, daß es noch eine kleine Hürde zu überwinden gab, denn Geoffrey war sich *ihrer* Liebe noch nicht ganz sicher. Doch bald würde sich auch dies ändern, und das Gerede über Treuebeweise und Wahlen, die zu treffen waren, würde nichtig werden. Keiner von ihnen würde jemals so etwas Schreckliches von dem anderen verlangen. Niemals.

In dieser Nacht hatte Elizabeth einen Traum, der sehr angenehm begann. Sie trug ein wunderbares, weißes Kleid, das um ihre Knöchel zu fließen schien. Sie ging über den Innenhof eines stattlichen Palastes, und ein feiner Dunst bedeckte den Boden. Lächelnd öffnete sie die gewaltige Doppeltür und betrat die Große Halle. Und dann wurde der Traum zu einem Alptraum. Jemand rief sie, aber sie wußte nicht, wer. Ihr Herz schlug schneller, als sie die Qual und die Verzweiflung in der Stimme wahrnahm, die wieder und wieder ihren Namen rief. Sie hastete durch die Halle, suchte nach dem Besitzer der Stimme, drängte sich durch eine Menge lachender Männer, für die sie gar nicht zu existieren schien. Als sie in der Mitte der Halle angekommen war, hielt sie an. Ein

Schrei löste sich aus ihrer Kehle. Dort stand ihr Mann, Hand- und Fußgelenke in Ketten, und starrte auf einen Punkt an der einen Wand der Halle. Sie folgte seinem Blick und entdeckte ihren Großvater, der ebenfalls in Ketten lag.

Dann setzte die Stimme wieder ein, doch nun wandelte sich die Qual, die sie vorher herausgehört hatte, in ein Triumphgeheul. Es war Belwain. Der Nebel um ihre Knöchel wurde plötzlich rot, und Elizabeth wußte selbst im Traum, daß dies ein böses Omen war.

Belwain hob seinen Arm und zeigte mit ausgestrecktem Finger auf sie. »Einer wird sterben, und du mußt wählen. Und wenn du es nicht tust, dann sterben sie beide!« Dann lachte er, und es klang so teuflisch, so häßlich, das Elizabeth das Blut in den Adern gefror.

Sie schüttelte den Kopf, wollte sich weigern, zu tun, was er von ihr verlangte, aber Belwain griff nach Geoffreys Schwert und holte aus.

Elizabeth' Schreie weckten Geoffrey. Seine Hand glitt instinktiv zu seiner Waffe, doch dann erkannte er, daß Elizabeth noch immer neben ihm lag. Er zog sie in die Arme und wiegte sie sanft hin und her. »Mach die Augen auf, Elizabeth. Es ist nur ein Traum«, flüsterte er wieder und wieder. »Ich bin hier. Bei dir.«

Elizabeth war mit einem Schlag wach. Sie umklammerte Geoffreys Schultern und rang verzweifelt nach Luft, um ihren Herzschlag zu beruhigen. »Es . . . es war schrecklich«, preßte sie schließlich hervor.

»Sprich nicht davon«, besänftigte Geoffrey sie. Zärtlich strich er ihr eine Locke aus der Stirn und küßte sie. »Du hast einen Alptraum gehabt, das ist alles. Der Ritt heute war sehr anstrengend, und du bist übermüdet. Komm, leg deinen Kopf an meine Schulter und schließ die Augen. Alles wird gut.«

»Ich habe Angst«, flüsterte sie. »Vielleicht kommt der Traum wieder, wenn ich einschlafe.«

»Bestimmt nicht«, sagte Geoffrey. Er rollte sie herum, legte sich auf sie und stützte sich rechts und links von ihrem Kopf ab. »Du wirst nur davon träumen, wie ich dich liebe«, sagte er heiser. Dann senkte er den Kopf und küßte sie.

Mit Worten der Liebe und zärtlichen Händen brachte er sie dazu, sich nur noch auf ihn zu konzentrieren. Und bald war der Alptraum vergessen.

KAPITEL 13

Elizabeth fügte sich ohne Schwierigkeiten in ihr neues Zuhause ein. Als sie zum ersten Mal Geoffreys Anwesen erblickte, war sie überwältigt von der massiven Struktur und den gigantischen Mauern, die es umgaben. Die steinerne Festung war so gewaltig, daß Montwright daneben erbärmlich ausgesehen hätte.

Drinnen herrschte jedoch eine Kargheit vor, die Elizabeth wenig einladend, ja ausgesprochen unangenehm fand. Sie machte sich bald nach ihrer Ankunft daran, der Burg und dem Innenhof ihr Siegel aufzudrücken und ihre Umgebung zu verschönern. Geoffrey ließ ihr ihren Willen, obwohl er einen anständigen Radau veranstaltete, als er sie eines Tages auf Knien vor der Burgmauer vorfand, wo sie Wildblumen in den Farben des Regenbogens pflanzte. Elizabeth nahm seinen Tobsuchtsanfall nicht ernst; statt dessen neckte sie ihn mit anzüglichen Worten, die ihm den Wind aus den Segeln nahmen.

Die Dienerschaft, die sich ihrer neuen Herrin gegenüber anfangs mißtrauisch und kühl verhielt, schmolz bald unter ihrem freundlichen Lächeln und ihren sanften Bitten dahin. In kürzester Zeit war Elizabeth zum Liebling der Diener geworden. Man verhätschelte sie und war eifrig bemüht, jeden ihrer Befehle augenblicklich auszuführen, egal, um was sie auch bitten mochte. Und die Änderungen, die Elizabeth veranlaßte, taten dem ganzen Haushalt gut: Auf den Tischen standen nun stets frische Blumen; farbenfrohe Banner, die Elizabeth aus Montwirght mitgebracht hatte, zierten die Steinmauern, die zuvor frisch getüncht worden waren. In der Burg herrschte nun eine heitere, friedliche Atmosphäre, und von der usprünglichen öden Kargheit war nichts mehr zu spüren.

Gegen Ende des Monats Juli war Elizabeth sicher, daß sie Geoffreys Kind unter dem Herzen trug. Sie hütete dieses Wissen eine Weile wie einen kostbaren Schatz und brauchte mehrere Tage, bis sie sich entschieden hatte, zu welchem Zeitpunkt und auf welche Art und Weise sie ihm die wunderbare Neuigkeit mitteilen würde. Sie ahnte, wie er reagieren würde: Er würde sich freuen und sich wahrscheinlich überaus arrogant geben.

Elizabeth saß am Tisch in der Großen Halle und wartete auf Geoffrey. Heute abend, wenn sie beide allein in ihrer Schlafkammer waren, wollte sie es ihm sagen. Sie war jetzt schon schrecklich aufgeregt und lachte plötzlich vor lauter Freude laut auf. Die Diener, die den Tisch deckten, warfen ihr verstörte Blicke zu, aber Elizabeth konnte es ihnen nicht verdenken – sie wußte ja, daß sie sich ein wenig seltsam benahm. Sobald sie es Geoffrey erzählt hatte, würde sie auch die Dienerschaft informieren. Dann würde sie verstehen.

Nun kamen die Soldaten nacheinander in die Halle, und Elizabeth setzte sich gerade auf und hielt aufgeregt Ausschau nach ihrem Mann. Plötzlich kam Gerald in die Halle gestürmt. Er rannte um zwei stämmige Krieger herum und wäre beinahe ausgerutscht, als er abrupt vor seiner Herrin zu stehen kam. »Boten von William, Mylady«, keuchte der Knappe. »Sie wollen sobald wie möglich mit dem Baron sprechen.«

Boten von William? Elizabeth runzelte die Stirn. »Führe sie in die Halle, Gerald. Ich gebe Roger Bescheid, damit er Geoffrey holt.«

Roger kam bereits auf sie zu, und Elizabeth begrüßte

ihn, bevor sie ihm von den Boten erzählte. »Was mögen sie wollen?« fragte sie dann, ohne die Sorge aus ihrer Stimme heraushalten zu können.

Roger zuckte mit den Schultern. »So ein Besuch ist nicht ungewöhnlich«, sagte er. »Ah, hier ist ja schon Euer Mann. Er wird es Euch erklären.«

»Willst du mich nicht begrüßen, Weib?« fragte Geoffrey, als er sich zu seiner Frau gesellte.

Auf Eilzabeth' Gesicht erschien sofort ein Lächeln, und sie stand auf, um ihm einen züchtigen Kuß auf die Wange zu geben.

»Ich glaube mich an eine Zeit erinnern zu können, in der die Demonstration von Zuneigung in der Öffentlichkeit nicht erwünscht war«, flüsterte sie, noch immer lächelnd.

Geoffrey lachte und zog seine Frau in seine Arme. »Das war aber, bevor ich wußte, wie wichtig es für dich ist, mich berühren zu dürfen«, neckte er sie.

»Ja, ich bin wirklich schrecklich undiszipliniert«, sagte sie grinsend.

»Geoffrey«, unterbrach Roger ihr Geplänkel. »William hat Boten geschickt. Sie warten im Flur auf Euch.«

Geoffrey nickte ungerührt. »Ich dachte, unser König wäre noch in Rouen.«

»Anscheinend ist er bereits zurückgekehrt«, erwiderte Roger achselzuckend.

Geoffrey wandte sich wieder zu Elizabeth um. »Fang ohne mich an, damit meine Männer essen können. Roger und ich werden die Boten empfangen.«

Elizabeth wäre nur allzu gerne bei dem Gespräch dabeigewesen, wußte aber, daß es ihr nicht zustand, darum zu bitten. Sie würde warten müssen, bis Geoffrey ihr die Nachrichten wiedergab. In den letzten Tagen vertraute sich Geoffrey ihr immer öfter an, und sie bezweifelte nicht, daß er ihr berichten würde, was die Boten zu melden gehabt hatten.

Vater Hargrave, ein Priester aus dem nahen Northcastle, der bei ihnen zu Gast war, betrat die große Halle. Er bot ihr den Arm, als Geoffrey ging, und Elizabeth schlüpftte pflichtbewußt in die Rolle der Gastgeberin.

Elizabeth saß mit gesenktem Kopf neben ihm am Tisch und versuchte sich auf die Worte des Gebetes zu konzentrieren, mit dem er den Segen über die Mahlzeit sprach. Ihre Gedanken kehrten jedoch immer wieder zu den Boten zurück und gingen die verschiedenen Möglichkeiten durch, warum sie nach Berkley gekommen waren. Doch so sehr sie auch überlegte, ihr fiel kein vernünftiger Grund ein, warum der König Geoffrey eine Nachricht überbringen ließ. Geoffrey hatte schließlich schon die erforderliche Menge an Tagen unter seinem Overlord gedient. William hielt dreimal im Jahr hof, und Elizabeth wußte, daß Geoffrey jedesmal anwesend gewesen war. Was konnte so wichtig sein, daß William sich genötigt fühlte, eine besondere Nachricht zu senden?

Vielleicht hatte es irgend etwas mit dem Reichsgrundbuch zu tun, überlegte sie. Dieses von William angelegte Grundbuch enthielt genaue Aufzeichnungen über die vierunddreißig Grafschaften Englands. ›Genau‹ bedeutete, daß der komplette Besitz eines jeden Vasallen darin vermerkt war – jede einzelne Münze, der Bestand an Vieh, die Anzahl der Leibeigenen und so weiter. Seine treuen Untertanen waren wenig entzückt über die Einführung des Grundbuches, dem man den Beinamen ›Domesday Book‹ – das Buch zum Tag des Jüngsten Gerichts – verpaßt hatte. Elizabeth konnte es ihnen nicht verdenken: Sobald William genau über den Besitz jeder einzelnen Person informiert war, würden die Steuern angehoben werden. Wie Elizabeth wußte, war die Steuererhöhung kein neues Problem; sie hatte ihren Vater oft genug darüber zetern hören, wie ungerecht das System doch sei.

Gerade als das Essen aufgetragen wurde, kehrten Geoffrey und Roger in die Große Halle zurück. Aus ihren Mienen konnte Elizabeth schließen, daß die Nachrichten nicht erfreulich gewesen waren. »Geht es um das Grundbuch?« flüsterte sie Geoffrey zu, als er sich am Kopf des Tisches neben ihr niedergelassen hatte.

Geoffrey nahm ihre Hand, gab jedoch keine Antwort. Elizabeth schaute auf und lächelte Roger an, der ihr gegenüber und zu Geoffreys Linken saß.

Einer von Geoffreys Knappen legte ihnen Fleisch auf die Teller, und Geoffrey wechselte ein paar Worte mit ihm. Elizabeth nutzte seine Unaufmerksamkeit sofort aus und beugte sich vor, um Roger zuzuflüstern: »Geht es um das Grundbuch?«

Geoffrey drückte ihre Hand leicht. Roger machte den Eindruck, als wollte er ihr eine Antwort geben, aber Geoffreys fast unmerkliches Kopfschütteln hielt ihn davon ab. Doch auch Elizabeth war die Geste nicht entgangen. Sie seufzte resigniert.

Der Priester räusperte sich nun und begann, eine Geschichte zum besten zu geben, die sie alle sich seit seiner Ankunft mindestens schon fünfmal hatten anhören müssen, doch aus Höflichkeit taten Elizabeth, Geoffrey und Roger so, als würden sie interessiert lauschen, lachten an den richtigen Stellen und klatschten begeistert, als sie die Pointe überstanden hatten. Der Priester war entzückt. So entzückt sogar, daß er sich dazu hinreißen ließ, noch eine und noch eine Geschichte zu erzählen.

Als der Tisch abgeräumt wurde, wandte sich Geoffrey an Roger. »Kümmere dich um die Vorbereitungen für morgen«, sagte er. Dann schlug er Elizabeth vor, sich heute schon früh zurückzuziehen.

Elizabeth war einverstanden. »Es gibt etwas, über das ich mit dir reden muß«, sagte sie lächelnd.

»Ich muß ebenfalls mit dir reden«, erwiderte er. Seine Stimme klang vollkommen emotionslos, und Elizabeth zog besorgt die Brauen zusammen. Wenn ihr Mann versuchte, seine Gefühle vor ihr zu verbergen, wie er ist jetzt tat, dann stimmte gewöhnlich etwas nicht. Sie nahm seine Hand und folgte ihm, ohne ein Wort zu sagen.

Auch als sie in ihrer Kammer und endlich allein waren, hielt sich Elizabeth zurück. Sie lernte ihren Mann immer besser kennen und wußte bereits, daß er schon von alleine anfangen würde – wenn er nun noch schwieg, dann nur, weil er seine Worte mit Bedacht wählte, bevor er sie aussprach.

Schweigend halfen sie einander beim Ausziehen. Es war zu einer Art Ritual geworden, daß Elizabeth ihrem Mann das Schwert abnahm und es an sein Kopfende des Bettes legte. Als sie dies erledigt hatte, schlüpfte sie unter die Decke und wartete ab.

Geoffrey blies die Kerzen nicht aus. Er kam zu ihr, nahm sie in seine Arme und küßte sie zärtlich.

»Soll ich dir zuerst meine Neuigkeiten erzählen?« fragte sie.

»Mir wäre es lieber, wenn du mich meine zuerst loswerden ließest«, sagte er so grimmig, daß Elizabeth augenblicklich Furcht verspürte. Geoffrey legte sein Bein über ihre Schenkel und drückte sie an seine Brust. So konnte er ihr Gesicht, ihre Augen nicht sehen, und er gestand sich ein, daß es ihm auf diese Art lieber war. Das, was er zu sagen hatte, würde ihr weh tun, und ihr Schmerz war auch der seine. »Ich weiß nicht, wie ich es dir sagen soll, Elizabeth. Es ist so schwer«, begann Geoffrey, während er ihr sanft übers Haar strich.

Elizabeth zog den Kopf zurück und sah ihn an. »Dann sag es mir rasch!« sagte sie. Ihre Furcht wuchs mit jedem Augenblick.

»Die Nachricht von William betrifft Montwright.« Er beobachtete ihre Reaktion, sah ihre Verwirrung und fuhr rasch fort: »Dein Großvater wird des Verrats angeklagt!«

»Nein!« Ihr Schrei klang wie der eines verwundeten Tieres.

»Leider war das noch nicht alles«, fuhr Geoffrey ruhig fort. Elizabeth zwang ihre Angst nieder und versuchte, ebenso ruhig zuzuhören. »Belwain hat beim König ein Gesuch eingereicht. Er will die Vormundschaft über Thomas. Alle drei befinden sich nun in London, und der König hat mich ebenfalls vorgeladen. Ich reite morgen früh.«

»Ich muß mit dir gehen«, sagte Elizabeth flehend. »Bitte, Geoffrey, nimm mich mit. Ich will nicht zurückbleiben.«

Geoffrey fand die Qual, die er in ihren Augen lesen konnte, fast unerträglich. »Ja, du wirst mitkommen. Es handelt sich um deine Familie, und es ist dein Recht.«

Elizabeth begann zu weinen. »Unsere Familie«, berichtigte sie ihn. »Was wird geschehen?« fragte sie ängstlich. »Was wird William tun?«

Sie zitterte nun so sehr, daß Geoffrey sie fest an seine Brust drückte. »Er wird alle Parteien anhören und dann entscheiden. Mach dir keine Sorgen, Elizabeth. William ist ein gerechter Mann. Du mußt Vertrauen in ihn haben.«

»Das kann ich nicht!« schluchzte sie.

Geoffrey hielt sie in seinen Armen und sprach beruhigende Worte, bis ihre Tränen versiegten. »Hast du Vertrauen in mich?« fragte er schließlich sanft.

»Ja. Und das weißt du«, antwortete sie.

»Dann glaub mir auch, wenn ich dir sage, daß alles gut wird.«

»Wenn du das sagst, dann glaube ich es«, versprach Elizabeth.

»Ich gebe dir mein Wort darauf. Ich lasse nicht zu, daß deiner Familie etwas geschieht.«

»Aber was ist mit dir?« fragte Elizabeth und hob den Kopf. »Kannst du mir auch versprechen, daß dir nichts geschieht?«

Geoffrey sah sie erstaunt an. Glaubte sie etwa, er wäre in Gefahr? Nun, er war es nicht. »Ja, das kann ich«, sagte er. »Und nun versuch zu schlafen. Wir haben einen mehrtägigen, anstrengenden Ritt vor uns.«

Elizabeth dachte an die Neuigkeiten, die *sie* für Geoffrey hatte. Instinktiv legte sich ihre Hand schützend auf ihren Bauch, während sie zu dem Schluß kam, daß sie es ihm doch noch nicht heute abend erzählen würde. Wenn er hörte, daß sie schwanger war, dann würde er ihr gewiß verbieten, mit ihm an den Königshof zu reiten. Sie würde warten, bis das Problem Belwain beseitigt war und erst dann ihre Freude mit Geoffrey teilen. Elizabeth schloß die Augen und versuchte, ihren Geist von allen störenden Gedanken frei zu machen. Sie würde ihre Kraft in den nächsten Tagen brauchen.

In dieser Nacht hatte sie wieder den Alptraum. Geoffrey tröstetet sie auch dieses Mal, als sie schreiend erwachte. Sie wäre nur übermüdet, sagte er ihr, sie hätte zu viele neue Eindrücke verarbeiten müssen, und das allein wäre der Grund, warum sie so schlecht träumte. Er bat sie, ihm den Traum zu erzählen, aber Elizabeth konnte es nicht. Sie schmiegte sich an seine breite Brust und betete. Betete, daß der Alptraum kein Omen war.

Die Reise nach London dauerte drei angestrengende Tage. Elizabeth war so erschöpft, als sie in die Burg des Königs einritten, daß sie kaum Interesse für ihre Umgebung aufbringen konnte. Sie wollte nur Elslow und ihren kleinen Bruder sehen, aber Geoffrey erlaubte es ihr nicht.

»Du wirst jetzt ein Bad nehmen und dich dann ausruhen. Morgen früh kannst du zu ihnen«, sagte er. »Und dann wirst du auch vor den König treten.«

Sie wollte gar nicht vor den König treten! Sich selbst gegenüber konnte sie zugeben, daß sie entsetzliche Angst vor ihm hatte. Obwohl ihr Verstand ihr sagte, daß viele der Geschichten, die sie über William gehört hatte, wahrscheinlich Unsinn waren, so konnte sie doch nichts dagegen tun, daß ihr Herz sie glaubte.

Man hatte ihnen eine geräumige Kammer gegeben, deren Fenster zum Hof hinausgingen. Das Bett war doppelt so groß wie ihres auf Berkley. Als Elizabeth gebadet und sich umgezogen hatte, rollte sie sich in der Mitte des Bettes zusammen und versuchte, die Augen offenzuhalten, während sie auf Geoffreys Rückkehr wartete. Er war gegangen, um William seine Aufwartung zu machen. Außerdem hatte er ihr versprochen, daß er versuchen würde, soviel wie möglich über Elslow und den Grund, warum er verhaftet worden war, herauszufinden.

Erst am nächsten Morgen wachte sie wieder auf. Sie lag ohne ihre Kleider unter der Decke und erinnerte sich vage daran, daß Geoffrey sie ausgezogen und in der Nacht gewärmt hatte. Nun war er jedoch schon wieder fort. Ein Tablett mit Frühstück stand auf dem Tischchen neben dem Bett, aber Elizabeth rührte nichts davon an. Ihr Magen revoltierte allein bei dem Anblick, und sie kam zu dem Schluß, daß es keinen Sinn hatte, etwas zu essen, wenn man es ohnehin wieder ausspuken mußte.

Sorgfältig wählte sie die Kleider aus, die sie anziehen wollte, denn sie wußte, daß sie dem Treffen mit William nicht ausweichen konnte. Wenn es schon sein mußte, dann wollte sie wenigstens so aussehen, daß Geoffrey stolz auf sie sein konnte.

Als sie fertig war, trat sie ans Fenster und beobachtete das Treiben unten auf dem Hof. Mit jedem Moment, der verstrich, wurde sie unruhiger, angespannter. Warum konnte Geoffrey sich nicht beeilen und zu ihr zurückkehren?

An Geoffreys Stelle kam Roger.

»Wo ist mein Mann?« fragte sie ihn mit bebender Stimme, ohne sich mit einer Begrüßung aufzuhalten.

Der Vasall nahm Elizabeth' Arm und führte sie hinaus in den Flur. Erst jetzt entdeckte sie die zwei Wachen – Geoffreys Männer! –, die vor der Tür standen.

»Euer Gemahl ist beim König«, antwortete Roger. Zögernd setzte er hinzu: »Und Euer Großvater auch!« Er warf ihr einen raschen Seitenblick zu und sah, wie sehr sie diese Information beunruhigte, aber er wußte nicht, wie er sie hätte trösten können. Zwar hatte er weit mehr Übung darin, seine Gefühle vor anderen zu verbergen, war jedoch genauso besorgt wie Elizabeth. Geoffrey hatte leider noch keine Zeit gehabt, sich Roger anzuvertrauen, und daher wußte der Ritter weder, wie die Anklage gegen Elslow nun tatsächlich lautete, noch, was sein Herr zu tun gedachte.

»Eure Anwesenheit ist verlangt worden«, sagte Roger nun. »Und das vom König selbst!«

Elizabeth blieb wie angenagelt stehen. »Die Stimme! Das ist *er*!« flüsterte sie. »Ich kann nicht, Roger! Der Alptraum! Ich kann nicht hingehen!«

Roger hatte keine Ahnung, wovon Elizabeth sprach. Es war nicht zu übersehen, daß sie verzweifelt war, aber was sollte er tun? »Euer Gemahl wünscht Euch an seiner Seite«, sagte er schließlich, denn er wußte instinktiv, daß sie dem nichts entgegenzusetzen hatte.

Und es funktionierte in der Tat. Elizabeth straffte die Schultern und zwang ihr Entsetzen nieder. »Gut. Gehen wir«, sagte sie mit fester Stimme.

An Rogers Seite ging sie durch ein Labyrinth von feuchten, schlechtbeleuchteten Fluren. Schließlich betraten sie einen großen Saal, der zum Bersten voll war von kostbar gekleideteten Menschen. Elizabeth kam zu dem Schluß, daß es sich um adelige Untertanen handelte, die auf eine Audienz beim König warteten.

Man machte Roger und Elizabeth den Weg frei, als sie auf die riesige Doppeltür am anderen Ende des Raumes zugingen. Die Türen . . . die Türen aus ihrem Traum! Eiskaltes Entsetzen packte Elizabeth, doch sie versuchte, äußerlich so ruhig wie möglich zu bleiben, während sie den Blick starr geradeaus hielt und das Flüstern und die Blicke der Leute, an denen sie vorbeiging, ignorierte.

Drei Soldaten bewachten die Tür. Einer von ihnen grüßte Roger mit einem knappen Nicken und bedeutete ihnen, näherzukommen. Die Türen öffneten sich mit einem Knarren, und Roger forderte Elizabeth mit einer Geste auf, vor ihm einzutreten. »Werdet Ihr hinter mir bleiben?« fragte sie ihn leise.

Roger sah sie mitfühlend an. Für einen oberflächlichen Beobachter mußte Elizabeth wie die Ruhe in Person wirken. Roger war überzeugt, daß nur er die Nervosität in ihren Augen sehen konnte, nur er wußte, wieviel Angst sie in Wirklichkeit empfand. »Ich möchte Euch in der Nähe wissen«, setzte sie nun erklärend hinzu, »falls mein Mann Eure Hilfe braucht!«

Roger konnte sich das Lächeln nicht verkneifen. »Ich werde an der Tür stehen«, erwiderte er. Er brauchte nicht hinzuzufügen, daß er ihren Rücken decken würde, falls es zu tätlichen Angriffen kommen würde. Es war seine Pflicht und verstand sich von selbst.

Elizabeth nickte leicht, hob stolz ihr Kinn und trat mit entschlossen Schritten in den Saal des Königs. Und ihr Alptraum wurde Wirklichkeit. Direkt vor ihr saß William auf einem vergoldeten Sessel auf einem Podest, zu dem drei Stufen hinaufführten. Am Fuß des Treppchens, links vom König, stand Geoffrey; Elslow befand sich ein paar Schritte von ihm entfernt. Elizabeth atmete erleichtert auf: zumindest war keiner von beiden in Ketten.

Elizabeth nahm sich nicht die Zeit, die anderen Leute, die sich im Audienzsaal aufhielten, zu betrachten. Während sie langsam und würdevoll auf das Podest zuging, schenkte sie erst Geoffrey, dann Elslow ein zuversichtliches Lächeln, und als sie die Treppe erreicht hatte, kniete sie nieder und senkte respektvoll den Kopf.

»Mylord, ich möchte Euch meine Frau Elizabeth vorstellen«, verkündete Geoffrey mit klarer, fester Stimme.

»Steht auf und laßt mich Euch ansehen«, befahl William barsch. Seine Stimme war laut und dröhnend, und Elizabeth beeilte sich, ihm zu gehorchen. Tapfer hob sie den Blick zu seinem Gesicht und war überrascht, ihn lächeln zu sehen.

William war sowohl in Höhe als auch in seiner Breite ein gigantischer Mann. Mit wissendem Blick und fast schon unverschämter Intensität betrachtete er die junge Frau vor sich, aber Elizabeth ließ die eingehende Musterung ohne äußere Gefühlsregung über sich ergehen.

»Mir scheint, Ihr habt eine gute Wahl getroffen, mein

Sohn«, sagte der König schließlich zu Geoffrey, ohne den Blick von ihr abzuwenden.

»Ich kann nicht klagen, Mylord«, erwiderte Geoffrey.

»Nun«, verkündete der König schließlich, »zurück zum eigentlichen Problem dieses Tages! Holt den Kläger herein!« Er blickte von Geoffrey zu Elslow, dann wieder zu Elizabeth. »Geht zu Euer Familie, Kind«, sagte er nicht unfreundlich.

Elizabeth machte einen raschen Knicks, blickte lächelnd zu ihrem Großvater hinüber und ging dann zu Geoffrey. Sie stellte sich so dicht neben ihn, wie es ging, und schaute dann wieder erwartungsvoll zu ihrem König auf.

Der lachte aus unerfindlichen Gründen laut auf und nickte ein paarmal vergnügt. »Ihr habt in der Tat eine loyale Frau, Geoffrey«, sagte er grinsend.

»Das habe ich, Mylord«, erwiderte Geoffrey und lächelte Elizabeth an. Ihr kam es vor, als wäre ihr ein wesentlicher Teil des kurzen Gesprächs entgangen, aber sie wagte nicht, Geoffrey um eine Erklärung zu bitten. Sie würde ihn später danach fragen.

Als die Türen knarrten, wandte Elizabeth den Kopf und sah Belwain in den Saal treten. Seine Miene wirkte hämisch und triumphierend, und Elizabeth ertappte sich dabei, wie sie den Atem anhielt und unwillkürlich Geoffreys Arm packte. Es kostete sie einiges an Willenskraft, ihn wieder loszulassen, aber sie wollte nicht, daß Belwain auf den Gedanken kommen könnte, ihre äußerliche Gelassenheit wäre nicht echt.

Geoffrey spürte ihre Furcht. Wie beiläufig legte er ihr den Arm um die Schulter und zog sie an sich. Seine Nähe und seine Wärme gaben ihr Kraft, und sie fühlte sich augenblicklich ein wenig zuversichtlicher.

Belwain kniete vor seinem König nieder, senkte den

Kopf aber nicht. William grunzte mißvergnügt und sagte dann: »Es ist eine schwere Beschuldigung, die Ihr gegen Elslow vorgebracht habt, Belwain. Laßt hören, was Ihr zu sagen habt.«

Belwain erhob sich und deutete mit ausgestrecktem Finger auf Elslow. »Er ist Sachse, und alle Sachsen sind Verräter. Er hat versucht, Montwright an sich zu reißen, und Euren Vasallen, Geoffrey Berkley, mit falschen Reden davon überzeugt, daß er königstreu sei. Doch er lügt. Ich weiß, daß er zu den Rebellen gehört, die Euch stürzen wollen, Mylord.«

William beugte sich in seinem Stuhl. »Und könnt Ihr Eure Behauptungen beweisen?«

»Das, mein König, kann ich nicht, denn die Person, die meine Anschuldigung bestätigen könnte, ist tot!«

»Und um wen handelt es sich?« verlangte William zu wissen.

»Sein Name war Rupert. Er war der Schwager von Geoffreys Frau Elizabeth. Ein Normanne.«

»Ah!« William warf Geoffrey einen Blick zu und nickte. »Ich habe schon von dieser Sache gehört. Normanne oder nicht, Rupert hat sich mir gegenüber unloyal verhalten, und Ihr seid ein Narr, ihn als Zeuge zu benennen, Belwain.« Ohne sich um Belwains indignierte Miene zu kümmern, wandte sich der König nun Elslow zu. »Gehört Ihr zu den Rebellen oder nicht?« fragte er ohne Umschweife.

Elslow schüttelte den Kopf. »Nein, Mylord.«

William grunzte erneut. »Glaubt Ihr ihm?« fragte er Geoffrey.

Geoffrey nickte. »Ja.«

»Da niemand in der Lage zu sein scheint, mir irgendeinen Beweis zu liefern, werde ich mich mit dem Urteil meines Vasallen zufriedengeben. Die Klage wegen Verrats wird fallengelassen.«

»Aber was ist mit Montwright?« jammerte Belwain. »Es gehört mir! Es ist mein Recht, die Vormundschaft über den Jungen zu übernehmen, bis er das richtige Alter erreicht hat. Und doch hat er« – Belwain deutete mit einer heftigen Kopfbewegung in Geoffreys Richtung – »diese Position mit einem Sachsen besetzt! Das Gesetz ist auf *meiner* Seite!«

William lehnte sich stirnrunzelnd in seinem Stuhl zurück. Schweigen legte sich über den Saal, während der König über diesen Aspekt nachdachte. Elizabeth' Blick glitt zu ihrem Großvater, dem der Zorn und die Verachtung für Belwain ins Gesicht geschrieben standen. Sie konnte sich vorstellen, daß er am liebsten auf Belwain zugeschossen wäre, um ihn mit einem gezielten Faustschlag niederzustrecken. Es schien ihn einige Mühe zu kosten, es nicht zu tun.

»Das ist eine schwere Entscheidung«, sagte William schließlich. »Geoffrey, Ihr habt mir gesagt, daß Ihr Belwain nicht traut und daher beschlossen habt, den Jungen zu Euch zu nehmen, bis er erwachsen ist. Das ist Euer Recht.« Er brach ab und nickte Geoffrey zu. »Die Sache mit dem Sachsen als Herrn von Montwright bleibt jedoch ein Problem. Ich bin ein gerechter Mann und habe einigen Sachsen Land gegeben, wie Ihr sehr wohl wißt. Doch in dieser Frage weiß ich nicht, wie ich entscheiden soll.« Nachdenklich wanderte sein Blick von Geoffrey zu Elslow und zurück. »Ich kenne diesen Sachsen nicht. Ihr, Geoffrey, könntet natürlich Eure Seite in dieser Sache vertreten, aber Ihr seid mir wie ein Sohn, und würdet mit dem Herzen eines Normannen argumentieren. Und Ihr«, sagte er zu Elslow, »könntet als Großvater des Jungen sprechen, würdet es aber mit dem Herzen eines Sachsen tun! Ärgerlich, daß wir niemanden hier haben, der weder Sachse noch Normanne ist.«

»Ihr habt eine solche Person hier«, meldete sich Elizabeth mit klarer, kräftiger Stimme zu Wort. Sie verließ Geoffrey und trat ein paar Schritte auf den König zu. William nickte ihr aufmunternd zu. »Ich bin weder Sächsin noch Normannin«, begann sie. »Ich bin beides. Mein Vater war Normanne von reinem Blut, meine Mutter war eine Sächsin. Also habe ich von beiden etwas.« Sie lächelte und setzte dann hinzu: »Obwohl ich gestehen muß, daß mein Vater mich immer als Sächsin beschimpfte, wenn ich ungehorsam war, und meine Mutter darauf bestand, daß ich eine Normannin war, wenn sie sich über mich geärgert hat.«

Der König sah sie eine Weile verdutzt an, dann erschien ein Lächeln auf seinem Gesicht. »Wohlan, Mylady, dann legt mir nun mit Euren Worten die beiden Seiten dieses Falles dar, damit ich anschließend eine Entscheidung treffen kann«, sagte er. »Beginnt mit dem Sachsen!«

»Ich werde Euch wiedergeben, was meine Mutter mir erzählt hat«, antwortete Elizabeth. Sie faltete die Hände vor ihrem Körper und begann. »Auf Euren Befehl und meines Vaters Wunsch hin, wurde meine Mutter mit meinem Vater verheiratet, so daß Montwright ihm zufiel. Mein Großvater mußte Montwright verlassen und ging nach London. Kurz nachdem meine Eltern geheiratet hatten, lief meine Mutter davon. Sie suchte bei meinem Großvater Unterschlupf. Er hörte ihr zu und brachte sie dann nach Montwright zurück. Er sagte ihr, daß sie nun zu meinem Vater gehörte und daher ihm gegenüber loyal sein müsse. Mein Vater und mein Großvater schlossen einen Waffenstillstand, aus dem eine Freundschaft entstand. Ihr müßt wissen, Mylord, das der sächsische Zweig meiner Familie höchsten Wert auf Loyalität legt. Elslow ist am Tag Eurer Krönung vor

Euch niedergekniet, und ich weiß, daß er lieber sterben würde, als den Treueschwur, den er Euch geleistet hat, zu brechen.«

Sie sah den König erwartungsvoll an, der ihr freundlich zunickte. Ihre Erzählung schien ihm Spaß zu machen. »Und nun möchte ich die Seite der Normannen aus Eurem Mund hören.«

»Mein Vater war ein treuer Vasall seines Herrn – Baron Geoffrey –, und als er umgebracht wurde, tat Geoffrey seine Pflicht und übernahm Montwright. Er heiratete mich und setzte alles daran, den entstandenen Schaden zu beheben. Als er herausfand, daß Rupert hinter dem Verbrechen steckte, tötete er ihn. Mein Gemahl ist – genau wie mein Vater – ein sehr vernunftsbetonter und gerechter Mann, und er handelte erst, nachdem er genug Beweise für Ruperts Schuld hatte.« Sie brach ab und lächelte verlegen. »Ich habe die Ungeduld meiner sächsischen Mutter geerbt, aber mein Mann überzeugte mich, daß Warten unabdingbar war. Er hatte mir versprochen, daß meiner Familie Gerechtigkeit widerfahren würde, und er hielt sein Versprechen. Wenn Ihr mich fragt, wem ich treu bin, König William«, sie warf ihm einen bedeutungsvollen Blick zu, »dann sage ich Euch, daß meine Loyalität meinem Mann und Euch, meinem König, gehört!«

»Und wenn ich von Euch verlange, daß Ihr Euch zwischen dem Sachsen und dem Normannen zu entscheiden habt?«

Elizabeth' Schreck war zu groß, als daß sie den nekkenden Unterton in der Stimme des Königs hätte wahrnehmen können. Sie atmete tief durch, um die aufkommende Panik niederzuzwingen. Schließlich antwortete sie. »Ich würde meinen Mann wählen«, erwiderte sie mit fester Stimme. »Denn ich wüßte, daß Geoffrey Elslow beschützen würde. Mein Großvater, mein Bruder und ich – wir gehören nun alle zu Geoffrey, so, wie wir alle zu unserem König gehören. Mein Gemahl würde niemals zulassen, daß seiner Familie etwas geschieht!«

William nickte und seufzte. »Wenn alle meine Untertanen so loyal wären wie Ihr, mein Kind, dann hätte ich ein angenehmes Leben«, sagte er. Dann wandte er sich Belwain zu. »Ich werde nicht gegen den Willen meines Vasallen handeln, Belwain. Das ist die Sache nicht wert. Euer Gesuch ist abgewiesen.«

Belwain schnappte empört nach Luft, und auf seinem Gesicht erschienen hektische rote Flecken. Er fuhr zu Elizabeth herum und starrte sie haßerfüllt an.

Der König ignorierte Belwains Reaktion. Statt dessen wandte er sich an Elslow. »Ich kann mich nicht daran erinnern, daß Ihr mir Treue geschworen habt, aber am Tag meiner Krönung herrschte ein heilloses Chaos, so daß es mir durchaus entgangen sein kann.«

Elslow grinste. »Ich weiß. Ich war da und habe es miterlebt.«

»Kniet nieder, Sachse, und erneuert Euren Schwur.«

Elslow zögerte nicht. Er ließ sich auf ein Knie nieder, legte die Hand aufs Herz und wiederholte mit tiefer ruhiger Stimme den Eid, der ihn auf Lebenszeit an seinen König band.

Der König schien zufrieden zu sein. »Ihr könnt jetzt gehen«, befahl er. »Geoffrey, ich will später noch mit Euch reden. Ihr werdet beim Essen neben mir sitzen.«

»Wie Ihr wünscht«, erwiderte Geoffrey. Er verbeugte sich vor seinem König und nahm Elizabeth' Arm.

Elslow und Roger zogen davon, um ein kühles Ale zu trinken und eine Partie Schach zu spielen, und Geoffrey und Elizabeth gingen gemeinsam zu ihrer Kammer zurück. Keiner von beiden sagte ein Wort, bis die Tür des Schlafzimmers sich hinter ihnen schloß.

»Kannst du dir vorstellen, wie stolz ich auf dich bin, Elizabeth?« fragte Geoffrey, der mitten im Raum stehengeblieben war. »Du hast heute sehr viel Mut bewiesen.«

»Ich habe es von dir gelernt«, erwiderte Elizabeth bescheiden. Plötzlich war die Erkenntnis, daß der ganze Schrecken, die Qual der letzten Wochen, vorbei waren, so überwältigend, daß sich der Raum zu drehen begann.

»Siehst du nun ein, daß ich recht hatte? Unser König ist ein gerechter Mann«, fuhr Geoffrey fort. »Es gab nichts, wovor du dich hättest fürchten müssen.«

»Ich mich fürchten? Ich habe nie Angst!«

Geoffrey lachte über die freche Lüge und griff nach ihr. Und keinen Moment zu früh, denn Eliazbeth wurde in seinen Armen ohnmächtig.

»Und du bist sicher?«

»Ganz sicher.«

Es war tief in der Nacht, und Elizabeth kuschelte sich zufrieden an die breite Brust ihres Mannes. Sie hatten sich gerade geliebt, und Geoffrey war schon fast eingeschlafen, als Elizabeth ihm von dem Baby erzählt hatte. »Freust du dich?«

»O ja«, antwortete Geoffrey zärtlich. Er legte eine Hand auf ihren Bauch und küßte sie wieder. »Ich bin der glücklichste Mensch der Welt«, sagte er. »Bald habe ich einen kleinen Krieger, den ich ausbilden kann. Es wird ein gesunder, kräftiger Bursche sein, der seinem Vater wie aus dem Gesicht geschnitten ist.«

»Selbstverständlich«, murmelte Elizabeth spöttisch.

»Wir werden uns mit der Heimreise Zeit lassen«, meinte Geoffrey. »Du mußt jetzt sehr gut auf dich aufpassen, Frau. Und ich will nicht, daß du dir noch Gedanken über Belwain machst, verstanden?«

»Ja«, sagte Elizabeth brav. »Ich weiß, daß du dich um ihn kümmern wirst, wenn die Zeit gekommen ist. Belwain ist schon bestraft damit, daß er alles verloren hat, was er bekommen wollte. Montwright und Thomas sind nun vor ihm sicher.«

»Ich mache mir dennoch Sorgen, solange du das Kind unter deinem Herzen trägst. Wenn dir irgend etwas zustoßen sollte . . .«

»Du brauchst dir keine Gedanken zu machen«, beruhigte Elizabeth ihn. »Alles wird gut. Wenn die Zeit kommt, werde ich ganz wie du sein, Geoffrey. Ich werde stark und tapfer sein und meine Pflicht tun. Ich werde würdevoll mein Kind zur Welt bringen und keinen Laut von mir geben.«

Sie schrie und tobte und verfluchte Geoffrey, der ihr das angetan hatte. Während der Wehen hielt Geoffrey ihre Hand und stimmte vor Panik in ihr Gebrüll mit ein, bis ihn eine zornige Hebamme aus der Kammer scheuchte.

Elslow, der zu Besuch bei ihnen war, bemerkte trokken zu Roger, daß dies gewiß die lauteste Geburt in der Geschichte der Menschheit war.

Endlich brachte Elizabeth ihr Kind zur Welt und schenkte Geoffrey seinen ersehnten Krieger. Geoffrey war überwältigt vor Glück und Dankbarkeit.

Der kleine Krieger war einfach perfekt. Sie nannten sie Mary nach Elizabeth' Mutter.